QUESTÃO DE SANGUE

GREENPEACE

A marca FSC é a garantia de que a madeira utilizada na fabricação do papel interno deste livro provém de florestas de origem controlada e que foram gerenciadas de maneira ambientalmente correta, socialmente justa e economicamente viável.

O Greenpeace — entidade ambientalista sem fins lucrativos —, em sua campanha pela proteção das florestas no mundo todo, recomenda às editoras e autores que utilizem papel certificado pelo FSC.

IAN RANKIN

QUESTÃO DE SANGUE

Tradução:
CELSO NOGUEIRA

COMPANHIA DAS LETRAS

Copyright © 2003 by John Rebus Limited
Copyright da introdução © 2005 by John Rebus Limited

A editora agradece o subsídio do Scottish Arts Council
para a publicação deste livro.

Título original:
A question of blood

Projeto gráfico da capa:
João Baptista da Costa Aguiar

Foto da capa:
Thyago Nogueira

Preparação:
Otacílio Nunes

Revisão:
Carmem S. da Costa
Elizete Mitestaines

*Os personagens e as situações desta obra são reais apenas no universo
da ficção; não se referem a pessoas e fatos concretos,
e sobre eles não emitem opinião.*

Dados Internacionais de Catalogação na Publicação (CIP)
(Câmara Brasileira do Livro, SP, Brasil)

Rankin, Ian
  Questão de sangue / Ian Rankin ; tradução Celso Nogueira. — São Paulo : Companhia das Letras, 2007.

  Título original: A question of blood.
  ISBN 978-85-359-0990-6

  1. Ficção policial e de mistério (Literatura inglesa) I. Título.

07-0969   CDD-823.0872

Índice para catálogo sistemático:
1. Ficção policial e de mistério : Literatura inglesa 823.0872

2007

Todos os direitos desta edição reservados à
EDITORA SCHWARCZ LTDA.
Rua Bandeira Paulista 702 cj. 32
04532-002 — São Paulo — SP
Telefone: (11) 3707-3500
Fax: (11) 37073501
www.companhiadasletras.com.br

In Memoriam —

Departamento de Investigações Criminais de St. Leonard's

Ita res accendent lumina rebus.
Anônimo

Não há probabilidade de um final.
James Hutton, cientista, 1785

INTRODUÇÃO

O problema de escrever a respeito de uma cidade real em tempo real é ter de levar em conta as mudanças. Foi impossível para mim *não* escrever sobre o novo Parlamento escocês, por exemplo, por isso *Set in darkness* passou a existir. Do mesmo modo, eu estava na metade da versão inicial de *Questão de sangue* quando recebi uma mensagem de texto de um detetive meu amigo. Dizia apenas: "St. Leonard's não tem mais um Departamento de Investigações Criminais. Rá rá rá". Ele sabia que eu teria de mudar Rebus de St. Leonard's por causa de algumas dúzias de leitores de Edimburgo, pois do contrário eles saberiam que eu estava abandonando o realismo. Isso explica a dedicatória a St. Leonard's, *in memoriam*: seria o último livro passado lá.

O estímulo que originou *Questão de sangue* foi uma questão levantada por uma fã numa sessão de perguntas e respostas. Ela me perguntou por que eu nunca falava do sistema de escolas particulares de Edimburgo. Por volta de um quarto dos estudantes do ensino médio da cidade frequenta instituições pagas — uma porcentagem muito mais alta do que a de qualquer outra cidade da Escócia (e talvez do Reino Unido inteiro). Minha resposta naquela noite foi superficial: creio ter dito que não sabia nada a respeito de tais escolas, por isso considerava difícil escrever sobre elas. Mas ela me fez pensar. Os livros de Rebus sempre se detiveram na dupla identidade de Edimburgo, sua natureza Jekyll e Hyde. Escolas particulares fazem parte da estrutura da cidade, sendo uma questão polêmica em alguns círculos. Eu já decidira que o livro seguinte abordaria o problema dos que ficam de fora. Rebus é um eterno excluído, incapaz de trabalhar em equipe. Em minhas incursões regulares à Cockburn Street para comprar discos eu também topava com grupos de adolescentes góticos. Eles me lembravam que um dia eu também quisera ser visto pela sociedade como marginal: eles se vestiam como góticos; eu era punk.

Como dei a Rebus um passado nas forças armadas, fico de olho em notícias sobre militares (inclusive uma nota a respeito da queda de um helicóptero ao largo da costa escocesa), além de ter montado um arquivo sobre os efeitos dos combates nos soldados da ativa. Quando a tropa deixa o exército, muitos encontram dificuldade para voltar à vida civil. Alguns se tornam agressivos em casa, passam a beber e acabam morando na rua. Continuam sendo marginais, por assim dizer. Pensei que seria interessante criar um enredo no qual essas várias questões se entrelaçassem, e um tiroteio numa escola particular parecia ser a resposta. Mudei a ação de Edimburgo para South Queensferry, em parte por não querer que nas escolas existentes pensassem que eu calcara nelas a Port Edgar Academy, e em parte por querer investigar os efeitos de um crime assim numa comunidade pequena e fechada. Rebus, pelo que sabemos, foi enviado a Lockerbie logo depois da queda do vôo Pan-Am 101, e ele comenta a "dignidade quieta" da cidade. Dunblane estava na minha cabeça também, é claro, mas eu não ia escrever um livro "sobre Dunblane": examinaria as razões para a ocorrência de atrocidades numa sociedade aparentemente civilizada.

Comecei a planejar o livro durante a filmagem de um documentário em três partes sobre o "mal", para o Channel 4, e minhas idéias para a série afetaram as idéias de *Questão de sangue*. Entrevistei neurologistas, psiquiatras, estudiosos e advogados, criminalistas e assassinos... e até um exorcista simpático. A série tentava responder três perguntas fundamentais: O que queremos dizer com a palavra "mal"? De onde vem o mal? E o que podemos fazer a respeito? As diversas respostas que recebi durante minhas viagens formariam a espinha dorsal moral do livro. Meu caderno de anotações da época registra, entre passagens teológicas de santo Agostinho e Auschwitz, possíveis rumos que *Questão de sangue* tomaria. Desde o início eu me detive no duplo sentido do título: sangue não somente como líquido vital, mas também no sentido de laços familiares.

Se isso tudo soa um tanto maçante e edificante, não deveria: *Questão de sangue* foi muito divertido de escrever, e creio que é igualmente divertido de ler. Nos livros recentes leiloei "direitos de personagem" para várias instituições de caridade, e *Questão de sangue* contém alguns de meus favoritos. Por exemplo, há um gato chamado Boécio no livro só porque seu dono pagou para que ele fosse mencionado (além de mandar fotos e uma biografia extensa para garantir que eu ia fazer tudo certo). Nesse meio-tempo, um policial que atuava em Edimburgo também ganhou o direito de aparecer no livro — fácil e tranqüilo, pensei, até ficar sabendo que ele era australiano e tinha doutorado em astronomia (ou disciplina similar). Seu nome é Brendan Innes e ele é policial no livro, mas não menciono sua nacionalidade, nem sua formação acadêmica: como lhe expliquei, ao contrário da vida real, a ficção precisa ser realista!

Há no livro um personagem chamado Peacock Johnson. Ele também conquistou o direito de aparecer no livro. Alguém me falou para dar uma espiada no website dele, que mostrava um sujeito suspeito de camisa estilo havaiano e óculos tipo Elvis. O blog dele deixava claro que ele operava no limite da ilegalidade. Mandei-lhe um e-mail e disse que ele daria um ótimo pistoleiro profissional no meu livro. Ele disse que tudo bem, e que gostaria que eu mencionasse seu colega, Wee Evil Bob. Concordei. Acabei me divertindo ao criar o *alter ego* ficcional do sr. Johnson, e quando o livro ficou pronto mandei uma cópia por e-mail, para que ele soubesse.

O e-mail voltou.

Fui ao website dele.

Não estava mais lá.

Isso me forçou a bancar o detetive, e acabei descobrindo que o conjunto Belle e Sebastian comparecera ao leilão dos personagens. Curiosamente, o endereço de e-mail de Peacock era semelhante ao de um membro da banda, o baixista Stuart David, conhecido por suas brincadeiras. Ele acabou confessando. Eu pensava que Peacock fosse real, mas tudo não passara de ficção desde o começo. Além disso, Stuart também havia escrito um romance... e adivinhe quem era o herói?

Peacock Johnson.

Até personagens de ficção, pelo jeito, podem ter uma personalidade complexa...

Ian Rankin

PRIMEIRO DIA

Terça-feira

1

"Nenhum mistério", disse a sargento-detetive Siobhan Clarke. "Herdman perdeu o juízo, só isso."

Ela estava sentada ao lado de um leito hospitalar da recém-inaugurada Royal Infirmary de Edimburgo. O complexo situava-se na parte sul da cidade, numa área chamada Little France. Fora construído graças à destruição de boa parte de uma área verde, e mesmo assim já havia queixas de falta de espaço interno e de vagas para estacionamento do lado de fora. Siobhan acabou arranjando uma vaga, mas descobriu depois que o privilégio seria cobrado.

Ela havia contado tudo isso ao inspetor detetive John Rebus ao chegar a seu leito. As mãos de Rebus estavam enfaixadas até os pulsos. Quando ela serviu um pouco de água, ele levou o copo plástico à boca, bebendo cautelosamente enquanto ela o observava.

"Viu?", ele zombou, depois. "Não derramei nem uma gota."

Mas ele estragou tudo quando deixou o copo cair ao manobrar para devolvê-lo à mesinha-de-cabeceira. Quando a base tocou o chão, Siobhan o apanhou antes que ele emborcasse.

"Muito bem", Rebus admitiu.

"Sem problemas. Estava vazio, de todo modo."

Desde então ela falava coisas sem importância, os dois sabiam que evitava perguntas que estava desesperada para fazer. Em vez disso, passava detalhes a respeito da chacina em South Queensferry.

Três mortos e um ferido. Uma cidade costeira tranqüila, ao norte da capital. Escola particular para rapazes e moças de cinco a dezoito anos. Seiscentos alunos, menos dois agora.

O terceiro corpo pertencia ao atirador, que voltou a arma contra si. Nenhum mistério, como Siobhan disse.

Exceto pelo motivo.

"Ele era como você", ela disse. "Ex-militar, sabe. Acham que fez isso por ressentimento contra a sociedade."

Rebus notou que ela mantinha as mãos firmes dentro do bolso do casaco. Calculou que cerrara os punhos e procurava evitar que ele percebesse.

"Os jornais dizem que ele tinha uma empresa", ele comentou.

"Uma lancha potente, para prática de esqui aquático."

"E guardava ressentimento?"

Ela deu de ombros. Rebus sabia que ela torcia para conseguir um lugar no caso, qualquer coisa capaz de afastar sua mente do outro inquérito — um inquérito interno, no qual ela ocupava uma posição central.

Ela olhava para a parede acima da cabeça dele, como se ali houvesse algo que a interessasse, além da pintura e da saída de oxigênio.

"Você ainda não me perguntou se estou me sentindo bem", ele disse.

Ela o encarou. "Está se sentindo bem?"

"Estou ficando louco de desespero, obrigado por perguntar."

"Você só passou uma noite aqui."

"Parece mais."

"O que os médicos disseram?"

"Ninguém veio falar comigo ainda. Hoje, não. Digam o que disserem, saio daqui esta tarde."

"E depois?"

"Como assim?"

"Você não pode retornar ao trabalho." Finalmente, ela fixou a vista nas mãos dele. "Como pretende dirigir, ou digitar um relatório? E os telefonemas?"

"Darei um jeito." Ele olhou em torno, sua vez de evitar contato visual. Rodeado de homens da sua idade, que exibiam a mesma palidez acinzentada. A dieta escocesa cobrara sem dúvida um preço alto daquele grupo. Um sujeito tossia, desesperado para fumar. Outro dava a impressão de ter problemas respiratórios. A massa obesa de fígado inchado que formava a população masculina local. Rebus ergueu uma das mãos para esfregar o antebraço na face direita, sentindo a barba por fazer. Os pêlos, sabia, tinham o mesmo tom prateado das paredes da enfermaria.

"Darei um jeito", ele repetiu no silêncio que se seguiu, baixando o braço, arrependido de tê-lo erguido. Os dedos formigaram de dor quando latejaram por causa da circulação do sangue. "Conversaram com você?", ele perguntou.

"Sobre o quê?"

"Tenha dó, Siobhan..."

Ela o encarou sem piscar. As mãos saíram do esconderijo, quando se debruçou para a frente na cadeira.

"Outra sessão esta manhã."

"Com quem?"

"A chefe." Ela se referia à superintendente-chefe Gill Templer. Rebus acenou a cabeça, satisfeito por saber que por enquanto o caso ainda não subira ao alto escalão.

"O que você pretende dizer a ela?", Rebus perguntou.

"Não há nada a dizer. Não tive nada a ver com a morte de Fairstone." Ela fez uma pausa, outra pergunta pendente entre eles: *E você?* Ela parecia esperar que Rebus dissesse algo, mas ele permaneceu em silêncio. "Ela vai perguntar sobre você", Siobhan acrescentou. "Como veio parar aqui."

"Eu me queimei", Rebus disse. "Foi uma coisa estúpida, mas aconteceu."

"Sei o que você alega ter ocorrido..."

"Escute, Siobhan, foi exatamente isso que aconteceu. Pergunte aos médicos, se não acredita em mim." Ele olhou em torno novamente. "Se conseguir achar algum..."

"Provavelmente ainda estão rodando atrás de uma vaga."

O comentário não foi muito engraçado, mas Rebus riu assim mesmo. Ela demonstrava que não pretendia pressioná-lo mais. O sorriso foi um sinal de gratidão.

"Quem está no comando de South Queensferry?", ele perguntou, mudando de assunto.

"Acho que quem está na chefia é o inspetor Hogan."

"Bobby é um cara legal. Se for possível dar um jeito, ele dará."

"Um circo para a mídia, de todo modo. Grant Hood foi chamado para ser o oficial de ligação."

"Isso nos deixa com falta de pessoal em St. Leonard's, certo?" Rebus ficou pensativo. "Mais uma razão para eu voltar para lá."

"Principalmente se eu for suspensa..."

"Você não será suspensa. Você mesma disse, Siobhan — não teve nada a ver com Fairstone. Pelo que entendo, foi um acidente. Agora que temos um caso mais importante, este vai morrer de morte natural, por assim dizer."

"Um acidente", ela repetiu suas palavras.

Ele balançou a cabeça devagar. "Não se preocupe com isso. A não ser, claro, que você tenha apagado o cretino."

"John..." Havia um toque de alerta em sua voz. Rebus sorriu novamente e piscou um olho.

"Brincadeira", disse. "Sei muito bem quem Gill vai querer enquadrar, no caso de Fairstone."

"Ele morreu num incêndio, John."

"E isso quer dizer que eu o matei?" Rebus ergueu as duas mãos, virando-as para um lado e para outro. "Escaldadas, Siobhan. Só isso. Escaldadas."

Ela se levantou da cadeira. "Se você está dizendo, John..." Depois ela parou na frente dele, que baixava as mãos, sufocando a súbita agonia. Uma enfermeira se aproximava, dizendo algo a respeito da troca de ataduras.

"Estou de saída", Siobhan a informou. Depois, para

Rebus: "Seria de doer se você tivesse feito uma besteira, imaginando me defender".

Ele começou a acenar a cabeça lentamente, ela deu meia-volta e se afastou. "Tenha confiança, Siobhan", ele gritou.

"Sua filha?", a enfermeira perguntou, puxando conversa.

"Só uma amiga. Colega de serviço."

"Você tem algo a ver com a Igreja?"

Rebus fez uma careta quando ela tirou a primeira atadura. "Por que você está perguntando isso?"

"Você falou algo a respeito de ter fé."

"No meu ramo de atividade, precisamos mais do que a maioria." Ele fez uma pausa. "Bem, talvez isso valha para o seu caso também."

"Meu?" Ela sorriu, sem tirar os olhos do curativo. Era baixa, comum, eficiente. "Não posso esperar que a fé faça alguma coisa aqui. Como você arranjou isso?" Ela se referia às mãos em carne viva.

"Enfiei na água fervendo", ele explicou, sentindo uma gota de suor iniciar a lenta jornada têmpora abaixo. Posso suportar a dor, pensou. O problema estava no resto. "Não podemos passar para algo mais leve que as ataduras?"

"Está ansioso para tomar seu rumo?"

"Ansioso para segurar uma xícara sem deixar cair." Ou um telefone, pensou. "Além disso, deve haver alguém lá fora precisando mais do que eu deste leito."

"Você é muito responsável socialmente, pelo que vejo. Depende do que o médico disser."

"E quem seria esse médico?"

"Tenha um pouquinho de paciência, está bem?"

Paciência: ele não tinha tempo para isso.

"Além disso, você receberá visitas", a enfermeira acrescentou.

Ele duvidava. Ninguém sabia que estava internado ali, exceto Siobhan. Pedira que telefonassem para ela, assim poderia avisar Templer que ele não iria trabalhar por motivo de doença, voltaria em dois dias no máximo. Mas a ligação fizera com que Siobhan corresse para o hospital. Ele devia saber que seria assim; talvez por isso mesmo tivesse telefonado para ela, e não para a delegacia.

Ele fora internado na véspera, durante a tarde. Pela manhã desistira de se medicar e consultara seu médico. O clínico o examinara superficialmente e lhe dissera para ir ao hospital. Rebus pegara um táxi até a A&E. Passara constrangimento quando o motorista precisou revirar o bolso da sua calça para pegar o dinheiro da corrida.

"Ouviu a notícia?", o taxista indagara. "Tiroteio numa escola."

"Provavelmente alguma brincadeira."

Mas o motorista, balançando a cabeça: "Nada disso. Deu no rádio que...".

Rebus esperou a vez no A&E. Depois de um tempo fizeram curativos em suas mãos, os ferimentos não eram graves o suficiente para justificar uma transferência para a Unidade de Queimados em Livingston. Mas ele apresentou um quadro de febre e decidiram transferi-lo de A&E para Little France. Ele calculou que queriam ficar de olho nele, caso entrasse em choque ou algo assim. Talvez tivessem pensado que fosse um desses sujeitos que se machucam de propósito. Ninguém veio tratar do assunto. Talvez por isso estivesse internado: esperando uma brecha na agenda de algum psiquiatra.

Ele pensou por um momento em Jean Burchill, a única pessoa que poderia notar seu súbito desaparecimento de casa. Mas a relação esfriara um pouco. Eles passavam uma noite juntos a cada dez dias, aproximadamente. Falavam pelo telefone com mais freqüência, tomavam café juntos à tarde, de vez em quando. Já estava virando rotina. Ele se lembrou da época em que saíra com uma enfermeira, por pouco tempo. Não sabia se ela ainda trabalhava ali. Poderia perguntar, mas o nome lhe escapava no momento. Era um problema: dificuldade para lembrar nomes. Esquecia encontros marcados. Nada sério, claro, só parte integrante do processo de envelhecimento. Mas ele sabia que precisava cada vez mais consultar suas anotações, quando testemunhava num julgamento. Dez anos antes não precisava de notas ou registros. Mostrava mais confiança, e isso impressionava os jurados, segundo os advogados.

"Prontinho." A enfermeira endireitou o corpo. Passara pomada e trocara a gaze das mãos. Depois as enrolara com as ataduras antigas. "Está mais confortável?"

Ele fez que sim. Um pouco de frescor na pele, mas ele sabia que não ia durar.

"Você está tomando algum analgésico?" A pergunta era retórica. Ela havia consultado a ficha ao pé da cama. Antes, após a visita ao toalete, ele mesmo a lera. Constavam a temperatura e os medicamentos usados, mais nada. Nenhuma informação em código que só poderia ser entendida pelos profissionais. Nenhum registro da história que contara ao ser examinado.

Preparei um banho bem quente... escorreguei e caí lá dentro.

O médico emitiu um ruído no fundo da garganta, algo para dar a entender que aceitaria aquilo sem necessariamente acreditar. Excesso de trabalho, falta de sono — seu serviço não era investigar. Médico, não detetive.

"Você quer tomar um paracetamol?", a enfermeira perguntou.

"Se tiver uma cerveja para acompanhar."

Ela abriu de novo o sorriso profissional. Em seus muitos anos de trabalho em hospitais públicos ela provavelmente não ouvira muitas tiradas originais.

"Verei o que posso fazer."

"Você é um anjo", Rebus disse, surpreso. Supunha que um paciente diria algo no gênero dos clichês esperados. De saída, ela talvez nem o tivesse escutado. Devia haver algo na natureza dos hospitais. Mesmo que o sujeito não se sentisse doente, o local provocava seus efeitos, tornando a pessoa mais lenta, mais dócil. Institucionalização. Algo a ver com a combinação de cores, com os ruídos de fundo. O aquecimento também poderia ajudar na submissão. Em St. Leonard's eles mantinham uma cela especial para os "malucos". Era rosa forte, supostamente os acalmava. Por que uma abordagem psicológica similar não era usada ali? A última coisa que desejavam era um paciente descontrolado, gritando ao saltar da cama a cada cinco minutos. Daí o número sufocante de cobertores, bem presos para evitar movimentos. Fique quieto, deitado... recostado nos travesseiros... tomando banho de luz e calor... sem criar caso. Mais um pouco daquele tratamento, pensou, e esqueceria o próprio nome. O mundo lá fora deixaria de fazer diferença. Nada de emprego a sua espera. Nada de Fairstone. Nem do maníaco a disparar tiros na sala de aula...

Rebus virou de lado, usando as pernas para soltar as cobertas. Era uma luta árdua, como a de Harry Houdini contra a camisa-de-força. O homem no leito vizinho abrira os olhos e o observava. Rebus piscou para ele ao erguer os pés no ar.

"Não pare de cavar", disse ao homem. "Vou dar uma volta, tirar a terra da perna da calça."

Pelo jeito, a alusão não fez sentido para seu companheiro de cela...

Siobhan estava de volta a St. Leonard's, matando o tempo ao lado da máquina de refrigerantes. Dois policiais de farda, sentados numa mesa da pequena cantina, comiam sanduíches e batata frita. A máquina de refrigerantes ficava na sala ao lado, com vista para o estacionamento. Se fosse fumante, ela teria uma desculpa para ficar lá fora, onde haveria menos chance de Gill Templer a encontrar. Mas ela não fumava. Sabia que poderia tentar se esconder no ginásio abafado, no final do corredor, ou dar uma volta pela carceragem. Mas nada impedia Templer de usar o sistema de som da delegacia para caçar sua presa. De todo modo, já estariam comentando sua presença no local. Ela puxou o anel para abrir o refrigerante, sabendo o que os guardas discutiam à mesa — a mesma coisa que todo mundo.

Três vítimas fatais no tiroteio da escola.

Ela examinara todos os jornais matinais. Publicaram fotos granuladas das vítimas adolescentes: rapazes de dezessete anos. Os jornalistas não economizaram palavras como "tragédia", "perda", "choque" e "carnificina". Além do relato da ocorrência, as reportagens adicionais enchiam várias páginas: explosão do uso de armas de fogo na Grã-Bretanha... falhas na segurança escolar... histórico dos assassinos suicidas. Ela estudou as fotos do assassino — pelo jeito, apenas três imagens diferentes haviam sido obtidas até ali pelos jornais. Uma muito desfocada, como se registrasse a presença de um espectro e não de alguém em carne e osso. Outra mostrava um homem de macacão segurando um cabo ao subir num barco pequeno. Sorria com a cabeça virada para a câmera. Siobhan imaginou que fosse uma foto para anunciar o serviço de esqui aquático.

A terceira era um retrato que mostrava a cabeça e o ombro, da época em que ele prestara serviço militar. Herdman, seu nome. Lee Herdman, trinta e seis anos. Residente em South Queensferry, dono de uma lancha. Viu fotos do lugar onde ele trabalhava. "A menos de um quilômetro do local do terrível evento", dizia um jornal.

Ex-militar, provavelmente era fácil para ele obter uma arma. Chegou na escola de carro, estacionou na área destinada aos funcionários. Deixou a porta do lado do motorista aberta, obviamente na pressa. Testemunhas o viram avançar na direção da escola, lentamente. Sua única parada e destino final, o grêmio estudantil. Três pessoas na sala. Dois mortos, um ferido. Depois, um tiro na própria têmpora, e fim de tudo. As críticas já começavam a pipocar — como foi possível, meu Deus, depois do que houve em Dunblane, alguém entrar na escola desse jeito? Herdman demonstrara de algum modo que podia se descontrolar? Seria culpa dos médicos ou assistentes sociais? Do governo? De alguém, de qualquer um? Devia haver um culpado. Não adiantava jogar a culpa toda em cima de Herdman: estava morto. Precisavam de um bode expiatório. Siobhan desconfiava que no dia seguinte passariam a elencar os suspeitos de sempre: violência da cultura moderna... filmes e televisão... pressões da vida atual... Depois se acalmariam novamente. Uma estatística chamara a *sua* atenção: desde que as leis sobre porte de armas se tornaram mais rigorosas, após o massacre de Dunblane, os crimes com arma de fogo haviam aumentado na Grã-Bretanha. Ela sabia como o lobby dos armamentos usaria tudo isso...

Uma razão para todos em St. Leonard's comentarem o crime era o fato de o pai do rapaz sobrevivente ser membro do Parlamento escocês. E não era um deputado comum. Jack Bell se envolvera numa confusão seis meses antes, quando fora detido pela polícia durante uma batida na área de prostituição de rua em Leith. Os moradores haviam organizado manifestações e enviado um abaixo-assinado às autoridades policiais, pedindo medidas para solucionar o problema. A polícia atendera aos pedidos, fazendo certa noite uma blitz que prendera o deputado Jack Bell, entre outros.

Mas Bell jurava inocência, alegando que estava na região para "apurar os fatos". Sua esposa confirmara as declarações, assim como a maioria de seu partido, e portanto a polícia deixara o caso de lado. Mas isso só ocorreu depois que a mídia se divertiu muito à custa de Bell, levando o deputado a acusar a polícia de estar mancomunada com a "imprensa marrom" com o objetivo de desmoralizá-lo por ele ser deputado.

O ressentimento crescera, levando Bell a proferir vários discursos no Parlamento, em geral para denunciar a ineficiência da força e a necessidade de mudanças. Tudo isso, todos concordavam, podia causar problemas.

Bell fora detido por uma equipe de Leith, a mesma delegacia encarregada no momento do tiroteio na Port Edgar Academy.

E South Queensferry era, por coincidência, seu distrito eleitoral...

Se isso não bastasse para estimular as más línguas, uma das vítimas era filho de um juiz.

Tudo isso conduzia à segunda razão pela qual todos em St. Leonard's comentavam o caso. Ficaram de fora. Como o fato ocorrera na jurisdição de Leith, e não de St. Leonard's, nada restava a fazer senão ficar sentado observando os desdobramentos, esperando que houvesse necessidade de convocar reforços. Disso Siobhan duvidava. O caso estava praticamente resolvido, o corpo do atirador jazia no necrotério, os das duas vítimas em algum outro lugar. Não seria suficiente para desviar a atenção de Gill Templer do...

"Sargento detetive Clarke, comparecer à sala da superintendência!" A ordem foi gritada pelo alto-falante no teto. Os guardas na cantina se viraram para olhá-la. Ela tentou aparentar calma, continuou bebendo o refrigerante na lata. Sentiu de repente um frio por dentro — nada a ver com a bebida gelada.

"Sargento detetive Clarke, sala da superintendência!"

A porta de vidro estava bem na frente dela. Do outro lado, seu carro aguardava na vaga, obediente. O que Rebus faria? Ficaria escondido ou fugiria? Ela sorriu quando imaginou a resposta. Nenhum dos dois. Ele provavelmente subiria a escada de dois em dois degraus, a caminho da sala da chefia, sabendo que ele estava certo, e que ela estava errada, fosse o que fosse que tivesse a lhe dizer.

Siobhan jogou a lata fora e seguiu para a escada.

"Sabe por que a chamei?", perguntou a superintendente-chefe Gill Templer. Ela estava sentada atrás da mesa cheia de papéis. Como superintendente-chefe, Templer comandava a Divisão B inteira, formada por três delegacias na região sul da cidade. St. Leonard's era o quartel-general da divisão. Não era uma carga de trabalho excessivamente pesada, em comparação com outras divisões, mas as coisas iam mudar quando o Parlamento escocês finalmente mudasse para o conjunto de prédios construído para abrigá-lo, no início da Holyrood Road. Templer já dava a impressão de dedicar um tempo exagerado a reuniões centradas nas necessidades do Parlamento. Siobhan sabia que ela odiava isso. Nenhum policial estava na força por amor à papelada. Contudo, mais e mais o orçamento e os aspectos financeiros tomavam conta do dia-a-dia. Policiais capazes de cuidar dos casos e delegacias sem estourar o orçamento eram valorizados; quem conseguia gastar menos do que o previsto entrava para a categoria dos seres cada vez mais raros.

Siobhan percebia que Gill Templer pagava um preço alto. Sempre tivera um ar cansado. O cabelo começava a ficar grisalho. Ou ela não havia notado ou não tivera tempo de pintá-lo nos últimos dias. O tempo a derrotava. Siobhan se perguntava o preço que teria de pagar para subir alguns degraus em sua carreira. Supondo, claro, que haveria degraus visíveis depois da entrevista de hoje.

Templer parecia ocupada, procurando algo em uma gaveta. Acabou desistindo e a fechou, para concentrar a atenção em Siobhan. Ao fazê-lo, baixou o queixo. Isso tornou seu olhar mais incisivo. Mas Siobhan não pôde deixar de notar que também acentuou as rugas em torno da boca e da garganta. Quando Templer se mexia na poltrona apareciam vincos no casaco, abaixo dos seios, mostrando que ganhara algum peso. Ou comida pronta em excesso ou muitos jantares com o alto escalão. Siobhan, que fora ao ginásio às seis da manhã, empertigou-se mais na cadeira, erguendo um pouco a cabeça.

"Presumo que seja a respeito de Martin Fairstone", ela disse, desferindo o primeiro golpe antes que Templer iniciasse o confronto. Como Templer permaneceu calada, ela seguiu em frente. "Não tive nada a ver com o caso..."

"Onde está John?", Templer a interrompeu abruptamente.

Siobhan engoliu em seco.

"Não está em casa", Templer prosseguiu. "Mandei verificar. Consta, segundo você, que ele pediu alguns dias de licença de saúde. Onde ele está, Siobhan?"

"Eu..."

"O caso é que Martin Fairstone foi visto num bar, há duas noites. Nada excepcional nisso, exceto pelo fato de que seu companheiro era incrivelmente parecido com o inspetor John Rebus. Poucas horas depois, Fairstone foi queimado vivo na cozinha de sua casa." Ela fez uma pausa. "Supondo que estivesse vivo quando o fogo começou."

"Senhora, eu realmente não..."

"John gosta de tomar conta de você, não é mesmo, Siobhan? Nada de errado nisso. John gosta de dar uma de cavaleiro andante de armadura, certo? Precisa sempre procurar um dragão para combater."

"Isso não tem nada a ver com o inspetor Rebus, senhora."

"E do que ele está se escondendo, então?"

"Eu não sabia que ele estava se escondendo."

"Você esteve com ele?" Era uma pergunta, ou quase. Templer se permitiu um sorriso triunfal. "Aposto que sim."

"Ele não está passando muito bem, por isso não veio", Siobhan defendeu-se, sabendo que seus golpes perdiam boa parte da força.

"Se ele não pode vir aqui, estou disposta a permitir que você me leve até ele."

Siobhan sentiu os ombros caírem. "Preciso falar com ele primeiro."

Templer balançava a cabeça. "Isso não é algo que você possa negociar, Siobhan. Fairstone a perseguia, você mesma declarou. Ele a brindou com esse olho roxo." Siobhan ergueu a mão involuntariamente, tocando a face esquerda. As marcas haviam praticamente sumido; ela sabia que agora não passavam de sombras. Poderiam ser escondidas com maquiagem, ou justificadas pelo cansaço. Mas ainda podia vê-las quando se olhava no espelho.

"E agora ele está morto", Templer prosseguiu. "Num incêndio meio suspeito. Portanto, você pode entender que preciso falar com todos que o viram naquela noite." Outra pausa. "Quando você o viu pela última vez, Siobhan?"

"Quem — Fairstone ou Rebus?"

"Ambos."

Siobhan não disse nada. Suas mãos tentaram segurar os braços metálicos da cadeira, que não tinha braços. Uma cadeira nova, menos confortável que a anterior. Notou que a poltrona de Templer também era nova, alguns centímetros mais alta que a anterior. Um truque para transmitir superioridade sobre o interlocutor... o que significava que a superintendente-chefe precisava de tais subterfúgios.

"Creio que não estou preparada para responder, senhora", Siobhan disse, após uma pausa. "Com todo o respeito." Ela se levantou, pensando se sentaria novamente caso recebesse a ordem.

"Isso é muito frustrante, sargento Clarke." A voz de Templer era fria, e nada de primeiro nome. "Você vai dizer a John que conversamos?"

"Se a senhora quiser."

"Suponho que vocês pretendem acertar os detalhes, antes do inquérito."

Siobhan balançou a cabeça, registrando a ameaça. Bastaria uma solicitação da superintendente e a Corregedoria entraria em cena, trazendo valises cheias de perguntas e ceticismo. A Corregedoria: nome e sobrenome, Departamento de Corregedoria e Desvios de Conduta.

"Obrigada, senhora", Siobhan disse, abrindo a porta para fechá-la em seguida, atrás de si. Havia um banheiro pequeno no final do corredor, ela foi para lá sentar um pouco, tirou um saquinho de papel do bolso e respirou nele. Em seu primeiro ataque de síndrome do pânico, pensou que fosse sofrer uma parada cardíaca: coração disparado, falta de ar, o corpo inteiro carregado de eletricidade. O médico sugeriu que tirasse uma licença. Ela entrara no consultório imaginando que ele a mandaria ao hospital fazer exames, mas em vez disso ele indicara um livro a respeito de sua condição. Ela comprou um exemplar numa drogaria. Listava cada um de seus sintomas no primeiro capítulo, dando algumas sugestões. Cortar cafeína e álcool. Comer menos sal e menos gordura. Respirar num saco de papel se um ataque parecesse iminente.

O médico informou que sua pressão andava um pouco alta e sugerira exercícios. Por isso ela passou a chegar uma hora mais cedo no trabalho, para malhar no ginásio. A piscina pública situava-se na mesma rua, e ela se prometeu que começaria a nadar lá.

"Eu me alimento bem", declarara ao médico.

"Tente preparar uma lista do que come durante uma semana", ele havia sugerido. Até agora, ela não se dera ao trabalho de fazer isso. E sempre esquecia o maiô.

Era mais fácil botar a culpa em Martin Fairstone.

Fairstone: preso por dois delitos — arrombamento e agressão. Uma vizinha deu o alarme quando ele saía do apartamento que acabara de furtar; Fairstone bateu a cabeça da mulher na parede e pisou em seu rosto com tanta força que deixou a marca da sola do tênis. Siobhan testemunhou contra ele, o melhor possível. Mas a polícia não encontrou o tênis nem os bens furtados do apartamento na casa de Fairstone. A vizinha fornecera a descrição de seu agressor, depois o reconhecera nos arquivos criminais. Mais tarde, conseguiu identificá-lo num reconhecimento, no meio de outras pessoas.

Mas houve um problema que a defesa identificou rapidamente. Nenhuma prova no local do crime. Nada que pudesse ligar Fairstone ao caso, exceto a identificação e o fato de ele ser um arrombador conhecido, com diversas detenções por agressão.

"O tênis teria sido perfeito." O defensor público coçara a barba e perguntara se aceitavam arquivar o inquérito, fazer um acordo.

"E ele toma um tapa na orelha e volta para casa?", Siobhan indagara.

No julgamento a defesa disse a Siobhan que a descrição original do agressor, feita pela vítima, guardava pouca semelhança com a pessoa no banco dos réus. A vizinha se saiu bem, admitindo porém a possibilidade de engano, que a defesa explorou ao máximo. Quando testemunhou, Siobhan insinuou que o réu tinha um passado problemático. A certa altura, o juiz não pôde mais ignorar os protestos do advogado de defesa.

"Último aviso, sargento detetive Clarke", dissera o juiz. "A não ser que a senhora tenha algum motivo para prejudicar a promotoria neste caso, sugiro que tome mais cuidado em suas respostas."

Fairstone a encarara, sabendo muito bem o que ela pretendia fazer. Depois do veredito de inocente ele saiu do tribunal como se houvesse molas em seus tênis novos. Segurou Siobhan pelo ombro para impedir que ela se afastasse.

"Isso é agressão", ela o preveniu, tentando ocultar a frustração e a fúria.

"Obrigado pela ajuda lá dentro", ele disse. "Espero poder retribuir o favor um dia desses. Vou ao pub comemorar. Quer tomar uma? Do que você gosta?"

"Vai se afogar no esgoto, tá?"

"Acho que me apaixonei." Um sorriso se abriu no rosto mesquinho. Alguém o chamou: a namorada. Loura tingida, conjunto esportivo preto. Maço de cigarros na mão, telefone celular na orelha. Ela lhe dera o álibi para a hora da agressão. Ela e dois amigos de Fairstone.

"Ela está atrás de você."

"E eu vou atrás de você, Siobhan."

"Vai me pegar?" Ela esperou até que ele balançasse a cabeça. "Então me convide da próxima vez que for espancar algum desconhecido."

30

"Qual é seu telefone?"

"Veja na lista — em Polícia."

"Marty!", a namorada gritou.

"A gente se vê, Shiv." Sem parar de rir, ele deu as costas e se afastou. Siobhan voltou direto para St. Leonard's para consultar a ficha do sujeito. Uma hora depois a mesa passou uma ligação. Era ele, telefonando de um bar. Ela desligou. Dez minutos depois, ele telefonou de novo... e daí a mais dez minutos também.

E no dia seguinte.

E na semana seguinte inteira.

No início, ela ficou sem saber como agir. Não fazia idéia se o silêncio estava funcionando. Ele só ria, parecia que aquilo o estimulava a incomodá-la ainda mais. Ela torcia para que ele se cansasse, encontrasse outra coisa para se ocupar. Mas ele apareceu em St. Leonard's e tentou segui-la até sua casa. Ela notou sua presença e o deteve, pedindo ajuda pelo celular. Uma viatura o levou para a delegacia. No dia seguinte ele estava esperando na calçada de novo, na frente do estacionamento, nos fundos de St. Leonard's. Ela o deixou lá esperando e saiu pela porta da frente, a pé, voltando para casa de ônibus.

Mesmo assim ele não desistiu, e ela se deu conta de que a situação, que começara como brincadeira de mau gosto, se tornara um jogo mais sério. Por isso decidiu jogar uma de suas peças mais fortes. Rebus já havia percebido, de todo modo: telefonemas que não atendia, o modo como olhava para os lados quando saía. Acabou contando tudo a ele, e os dois fizeram uma visita à casa de Fairstone num conjunto habitacional do governo, em Gracemount.

Começou mal. Siobhan logo percebeu que sua "peça" jogaria conforme suas próprias regras. Luta, uma perna arrancada da mesinha de centro, que cedeu ao peso dos dois. Siobhan sentia-se pior ainda, depois — fraca, pois chamara Rebus em vez de lidar sozinha com o problema; trêmula, pois no fundo sabia o que ia acontecer e desejava que acontecesse. Instigadora e covarde.

31

Eles pararam para tomar um drinque no caminho de volta ao centro.

"Você acha que ele vai fazer alguma coisa?", Siobhan perguntou.

"Foi ele quem começou", Rebus disse. "Se ele continuar a atormentar você, já sabe o que o espera."

"Uma surra, é isso?"

"A única coisa que eu fiz foi me defender, Siobhan. Você estava lá, viu tudo." Seus olhos se fixaram nos dela até que a detetive balançou a cabeça afirmativamente. Ele tinha razão. Fairstone avançara contra ele. Rebus o derrubara em cima da mesa de centro e tentara segurá-lo. Mas a perna da mesa cedeu e os dois rolaram no chão, trocando golpes. Tudo aconteceu em questão de segundos, a voz de Fairstone tremia de raiva quando os expulsou a gritos. Rebus apontou o dedo ameaçador e repetiu a ordem: "Fique longe da detetive Clarke".

"Vão embora daqui, vocês dois."

Ela tocou o braço de Rebus com a mão. "Já acabou. Vamos."

"Você acha que já acabou?" A saliva escorria espumando pelo canto da boca de Fairstone.

Derradeiras palavras de Rebus: "Acho melhor que tenha acabado, meu chapa. A não ser que você queira ver o circo pegar fogo".

Ela ia perguntar o que ele tinha querido dizer com isso, mas preferiu ir buscar a última rodada de bebida. Na cama, naquela noite, ela passou um tempo olhando para o teto antes de pegar no sono, acordar subitamente aterrorizada e levantar num pulo, sentindo a adrenalina correr nas veias. Saiu do quarto de quatro, achando que morreria se ficasse em pé. O ataque acabou passando, ela apoiou as mãos na parede do corredor para se levantar do chão. Voltou devagar para a cama e deitou-se de lado, em posição fetal.

Bem mais comum do que você imagina, o médico revelou, após o segundo ataque.

Nesse meio-tempo, Martin Fairstone registrou queixa de intimidação, mas acabou desistindo do processo. Também continuou a ligar. Ela tentou evitar que Rebus notasse, não queria saber o que significaria "ver o circo pegar fogo"...

O Departamento de Investigações Criminais estava um túmulo. O pessoal saíra para diligências ou para ir ao tribunal. A impressão era de que se passava metade da vida esperando a hora de apresentar provas em juízo, só para o caso ser encerrado ou o acusado se declarar culpado. De vez em quando um jurado faltava ou uma testemunha crucial adoecia. O tempo passava, e no final de tudo o veredito era inocente. Mesmo quando o réu era considerado culpado, poderia receber apenas uma multa, ou cumprir pena em liberdade. As prisões viviam lotadas, sendo vistas, cada vez mais, como último recurso. Siobhan não considerava que estava ficando cínica, apenas realista. Críticas recentes alegavam que Edimburgo tinha mais guardas de trânsito do que policiais. Quando um caso como o de Queensferry acontecia, a situação ficava ainda mais difícil. Férias, licença médica, papelada, depoimentos... faltavam horas a todos os dias. Siobhan sabia haver serviço atrasado sobre sua mesa. Seu desempenho sofria com a pressão de Fairstone. Podia sentir a presença dele. Se o telefone tocava ela gelava, e mais de uma vez se deu conta de que corria até a janela subitamente, para verificar se o carro dele estava lá fora. Ela sabia que estava sendo irracional, mas não conseguia evitar. Sabia também que esse não era um assunto sobre o qual podia conversar com alguém... se o fizesse, daria uma demonstração de fraqueza.

O telefone estava tocando. Não em sua mesa, na de Rebus. Se ninguém atendesse a telefonista tentaria outro ramal. Ela atravessou a sala, torcendo para que o som sumisse. Mas isso só aconteceu quando ela tirou o fone do gancho.

"Alô?"

"Quem está falando?" Voz masculina, ríspida, direta.

"Detetive Clarke."

"Oi, Shiv. É Bobby Hogan." Inspetor Bobby Hogan. Ela já lhe havia pedido para não chamá-la de Shiv. Muita gente tentava. Siobhan era pronunciado Shi-vaun, abreviado para Shiv. Quando escreviam seu nome cometiam toda sorte de enganos. Ela se lembrou de que Fairstone a chamara de Shiv algumas vezes, simulando intimidade. Ela odiava isso e sabia que deveria corrigir Hogan, mas não o fez.

"Muito ocupado?", perguntou ela.

"Você sabe que eu estou cuidando de Port Edgar?" Ele fez uma pausa brusca. "Claro que sabe. Pergunta idiota."

"Você apareceu na tevê, Bob. E muito bem."

"Estou sempre disponível para um elogio, Shiv, mas fui mal."

Ela não pôde evitar um sorriso. "Estou meio à toa aqui", disse, olhando para as pastas sobre a mesa.

"Se precisar de ajuda, falo com você. John está?"

"Nosso ídolo? Doente. Para que você quer falar com ele?"

"Ele está em casa?"

"Talvez eu possa transmitir um recado para ele." Sentiu certa urgência na voz de Hogan e ficou curiosa.

"Sabe onde ele está?"

"Sei."

"Onde?"

"Você não respondeu minha pergunta: o que deseja com ele?"

Hogan soltou um longo suspiro. "Preciso de ajuda", explicou.

"E só serve ele?"

"Creio que sim."

"Estou desolada."

Ele ignorou o comentário. "Em quanto tempo você consegue avisá-lo?"

"Talvez ele não possa ajudar muito."

"A não ser que esteja entubado, serve."

Ela apoiou o corpo na mesa de Rebus. "O que houve?"

"Diga a ele para me telefonar, está bem?"

"Você está na escola?"

"Melhor ligar no celular. Até logo, Shiv."

"Espere um pouco!" Siobhan olhava para a porta.

"O que foi?", perguntou Hogan, sem conseguir disfarçar a exasperação.

"Ele acabou de chegar. Pode falar." Ela passou o fone para Rebus. As roupas estavam mal-ajambradas. De início, ela pensou que ele tinha bebido, mas logo se deu conta. Ele conseguira se vestir, com muito esforço. A camisa enfiada para dentro da calça, ou quase. A gravata frouxa no pescoço. Em vez de pegar o telefone, ele se aproximou e encostou o ouvido no aparelho.

"É Bobby Hogan", ela explicou.

"Oi, Bobby."

"John? A ligação está ruim..."

Rebus olhou para Siobhan. "Mais perto", sussurrou. Ela posicionou o fone de modo que ficasse apoiado no queixo dele, notando que ele precisava lavar o cabelo. Estava colado na testa, na frente, e grudento atrás.

"Melhor agora, Bobby?"

"Sim, bem melhor, John. Preciso de um favor."

Quando o telefone baixou um pouco, Rebus olhou para Siobhan. Ela fitava a porta. Ele olhou também e viu Gill Templer ali, parada.

"Na minha sala!", ela esbravejou. "Agora mesmo!"

Rebus passou a ponta da língua nos lábios. "Acho melhor ligar para você mais tarde, Bobby. A chefe quer falar comigo."

Ele se levantou enquanto a voz de Bobby se afastava, inaudível e mecânica. Templer, com um gesto, ordenou que ele a seguisse. Ele deu de ombros de leve, voltado para Siobhan, e começou a sair da sala.

"Ele está de saída", ela informou a Hogan.

"Diga a ele para voltar!"

"Duvido que seja possível. Sabe... acho melhor você me dar uma idéia do que se trata. Quem sabe eu possa ajudar..."

"Vou deixar aberta, se você não se importa", Rebus disse.

"Se você quer que a delegacia inteira escute, por mim, tudo bem."

Rebus se acomodou na cadeira. "É que eu estou com certa dificuldade para lidar com maçanetas." Ele ergueu as mãos para que Templer as visse. A expressão dela mudou imediatamente.

"Minha nossa, John, o que aconteceu?"

"Enfiei a mão na água quente. Parece pior do que é."

"Queimou-se?" Ela se recostou na poltrona, e seus dedos apertaram a borda da mesa.

Ele confirmou com um aceno. "Foi só isso, e mais nada."

"Nada do que estou pensando?"

"Nada do que você está pensando. Enchi a pia da cozinha para lavar os pratos, esqueci de abrir a água fria e enfiei a mão lá dentro."

"Por quanto tempo, exatamente?"

"O suficiente para escaldá-las, pelo jeito." Ele tentou abrir um sorriso, pensando que a versão da pia era mais palatável que a da banheira, mas Templer não parecia nada convencida. O telefone começou a tocar. Ela atendeu e desligou sem falar nada.

"Você não é o único azarado. Martin Fairstone morreu num incêndio."

"Siobhan me contou."

"E?"

"Acidente com a fritadeira." Ele deu de ombros. "Acontece."

"Você esteve com ele no domingo à noite."

"Estive?"

"Testemunhas viram você com ele num bar."

Rebus deu de ombros. "É, topei com ele por acaso."

"E saiu do bar com ele?"

"Não."

"Foi até a casa dele?"

"Quem disse?"

"John..."

Ele elevou a voz. "Quem disse que não foi acidente?"

"O incêndio ainda está sendo investigado."

"Tomara que tenham sorte." Rebus tentou cruzar os braços e os deixou cair novamente ao longo do corpo quando percebeu que não podia fazer aquilo.

"Deve doer", Templer comentou.

"Eu agüento."

"Isso aconteceu no domingo à noite?"

Ele fez que sim.

"Veja bem, John..." Ela se debruçou, apoiando os cotovelos na mesa. "Você sabe o que as pessoas vão dizer. Siobhan denunciou Fairstone por incomodá-la. Ele negou, depois acusou você de ameaçá-lo."

"E desistiu da queixa."

"Mas sabemos agora, por Siobhan, que Fairstone a atacou. Sabia disso?"

Ele balançou a cabeça. "O incêndio é só uma coincidência estúpida."

Ela baixou os olhos. "Mas não cheira bem, concorda?"

Rebus encenou um exame em seus braços. "Desde quando eu me interesso por cheirar bem?"

Ela quase sorriu, a contragosto. "Eu só queria ter certeza de que não estamos envolvidos nisso."

"Pode confiar em mim, Gill."

"Se é assim, você se importaria em formalizar tudo? Redigir um relatório?" O telefone dela começou a tocar de novo.

"Se eu fosse você, atenderia", disse uma voz. Siobhan estava parada no corredor, de braços cruzados. Templer olhou para ela e tirou o fone do gancho.

"Superintendente-chefe Templer."

Siobhan trocou um olhar com Rebus e piscou. Gill Templer ouvia o que diziam do outro lado da linha.

"Claro... sei... suponho que sim... e eu poderia saber por que precisamente ele?"

Rebus entendeu no ato. Era Bobby Hogan. Talvez não ao telefone — Hogan poderia ter passado por cima de Templer e pedido ao subchefe de polícia que fizesse a ligação para ele. Precisava de um favor de Rebus. Hogan tinha poder no momento, decorrente do caso. Rebus gostaria de saber que tipo de favor ele queria.

Templer desligou o telefone. "Você deve se reportar a Queensferry. Pelo jeito, o inspetor Hogan precisa de uma mãozinha." Ela olhava para o tampo da mesa.

"Obrigado, senhora", Rebus disse.

"Fairstone não vai a lugar nenhum, John, lembre-se disso. Assim que Hogan o liberar, você volta para cá."

"Compreendo."

Templer olhou por cima do ombro dele, para Siobhan, que aguardava um pouco recuada. "Enquanto isso, a detetive Clarke ajudará a esclarecer..."

Rebus pigarreou. "Creio que temos um problema, senhora."

"Como assim?"

Rebus ergueu as mãos e virou os punhos lentamente. "Acho que dá para apertar a mão de Bobby Hogan, mas vou precisar de ajuda para o resto." Ele virou parcialmente o corpo, na poltrona. "Se eu pudesse levar a detetive Clarke emprestada por um tempo..."

"Posso providenciar um motorista", Templer retrucou.

"Mas preciso de alguém para tomar notas... telefonar... tem de ser do Departamento de Investigações Criminais. E, pelo que vi na escala, há poucas opções." Ele pausou. "Gostaria de sua permissão."

"Saiam daqui, vocês dois." Templer estendeu a mão e pegou uma pasta, teatral. "Assim que eu tiver novidades dos investigadores do incêndio, falo com vocês."

"Muita gentileza sua, chefe", Rebus disse ao se levantar.

De volta à sala dos detetives ele pediu a Siobhan que enfiasse a mão no bolso de seu paletó e apanhasse um pequeno frasco plástico com algumas pílulas. "Os filhos-da-mãe as contam como se fossem de ouro", queixou-se. "Pegue um pouco de água, por favor."

Ela trouxe uma garrafa de água de sua mesa e o ajudou a beber um pouco, para engolir dois comprimidos. Quando ele pediu mais um, Siobhan consultou o rótulo.

"Aqui diz para tomar dois comprimidos a cada quatro horas."

"Um a mais não vai fazer mal."

"Desse jeito vão acabar logo."

"Guardei outra receita no bolso. Podemos parar numa farmácia, no caminho."

Ela rosqueou a tampa do frasco. "Obrigada por me levar com você."

"Sem problema", ele disse. "Quer falar a respeito de Fairstone?"

"Não faço questão."

"Tudo bem."

"Presumo que nenhum de nós tenha sido responsável." Seus olhos se fixaram nos dele.

"Correto", ele disse. "Isso significa que podemos nos concentrar em ajudar Bobby Hogan. Mas quero pedir uma coisa, antes de sairmos..."

"Diga."

"Você sabe dar nó em gravata? A enfermeira não fazia a menor idéia."

Ela sorriu. "Eu andava mesmo com vontade de apertar sua garganta."

"Mais uma gracinha e eu devolvo você para a chefe."

Mas ele não fez isso, mesmo depois de ela se mostrar incapaz de seguir as instruções para dar o nó na gravata. No final, a balconista da farmácia resolveu o problema, enquanto esperavam que o farmacêutico preparasse o medicamento.

"Eu fazia isso sempre, para o meu marido", ela disse. "Que descanse em paz."

Lá fora, na calçada, Rebus olhou para os dois lados da rua. "Preciso comprar cigarro", disse.

"Só não me peça para acender para você", Siobhan avisou, cruzando os braços. Ele a encarou. "Falo sério", ela acrescentou. "Esta é a melhor oportunidade para largar de fumar que você vai ter na vida."

Ele a fitou, furioso. "Você está se divertindo às minhas custas, né?"

"Um pouquinho", ela admitiu, abrindo a porta do carro para ele com uma mesura.

2

Não havia um caminho rápido para South Queensferry. Eles seguiram até o centro da cidade e pegaram a Queensferry Road. O trânsito só diminuiu quando entraram na A90. A cidade da qual se aproximavam velozmente parecia espremida entre duas pontes — ferroviária e rodoviária — que cruzavam o Firth of Forth.

"Não venho aqui há anos", Siobhan disse, apenas para quebrar o silêncio dentro do carro. Rebus não se deu ao trabalho de responder. Parecia-lhe que o mundo inteiro havia sido coberto de ataduras, sufocado. Achou que era culpa do remédio. Certa vez, num fim de semana, poucos meses antes, ele levara Jean a South Queensferry. Almoçaram num pub, caminharam pelo calçadão. Viram um barco salva-vidas ser lançado ao mar sem pressa, provavelmente era só um treinamento. Foram de carro até Hopetoun House, fizeram o passeio com guia pelo interior luxuoso do palacete. Ele sabia pelos jornais que a Port Edgar Academy ficava perto de Hopetoun House, recordava-se de haver passado pela frente, embora não se pudesse enxergar o prédio da rua. Orientou Siobhan, mas acabaram num beco sem saída. Ela voltou e achou Hopetoun Road sem precisar de ajuda do passageiro. Quando se aproximaram dos portões da escola tiveram dificuldade para passar pelo corredor de peruas das emissoras de tevê e carros dos repórteres.

"Bata em quantos quiser", Rebus resmungou. Um policial uniformizado conferiu suas identidades e abriu os portões de ferro fundido. Siobhan passou.

"Imaginei que ficasse na beira da água", ela disse, "por causa do nome, Port Edgar."

"Tem uma marina chamada Port Edgar. Não deve ser longe daqui." O carro subiu uma ladeira em curva e ele se virou para olhar para trás. Dava para ver a água, mastros para o alto como lanças. Mas logo sumiram entre as árvores, e ao se virar para a frente ele avistou a escola. Era um prédio ao estilo escocês: placas de pedra escura encimadas por torres e coruchéus. A bandeira estava a meio-pau. O estacionamento fora tomado por veículos oficiais, algumas pessoas se aglomeravam em volta da cabine de polícia montada no local. A cidade possuía apenas uma subdelegacia minúscula, que provavelmente não daria conta do recado. Quando os pneus chiaram no cascalho, olhos se voltaram para ver quem era. Rebus reconheceu alguns rostos e foi reconhecido por eles. Ninguém se deu ao trabalho de acenar ou sorrir. Assim que o carro parou Rebus tentou abrir a porta, mas precisou esperar até que Siobhan saísse, desse a volta até o lado do passageiro e abrisse a porta para ele.

"Obrigado", disse, saindo sem ajuda. Um policial fardado aproximou-se. Rebus o conhecia de Leith. Seu nome era Brendan Innes, um australiano. Rebus nunca perguntara como ele fora parar na Escócia.

"Inspetor Rebus?", Innes disse. "O inspetor Hogan o aguarda, dentro da escola. E pediu que o avisasse."

Rebus acenou com a cabeça. "Você tem um cigarro?"

"Não fumo."

Rebus olhou em torno, em busca de outro candidato.

"Ele disse que era para o senhor entrar imediatamente", Innes insistiu. Os dois se voltaram para a cabine de polícia, por causa dos ruídos em seu interior. A porta se abriu e um homem desceu os três degraus batendo os pés. Pelo traje, parecia que ia a um enterro: terno escuro, camisa branca, gravata preta. Rebus o reconheceu pelo cabelo, penteado para trás em sua plenitude grisalha: Jack Bell, membro do Parlamento escocês. Bell era um quarentão de rosto quadrado, sempre bronzeado. Alto e corpulento, exibia a atitude de um homem que se surpreendia quando as coisas não saíam do seu jeito.

"Claro que eu tenho o direito!", gritava. "Todo o direito do mundo! Mas eu não esperava nada de vocês, a não ser obstrução pura e simples!" Grant Hood, oficial de ligação do caso, surgiu à porta.

"Tem direito a sua opinião, senhor", disse, em tom de crítica.

"Não é uma opinião, e sim um fato absolutamente irretorquível! Faz seis meses que vocês meteram os pés pelas mãos, e vocês não costumam esquecer essas coisas, não é?"

Rebus dera um passo à frente. "Com licença, senhor..."

Bell deu meia-volta para encará-lo. "Pois não. O que foi?"

"Apenas imaginei que seria aconselhável baixar o tom de voz... por uma questão de respeito."

Bell ergueu o dedo em riste para Rebus. "Não me venha com essa conversa! Meu filho poderia ter morrido nas mãos daquele maníaco!"

"Sei disso, senhor."

"Além disso, estou aqui representando meus eleitores, e por isso *exijo* que permitam minha entrada..." Bell parou para tomar fôlego. "E quem é você, afinal?"

"Inspetor Rebus."

"Então o senhor não me serve de nada. Preciso falar com Hogan."

"O senhor deve levar em consideração que o inspetor Hogan está extremamente atarefado no momento. O senhor deseja ver a sala da ocorrência, não é?" Bell fez que sim, olhando em volta para ver se encontrava alguém mais útil a seus propósitos do que Rebus. "Posso saber por quê?"

"Não é da sua conta."

Rebus deu de ombros. "Só perguntei porque estou indo falar com o inspetor Hogan..." Ele virou de costas e começou a andar. "Pensei em dizer uma palavra a seu favor, só isso."

"Espere um pouco", Bell disse, e de imediato sua voz perdeu um pouco da estridência. "Talvez você pudesse me mostrar..."

Mas Rebus balançava a cabeça, em negativa. "Melhor esperar aqui, senhor deputado. Eu lhe direi o que o inspetor Hogan pode fazer."

Bell concordou com um aceno, mas não se conteria por muito tempo. "É um escândalo, sabe. Como alguém consegue entrar armado numa escola?"

"É exatamente isso que estamos tentando descobrir, senhor." Rebus examinou o deputado dos pés à cabeça. "O senhor teria um cigarro, por acaso?"

"Hein?"

"Um cigarro."

Bell fez que não e Rebus seguiu novamente na direção da escola.

"Vou esperar, inspetor. Não sairei daqui."

"Muito bem, senhor. É o melhor lugar, imagino."

Havia um gramado em leve aclive na frente da escola, e quadras esportivas ao lado. Policiais fardados nas quadras, expulsando curiosos que pularam o muro. Jornalistas, talvez, provavelmente só sujeitos mórbidos: eles aparecem em todos os homicídios. Rebus viu de relance um prédio moderno, atrás da escola original. Um helicóptero sobrevoou o local. Ele não viu câmeras a bordo.

"Foi divertido", Siobhan disse ao alcançá-lo.

"É sempre um prazer encontrar um político", Rebus concordou. "Principalmente um que demonstra tanto apreço pela nossa profissão."

A entrada principal da escola exibia portas duplas de madeira entalhada e caixilhos de vidro. Na parte interna havia um balcão de recepção com janelas de correr que davam para um escritório, provavelmente da secretária da escola. Ela estava lá dentro, dando declarações com um lenço branco grande na mão, que presumivelmente pertencia ao policial sentado à sua frente. Rebus o conhecia de vista, mas não recordava o nome. Outras portas conduziam ao saguão da escola. Estavam abertas. Um aviso numa delas dizia: TODOS OS VISITANTES DEVEM PASSAR NA SE-CRETARIA. Uma seta apontava para as janelas de correr.

Siobhan apontou para um canto do teto onde havia uma pequena câmera de segurança. Rebus balançou a cabeça e passou pela porta aberta, entrando num corredor longo com escadaria num dos lados e uma vidraça enorme no final. O assoalho era de madeira encerada e estalou com seu peso. Havia quadros nas paredes: sujeitos em traje de gala, professores antigos em suas mesas ou a consultar livros na biblioteca. Adiante constava uma lista de nomes — mestres e diretores, alunos e funcionários que morreram pela pátria.

"Imagino que tenha sido fácil para ele entrar", Siobhan disse em voz baixa. As palavras reverberaram no silêncio e uma cabeça apareceu de uma porta no final do corredor.

"Vocês demoraram muito", ecoou a voz do inspetor Bobby Hogan. "Entrem para ver."

Ele havia recuado para dentro da sala de convivência do sexto ano. Tinha cerca de cinco metros por quatro, com janelas grandes e altas na parede externa. Havia uma dúzia de mesas e uma escrivaninha com computador. Um equipamento de som com cara de antigo no canto, CDs e fitas espalhados. Cadeiras com revistas em cima: *FHM, Heat, M8*. Um romance jazia aberto, capa para cima, ali perto. Mochilas e blazers continuavam nos ganchos da parede perto das janelas.

"Pode entrar", Hogan disse. "Os peritos já passaram o pente fino."

Eles entraram na sala. Os peritos de cena do crime já haviam estado ali, onde tudo acontecera. Pingos de sangue na parede, em spray fino vermelho-escuro. Gotas maiores no chão, e marcas que pareciam de escorregão no ponto onde os pés deslizaram pelas poças. Giz branco e fita adesiva amarela indicavam os pontos onde provas haviam sido recolhidas.

"Ele entrou por uma das portas laterais", Hogan explicou. "Hora do intervalo, não estavam trancadas. Veio direto para cá, pelo corredor. Um belo dia ensolarado, a maioria dos alunos estava lá fora. Ele só achou três..." Hogan apontou para o local onde as vítimas tinham caído. "Ouviam música e liam revistas." Era como se ele falasse consigo, esperando que a repetição das palavras levasse à resposta a suas perguntas.

"Por que aqui?", Siobhan indagou. Hogan ergueu os olhos como se a visse pela primeira vez. "Oi, Shiv", disse com um leve sorriso. "Veio por curiosidade?"

"Veio para me ajudar", Rebus disse, erguendo as mãos.

"Minha nossa, John, o que aconteceu?"

"Uma longa história, Bobby. Siobhan fez uma boa pergunta."

"Por que esta escola, especificamente?"

"Mais do que isso", Siobhan disse. "Você mesmo disse que a maioria dos alunos estava lá fora. Por que ele não atirou neles primeiro?"

Hogan respondeu dando de ombros. "Espero que possamos descobrir."

"E no que podemos ajudá-lo, Bobby?", Rebus indagou. Não entrara até o meio da sala, contentando-se em apenas passar o batente enquanto Siobhan observava os cartazes nas paredes. Eminem pelo jeito mostrava o dedo médio obscenamente ao mundo enquanto um grupo a seu lado, de macacão e máscara de borracha, parecia formado por extras de filme de terror barato.

"Ele serviu no exército, John", Hogan explicou. "Pior ainda, foi do SAS. E eu me lembro de você ter contado certa vez que tentou entrar para o Special Air Service."

"Isso foi há trinta e tantos anos, Bobby."

Hogan nem ouviu. "Pelo que sabemos, o cara levava uma vida solitária."

"Um solitário ressentido com alguma coisa?"

"Pode ser."

"E você quer que eu investigue isso?"

Hogan o encarou. "Se ele tinha algum amigo, provavelmente era como ele, escória das forças armadas. Talvez seja mais fácil para os amigos se abrirem com alguém que percorreu uma trajetória semelhante."

"Trinta e tantos anos atrás", Rebus insistiu. "E obrigado por me incluir na escória."

"Ora, John, você sabe o que quero dizer... só por alguns dias, não peço mais nada."

Rebus voltou ao corredor e olhou em torno. Tudo parecia muito quieto, muito plácido. Contudo, ele sabia que um momento perturbara a paz. A cidade e a escola jamais seriam as mesmas. A vida de todos os envolvidos continuaria conturbada. A secretária da escola talvez nunca mais emergisse de trás daquele lenço emprestado. As famílias enterrariam os filhos, incapazes de pensar em qualquer coisa além do terror de seus momentos finais...

"E então, John?", Hogan perguntou. "Vai me ajudar?"

Algodão macio, quente... ele pode proteger, aconchegar...

Nenhum mistério... palavras de Siobhan... *perdeu o juízo, só isso...*

"Uma pergunta apenas, Bobby."

Bobby Hogan aparentava cansaço e certa perplexidade. Em Leith encarava drogas, facadas, prostituição. Coisas com que Hogan sabia lidar. Rebus teve a impressão de que fora chamado porque Bobby Hogan precisava de um amigo a seu lado.

"Diga", Hogan falou.

"Você tem um cigarro?"

Muita gente disputava o espaço na cabine de polícia. Hogan encheu os braços de Siobhan com a papelada do caso, tudo que tinham a respeito, inclusive cópias ainda quentes, saídas da copiadora da secretaria da escola. Lá fora, gaivotas em bando pousaram no gramado, parecendo curiosas. Rebus atirou a ponta do cigarro na direção delas, e elas avançaram para pegá-la.

"Eu poderia denunciá-lo por crueldade", Siobhan disse.

"Eu idem", ele retrucou, fitando a pilha de material. Grant Hood terminou de conversar pelo celular e o guardou no bolso. "Onde nosso amigo se meteu?", Rebus perguntou.

"Você fala do Dirty Mac Jack?" Rebus riu do apelido, que saíra na reportagem de um jornal popular no dia seguinte à prisão de Bell.

"Ele mesmo."

Hood apontou para baixo. "Alguém da imprensa o chamou, oferecendo uma tomada junto aos portões da escola. Jack saiu feito um louco."

"E jurou que não arredaria pé daqui. O pessoal da imprensa está se comportando direitinho?"

"O que você acha?"

Rebus respondeu com um sorriso irônico. O telefone de Hood tocou outra vez e ele se afastou para atender. Rebus observou Siobhan manobrar o carro com o porta-malas aberto, algumas folhas voaram e caíram no chão. Ela as recolheu em seguida.

"Isso é tudo?", Rebus perguntou.

"Por enquanto." Ela fechou o porta-malas. "Para onde vamos levar isso?"

Rebus olhou para o céu. Nuvens pesadas, ameaçadoras. Talvez nem chovesse, ventava demais. Pensou poder ouvir o som distante do velame a bater nos mastros dos iates. "Vamos a um pub, podemos pegar uma mesa. Perto da ponte ferroviária tem um lugar chamado The Boatman's..." Ela o encarou. "É uma tradição em Edimburgo", ele explicou, sem graça. "Antigamente os profissionais tratavam de seus assuntos no bar local."

"Não vamos renegar a tradição, então."

"Sempre preferi os métodos antigos."

Ela não disse mais nada; deu a volta no carro e abriu a porta. Fechou-a e inseriu a chave no contato antes de se lembrar. Soltou um palavrão e estendeu a mão para abrir a porta de Rebus.

"Muita gentileza", ele disse, sorrindo ao entrar. Não conhecia South Queensferry, mas estava familiarizado com os pubs. Fora criado do outro lado do estuário, e se recordava da vista de North Queensferry: o modo como as pontes pareciam se afastar, quando olhava para o sul. O mesmo guarda fardado abriu o portão para passarem. Jack Bell, no meio da rua, discursava para a câmera.

"Uma buzinada longa e irritante", Rebus ordenou. Siobhan obedeceu. O jornalista baixou o microfone e se virou na direção deles. O câmera baixou o fone do ouvido para o pescoço. Rebus acenou para o deputado, brindando-o com o que poderia passar por um sorriso de desculpas. Visitantes bloqueavam parte da pista, interessados no carro deles.

"Sinto-me numa jaula", Siobhan resmungou. Os carros passavam por eles devagar, todos queriam ver a escola. Não eram profissionais, apenas curiosos que chegavam com a família e a câmera de vídeo. Quando Siobhan passou pela minúscula delegacia de polícia, Rebus disse que preferia descer e ir a pé.

"Encontro você no pub."

"Aonde você vai?"

"Só quero sentir o ambiente." Ele pausou. "Quero um *pint* de India Pale Ale, se chegar lá primeiro."

Ela se afastou, observada por ele, e entrou na lenta procissão do trânsito cheio de turistas. Rebus parou e virou-se para olhar na direção de Forth Road Bridge, ouvindo o zunir de carros e caminhões, num movimento quase de maré. Havia figuras minúsculas lá no alto, paradas no caminho, olhando para baixo. Ele sabia que encontraria mais gente na beira da pista oposta, de onde se tinha uma vista melhor do terreno da escola. Balançando a cabeça, começou a caminhar.

O comércio em South Queensferry concentrava-se numa única rua, que ia da High Street até o Hawes Inn. Mas a mudança estava a caminho. Ao passar pela cidade recentemente, no rumo da ponte, ele notara um supermercado novo e uma área destinada à expansão comercial. Um cartaz tentava os motoristas engarrafados: CANSADO DO TRÂNSITO? VOCÊ PODERIA ESTAR TRABALHANDO AQUI MESMO. A mensagem indicava que Edimburgo estava lotada até a tampa, o tráfego mais lento a cada ano. South Queensferry queria participar da tendência de afastamento do centro. Quem passava pela High Street não notava nada de diferente: pequenas lojas familiares, calçadas estreitas, centro de informação turística. Rebus conhecia algumas das histórias: incêndio na destilaria VAT 69, uísque quente correndo pela sarjeta; pessoas que o beberam hospitalizadas. Um macaco de estimação que, provocado pela dona, rasgou sua garganta; aparições do Cão de Mowbray e do Homem de Burry...

A passagem do Homem de Burry era comemorada anualmente, hasteavam flâmulas e bandeiras, um cortejo percorria a cidade. Ainda faltavam vários meses, mas Rebus se perguntava se haveria festa naquele ano.

Rebus passou pela torre do relógio, que ainda exibia as coroas de flores comemorativas das homenagens aos veteranos das duas guerras mundiais, intocadas pelos vândalos. A rua se estreitava, os carros aproveitavam os poucos pontos de ultrapassagem. De vez em quando ele vislumbrava o estuário, atrás dos prédios à esquerda. Do outro lado da rua, a fileira de lojas térreas acabava no acesso às residências. Duas senhoras idosas, paradas na frente de casa de braços cruzados, discutiam as últimas notícias. Olharam para Rebus, sabiam que era de fora. As carrancas o descartaram, não passava de mais um espectro.

Ele seguiu caminhando, passou por uma banca de jornais. Várias pessoas, aglomeradas em seu interior, buscavam informações nos primeiros vespertinos. Uma equipe de televisão passou, do outro lado da rua — diferente da que ele vira na porta da escola. O câmera operava o equipamento com uma das mãos, com ajuda de um tripé de ombro. O técnico de som, com o gravador ao lado e fones de ouvido em volta do pescoço, empunhava a extensão do microfone como se fosse um rifle. Procuravam um bom lugar para filmar, liderados por uma loira que examinava as vielas em busca do local perfeito para a tomada. Rebus a vira na televisão, calculou que a equipe vinha de Glasgow. A reportagem começaria assim: *A comunidade abalada tenta superar o horror da tragédia que caiu sobre este paraíso de tranqüilidade... as perguntas foram feitas, mas as respostas parecem fugir de todos...* e blablablá. Rebus poderia escrever o roteiro. Como a polícia não tinha pistas, à mídia só restava atormentar os moradores atrás de detalhes da notícia, desentocando quem tivesse alguma informação interessante.

Ele vira isso em Lockerbie, e apostava que em Dunblane ocorrera o mesmo. Agora era a vez de South Queensferry. Chegou a uma curva na estrada, depois da qual havia uma esplanada. Parou por um momento, virando-se para ver a cidade, mas em grande parte ela estava encoberta por árvores e edifícios que se estendiam para lá do percurso que fizera. Ali havia um parapeito e ele pensou que seria um lugar tão bom quanto qualquer outro para acender o cigarro que Bobby Hogan lhe dera e que ele guardara atrás da orelha direita. Tentou pegá-lo, não conseguiu e o cigarro caiu no chão, rolando levado pelo vento. Abaixado, olhos fixos no solo, Rebus seguiu o cigarro e quase colidiu com um par de pernas. O cigarro parou na ponta de um sapato preto de salto e ponta fina. As pernas acima do sapato estavam cobertas por uma meia preta de redinha rasgada. Rebus esticou o corpo. A moça teria entre treze e dezenove anos. Cabelo preto descolorido feito palha, no estilo de Siouxsie Sioux. O rosto mortalmente pálido contrastava com os lábios e olhos pintados de preto. Usava jaqueta de couro preto sobre as roupas pretas de tecido fino, sobrepostas.

"Cortou os pulsos?", ela perguntou, olhando para as ataduras.

"Vou cortar, se você pisar no meu cigarro."

Ela se abaixou, apanhou o cigarro e deu um passo à frente para colocá-lo entre os lábios de Rebus. "Tem isqueiro no meu bolso", ele disse. Ela o pegou e acendeu o cigarro, fechando as mãos em concha em torno da chama, mantendo os olhos fixos nele como se avaliasse a reação a sua proximidade.

"Obrigado", ele disse, "este será o último." Sentia dificuldade para fumar e falar ao mesmo tempo. Pelo jeito ela se deu conta disso, pois puxou o cigarro de sua boca após algumas tragadas e o fumou um pouco. De dentro da luva preta rendada saíram dedos com unhas pintadas de preto.

"Não sou especialista em moda", Rebus disse, "mas tenho a impressão de que você não está só de luto."

Ela sorriu, mostrando dentes brancos miúdos. "Não estou de luto coisa nenhuma."

"Mas você freqüenta a Port Edgar Academy, certo?" Ela o encarou, intrigada por Rebus saber. "Caso contrário, ainda estaria em horário de aula", ele explicou. "Só os alunos da Port Edgar foram dispensados."

"Você é repórter?" Ela devolveu o cigarro à boca de Rebus, que sentiu gosto de batom.

"Policial", ele informou. "DIC, Departamento de Investigações Criminais." Ela não parecia interessada. "Você conhecia os rapazes que morreram?"

"Conhecia." Ela soava magoada, não queria ser deixada de lado.

"Mas não sente a morte deles."

Ela entendeu aonde ele queria chegar, balançando a cabeça ao lembrar de suas próprias palavras: *Não estou de luto coisa nenhuma*. "No máximo, sinto inveja." Novamente, os olhos dela se fixaram nos de Rebus. Ele não pôde deixar de pensar em como seria o rosto da moça sem maquiagem. Provavelmente, bonito; até frágil, quem sabe. O rosto pintado servia de máscara, ocultando a expressão.

"Inveja?"

"Estão mortos, não estão?" Ela o olhou, Rebus balançou a cabeça e ela deu de ombros. Rebus olhou para o cigarro, ela o tirou de sua boca e fumou de novo.

"Você quer morrer?"

"Sinto curiosidade, só isso. Queria saber como é." Ela fez um O com os lábios e soltou um anel de fumaça. "Você deve ter visto muita gente morta."

"Até demais."

"Quantos foram? Já viu alguém morrer?"

Ele não pretendia responder. "Preciso ir embora." Ela tentou lhe dar o que restava do cigarro, mas ele não quis. "Qual é o seu nome, afinal?"

"Teri."

"Terry?"

Ela soletrou o nome. "Mas pode me chamar de Miss Teri."

Rebus sorriu. "Suponho que seja um nome inventado. Vamos nos ver por aí, Miss Teri."

"Pode me ver quando quiser, senhor DIC." Ela virou de costas e saiu andando no rumo do centro, confiante em seu salto de quatro centímetros, ajeitando o cabelo para trás com as mãos antes de acenar de leve com a mão enluvada. Sabia que ele a observava, divertia-se no papel. Rebus calculou que ela fazia o gênero gótico. Já vira góticos no centro, reunidos na porta de lojas de discos. Por um tempo, todos que se encaixavam na descrição foram banidos de Princes Street Gardens: uma lei municipal, algo a ver com um canteiro de flores pisado e a derrubada de uma lata de lixo. Rebus rira ao ler a respeito deles. A linhagem vinha desde os Teddy Boys e punks. Adolescentes em rito de passagem. Ele mesmo fora revoltado antes de entrar para o exército. Jovem demais para a primeira geração de Teddy Boys, crescera com uma jaqueta de couro de segunda mão e um pente de aço afiado no bolso. A jaqueta não era legal — em vez do tipo motoqueiro, era comprida. Ele a cortara com faca de cozinha, deixando fios pendurados e o forro à mostra.

Rebelde de araque.

Miss Teri desapareceu na virada da esquina, e Rebus seguiu para o Boatman's, onde Siobhan o aguardava com as bebidas.

"Pensei que ia ter de tomar sua cerveja", ela disse, em tom queixoso.

"Lamento." Ele levantou o copo com as duas mãos e bebeu. Siobhan conseguira uma mesa de canto, sem ninguém por perto. Com duas pilhas de papel à frente, ela tomava refrigerante de limão e comia um saquinho de amendoim.

"Como vão as mãos?", perguntou.

"Tenho medo de nunca mais poder tocar piano."

"Uma trágica perda para o mundo da música popular."

"Você costuma ouvir heavy metal, Siobhan?"

"Não se puder evitar." Ela parou. "Um pouquinho de Motorhead, para animar a festa."

"Eu me referia ao pessoal mais novo."

Ela fez que não com a cabeça. "Você acha que não teremos problemas, ficando aqui?"

Ele olhou em volta. "O pessoal do local não está interessado. Não vamos exibir fotos de autópsia ou coisa parecida."

"Mas há imagens da cena do crime."

"Deixe de lado, por enquanto." Rebus tomou mais um gole de cerveja.

"Você tem certeza de que pode beber? E os remédios que está tomando?"

Ele a ignorou e apontou para as pilhas. "Então, o que temos aí e por quanto tempo podemos estender esta missão?"

Ela sorriu. "Você prefere evitar outro encontro com a chefe?"

"Vai me dizer que você está ansiosa para falar com ela?"

Siobhan fingiu que pensava a respeito, depois deu de ombros.

"Está contente por Fairstone ter morrido?"

Ela o olhou, intrigada.

"Só curiosidade", ele disse, pensando novamente em Miss Teri. Encenou a tentativa de puxar uma das folhas de cima em sua direção, Siobhan entendeu a deixa e fez isso por ele. Os dois, sentados lado a lado, nem notaram a luz mudar lá fora, enquanto a tarde abria espaço para a noite, lentamente.

Siobhan foi até o balcão pegar mais bebida. O barman puxou conversa, interessado na papelada, mas ela mudou de assunto e eles falaram de escritores. Ela ignorava a ligação entre o Boatman's e personalidades como Walter Scott e Robert Louis Stevenson.

"Você não está bebendo num pub qualquer", o barman explicou. "Está mergulhada na história." Já usara a frase centenas de vezes e fez com que ela se sentisse igual a um turista. Quinze quilômetros de distância do centro da cidade e tudo parecia diferente. Não tinha só a ver com os assassinatos — sobre os quais o barman não se manifestara, ela se deu conta subitamente. Moradores do centro costumavam agrupar os vilarejos afastados como se fossem apenas "pedaços" da cidade — Portobello, Musselburgh, Currie, South Queensferry. Contudo, até Leith, ligado ao centro pelo pavoroso cordão umbilical de Leith Walk, se esforçava imensamente para preservar sua identidade. Ela não se surpreendia ao verificar que era assim também em outros lugares.

Algo levara Lee Herdman até ali. Ele nascera em Wishaw, entrara para o exército aos dezessete anos. Servira na Irlanda do Norte e outros países, depois fizera treinamento para o SAS. Oito anos no regimento até voltar, como ele provavelmente diria, "para a vida civil". Abandonara a esposa em Hereford, sede do SAS, com seus dois filhos, e fora para o norte. As informações sobre sua vida eram precárias. Nenhuma menção ao que ocorrera com a mulher e os filhos ou ao motivo da separação. Fixara residência em South Queensferry seis anos antes. E ali morrera, aos trinta e seis anos.

Siobhan olhou para Rebus, que à sua frente examinava outra página. Ele estivera no exército e ela ouvira rumores de que treinara para o SAS. O que ela sabia a respeito do SAS? Só o que lera no relatório. Serviço Aéreo Especial, sediado em Hereford. Lema: Quem Ousa, Vence. Tropa escolhida entre voluntários, os melhores soldados das forças armadas. O regimento, fundado durante a Segunda Guerra Mundial como unidade de reconhecimento e infiltração, tornara-se famoso durante o cerco da embaixada iraniana, em 1980, e na campanha das Malvinas, em 1982. Uma nota de pé de página, a lápis, informava que os antigos patrões de Herdman haviam sido contatados e intimados a fornecer informações a seu respeito. Ela mencionou isso a Rebus, que apenas bufou, indicando que, em sua avaliação, eles não seriam muito solícitos.

Algum tempo depois de sua chegada a South Queensferry, Herdman iniciara as atividades com a lancha, puxando esquiadores e levando pessoas para passear. Ela registrara o fato, entre as dúzias de notas no bloco sobre a mesa.

"Então você não está com pressa", disse o barman. Ela não o vira retornar.

"Como é?"

Ele baixou os olhos, indicando as bebidas na frente dela.

"Obrigada", ela disse, tentando sorrir.

"Não se preocupe. Às vezes o melhor lugar para ficar é num *dwam*."

Ela balançou a cabeça, sabendo que *dwam* significava devaneio. Raramente usava termos escoceses, conflitavam com seu sotaque inglês. Nunca tentara mudar o sotaque, reconhecendo sua utilidade. Assustava um pouco as pessoas, o que era útil em certos interrogatórios. E quando a confundiam com uma turista, bem, isso poderia fazer com que baixassem a guarda.

"Já sei quem você é", o barman disse. Ela o estudou. Vinte e poucos anos, alto, ombros altos, cabelo preto curto e um rosto que manteria as maçãs bem desenhadas por alguns anos, ainda, apesar da bebida, da alimentação inadequada, do cigarro.

"Impressionante", ela disse, debruçando-se sobre o balcão.

"No começo pensei que vocês fossem repórteres, mas não fizeram nenhuma pergunta."

"Os repórteres já vieram aqui?"

Ele ergueu os olhos, como resposta. "Pelo jeito como vocês examinavam aquele material", ele disse, apontando para a mesa, "concluí que são da polícia."

"Muito observador."

"Ele vinha aqui. Falo do Lee, entende?"

"Você o conhecia?"

"Claro, nós conversávamos... o de sempre, futebol, essas coisas."

"Já andou na lancha dele?"

O barman fez que sim. "Sensacional. Passamos por baixo das pontes, virando o pescoço para cima..." Ele virou a cabeça para mostrar como havia feito. "Lee era maluco." Ele parou abruptamente. "Não me refiro a drogas. Ele gostava muito de correr com o barco."

"Qual é seu nome?"

"Rod McAllister." Ele estendeu a mão, que Siobhan apertou. Estava úmida de lavar copos.

"Prazer em conhecê-lo, Rod." Ela puxou a mão e a enfiou no bolso para pegar um cartão de visita. "Se souber de algo que possa ser útil para nós..."

Ele pegou o cartão. "Certo. Você é Seb..."

"Pronuncia-se Shi-vaun."

"Minha nossa, e por que se escreve assim?"

"Você pode me chamar de detetive Clarke."

Ele guardou o cartão no bolso da camisa, balançando a cabeça. Olhou para ela com interesse renovado. "Há quanto tempo você mora aqui na cidade?"

"Faz muito tempo. Por quê?"

Ele deu de ombros. "No almoço fazemos pratos típicos deliciosos. *Haggis* com nabo e purê de batata."

"Vamos ver, Rod. Saúde." Ela se afastou com os copos. "Saúde."

De volta à mesa, ela pôs o copo de Rebus ao lado do caderno aberto. "Vamos lá. Desculpe pela demora, o barman conhecia Herdman, talvez ele..." Ela já estava sentada. Rebus não prestava a menor atenção, não estava ouvindo nada. Olhava fixamente para a folha de papel à sua frente.

"O que foi?", ela perguntou. Olhando para o papel, viu que já tinha lido aquilo. Detalhes familiares de uma das vítimas, John. "John?", ela arriscou. Os olhos dele deixaram a página lentamente, para fitá-la.

"Eu os conheço", ele disse em voz baixa.

"Quem?" Ela pegou a folha da mão dele. "Você quer dizer os pais?"

Ele fez que sim.

"Conhece de onde?"

Rebus levou as mãos ao rosto. "São parentes." Ele percebeu que ela ainda não havia entendido. "São da *minha* família, Siobhan. São *meus* parentes..."

3

Era uma casa geminada no final da rua sem saída, num conjunto habitacional moderno. Aquela parte de Queensferry não dava vista para as pontes, e nada indicava a presença de ruas centenárias a quinhentos metros de distância. Os carros nos acessos eram modelos médios: Land Rovers, BMWs e Audis. Não havia cercas separando as casas, só caminhos que ligavam os gramados. Siobhan estacionara no meio-fio. Parou a poucos passos de Rebus, que conseguira tocar a campainha. Uma moça com ar confuso atendeu a porta. O cabelo precisava ser lavado e escovado, os olhos estavam congestionados.

"Podemos falar com sua mãe ou seu pai?"

"Eles não querem falar com ninguém", ela disse, e tentou fechar a porta.

"Não somos repórteres." Rebus mostrou a identificação, com dificuldade. "Sou o inspetor Rebus."

Ela examinou a identidade e o encarou.

"Rebus?", disse.

Ele confirmou com um aceno. "Reconhece o nome?"

"Creio que sim..." De repente, surgiu um homem atrás dela. Ele estendeu a mão para cumprimentar Rebus.

"Oi, John. Há quanto tempo."

Rebus cumprimentou Allan Renshaw. "Uns trinta anos, Allan."

Os dois homens se estudaram, tentando encaixar os respectivos rostos em suas lembranças. "Uma vez você me levou a um jogo de futebol", Renshaw disse.

"Raith Rovers, não foi? Não me lembro contra quem eles jogaram."

"Vamos entrando."

"Allan, estou aqui em missão oficial."

"Eu soube que você tinha entrado para a polícia. Estranho, como são as coisas." Rebus seguiu o primo pelo corredor, Siobhan se apresentou à moça, que por sua vez disse ser Kate, "irmã de Derek".

Siobhan lembrou-se do nome, constava no relatório. "Você está na universidade, Kate?"

"St. Andrews. Faço Letras."

Siobhan não conseguiu pensar em mais nada para dizer, nada que não soasse forçado ou banal. Por isso apenas seguiu pelo corredor estreito, passando pela mesa cheia de correspondência intocada, e entrou na sala.

Havia fotos por toda parte. Não apenas em molduras, ou penduradas na parede e distribuídas pelas prateleiras. Elas transbordavam de caixas de sapato, no chão e sobre a mesa de centro.

"Talvez você possa ajudar", Allan Renshaw disse a Rebus. "Tenho dificuldade em identificar alguns rostos." Ele passou um monte de fotos em preto-e-branco. Havia álbuns, também, abertos sobre o sofá, mostrando o crescimento dos dois filhos: Kate e Derek. Começavam com fotos que pareciam de batismo, passando por férias de verão, manhãs de Natal e datas especiais. Siobhan sabia que Kate completara dezenove anos, dois a mais do que o irmão. Também sabia que o pai trabalhava como vendedor de carros na Seafield Road, em Edimburgo. Por duas vezes — no pub e no caminho para lá — Rebus explicara seus vínculos com a família. A mãe tinha uma irmã, que se casara com um sujeito chamado Renshaw. Allan Renshaw era filho deles.

"Vocês não mantinham contato?", ela perguntou.

"Nossa família não liga para essas coisas", ele respondeu.

"Lamento muito o que houve com Derek", Rebus estava dizendo. Não encontrara um lugar para sentar, por isso permanecera em pé ao lado da lareira. Allan Renshaw se acomodou no braço do sofá. Balançou a cabeça, e viu que a filha tentava abrir espaço para que as visitas sentassem.

"Ainda não terminamos de separar as fotos!", ele gritou.

"Só pensei que..." Os olhos de Kate se encheram de lágrimas.

"Vamos tomar um chá?", Siobhan perguntou depressa. "A gente podia sentar na cozinha."

O espaço em volta da mesa mal dava para acomodar os quatro. Siobhan se espremeu para passar e lidar com as xícaras, chaleira e bule. Kate se ofereceu para ajudar, mas Siobhan a convenceu a sentar. A janela da cozinha dava vista para um jardim minúsculo, todo cercado. Um único pano de prato balançava no varal, e parte do gramado fora aparado. O cortador de grama estava parado no meio, e o mato crescia em volta dele.

Um ruído súbito anunciou o movimento na abertura para gatos na porta, e um gato preto e branco surgiu, aninhando-se logo no colo de Kate, olhando para os visitantes.

"Este é Boécio", Kate disse.

"Antigo monarca da Bretanha?", Rebus tentou adivinhar.

"Não tem nada a ver, era Boudicca", Siobhan o corrigiu.

"Boécio", Kate explicou, "foi um filósofo medieval." Ela acariciou a cabeça do gato. O padrão das manchas, Rebus não pôde deixar de notar, dava a impressão de que o gato usava uma máscara do Batman.

"Seu herói, por acaso?", Siobhan perguntou.

"Ele foi torturado por suas crenças", Kate explicou. "Depois disso escreveu um tratado, tentando explicar por que os homens bons sofrem..." Ela parou de falar e olhou para o pai. Pelo jeito, ele não tinha prestado atenção.

"Enquanto os homens maus prosperam?", Siobhan tentou adivinhar. Kate fez que sim.

"Interessante", Rebus comentou.

Siobhan serviu o chá e sentou-se. Rebus ignorou a caneca à sua frente, talvez para não chamar a atenção para as ataduras. Allan Renshaw agarrou a alça da caneca com força, mas não parecia ansioso para erguê-la.

"Recebi um telefonema de Alice", Renshaw disse. "Você se lembra de Alice?" Rebus fez que não. "Ela não era prima de... puxa vida, de que lado ela era?"

"Não tem importância, pai", Kate disse, suavemente.

"Claro que tem, Kate", ele retrucou. "Num momento assim, a família é tudo."

"Você não tem uma irmã, Allan?", Rebus perguntou.

"A tia Elspeth", Kate respondeu. "Mora na Nova Zelândia."

"Ela já recebeu a notícia?"

Kate fez que sim.

"E quanto a sua mãe?"

"Ela passou aqui, mais cedo", Renshaw interrompeu, olhos fixos na mesa.

"Ela nos abandonou faz um ano", Kate explicou. "Ela mora com..." Kate parou de falar. "Ela está vivendo em Fife."

Rebus balançou a cabeça, sabia o que ela ia dizer: *ela mora com um homem...*

"Qual era mesmo o nome daquele parque para onde você me levou, John?", Renshaw perguntou. "Eu tinha uns sete ou oito anos. Fui com mamãe e papai a Bowhill, e você disse que ia me levar para passear, lembra?"

Rebus se lembrou. Ele fora para casa, de licença do exército, ansioso para se divertir. Vinte e poucos anos, antes do treinamento para o SAS. A casa era muito pequena, o pai vivia numa rotina monótona. Por isso Rebus levou Allan para passear. Compraram uma garrafa de suco e uma bola de futebol barata, depois seguiram até o parque para jogar um pouco. Ele olhou para Renshaw. Agora devia ter uns quarenta anos. O cabelo começava a ficar grisalho, havia uma área grande no alto em que já rareava. O rosto estava abatido, a barba por fazer. Era só pele e osso, quando menino, mas agora parecia corpulento, engordara principalmente na cintura. Rebus esforçou-se para achar vestígios do menino que jogava bola com ele, o garoto que levara a Kirkcaldy para ver Raith jogar contra um adversário esquecido. O sujeito à sua frente envelhecia depressa: separado da esposa, filho assassinado. Envelhecendo depressa, lutando para se adaptar.

"Tem alguém ajudando?", Rebus perguntou a Kate. Ele se referia a amigos, vizinhos. Ela acenou positivamente e ele se concentrou em Renshaw.

"Allan, sei que foi um choque para você. Acha que pode responder a algumas perguntas?"

"Como é ser policial, John? Você lida com coisas assim todos os dias?"

"Todos os dias não."

"Eu não suportaria. Vender carros já é bem ruim, ver o dono sair guiando uma máquina perfeita, com um sorriso enorme estampado na cara, e depois ver o cara voltar para fazer um serviço, conserto ou coisa que o valha, notando que o carro perdeu o brilho inicial... e que o dono não sorri mais."

Rebus olhou para Kate, que deu de ombros. Ele deduziu que a moça ouvia muitas queixas similares do pai.

"Sobre o homem que atirou em Derek", Rebus disse com voz pausada, "estamos tentando descobrir o que o levou a fazer isso."

"Era um louco."

"Mas, por que na escola? Por que naquele dia específico? Entende o que eu quero dizer?"

"Você está dizendo que não vai deixar as coisas como estão. E nós só queremos que nos deixem em paz."

"Precisamos saber, Allan."

"Por quê?", Renshaw ergueu a voz. "De que adiantaria saber? Vai trazer Derek de volta? Duvido muito. O filho-da-mãe que fez isso está morto... para mim nada mais importa."

"Tome o chá, pai", Kate disse, estendendo a mão para tocar o braço do pai. Ele pegou a mão dela e a beijou.

"Somos só nós dois agora, Kate. O resto não importa."

"Achei que você tivesse dito que a família é tudo, nessas horas. E o inspetor faz parte da família, certo?"

Renshaw olhou para Rebus novamente, com os olhos cheios de lágrimas. Depois levantou-se e saiu da cozinha. Os outros permaneceram sentados por um tempo, ouvindo o ruído de passos enquanto ele subia a escada.

"Vamos deixá-lo sossegado por enquanto", Kate disse, segura de seu papel e confortável com ele. Empertigou-se no assento da cadeira e juntou as mãos. "Acho que Derek não conhecia aquele sujeito. Sabe, South Queensferry é um vilarejo, sempre existe a chance de se conhecer o rosto, até de saber quem é. Mas não passa disso."

Rebus concordou mas permaneceu calado, esperando que ela sentisse a necessidade de quebrar o silêncio. Siobhan também conhecia aquele jogo.

"Eles não foram escolhidos, certo?", Kate prosseguiu, acariciando Boécio. "Quer dizer, ele estava no lugar errado na hora errada."

"Ainda não sabemos", Rebus respondeu. "Foi a primeira sala em que ele entrou, mas passou por outras portas para chegar até lá."

Ela olhou para Rebus. "Meu pai disse que o outro rapaz era filho de um juiz."

"Você não o conhecia?"

Ela fez que não. "Só de vista."

"Você não estudava em Port Edgar também?"

"Sim, mas Derek é dois anos mais novo que eu."

"Entendo o que Kate diz", Siobhan explicou. "Os meninos da classe do irmão eram dois anos mais novos do que ela, ela não tinha o menor interesse por eles."

"Isso mesmo", Kate concordou.

"E quanto a Lee Herdman? Você o conhecia?"

Ela enfrentou o olhar de Rebus, depois acenou a cabeça lentamente. "Saí com ele uma vez." Ela fez uma pausa. "Quer dizer, saí no barco dele. Fomos em turma. Pensávamos que esquiar seria chique, mas dava muito trabalho, e fiquei apavorada com ele."

"Como assim?"

"Quando a pessoa estava esquiando ele tentava assustá-la, conduzindo a lancha na direção dos pilares da ponte, ou da ilha Inch Garvie, conhece?"

"Aquela que parece uma fortaleza?", Siobhan tentou adivinhar.

"Acho que havia canhões lá durante a guerra, para evitar que entrassem pelo Forth."

"Quer dizer então que Herdman tentou assustar você?", Rebus perguntou, reconduzindo a conversa ao assunto.

"Acho que era uma espécie de teste, para ver quem tinha coragem. Todos nós pensamos que ele era um maníaco." Ela parou de falar de repente, ao ouvir suas palavras. A pouca cor que restava em seu rosto sumiu. "Quer dizer, nunca pensei que ele..."

"Ninguém pensou, Kate", Siobhan a consolou.

A moça precisou de alguns segundos para recuperar a compostura. "Estão dizendo que ele era do exército, e que talvez fosse espião." Rebus não entendeu aonde ela queria chegar, mas fez que sim. Ela olhou para o gato, que ronronava audivelmente, deitado em seu colo de olhos fechados. "Isso pode parecer loucura..."

Rebus debruçou-se. "O que é, Kate?"

"Bem, é que... a primeira coisa que me passou pela cabeça quando eu soube..."

"O que foi?"

Seus olhos passaram por Rebus e Siobhan, voltando a Rebus. "Não, é muito estúpido."

"Eu também", Rebus disse, sorrindo. Ela quase sorriu de volta, depois respirou fundo.

"Derek esteve envolvido num acidente automobilístico no ano passado. Não se machucou, mas o outro rapaz, que dirigia..."

"Ele morreu?", Siobhan adivinhou. Kate confirmou com um aceno.

"Nenhum dos dois tinha carteira de motorista, e haviam bebido. Derek sentia muita culpa pelo ocorrido. Não que tenha sido processado, nada disso..."

"E o que tudo isso tem a ver com o tiroteio?", Rebus perguntou.

Ela deu de ombros. "Nada, absolutamente nada. Foi só que eu, quando soube... quando papai ligou... eu me lembrei de repente de algo que Derek havia dito meses depois do acidente. Ele falou que a família do rapaz que morreu o odiava. Foi por isso que pensei nesta história. Assim que me lembrei, a palavra que me veio à mente foi... vingança." Ela se levantou da cadeira, colocando Boécio no lugar vago. "Acho melhor ir ver como meu pai está. Já volto."

Siobhan também se levantou. "Kate", disse, "como você está se sentindo?"

"Tudo bem. Não se preocupem comigo."

"Lamento muito, por sua mãe."

"Não lamente. Ela e papai brigavam muito. Pelo menos isso acabou..." Após outro sorriso forçado, Kate saiu da cozinha. Rebus olhou para Siobhan, erguendo de leve a sobrancelha, única indicação de que ouvira algo interessante nos últimos dez minutos. Ele acompanhou Siobhan até a sala. Escurecera, por isso acendeu a luz.

"Devo fechar as cortinas?", Siobhan perguntou.

"Será que alguém vai abri-las de novo, pela manhã?"

"Duvido."

"Então deixe tudo aberto." Rebus acendeu outra lâmpada. "Precisamos de muita luz aqui." Ele examinou algumas fotos. Rostos desfocados, lugares que reconheceu. Siobhan estudava os retratos familiares da sala.

"A mãe foi eliminada dos registros familiares", comentou.

"Tem outra coisa", Rebus disse distraidamente. Ela o encarou.

"O que foi?"

Ele apontou para as estantes. "Pode ser minha imaginação, mas parece haver mais fotos de Derek do que de Kate."

Siobhan entendeu aonde ele queria chegar. "E o que isso significa?"

"Não sei."

"Talvez a mãe estivesse nas fotos de Kate."

"Bem, dizem que os filhos mais novos são os preferidos dos pais."

"Você fala por experiência própria?"

"Tenho um irmão mais novo, se é o que você quer saber."

Siobhan refletiu um pouco. "Você acha que devia dizer a ele?"

"A quem?"

"A seu irmão."

"Dizer a ele que sempre foi o queridinho do papai?"

"Não, contar o que aconteceu aqui."

"Isso exigiria descobrir onde ele anda."

"Você não sabe onde seu irmão está?"

Rebus deu de ombros. "Isso mesmo, Siobhan."

Ouviram passos na escada. Kate retornou à sala.

"Está dormindo", ela disse. "Ele tem dormido muito."

"É o melhor para ele neste momento", Siobhan disse, e quase fez uma careta ao emitir o clichê.

"Kate", Rebus interrompeu, "vamos deixá-la sozinha agora. Mas tenho uma última pergunta, se você puder responder."

"Só vou saber quando você perguntar."

"É o seguinte: eu gostaria de saber exatamente onde e quando ocorreu o acidente com Derek."

A sede da Divisão D era um prédio antigo imponente, no centro de Leith. O percurso de South Queensferry não demorou muito — o tráfego vespertino seguia do centro para os bairros. A sala do Departamento de Investigações Criminais estava vazia. Rebus calculou que todos haviam sido convocados para atuar na escola do tiroteio. Quando localizou um membro da equipe administrativa perguntou a ele onde ficavam os arquivos. Siobhan já estava teclando, para ver se achava algo. O arquivo desejado estava guardado num armário de provas, acumulando poeira numa estante, ao lado de centenas de outros. Rebus agradeceu a ajuda da funcionária.

"Foi um prazer", ela respondeu. "Isso aqui hoje está parecendo um cemitério."

"Ainda bem que os bandidos não sabem disso", Rebus disse, piscando um olho.

Ela riu. "Já é bem ruim, mesmo nos melhores dias." Ela se referia à falta de pessoal.

"Devo-lhe um drinque", Rebus disse a ela, que estava de saída. Siobhan a viu acenar sem olhar para trás.

"Você nem perguntou o nome dela", Siobhan disse.

"E não pretendo pagar um drinque para ela." Rebus colocou a pasta sobre a mesa e sentou-se, abrindo espaço para que Siobhan puxasse uma cadeira e se sentasse também.

"Você tem saído com Jean?", ela perguntou, abrindo a pasta. Depois fechou a cara. Em cima da pilha de papéis havia uma foto colorida brilhante do local do desastre. O adolescente morto fora arrancado do assento, de modo que a parte superior do corpo estava sobre o capô. Havia outras fotos sob aquela: registros da autópsia. Rebus as colocou embaixo da pilha e começou a ler.

Dois amigos: Derek Renshaw, dezesseis anos, e Stuart Cotter, dezessete. Resolveram pegar o carro esporte do pai de Stuart, um Audi TT. O pai viajara a negócios, chegaria de avião naquela noite e pretendia voltar para casa de táxi. Sobrava tempo para os rapazes se divertirem, e resolveram ir até Edimburgo. Tomaram um drinque num dos bares à beira-mar em Leith, depois seguiram para a Salamander Street. O plano inicial era pegar a A1, testar a performance do carro e voltar para casa. Mas a Salamander Street parecia uma boa pista de corrida. Calcularam que Stuart Cotter perdera o controle do veículo a mais de cem quilômetros por hora. Ele tentou frear no sinal vermelho, deu um cavalo-de-pau no meio da rua, subiu na calçada e bateu num muro de tijolos. De frente. Derek usava cinto de segurança e sobreviveu. Stuart, apesar do airbag, não teve a mesma sorte.

"Você se lembra disso?", Rebus perguntou a Siobhan. Ela não se lembrava, nem ele. Talvez estivesse viajando ou ocupado com algum caso. Se tivesse lido o relatório... bem, já havia visto relatórios semelhantes muitas vezes. Jovens que confundiam emoção com estupidez, risco com vida adulta. Poderia ter reconhecido o nome Renshaw, embora houvesse muitas pessoas com o sobrenome por ali. Procurou o nome do policial responsável pelo inquérito. Sargento detetive Calum McLeod. Rebus o conhecia vagamente: bom sujeito. Garantia de que o relatório era responsável e minucioso.

"Quero saber uma coisa", Siobhan disse.

"O que é?"

"Estamos levando a sério a hipótese de um crime por vingança?"

"Não."

"Por que esperar um ano? Mais de um ano, na verdade... treze meses. Por que esperar tanto tempo?"

"Nenhum motivo."

"Então, não estamos achando que..."

"Siobhan, é um motivo. No momento, creio que Bobby Hogan espera algo assim de nós. Quer proclamar que Lee Herdman pirou um dia, e resolveu disparar contra alguns estudantes. O que ele não quer é ver a mídia adotar uma teoria conspiratória qualquer, ou algo que dê a impressão de que ele fez um serviço malfeito." Rebus suspirou. "A vingança é o motivo mais velho do mundo. Se confirmarmos que a família de Stuart Cotter não está envolvida, teremos uma preocupação a menos."

Siobhan concordou. "O pai de Stuart era empresário. Tinha um Audi TT. Provavelmente podia contratar alguém como Herdman."

"Tudo bem. Mas por que matar o filho do juiz? E atirar no outro rapaz, que ficou ferido? Por que se matar, principalmente? Assassinos profissionais não costumam agir assim."

Siobhan deu de ombros. "Você sabe mais a respeito dessas coisas do que eu." Ela examinou outras páginas. "Não diz qual é a atividade do senhor Cotter... ah, está aqui: empresário. Bem, isso cobre uma infinidade de pecados."

"Qual é o primeiro nome dele?" Rebus pegou o bloco, mas não conseguia segurar a caneta. Siobhan o tirou de sua mão.

"William Cotter", ela disse, anotando o nome e o endereço. "A família reside em Dalmeny. Onde fica?"

"Bem do lado de South Queensferry."

"Soa chique: Long Rib House, Dalmeny. Nem nome de rua, nem nada."

"Acho que as coisas andam bem para os empresários." Rebus estudou o material. "Nem sei soletrar isso direito. O nome da sócia é Charlotte, tem dois salões de bronzeamento no centro."

"Andei pensando em experimentar, uma hora dessas", Siobhan disse.

"Eis sua chance." Rebus chegara quase ao final da página. "Uma filha, Teri, catorze anos na época do acidente. Deve ter uns quinze, atualmente." Ele franziu a testa, concentrado, e fez o melhor que pôde para examinar o restante dos papéis.

"O que você procura?"

"Uma foto da família..." Deu sorte. O detetive McLeod fora mesmo muito minucioso, reunira recortes dos jornais sobre o caso. Um tablóide conseguira uma imagem da família, pai e mãe no sofá, filho e filha atrás do encosto, de modo que apenas seus rostos apareciam. Rebus tinha quase certeza de que reconhecia a moça. Teri. Miss Teri. O que era mesmo que ela havia dito?

Pode me ver quando quiser...

O que ela quis dizer com isso, diacho?

Siobhan percebera a expressão diferente em seu rosto. "Mais alguém que você conhece?"

"Cruzei com ela quando caminhava até o Boatman's. Mudou muito, porém." Ele examinou o rosto risonho, sem maquiagem. O cabelo parecia castanho-escuro, e não preto. "Pintou o cabelo, usa maquiagem branca no rosto, com olhos e boca preta... roupa preta, também."

"Gótica, né? Por isso você perguntou sobre heavy metal?"

Ele confirmou com um aceno.

"Você acha que isso tem algo a ver com a morte do irmão?"

"Talvez. Mas tem outra coisa."

"O que é?"

"Algo que ela disse... a respeito de não estar de luto, não sentir tristeza pela morte deles..."

Compraram comida para levar, no restaurante indiano favorito de Rebus, em Causewayside. Enquanto providenciavam o pedido compraram meia dúzia de cervejas geladas numa loja de bebidas do outro lado da rua.

"Realmente, um tremendo abstêmio", Siobhan disse, pondo a cerveja numa sacola plástica, no caixa.

"Você acredita que vou dividir?"

"Posso torcer seu braço."

Eles levaram as provisões para o apartamento dele em Marchmont, estacionando o carro na última vaga disponível. O apartamento situava-se no segundo andar. Rebus encontrou dificuldade para enfiar a chave na fechadura.

"Deixa comigo", Siobhan disse.

O apartamento cheirava a mofo. O odor poderia ser comercializado como *aroma de solteiro*. Comida velha, álcool, suor. Havia CDs espalhados pelo carpete da sala, formando uma trilha entre o aparelho de som e a poltrona favorita de Rebus. Siobhan colocou a comida sobre a mesa de jantar e foi à cozinha buscar pratos e talheres. Viu poucos sinais de uso do local para preparar alimentos. Na pia, duas canecas e um pote de margarina aberto, cheio de mofo. Uma lista de compras num Post-it amarelo pregado na porta da geladeira: pão, leite, margarina, bacon, molho, detergente, lâmpada. A nota começava a desbotar, ela se perguntou há quanto tempo estaria ali.

Ao retornar à sala, viu que Rebus pusera um CD para tocar. Um que ela havia lhe dado de presente: Violet Indiana.

"Você gosta?", ela perguntou.

Ele não respondeu. "Achei que você gostaria de ouvir." Ou seja, não havia escutado até agora.

"Melhor do que o rock dinossauro que você ouve no carro."

"Não se esqueça de que eu *sou* um dinossauro."

Ela sorriu e tirou as cervejas da sacola. Olhando por cima do equipamento de som, flagrou Rebus mordiscando uma atadura.

"Você não pode estar com tanta fome assim."

"É mais fácil comer sem essa coisa." Ele desenrolou as ataduras de gaze, primeiro com uma das mãos, depois com a outra. Siobhan percebeu que a velocidade diminuía à medida que ele se aproximava do final. Ele acabou descobrindo as duas mãos, vermelhas, cheias de bolhas. Tentou flexionar os dedos.

"Quer tomar outro comprimido?", Siobhan sugeriu.

Ele quis, aproximou-se da mesa e sentou. Ela abriu duas cervejas e começaram a comer. Rebus não segurava o garfo direito, faltava-lhe força, mas perseverou, deixando cair pingos de molho na mesa, sem no entanto manchar a camisa. Exceto pelos comentários sobre a comida, permaneceram em silêncio. Quando terminaram, Siobhan tirou os pratos e limpou a mesa.

"Melhor incluir panos de prato na lista de compras", disse.

"Que lista de compras?" Rebus reclinou o corpo na cadeira, apoiando a segunda cerveja em cima da perna. "Você poderia ver se tem creme?"

"Teremos sobremesa?"

"No banheiro. Creme para a queimadura."

Obediente, ela procurou o creme no armário. Viu que a banheira estava cheia até a borda, de água fria. Voltou com um tubo azul de pomada. "Para picadas e infecções", leu.

"Serve." Ele pegou o tubo e espalhou uma camada grossa de creme nas duas mãos. Ela abriu a segunda garrafa de cerveja e a deixou em cima do braço do sofá.

"Quer que eu tire a tampa do ralo?", perguntou.

"Que tampa?"

"Da banheira. Você esqueceu de puxá-la. Imagino que você não pretenda tomar banho frio..."

Rebus a encarou. "Com quem você andou conversando?"

"O médico do hospital. Meio cético."

"E como fica o sigilo profissional?", Rebus resmungou. "Bem, pelo menos ele confirmou que a queimadura foi por causa da água quente, e não de fogo, certo?" Siobhan coçou o nariz. "Obrigado por checar minha versão."

"Só pensei que você não devia estar lavando pratos. E quanto à água na banheira?"

"Faço isso depois." Ele sentou de novo para tomar um gole de cerveja. "E o que vamos fazer a respeito de Martin Fairstone?"

Ela deu de ombros e se instalou confortavelmente no sofá. "Precisamos fazer alguma coisa? Pelo que consta, nenhum de nós dois o matou."

"Pode perguntar a qualquer bombeiro, ouvirá a mesma coisa: se quiser matar alguém e sair livre, faça com que ele beba até cair e ligue a fritadeira."

"E daí?"

"Qualquer policial também sabe disso."

"Isso não descarta a possibilidade de acidente."

"Somos policiais, Siobhan: culpados até prova em contrário. Quando Fairstone lhe deu o olho roxo?"

"Como você sabe que foi ele?" O olhar de Rebus indicava que considerara a pergunta ofensiva. Ela suspirou. "Na quinta-feira anterior ao dia de sua morte."

"O que houve?"

"Ele deve ter me seguido. Eu estava descarregando as compras do carro, levando as sacolas até a escada. Quando me virei ele estava comendo uma maçã que apanhara numa das sacolas, no meio-fio. Seu rosto exibia um sorriso imenso. Fui para cima dele... estava furiosa. Agora ele sabia onde eu morava. Dei-lhe um tapa..." Ela sorriu, recordando a cena. "A maçã saiu voando e rolou pela calçada."

"Ele poderia ter acusado você de agressão."

"Bom, ele não fez isso. Deu um soco rápido, de direita, me acertou logo abaixo do olho. Cambaleei e tropecei no degrau. Caí no chão, de costas. Ele pegou a maçã outra vez e saiu andando, atravessou a rua."

"Você não incluiu isso no relatório?"

"Não."

"Contou a alguém o que aconteceu?"

Ela negou com um movimento curto da cabeça. Lembrou-se de quando Rebus lhe perguntara; na época havia negado também. Mas, sabendo... que ele não precisaria ter feito muito esforço. "Só depois que eu soube da morte dele", ela explicou, "procurei a chefe e contei tudo a ela."

Seguiu-se um momento de silêncio entre eles. Garrafas levadas à boca, olhos nos olhos. Siobhan engoliu a bebida e passou a língua no lábio.

"Eu não o matei", Rebus disse, pensativo.

"Ele registrou uma queixa contra você."

"E logo a retirou."

"Então foi acidente."

Ele ficou quieto por um momento. Depois: "Culpado até prova em contrário", repetiu.

Siobhan pegou a cerveja e a ergueu. "Um brinde aos culpados."

Rebus ensaiou um sorriso. "Foi quando você esteve com ele pela última vez?", perguntou.

Ela respondeu: "Sim. E você?".

"Não ficou com medo de ele voltar?" Ele percebeu o olhar ofendido da colega. "Tudo bem, não ficou com medo... mas preocupou-se."

"Tomei providências."

"Que tipo de providências?"

"As de sempre: fiquei de olho em tudo... tentava não sair de casa depois de escurecer, a não ser que tivesse companhia."

Rebus apoiou a cabeça no encosto da poltrona. A música terminou. "Quer ouvir outra coisa?", perguntou.

"Quero ouvir você dizer que a última vez que esteve com Fairstone foi quando brigaram."

"Seria mentira."

"E quando você o viu, então?"

Rebus virou-se para encará-la. "Na noite em que ele morreu." Ele pausou. "Mas você já sabia disso, não é?"

Ela fez que sim. "Templer me contou."

"Saí para tomar um drinque, só isso. Topei com ele num pub. Conversamos um pouco."

"A meu respeito?"

"Sobre o olho roxo. Ele disse que agiu em legítima defesa." Ele parou por um momento. "Do jeito que você contou, dá essa impressão."

"Qual foi o pub?"

Rebus deu de ombros. "Perto de Gracemount."

"E desde quando você se afasta tanto do Oxford Bar para beber?"

Ele a encarou. "Tudo bem, talvez eu quisesse conversar com ele."

"Você o seguiu?"

"Resolveu bancar a promotora?" A cor subiu ao rosto de Rebus.

"Metade do pub percebeu de cara que você era da polícia, sem dúvida", ela comentou. "Por isso Templer ficou sabendo tão depressa."

"Você não está conduzindo a testemunha?"

"Posso me defender sozinha, John!"

"Mas ele continuaria a atormentá-la, dia após dia. O sujeito adorava atormentar os outros. Você viu a ficha dele..."

"Isso não lhe dá o direito de..."

"Não estamos discutindo direitos." Rebus levantou-se da poltrona e aproximou-se da mesa para pegar outra garrafa. "Quer mais?"

"Não, vou dirigir."

"Você é quem sabe."

"Isso mesmo, John. Eu sei, você não."

"Eu não o matei, Siobhan. Eu só..." Ele engoliu o resto da frase.

"Você só o quê?" Ela se virou no sofá, para encará-lo. "O que você fez?"

"Voltei com ele para casa." Ela o mirava, boquiaberta. "Ele me convidou."

"Ele o *convidou*?"

Rebus fez que sim. O abridor de garrafa tremia em sua mão. Ele delegou a tarefa a Siobhan, que lhe entregou a cerveja aberta. "O desgraçado gostava de provocar, Siobhan. Convidou-me para voltar com ele, tomar um drinque e fumar o cachimbo da paz."

"Cachimbo da paz?"

"Palavras dele."

"E você, o que fez?"

"Ele queria conversar... mas não a seu respeito. Tudo, menos você. Falar sobre o tempo passado na cadeia, histórias de bandidos, casos de infância. A novela de sempre, pai cruel, mãe ausente..."

"E você ficou lá sentado, escutando tudo?"

"Fiquei lá sentado morrendo de vontade de bater nele."

"E bateu?"

Rebus negou com um gesto. "Ele estava muito bêbado quando fui embora."

"Ficou na cozinha?"

"Na sala..."

"Você esteve na cozinha?"

Rebus negou novamente.

"Você contou isso a Templer?"

Ele ergueu a mão para coçar a testa e se lembrou que doeria como se queimasse. "Vá para casa, Siobhan."

"Eu tive de separar vocês dois. Agora você vem dizer que voltou à casa dele para tomar um drinque e bater papo? Espera que eu acredite nisso?"

"Não peço que acredite em nada. Vá para sua casa, só isso."

Ela se levantou. "Eu posso..."

"Sei que você pode se cuidar bem sozinha." A voz de Rebus soou cansada, de repente.

"Eu ia dizer que posso lavar os pratos, se você quiser."

"Pode deixar, amanhã eu lavo. Vamos dormir, está bem?" Ele seguiu até a janela da sacada e fitou a rua silenciosa.

"A que horas você quer que eu venha buscá-lo?"

"Oito horas."

"Então passo aqui às oito." Ela pausou. "Um sujeito como Fairstone devia ter inimigos."

"Com toda a certeza."

"Talvez alguém o tenha visto com ele, esperado até você ir embora..."

"Até amanhã, Siobhan."

"Ele era um patife, John. Eu esperava que você dissesse isso." Ela baixou o tom de voz. "Que estamos melhor sem ele."

"Não me lembro de ter dito isso."

"Mas teria dito, pouco tempo atrás." Ela seguiu para a porta. "Até amanhã."

Ele esperava ouvir o barulho da porta ao fechar. Em vez disso, escutou barulho de água, ao fundo. Bebeu um gole de cerveja e olhou através da janela. Quando a porta do quarto se abriu, escutou o barulho da banheira que se enchia de água.

"Vai esfregar minhas costas, também?"

"Por você eu faço tudo." Ela o encarou. "Trocar de roupa não seria má idéia. Posso ajudá-lo a escolher alguma coisa."

Ele balançou a cabeça.

"Esperarei até você terminar o banho... só para ter certeza de que você consegue sair da banheira."

"Eu me viro."

"Vou esperar mesmo assim." Ela se aproximou e pegou a garrafa que ele segurava com dificuldade e a levou à boca.

"Melhor não esquentar demais a água", ele advertiu.

Ela engoliu em seco. "Eu só estou curiosa a respeito de uma coisa."

"O que é?"

"Como você faz para ir ao banheiro?"

Ele franziu a testa. "Faço o que um homem costuma fazer."

"Suponho que isso é o máximo que preciso saber." Ela devolveu a garrafa. "Vou ver se a água não está quente demais, desta vez..."

Depois do banho, enrolado num roupão atoalhado, ele a observou sair e olhar para os dois lados antes de atravessar a calçada para chegar ao carro. Para os dois lados, tomando suas providências, embora o patife tivesse morrido.

Rebus sabia que havia outros como ele. Muitos homens iguais a Martin Fairstone. Atormentado na escola, tornou-se o patinho feio da turma, aderiu a gangues que zombavam de suas dificuldades. Acabou se fortalecendo no meio, aprendendo a usar a violência e a roubar. Não conheceu outro modo de vida. Ele contara sua história, e Rebus a escutara.

"Acho que eu preciso ir no psiquiatra, ver como anda minha cabeça, entende? O que tem dentro da cabeça da gente não é igual ao que aparece pelo lado de fora. Isso parece bobagem? Vai ver é porque estou meio bobo. Tem mais uísque, se você quiser. É só pedir, não fico servindo ninguém, entende? Só batendo um papo, não custa nada..."

E mais... muito mais. Rebus ouvira, tomando uísque devagar, sabendo que fazia efeito. Passara por quatro bares, atrás de Fairstone. Quando o monólogo finalmente acabou, Rebus debruçou-se na poltrona. Estavam sentados em poltronas estofadas, com a mesa de centro entre eles, com uma caixa de papelão no lugar da perna quebrada. Dois copos, uma garrafa, um cinzeiro a transbordar, e Rebus se inclinou para a frente, dizendo suas primeiras palavras em quase meia hora.

"Marty, vamos deixar de lado aquela história com a detetive Clarke, tá? Na verdade, não dou a mínima. Mas eu queria lhe perguntar uma coisa..."

"O que é?" Fairstone, largado na poltrona, segurava o cigarro entre o polegar e o indicador.

"Ouvi dizer que você conhece Peacock Johnson. Pode me dizer algo a respeito dele?"

Rebus, na janela, pensava em quantos analgésicos ainda restavam no frasco. Pensou em sair para tomar um drinque de verdade. Afastou-se da janela e seguiu na direção do quarto. Abriu a gaveta e afastou gravatas e meias, até encontrar o que procurava.

Luvas de inverno. Couro preto, forradas de náilon. Sem uso até o momento.

SEGUNDO DIA

Quarta-feira

4

Havia momentos em que Rebus jurava poder sentir o perfume da esposa no travesseiro frio. Impossível: duas décadas de separação; não havia sequer um travesseiro em que ela dormira ou repousara a cabeça. Outros perfumes, também — de outras mulheres. Sabia ser tudo ilusão, não poderia sentir o cheiro. Na verdade, sentia a ausência delas.

"Um tostão por seus pensamentos", Siobhan disse, trocando de faixa numa fracassada tentativa de avançar um pouco no meio do engarrafamento matinal.

"Eu estava pensando em travesseiros", Rebus declarou. Ela trouxera café para ambos. Rebus tentava segurar sua xícara.

"Linda luva", ela disse, e não foi pela primeira vez. "Perfeita para esta época do ano."

"Posso requisitar outro motorista, sabia?"

"Alguém que traga o café-da-manhã?" Ela pisou fundo quando o sinal amarelou e passou a vermelho. Rebus teve dificuldade para evitar que o café derramasse.

"Qual é a música?", ele disse, olhando para o equipamento de som do carro, que tocava um CD.

"Fatboy Slim. Achei que ia acordar você."

"Por que ele está dizendo para Jimmy Boyle ir embora dos Estados Unidos?"

Siobhan sorriu. "Talvez você não tenha entendido a letra direito. Posso trocar por algo mais melodioso. Que tal Tempus?"

83

"Fugit, por que não?"*

Lee Herdman residira num apartamento de um quarto em cima de um bar na High Street de South Queensferry. Entrava-se por um beco escuro e estreito, com arco de pedra. Um policial fardado guardava o acesso principal, conferindo o nome do morador na lista presa a sua prancheta. Seu nome era Brendan Innes.

"Como eles estão definindo a escala de serviço? Você vai sair logo?", Rebus perguntou.

Innes consultou o relógio. "Ainda tenho mais uma hora."

"Tudo tranqüilo?"

"As pessoas estão saindo para trabalhar."

"Quantos apartamentos, além do de Herdman?"

"Só mais dois. Professor e namorada em um, mecânico de automóveis no outro."

"Professor?", Siobhan especulou.

Innes balançou a cabeça. "Nada a ver com Port Edgar. Dá aula no ensino básico local. A namorada trabalha numa loja."

Rebus sabia que os vizinhos já deviam ter sido interrogados. Alguém guardara as anotações.

"Você falou com todos?", perguntou.

"Quando entravam e saíam."

"O que disseram?"

Innes deu de ombros. "O de sempre: sujeito calmo, não dava muito problema, parecia ser boa gente..."

"Não dava muito problema ou nenhum problema?"

Innes explicou. "Pelo jeito o senhor Herdman de vez em quando dava festas para os amigos."

"E incomodava os vizinhos?"

(*) Tempus é um conjunto norte-americano recente, que ficou conhecido após 2002. Havia um grupo de rock progressivo chamado Tempus Fugit, nos anos 90. Em latim, *tempus fugit* significa "o tempo voa". (N. T.)

Innes fez que não sabia. Rebus virou-se para Siobhan. "Temos uma lista de amigos e conhecidos?"

Ela balançou a cabeça. "Talvez ainda não esteja completa, mas..."

"Vocês vão precisar disso", Innes disse, mostrando uma chave Yale. Siobhan a pegou.

"Como está a bagunça lá em cima?"

"O pessoal da perícia sabia que ele não ia voltar", Innes respondeu com um sorriso, baixando a cabeça para acrescentar os nomes deles à lista.

O saguão de entrada era minúsculo. Nenhum sinal de correspondência recente. Subiram dois lances da escada de pedra. Havia duas portas no primeiro andar e apenas uma no segundo. Nada que identificasse o ocupante — nem nome, nem número. Siobhan girou a chave e eles entraram.

"Muitas trancas", Rebus comentou. Na parte interna da porta havia também dois trincos. "Herdman cuidava da segurança."

Difícil dizer se o apartamento estava arrumado antes da revista feita pela equipe de Hogan. Rebus abriu caminho pelo piso cheio de roupas e jornais, livros e quinquilharias. Estavam sob o telhado do prédio, em cômodos claustrofóbicos. A cabeça de Rebus ficava a meio metro do forro. As janelas, pequenas e sujas, no único quarto: cama de casal, guarda-roupa e cômoda. Televisão portátil em preto-e-branco no assoalho sem carpete, meia garrafa de Bell's vazia a seu lado. Piso com linóleo amarelo engordurado na cozinha, mesa dobrável que deixava o espaço certo para passagem. Banheiro estreito, cheirando a mofo. Dois armários no corredor pareciam ter sido esvaziados e reorganizados rapidamente pelo pessoal de Hogan. Só restava a sala. Rebus voltou a ela.

"Aconchegante, não acha?", Siobhan comentou.

"No sentido que um corretor de imóveis daria à expressão, sim." Rebus apanhou dois CDs no chão: Linkin Park e Sepultura. "O sujeito gostava de som pesado", disse, jogando os discos no chão.

"Gostava do SAS também", Siobhan acrescentou, erguendo um livro para Rebus ver. Havia histórias do regimento, relatos dos conflitos em que os soldados se destacaram, narrativas de ex-membros sobreviventes. Ela apontou para uma escrivaninha próxima, e Rebus viu o que indicava: um álbum de recortes de jornais. Também eram sobre a vida militar. Artigos inteiros discutindo uma suposta tendência: heróis militares norte-americanos que assassinavam as esposas. Recortes sobre suicídios e desaparecimentos. Havia até um intitulado "Falta espaço no cemitério do SAS", ao qual Rebus prestou mais atenção. Conhecia homens enterrados nas covas reservadas ao grupo, no cemitério de St. Martin, não muito longe da sede original do regimento. Agora propunham fazer um novo cemitério perto do QG atual, em Credenhill. Na mesma reportagem mencionavam a morte de dois soldados do SAS. Faleceram durante um "exercício de treinamento em Omã", o que poderia significar qualquer coisa, desde um vacilo até assassinato durante operações clandestinas.

Siobhan olhava para uma sacola de supermercado. Rebus ouviu o tilintar de garrafas vazias.

"Ele sabia receber bem", disse.

"Vinho ou destilados?"

"Vinho tinto e tequila."

"A julgar pela garrafa vazia no quarto, Herdman preferia uísque."

"Como falei, ele sabia receber." Siobhan tirou uma folha de papel do bolso e a desdobrou. "Pelo que consta aqui, a polícia científica recolheu alguns baseados e vestígios do que parece ser cocaína. Levou o computador dele, também. E removeram fotos da porta do guarda-roupa."

"Que tipo de foto?"

"Armas. Algum fetiche, na minha opinião. Quer dizer... pôr fotos de armas na porta do guarda-roupa, e por dentro."

"Que tipo de arma?"

"Aqui não diz nada."

"Qual o tipo de arma usado por ele?"

Ela examinou a lista. Brocock. É uma arma de pressão. O ME38 Magnum, para ser exata."

"É igual a um revólver?"

Siobhan fez que sim. "A gente pode comprar na esquina, por cem libras. Usa um cilindro de gás."

"E a arma de Herdman foi modificada?"

"Revestimento de aço na câmara. Isso permite o uso de munição calibre 22. A alternativa é aumentar o diâmetro para a arma aceitar calibre 38."

"Ele usou munição calibre 22?" Ela confirmou. "Então alguém fez a adaptação para ele."

"Pode ter trabalhado sozinho. Aposto que sabia como fazer."

"Sabemos como ele adquiriu a arma?"

"Como ex-militar devia ter seus contatos."

"Talvez." Rebus pensava nos anos 1960 e 70, quando armas e explosivos sumiam dos quartéis de todos os cantos do país, geralmente para atender aos dois lados do conflito na Irlanda do Norte. Muitos soldados escondiam uma "lembrancinha" em algum lugar; outros conheciam lugares para comprar e vender armas onde ninguém fazia perguntas...

"Vale lembrar que foram armas, no plural", Siobhan disse.

"Ele levava mais de uma arma?"

Ela negou com um movimento da cabeça. "Mas encontraram outra arma durante a busca no abrigo do barco." Ela consultou as anotações novamente. "Uma Mac 10."

"É uma arma de respeito."

"Você conhece?"

"Ingram Mac 10... norte-americana. Mil disparos por minuto. Não dá para entrar na loja e comprar."

"O pessoal do laboratório diz que foi desativada por algum tempo, talvez ele a tenha comprado assim."

"E a modificou, também?"

"Pode ter comprado depois da adaptação."

"Graças a Deus ele não a levou para a escola. Teria sido um massacre."

A sala ficou quieta enquanto pensavam nisso. Em seguida, retornaram à busca.

"Interessante", ela disse, mostrando um dos livros para Rebus. "História de um soldado que enlouqueceu e tentou matar a namorada." Ela estudou a capa. "Pulou de um avião e morreu... caso real, pelo que parece." Uma folha caiu do livro. Uma fotografia. Siobhan a apanhou e virou para que Rebus a visse. "Só podia ser ela, outra vez."

E era mesmo. Teri Cotter, fotografada recentemente. Cena externa, outras pessoas no fundo. Na rua, talvez em Edimburgo. Ela estava sentada na calçada, usando as mesmas roupas com que ajudara Rebus a fumar o cigarro. Mostrava a língua com piercing ao fotógrafo.

"Estava contente", Siobhan comentou.

Rebus examinava a foto. Virou-a, mas o fundo estava em branco. "Ela declarou conhecer os rapazes mortos. Não pensei em perguntar se conhecia o assassino."

"E, pela teoria de Kate Renshaw, Herdman tinha ligações com os Cotter."

Rebus deu de ombros. "Vale a pena examinar a conta bancária de Herdman, ver se aparece dinheiro sujo." Ele ouviu o ruído de uma porta sendo fechada, no andar de baixo. "Parece que um dos moradores está em casa. Vamos lá?"

Siobhan concordou e eles saíram do apartamento, trancando a porta. No piso inferior Rebus encostou a orelha numa porta, depois na outra, e apontou para esta. Siobhan bateu na porta com a mão fechada. Quando a porta se abriu, mostrou sua identificação.

Dois sobrenomes na porta: o professor e sua namorada. Quem abriu a porta foi a namorada. Era baixa e loura, seria bonita se não fosse pela curva do maxilar, que lhe dava um ar permanente de irritação.

"Sou a sargento detetive Clarke, e este é o inspetor Rebus", Siobhan disse. "A senhora poderia responder a algumas perguntas?"

A moça olhou para um e para outro. "Já contamos aos outros policiais tudo que sabemos."

"E somos gratos por isso, senhora", Rebus disse. Viu que ela baixava os olhos para as luvas. "Você mora aqui, certo?"

"Sim."

"Sabemos que se dava bem com o senhor Herdman, embora ele fizesse um pouco de barulho, às vezes."

"Só quando dava uma festa. Nunca tivemos problemas — também recebemos amigos de vez em quando."

"Você gosta de som pesado, como ele?"

Ela franziu o nariz. "Na verdade estou mais para Robbie."

"Ela se refere a Robbie Williams", Siobhan informou Rebus.

"Eu acabaria descobrindo", Rebus torceu o nariz.

"Mas felizmente ele só punha som pesado quando dava uma festa."

"Você foi convidada alguma vez?"

Ela fez que não.

"Mostre para a senhorita..." Rebus falava com Siobhan, mas parou e sorriu para a vizinha. "Sinto muito, não sei seu nome."

"Hazel Sinclair."

Ele balançou a cabeça. "Sargento detetive Clarke, poderia mostrar à senhorita Sinclair..."

Mas Siobhan já havia apanhado a foto, e a entregou a Hazel Sinclair.

"É a Miss Teri", disse a jovem.

"Então você já a viu por aqui?"

"Claro. Parece ter vindo direto da Família Adams. Eu a vejo sempre na High Street."

"E ela vinha aqui?"

"Aqui?" Sinclair parou para pensar, o esforço distorceu ainda mais seu maxilar. Depois, balançou a cabeça. "Sempre achei que ele fosse gay, de qualquer maneira."

"Ele tinha filhos", Siobhan disse, recuperando a foto.

"Não quer dizer nada, né? Muitos gays são casados. E ele esteve no exército, lá tem muitos gays."

Siobhan tentou conter o sorriso. Rebus trocou o pé de apoio.

"Além disso", Sinclair estava dizendo, "eu sempre via rapazes subindo e descendo a escada." Ela fez uma pausa, para reforçar o efeito. "Sempre jovens."

"E algum deles era bonito como Robbie?"

Sinclair fez que não, enfaticamente. "Eu tomaria café-da-manhã nas costas dele qualquer dia da semana."

"Melhor deixar essa parte fora do relatório", Rebus disse, com ar sério, enquanto as duas caíam na risada.

No carro, a caminho da marina de Port Edgar, Rebus examinou algumas fotos de Lee Herdman, na maioria copiadas de jornais. Herdman, alto e magro, exibia uma mecha de cabelo grisalho. Rugas nos olhos, rosto marcado pelos anos. Bronzeado, ou melhor, pele crestada pelo tempo. Olhando para fora Rebus viu que as nuvens se formavam no alto, cobrindo o céu como um lençol manchado. As fotos haviam sido tiradas todas ao ar livre: Herdman cuidando da lancha ou navegando pelo estuário. Numa delas ele acenava para quem estava em terra. Seu rosto exibia um sorriso amplo, como se levasse uma vida gostosa. Rebus nunca vira a menor graça em barcos. Para ele, os iates eram lindos de se ver de longe; de um dos pubs à beira-mar, por exemplo.

"Já velejou?", perguntou a Siobhan.

"Andei de balsa."

"Falo de iates. Sabe, içar a bujarrona, essas coisas."

Ela o encarou. "É isso que a gente faz com a bujarrona?"

"Não tenho a menor idéia." Rebus ergueu os olhos. Passavam pela ponte de Forth Road, a marina situava-se numa rua estreita, pouco depois dos pilares de concreto enormes que pareciam erguer a ponte até o céu. Era o tipo de coisa capaz de impressionar Rebus: não a natureza, mas a engenhosidade. Costumava pensar que as grandes conquistas humanas provinham de um embate com a natureza. A natureza fornecia os problemas; os seres humanos, a solução.

"Chegamos", Siobhan disse, entrando com o carro pelo portão aberto. A marina incluía uma série de galpões, alguns mais bem cuidados que outros. E dois píeres que avançavam pelo Firth of Forth. Num deles havia várias dúzias de barcos atracados. Eles passaram pelo escritório da marina e por um lugar chamado Bosun's Locker, para estacionar ao lado da lanchonete.

"De acordo com os registros há um clube de vela, uma fábrica de velas e um lugar que conserta radar", Siobhan disse, saindo do carro. Ela deu a volta até o lado do passageiro, mas Rebus tinha conseguido abrir a porta.

"Está vendo", ele disse, "ainda não estou no bico do corvo." Contudo, apesar da proteção da luva, seus dedos doíam. Ele endireitou o corpo e olhou em torno. A ponte se erguia alta, acima, o ruído dos carros que passavam era menor do que esperava, e praticamente sufocado pelo clangor da carga dos barcos, que produzia um som metálico estridente. Talvez fossem bujarronas...

"Quem é o dono?", perguntou.

"Um aviso no portão mencionava que se tratava de área pública."

"Ou seja, a prefeitura. Portanto, tecnicamente os donos somos você e eu."

"Tecnicamente, sim", Siobhan concordou. Examinava atentamente a planta do lugar. "O abrigo do barco de Herdman fica à direita, passando o banheiro." Ela apontou. "Para lá, creio."

"Ótimo, depois vamos lá." E apontou para a lanchonete. "Café para viagem, mas não quero quente demais."

"Para não se queimar, já sei." Ela seguiu na direção da lanchonete. "Tem certeza de que quer ficar aqui sozinho?"

Rebus permaneceu ao lado do carro até ela desaparecer dentro da lanchonete, batendo a porta depois de passar. Ele demorou um pouco até tirar o cigarro e o isqueiro do bolso. Abriu o maço e pegou um cigarro com os dentes, prendendo-o com os lábios. O isqueiro era bem mais fácil do que os fósforos, desde que encontrasse um lugar abrigado do vento. Encostado no carro, fumava com prazer quando Siobhan reapareceu.

"Aqui está", ela disse, passando um copo plástico cheio pela metade. "Bastante leite."

Ele olhou para a superfície cor de caramelo. "Obrigado."

Seguiram juntos para o abrigo, na base da tentativa e erro, pois não viram ninguém a quem perguntar o caminho apesar da meia dúzia de carros estacionados ao lado do de Siobhan. "Por ali", ela disse, levando os dois até mais perto da ponte. Rebus notara que um dos pilares era na verdade um pontão de madeira para amarração dos barcos visitantes.

"Deve ser ali", Siobhan disse, atirando seu copo ainda semicheio na lata de lixo mais próxima. Rebus imitou seu gesto, embora tivesse tomado apenas um gole da mistura morna, leitosa. Se havia cafeína ali, ele não notara. Graças a Deus conseguira nicotina.

O abrigo era mesmo só um abrigo, embora espaçoso. Cerca de seis metros de largura, feito de tábuas de madeira e teto de zinco ondulado. Uma porta de correr fechada ocupava metade da largura. Havia correntes no chão, indicando que a polícia rompera o cadeado com um cortador de metal. Uma fita azul e branca substituíra o cadeado, e alguém colara um aviso policial na porta, declarando que a entrada era proibida. Invasores seriam processados. Um cartaz feito à mão indicava que o barracão se destinava a "ESQUI E LANCHA — proprietário L. Herdman".

"Nome interessante", Rebus disse enquanto Siobhan desatava a fita e abria a porta de correr.

"Ele fazia exatamente o que declarava", ela retrucou. Ali Herdman tocava seu negócio, ensinando aprendizes de marinheiro a pilotar, assustando esquiadores. Lá dentro, Rebus viu um escaler de vinte pés, aproximadamente, sobre um reboque cujos pneus precisavam ser calibrados, além de duas lanchas voadeiras, também em cima de reboques, com motores de popa reluzentes, e um jet-ski novo. O local era quase exageradamente limpo, como se um obsessivo o limpasse sempre. Havia uma bancada num dos cantos, com ferramentas penduradas na parede, bem organizadas. Só um pano sujo de óleo indicava que ali eram feitos reparos mecânicos. Um visitante desatento poderia pensar que estava no show-room da marina.

"Onde encontraram a arma?", Rebus perguntou, ao entrar.

"Armário sob a bancada."

Rebus olhou: um cadeado cortado jazia no piso de concreto. A porta do armário estava aberta, mostrando apenas uma série de catracas e chaves.

"Não sobrou nada para a gente descobrir", Siobhan declarou.

"Provavelmente não." Mas Rebus continuava interessado, curioso a respeito do que o lugar poderia revelar de Lee Herdman. Até ali mostrara que Herdman era um profissional meticuloso, que limpava tudo ao encerrar uma tarefa. O apartamento mostrava um sujeito que não era tão exigente em relação a sua vida pessoal. Mas, profissionalmente... profissionalmente Herdman era cem por cento. Combinava com sua formação. No exército, por mais confusa que sua vida pessoal possa ser, ela não pode interferir em seu desempenho. Rebus conhecera soldados cujos casamentos desabaram, mas que mantinham seu equipamento em condição impecável, pois, como dissera um instrutor, *o exército é a melhor coisa que você tem na vida, porra...*

"O que você acha?", Siobhan perguntou.

"Até parece que ele estava esperando uma inspeção da vigilância sanitária."

93

"Na minha opinião os barcos valem mais que o apartamento dele..."

"Concordo."

"Sinal de personalidade dividida..."

"Como assim?"

"Vida doméstica caótica, totalmente oposta à organização do local de trabalho. Mobília barata, apartamento vagabundo, e lanchas caríssimas..."

"Temos uma estagiária de psicanálise aqui", ecoou uma voz forte, atrás deles. A dona, uma cinqüentona corpulenta, exibia um coque tão puxado que dava a impressão de empurrar o rosto para a frente. Usava conjunto preto de duas peças, sapato preto liso e uma blusa verde-oliva com colar de pérolas de uma volta. Levava uma bolsa preta tipo mochila ao ombro. A seu lado um sujeito alto de ombros largos aguardava. Não teria metade da idade dela, cabelo preto escovinha, mãos cruzadas à frente. Usava terno escuro, camisa branca e gravata azul-marinho.

"Você deve ser o inspetor Rebus", a mulher disse, avançando bruscamente, como se pretendesse trocar um aperto de mão, sem se abalar quando Rebus ignorou o cumprimento. Baixou a voz apenas um decibel. "Sou Whiteread, ele é Simms." Seus olhos miúdos feito contas fixaram-se em Rebus. "O senhor já esteve no apartamento, suponho. O inspetor Hogan disse que o senhor iria..." Deixou a frase no ar ao se afastar bruscamente de Rebus para ir ao fundo do abrigo. Deu a volta no escaler, inspecionando o barco como se estudasse comprá-lo. Sotaque inglês, Rebus pensava.

"Sou a sargento detetive Clarke", Siobhan anunciou. Whiteread a encarou e sorriu por uma fração de segundo.

"Claro que é", disse.

Simms avançou, repetindo seu nome como forma de apresentação, e se virou para adotar o mesmo procedimento com Siobhan, incluindo porém um aperto de mão. Sotaque inglês, voz insípida, mera formalidade.

94

"Onde encontraram a arma?", Whiteread perguntou. Mas logo notou o cadeado cortado e respondeu a sua própria pergunta com um movimento da cabeça. Aproximando-se do armário, agachou-se na frente dele de modo que a saia subiu até o joelho.

"Mac 10", declarou. "Famosa por engripar." Ela se levantou de novo, alisando a saia.

"Melhor que um kit para montar", Simms comentou. Encerradas as apresentações, ele se posicionara entre Rebus e Siobhan, com as pernas ligeiramente afastadas, costas eretas, mãos cruzadas na frente do corpo.

"Quero ver a identificação de vocês", Rebus disse.

"O inspetor Hogan sabe que estamos aqui", Whiteread retrucou, distraidamente. Examinava a superfície da bancada. Rebus a seguiu, atento.

"Pedi sua identidade", disse.

"Eu entendi", Whiteread disse, a atenção voltada ao que parecia ser um pequeno escritório nos fundos do galpão. Seguiu para lá, e Rebus foi atrás dela.

"Você está marchando", ele a alertou. "Entregou o ouro." Ela não falou nada. O cadeado pesado da porta do escritório também fora cortado, e a porta, fechada com mais fita de isolamento da polícia. "E seu colega usou a palavra kit", Rebus prosseguiu. Whiteread arrancou a fita adesiva e espiou lá dentro. Cadeira, mesa, um arquivo de metal. Não restava espaço para mais nada, além do que parecia ser um rádio de comunicação, na prateleira. Nada de computadores, copiadoras ou máquina de fax. As gavetas da escrivaninha haviam sido abertas e o conteúdo examinado. Whiteread puxou uma pilha de papéis e passou a estudá-los.

"Você é do exército", Rebus afirmou, quebrando o silêncio. "Mesmo à paisana, continua sendo militar. Não há mulheres no SAS, pelo que sei. Você veio de onde? Fazer o quê?"

Ela virou a cabeça na direção dele. "Vim para ajudar."

"Ajudar como?"

"Ajudar a evitar que coisas como essa ocorram novamente." E voltou ao trabalho.

Rebus a olhou. Siobhan e Simms esperavam, do lado de fora da porta. "Siobhan, ligue para Bobby Hogan. Quero saber o que ele sabe sobre esses dois."

"Ele sabe que estamos aqui", Whiteread disse, sem erguer os olhos. "Avisou, inclusive, que toparíamos com você. Senão, como eu poderia saber seu nome?"

Siobhan estava com o celular na mão. "Ligue logo", Rebus ordenou.

Whiteread devolveu a papelada à gaveta e a fechou. "Você não conseguiu entrar no regimento, não é mesmo, inspetor detetive Rebus?" Lentamente, ela se virou para encará-lo. "Pelo que eu soube, o treinamento foi duro demais para você."

"Por que não veio fardada?", Rebus perguntou.

"Assusta algumas pessoas", Whiteread disse.

"Sério mesmo? E não poderia ser porque vocês não querem mais publicidade negativa?" Rebus sorria friamente. "Não pega bem quando um de vocês apronta uma loucura, certo? A última coisa que vocês querem no mundo é alardear que a pessoa pertencia a sua tropa."

"O que foi feito não tem jeito. Se pudermos evitar que se repita, melhor." Ela parou na frente dele. Vinte centímetros mais baixa, mas em pé de igualdade. "Por que isso deveria incomodá-lo?" E devolveu o sorriso. Se o dele fora frio, o dela saiu direto do congelador. "Você fracassou, não conseguiu ser aprovado. Mas não precisa ficar remoendo isso, inspetor-detetive."

Rebus entendeu "detetive" em vez de "detetive". Podia ser o sotaque, ou ela quis fazer uma gracinha. Siobhan havia ligado, mas Hogan demorava a atender.

"Vamos dar uma olhada no barco", Whiteread disse ao colega, passando por Rebus.

"Tem escada", Simms avisou. Rebus tentou identificar o sotaque: Lancashire ou Yorkshire, talvez. Não tinha

96

certeza, quanto a Whiteread. Aristocrata rural, seja lá o que for isso. O inglês genérico ensinado nas escolas dos ricos. Rebus se deu conta também de que Simms não parecia à vontade de terno, ou desempenhando aquele papel. Talvez fosse um problema de classe também, ou não estava acostumado com nenhum dos dois.

"Meu primeiro nome é John", Rebus disse a ele. "Qual é o seu?"

Simms olhou para Whiteread. "Pode contar a ele!", ela ordenou, ríspida.

"Gav... Gavin."

"Gav para os amigos, Gavin quando está de serviço?", Rebus arriscou. Siobhan passou-lhe o telefone. Ele o pegou.

"Bobby, qual é a sua, deixar dois cretinos das forças armadas de sua majestade meter o bedelho no nosso caso?" Ele parou para ouvir a resposta, depois falou novamente. "Eu usei a expressão de propósito, eles estão quase entrando no barco de Herdman." Outra pausa. "A questão não é essa..." E depois: "Tudo bem, tudo bem. Estamos a caminho". Ele devolveu o telefone a Siobhan. Simms segurava a escada para Whiteread subir.

"Estamos de saída", Rebus disse a ela. "Se não nos encontrarmos de novo... bem, vou morrer de tristeza, pode acreditar. O sorriso será apenas para constar."

Ele esperou que a mulher retrucasse, mas ela já estava a bordo e parecia ter perdido todo o interesse nele. Simms subia a escada, e olhou de relance para os dois policiais.

"Fiquei com vontade de tirar a escada e sair correndo", Rebus disse a Siobhan.

"Por acaso você acha que assim a deteria?"

"Duvido muito", ele admitiu. Depois, em voz alta: "Só mais uma coisinha, Whiteread. O malandrinho do Gav está espiando por baixo da sua saia".

Rebus deu meia-volta para ir embora e piscou para Siobhan, reconhecendo que o comentário fora baixo.

Baixo, mas delicioso.

* * *

"Falo sério, Bobby, o que está havendo com você?" Rebus caminhava por um dos longos corredores da escola na direção do que parecia ser um cofre antigo, daqueles que iam até o teto e tinham rodas e puxadores. Estava aberto, como se fosse uma porta de ferro interna. Hogan olhava para dentro.

"Puxa vida, aqueles filhos-da-mãe não têm nada que fazer aqui."

"John", Hogan disse calmamente, "eu gostaria de lhe apresentar o diretor..." E apontou para o cofre, onde um senhor de meia-idade estava de pé, rodeado por um arsenal que daria para começar uma revolução. "Doutor Fogg", Hogan o apresentou.

Fogg apareceu na soleira da porta. Baixo, corpulento, jeito de boxeador aposentado: uma orelha meio inchada, nariz que cobria metade da cara. Uma cicatriz numa das sobrancelhas abundantes. "Eric Fogg", o homem disse, apertando a mão de Rebus.

"Lamento a linguagem rude, senhor. Sou o inspetor Rebus."

"A gente ouve coisas piores, trabalhando numa escola", Fogg falou, como se já tivesse dito aquilo centenas de vezes.

Siobhan os alcançou, e ia se apresentar quando viu o conteúdo do cofre.

"Minha nossa!", exclamou.

"Viu só que coisa?", Rebus comentou.

"Conforme eu explicava ao inspetor Hogan", Fogg disse, "a maioria das escolas independentes guarda armas como essas."

"Treinamento militar, não é, doutor Fogg?", Hogan acrescentou.

Fogg concordou com a cabeça. "Força conjunta de cadetes — exército, marinha e força aérea. Eles marcham todas as sextas-feiras à tarde." Ele fez uma pausa. "Creio que o maior incentivo é poder desfilar sem uniforme escolar nesse dia."

"Preferem algo mais paramilitar?", Rebus arriscou.

"Armas automáticas, semi-automáticas e outras", Hogan declarou.

"Serve para afastar os ventanistas."

"Na verdade", Fogg disse, "como eu explicava ao inspetor Hogan, se o alarme da escola disparar, as unidades policiais foram orientadas a chegar ao arsenal, antes de mais nada. Vem do tempo em que o IRA e outros grupos tentavam se armar."

"Vai me dizer que tem munição também?", Siobhan perguntou.

Fogg fez que não. "Na escola só temos balas de festim."

"Mas as armas são de verdade, certo? Não foram desativadas?"

"Não, funcionam perfeitamente." Ele olhou para o conteúdo do cofre com um ar quase de repulsa.

"O senhor não se interessa?", Rebus adivinhou.

"Creio que podem se tornar obsoletas antes de serem úteis."

"O senhor fala como um diplomata", Rebus disse, forçando um sorriso para o diretor.

"Herdman conseguiu a arma dele aqui?", Siobhan perguntou.

Hogan descartou isso com um gesto. "Espero que os investigadores do exército possam nos ajudar nisso também." Ele olhou para Rebus. "Caso você não possa, claro."

"Não pegue no meu pé, Bobby. Chegamos faz cinco minutos."

"O senhor também leciona?", Siobhan perguntou a Fogg, esperando evitar a discussão que seus superiores certamente tencionavam começar.

Fogg negou. "Faz tempo que parei. Costumava lecionar religião e educação moral e cívica."

"Instilar o sentido moral em adolescentes? Deve ser duro."

"Ainda não conheci um adolescente que tenha iniciado uma guerra." A voz soou ligeiramente falsa: outra resposta pronta para um comentário freqüente.

"Só não começam porque não lhes damos armas", Rebus comentou, olhando novamente para o arsenal.

Fogg trancou o portão de ferro.

"Quer dizer que não falta nada?", Rebus perguntou.

Hogan negou com um gesto. "Mas as duas vítimas eram cadetes."

Rebus olhou para Fogg, que confirmou. "Anthony se dedicava muito... e Derek um pouco menos."

Anthony Jarvies: o filho do juiz. Seu pai, Roland Jarvies, era muito conhecido nos tribunais escoceses. Rebus apresentara provas em quinze ou vinte casos em que Lord Jarvies atuara com espírito aguçado e o que um advogado chamara de "olhos de verruma". Rebus não sabia o que era uma verruma, mas captou o sentido.

"A gente queria saber", Siobhan estava dizendo, "se alguém verificou a conta bancária e os investimentos de Herdman."

Hogan a encarou. "O contador dele ajudou muito. Os negócios não eram nenhuma maravilha."

"Algum depósito inusitado?", Rebus perguntou.

Hogan franziu a testa. "Por quê?"

Rebus olhou para onde estava o diretor. Ele não queria que Fogg percebesse, mas era tarde demais.

"Vocês preferem que eu me retire...?", Fogg disse.

"Não se preocupe, doutor Fogg. Mas ainda não terminamos, se o senhor não se importa." Hogan trocou um olhar com Rebus. "Tenho certeza de que qualquer coisa dita pelo inspetor Rebus ficará apenas entre nós."

"Mas é claro", enfatizou Fogg. Depois de trancar a porta do cofre, ele girou a fechadura do segredo.

"O outro rapaz assassinado", Rebus explicou a Hogan, "esteve envolvido num acidente de automóvel no ano passado. O motorista morreu. Pensamos que a vingança poderia ser um motivo, embora o caso tenha ocorrido faz bastante tempo."

"Não explica por que Herdman se matou, no final."

"Serviço malfeito, talvez", Siobhan disse, cruzando os braços. "Os dois rapazes foram atingidos, Herdman entrou em pânico..."

"Então, quando mencionaram a movimentação na conta de Herdman, vocês pensavam num depósito grande e recente?"

Rebus confirmou.

"Pedirei a alguém para verificar. A única coisa que conseguimos até agora com as contas foi dar por falta de um computador."

Siobhan perguntou se poderia ser uma jogada para pagar menos imposto.

"Pode ser", Hogan concordou. "Mas encontramos uma nota fiscal. Interrogamos o pessoal da loja que vendeu o equipamento a ele — de primeira linha."

"E se ele jogou fora?", Rebus perguntou.

"Por que ele faria uma coisa dessas?"

Rebus deu de ombros.

"Para ocultar alguma pista?", Fogg sugeriu. Quando olharam para ele, baixou os olhos. "Não que eu queira me intrometer..."

"Não precisa se desculpar, senhor", Hogan disse. "Creio que seu raciocínio é válido." Hogan esfregou os olhos com as mãos e voltou a atenção a Rebus. "Mais alguma coisa?"

"Os intrometidos do exército", Rebus começou. Hogan ergueu a mão para detê-lo.

"Você vai ter de aceitar a presença deles."

"Tenha dó, eles não vieram ajudar a resolver o caso. No mínimo, querem esconder tudo. Preferem que o passado do sujeito no SAS seja esquecido. Por isso vieram à paisana. Whiteread é especialista em jogar a sujeira para baixo do tapete."

"Lamento se pisaram no seu calo, mas..."

"Vão nos pisotear até a morte", Rebus interrompeu.

"John, esta investigação é maior do que você e eu,

maior do que *qualquer coisa!*" Hogan levantou a voz, mesmo trêmula. "A última coisa que eu pretendo aceitar é picuinha, porra!"

"Evite palavrões, por favor, Bobby", Rebus disse, olhando para Fogg.

Como Rebus esperava, Hogan se lembrou da explosão recente de Rebus, e seu rosto exibiu um sorriso.

"Você vai ter de agüentar, tá?"

"Estamos do seu lado, Bobby."

Siobhan deu um passo à frente. "Gostaríamos de fazer uma coisa..." Ela ignorou a olhada de Rebus, um olhar que indicava que ele não sabia de nada, "... interrogar o sobrevivente."

Hogan franziu o cenho. "James Bell? Para quê?" Seus olhos se fixaram em Rebus, mas foi Siobhan quem respondeu.

"Porque ele sobreviveu, foi o único que esteve naquela sala a sair com vida."

"Já falamos com ele meia dúzia de vezes. O rapaz está em estado de choque, ou coisa pior."

"Vamos tomar cuidado", Siobhan insistiu com firmeza.

"Pode ser, mas não é isso que me preocupa..." Seus olhos continuavam fixos em Rebus.

"Seria bom ouvir a história de alguém que esteve lá", Rebus disse. "Saber como Herdman agiu, o que disse. Ninguém o viu naquela manhã, pelo jeito: nem os vizinhos, nem o pessoal da marina. Precisamos preencher as lacunas."

Hogan suspirou. "Antes de mais nada, escutem as fitas." Ele se referia às gravações das conversas com James Bell. "Se ainda acharem necessário falar com o rapaz pessoalmente... vou ver o que posso fazer."

"Muito obrigado, senhor", Siobhan disse, sentindo que o momento exigia uma certa formalidade.

"Eu disse que vou ver o que posso fazer, não prometi nada." Hogan ergueu o dedo, como advertência.

"E vai dar mais uma olhada nas finanças dele?", Rebus perguntou. "Por via das dúvidas."

Hogan fez que sim, desanimado.

"Ah! Espere um pouco!", alguém gritou. Jack Bell marchava pelo corredor, ao encontro do grupo.

"Só faltava essa", Hogan resmungou. Mas Bell concentrava a atenção no diretor.

"Eric", ele seguiu gritando, "que história é essa de você não querer dar entrevista sobre a segurança precária desta escola?"

"A segurança da escola é adequada, Jack", Fogg disse, suspirando. Já discutira o assunto antes.

"Besteira. Você sabe que não é bem assim. Veja bem, estou tentando mostrar que não aprenderam as lições de Dunblane." Ele ergueu um dedo. "Nossas escolas continuam inseguras..." O segundo dedo subiu. "A cidade está cheia de armas de fogo." Ele fez uma pausa, para aumentar o efeito. "E precisamos fazer algo a respeito, você tem de entender." Ele estreitou os olhos. "Eu poderia ter perdido meu filho!"

"Uma escola não é um quartel, Jack", o diretor argumentou, inutilmente.

"Mil e novecentos e noventa e sete", Bell proclamou, "em conseqüência de Dunblane, as armas de fogo de calibre superior a 22 foram proibidas. Os donos legítimos entregaram suas armas, e qual foi o resultado?" Ele olhou em torno, mas ninguém respondeu. "Os únicos que conservaram as armas foram os bandidos, que pelo jeito têm cada vez mais facilidade para adquirir todos os armamentos que desejam!"

"O senhor está pregando ao público errado", Rebus disse.

Bell o encarou. "Talvez esteja", concordou, apontando um dedo. "Pois vocês se mostram mesmo totalmente incapazes de lidar com o problema!"

"Também não é assim", Hogan disse, disposto a discutir.

"Deixa ele falar, Bobby", Rebus interrompeu. "O vento vai ajudar a manter a escola aquecida."

"Como ousa!", Bell gritou. "Quem você pensa que é, para falar comigo desse jeito?"

"Foi o jeito que eu elegi", Rebus retrucou, enfatizando o termo, lembrando ao deputado a natureza transitória de seu mandato.

No silêncio que se seguiu o celular de Bell tocou. Ele ainda fez uma careta para Rebus antes de dar meia-volta e se afastar alguns passos para atender o chamado.

"Como? O quê?" Ele consultou o relógio. "Rádio ou tevê?" Escutou mais um pouco. "Rádio local ou nacional? Só aceito se for nacional..." Ele continuou caminhando, permitindo que sua platéia relaxasse um pouco, acompanhando seus gestos e expressões.

"Muito bem", disse o diretor, "creio que posso retornar a..."

"O senhor se incomoda se eu o acompanhar até sua sala?", Hogan perguntou. "Ainda precisamos esclarecer alguns detalhes." Ele olhou para Siobhan e Rebus. "Voltem ao trabalho", disse.

"Sim, senhor", Siobhan respondeu. E de repente o corredor estava deserto, exceto por Rebus e ela, que respirou fundo e exalou com ruído. "Bell é um horror."

Rebus concordou. "Ele quer explorar o caso até a última gota."

"Não seria político se perdesse uma oportunidade dessas."

"Instinto natural, né? Gozado como as coisas acontecem. A carreira dele ia ladeira abaixo, por causa daquela história das prostitutas de Leith."

"Acha que ele está tentando se vingar?"

"Ele vai acabar conosco, se puder. Precisamos manter a condição de alvos móveis."

"E sua atitude agora foi de alvo móvel, é? Respondendo daquele jeito?"

"A gente precisa se divertir um pouco, Siobhan." Rebus olhou para o corredor deserto. "Acha que Bobby vai ficar bem, sozinho?"

"Ele parecia arrasado, para ser honesta. Por falar nisso... você não acha que ele deveria saber?"

"Saber o quê?"

"Que os Renshaw são seus parentes."

Rebus a olhou, pensativo. "Pode ser complicado. Acho que Bobby não precisa saber mais do que sabe agora."

"A decisão é sua."

"Isso mesmo. E nós dois sabemos que eu não erro nunca."

"Tinha me esquecido disso", Siobhan disse.

"Ainda bem que eu lembrei, detetive Clarke. Estou sempre às ordens..."

5

A delegacia de polícia de South Queensferry era uma caixa de sapato térrea, situada em frente à igreja episcopal. Um aviso na porta indicava que a delegacia estava aberta ao público das nove às cinco, de segunda a sexta-feira, sob a responsabilidade de um "funcionário civil". Outro aviso explicava que havia presença de policiais na cidade vinte e quatro horas por dia, ao contrário do que diziam os boatos. Naquele local precário todas as testemunhas foram interrogadas, exceto James Bell.

"Aconchegante, não é?", Siobhan disse, abrindo a porta da frente. Havia um vestíbulo minúsculo, e o único ser presente era um policial fardado que ao se levantar deixou de lado a revista sobre motocicletas.

"Descansar", Rebus disse, enquanto Siobhan mostrava a identidade. "Queremos ouvir as fitas de Bell."

O policial abriu a porta interna e os levou a uma sala sem janelas, desoladora. A mesa e a cadeira estavam em petição de miséria. O calendário do ano anterior — divulgando os méritos de uma loja local — enrugava na parede. Havia um toca-fitas em cima do arquivo. O guarda o pegou e ligou na tomada, depois o deixou em cima da mesa. Abriu o arquivo e apanhou a fita solicitada, dentro de um envelope lacrado.

"É a primeira de uma série de seis", explicou. "Vocês precisam assinar a requisição." Siobhan cumpriu a instrução.

"Tem cinzeiro aqui?", Rebus perguntou.

"Não, senhor. É proibido fumar."

"Eu não perguntei nada."

"Certo, senhor." O guarda tentava tirar os olhos da luva de Rebus.

"Tem uma chaleira, pelo menos?"

"Não, senhor." O policial ponderou. "Os vizinhos costumam mandar uma garrafa térmica ou um pedaço de bolo."

"E isso pode acontecer nos próximos dez minutos?"

"Dificilmente, senhor."

"Então você está dispensado para tomar um lanche. E veja o que consegue para nós."

Ele hesitou. "Recebi ordens de permanecer aqui."

"Guardaremos o forte, meu rapaz", Rebus disse, tirando o paletó para pendurá-lo nas costas da cadeira.

O guarda parecia cético.

"Quero o meu com leite", Rebus disse.

"O meu também, mas sem açúcar", Siobhan acrescentou.

O policial ficou por ali um momento, observando a dupla, que se acomodava do modo mais confortável possível, nas circunstâncias. Depois deu meia-volta e fechou a porta lentamente.

Rebus e Siobhan trocaram um olhar e um sorriso cúmplice. Siobhan trouxera as anotações referentes a James Bell, e Rebus as releu enquanto ela encaixava a fita no gravador.

Dezoito anos... filho do deputado Jack Bell e de sua esposa Felicity, que trabalha como administradora do teatro Traverse. A família residia em Barnton. James pretendia cursar política e economia na faculdade... "aluno competente", segundo a escola: "James faz tudo a seu modo, não procura cativar as pessoas, mas sabe acionar seu charme quando necessário". Preferia xadrez a esportes.

"Esse, de cadete, não tinha nada", Rebus zombou. Logo passaram a ouvir a voz de James Bell.

Os policiais responsáveis pelo interrogatório se identificaram: inspetor detetive Hogan, investigador Hood. Astuciosa, a inclusão de Hood: como responsável pelos contatos com a imprensa no caso, ele precisava conhecer a história do sobrevivente. Poderia obter assim informações pontuais para oferecer aos jornalistas em troca de favores. Era importante uma cobertura favorável da imprensa; assim como manter o máximo de controle possível sobre as reportagens. Os jornalistas ainda demorariam a conseguir acesso a James Bell. Precisariam da ajuda de Hood, portanto.

A voz de Bobby Hogan disse a data e a hora — segunda-feira, noite — e o local da entrevista, PS da Royal Infirmary. Bell fora ferido no ombro esquerdo. Um golpe de sorte, a bala varara a carne, sem atingir nenhum osso, saindo pelo outro lado para se alojar na parede da sala de convivência.

"*Está disposto a conversar, James?*"

"*Acho que sim... dói pra danar.*"

"*Eu imagino. Para o registro: você é James Elliot Bell, certo?*"

"*Sim.*"

"Elliot?", Siobhan perguntou.

"Nome de solteira da mãe", Rebus explicou, após uma consulta às anotações.

Pouco ruído de fundo: deviam estar num quarto particular, no hospital. Grant Hood pigarreou. Ranger de cadeira velha. Hood provavelmente empunhava o microfone, sentado na cadeira mais próxima da cama. Aproximava o microfone do rapaz e de Hogan, nem sempre no momento adequado, pois às vezes a voz saía abafada.

"*Pode nos contar o que aconteceu, Jamie?*"

"*Por favor, meu nome é James. Posso tomar um copo d'água?*"

Som do microfone sendo posto de lado, em cima das cobertas. Ruído de água sendo servida.

"*Obrigado.*" Pausa até o copo voltar à mesa-de-cabeceira. Rebus pensou em sua xícara, que caíra da mão, e em Siobhan, que a pegara no ar. Como James Bell, ele também fora ao hospital, na segunda-feira à noite... *"Foi no meio do intervalo para o lanche, de manhã. Temos vinte minutos. Estávamos na sala de convivência."*

"Vocês costumam ficar sempre ali?"

"É melhor do que na quadras."

"Mas o dia não estava ruim. Fazia calor."

"Prefiro ficar lá. Você acha que eu vou conseguir tocar guitarra quando sair?"

"Não sei", Hogan disse. *"Você sabia tocar, antes de vir?"*

"Você estragou a piada do paciente. Que vergonha!"

"Lamento, James. Quantas pessoas havia na sala de convivência?"

"Três. Tony Jarvies, Derek Renshaw e eu."

"E o que vocês faziam lá?"

"Ouvíamos música no aparelho de som... acho que Jarvies fazia a lição de casa. Renshaw lia o jornal."

"É assim que vocês se referem uns aos outros? Pelo sobrenome?"

"Em geral, sim."

"Vocês três eram amigos?"

"Não muito."

"Mas passavam muito tempo juntos, na sala de convivência."

"Uma dúzia de alunos usa aquela sala." Pausa. *"Você está querendo saber se ele nos escolheu, deliberadamente?"*

"É uma das questões que nos preocupa."

"Por quê?"

"Porque era hora do intervalo, havia muita gente lá fora..."

"Mas ele entrou na escola, foi até a sala de convivência e só depois começou a atirar."

"Você daria um ótimo detetive, James."

"Não está na minha lista de opções profissionais."

"Você conhecia o sujeito que atirou?"

"Sim."

"*Conhecia?*"

"*Lee Herdman. Claro. Muitos o conheciam, na escola. Vários alunos tiveram aula de esqui aquático. Ele era um cara interessante.*"

"*Interessante?*"

"*Sua história. Afinal de contas, era um assassino treinado.*"

"*Ele lhe disse isso?*"

"*Sim. Contou que participou das Forças Especiais.*"

"*Ele conhecia Anthony e Derek?*"

"*Provavelmente. Tenho quase certeza que sim.*"

"*E conhecia você?*"

"*Mantivemos contatos sociais.*"

"*Então você deve estar fazendo a mesma pergunta que nós.*"

"*Por que ele fez isso?*"

"*Exato.*"

"*Eu soube que pessoas com formação semelhante... nem sempre se adaptam na sociedade, não é? De repente, alguma coisa detona o processo e eles perdem o rumo.*"

"*E você tem idéia do que pode ter feito Lee Herdman perder o rumo?*"

"*Não.*" Seguiu-se uma longa pausa, o microfone captava apenas o farfalhar das folhas que os detetives manuseavam. Depois, a voz de Hogan voltou.

"*Então, você pode relatar os fatos, James? Estavam na sala de convivência...*"

"*Eu pus um CD. Mas nós três não tínhamos o mesmo gosto musical. Quando a porta se abriu, acho que nem me dei ao trabalho de virar para ver quem era. De repente, houve uma explosão terrível e Jarvies caiu. Eu estava agachado na frente do aparelho de som, levantei e virei. Vi uma arma enorme. Quer dizer, talvez nem fosse grande, mas para mim parecia, e apontava para Renshaw... Percebi que um sujeito apontava a arma, mas não o vi direito...*"

"*Por causa da fumaça?*"

"*Não. Eu não me lembro de ter visto fumaça. A única coisa que eu via era o cano da arma... fiquei paralisado. Depois, a segunda explosão e Renshaw caiu feito um boneco, desabou no chão...*"

Rebus percebeu que estava de olhos fechados. Não era a primeira vez que imaginava a cena.

"*Depois ele virou a arma para mim...*"

"*Você sabia quem era ele, a essa altura?*"

"*Sabia, acho que sabia.*"

"*Falou alguma coisa?*"

"*Não sei... talvez tenha aberto a boca para dizer algo... acho que me mexi, pois quando ele atirou... bom, eu não morri, né? Foi como se eu tivesse levado um empurrão com força, que me fez recuar e cair.*"

"*Ele não disse nada, até esse momento?*"

"*Nem uma palavra. Bom, meu ouvido doía.*"

"*Numa sala pequena, não me surpreende. Você está ouvindo bem agora?*"

"*Ainda tem um zumbido, mas disseram que vai sumir.*"

"*E ele não disse nada?*"

"*Eu não ouvi nada. Fiquei ali deitado, quieto, fingindo de morto. E veio o quarto tiro... por uma fração de segundo pensei que era para mim... o tiro de misericórdia. Mas, quando o corpo caiu, entendi...*"

"*E o que você fez?*"

"*Abri os olhos. Estava deitado no chão, vi o corpo dele para lá das pernas da cadeira. Ainda estava com a arma na mão. Comecei a me levantar. Sentia o ombro adormecido, vi o sangue sair, mas não conseguia tirar os olhos da arma. Sei que parece ridículo, mas eu pensava naqueles filmes de terror, sabe?*"

Voz de Hood: "*Quando a gente pensa que o bandido morreu...*".

"*E ele sempre volta à vida, é isso mesmo. Aí apareceram umas pessoas na porta... professores, acho. Eles devem ter levado um choque...*"

"*E quanto a você, James? Como se sente?*"

"*Para ser honesto, talvez eu ainda não tenha sido atingido. Sem trocadilho. Sugeriram que fizéssemos terapia. Pode ajudar.*"

"*Você passou por uma experiência terrível.*"

"*Sei disso. Uma história pra contar aos netos, né?*"

"Ele trata de tudo com muita calma", Siobhan comentou. Rebus concordou com a cabeça.

"*Somos muito gratos por você conversar com a gente. Seria bom deixar um bloco e uma caneta aqui. Sabe, James, provavelmente você recordará esse momento, repetidas vezes, mentalmente — e isso é bom, pois lidamos assim com eventos do gênero. Se lembrar de alguma coisa e quiser anotar, vá em frente. Pôr tudo no papel é outra forma de lidar com isso.*"

"*Compreendo.*"

"*Vamos voltar para conversar mais com você.*"

Voz de Hood: "*A mídia também vai. Fica por sua conta, dizer alguma coisa ou não. Mas posso ajudá-lo, se quiser*".

"*Não vou falar com ninguém nos próximos dois dias. E não se preocupe, eu sei tudo a respeito da mídia.*"

"*Somos gratos pela colaboração, James. Agora você pode ver seus pais. Eles estão esperando aí fora.*"

"*Por favor, estou muito cansado. Vocês podem dizer a eles que estou dormindo?*"

A fita ficou muda. Siobhan deixou que tocasse por alguns segundos, depois desligou o aparelho. "Final da primeira conversa. Quer ouvir outra?" Ela apontou para o armário. Rebus fez que não.

"No momento, não, mas ainda quero falar com ele. Disse que conhecia Herdman, isso o torna relevante", Rebus ressaltou.

"Ele também declarou que ignorava os motivos para Herdman agir assim."

"Mesmo assim..."

"Ele parecia calmo demais."

"Provavelmente por causa do choque. Hood tinha razão, leva tempo para cair a ficha."

Siobhan o olhou, pensativa. "Por que ele não queria ver os pais?"

"Esqueceu quem é o pai dele?"

"Claro, mesmo assim... quando acontece uma coisa dessas, não importa que idade o sujeito tenha, ele quer colo..."

Rebus olhou para ela. "Você quer?"

"A *maioria* das pessoas quer... das pessoas normais, claro." Bateram na porta, que se abriu um pouco. A cabeça do policial de plantão surgiu na fresta.

"Não tive sorte com os cafés", ele disse.

"Tudo bem, já acabamos. Obrigado pela tentativa."

Eles deixaram o guarda lá, guardando as fitas, e franziram os olhos por causa da luz do dia. "James não ajudou muito, não é?", Siobhan disse.

"Não", Rebus admitiu. Repassava o depoimento mentalmente, procurando algo que pudessem usar. Um único indício: James Bell conhecia Herdman. Mas, e daí? Muita gente na cidade conhecia Lee Herdman.

"Vamos até a High Street ver se achamos um café?"

"Sei onde tomar um chá", Rebus disse.

"Onde?"

"Mesmo lugar de ontem."

Allan Renshaw não fizera a barba desde a véspera. Estava em casa sozinho, Kate saíra para visitar uns amigos, por sugestão dele.

"Vocês deram azar de me pegar aqui sozinho", ele disse, levando-os até a cozinha. A sala não fora tocada, as fotos ainda aguardavam que as classificassem ou guardassem nas caixas. Rebus notou cartões de pêsames na cornija da lareira. Renshaw apanhou o controle remoto no braço do sofá e desligou a televisão. Assistia a um vídeo doméstico, férias familiares. Rebus preferiu não comentar nada. O cabelo de Renshaw estava eriçado em alguns pontos, e Rebus se perguntou se ele dormira de roupa. Renshaw sentou pesadamente numa cadeira da cozinha, deixando o chá por conta de Siobhan, que encheu a chaleira de água. Boécio descansava em cima da bancada, e Siobhan quis acariciá-lo, mas o gato pulou no chão e correu para a sala.

Rebus sentou na frente do primo. "Passei para saber como você está", disse.

"Lamento ter deixado vocês só com a Kate, no outro dia."

"Não precisa se desculpar. Tem dormido bem?"

"Tenho dormido demais." Sorriso sem graça. "Uma forma de me isolar de tudo, suponho."

"E as providências para o enterro?"

"Ainda não liberaram o corpo."

"Logo farão isso, Allan. Tudo vai acabar em breve."

Renshaw ergueu os olhos congestionados. "Você garante, John?" Ele esperou até que Rebus balançasse a cabeça, afirmativamente. "E por que o telefone não pára de tocar, e os repórteres querem entrevistas comigo? Eles não acham que tudo vai acabar em breve."

"Acham, sim. Por isso o perseguem. Daqui a uns dois dias, eles vão se dedicar a outro assunto, espere e verá. Quer que eu cuide de alguém em particular?"

"Tem um sujeito com quem Kate conversou. Ele a assustou."

"Como se chama?"

"Anotei em algum lugar..." Renshaw olhou em volta, como se o nome pudesse estar por ali, debaixo do seu nariz.

"Não deixou do lado do telefone?", Rebus arriscou. Ele se levantou e voltou à sala. O telefone ficava numa prateleira, ao lado da porta de entrada. Rebus o pegou, não dava linha. Viu que o aparelho fora desligado da tomada na parede. Iniciativa de Kate. Viu uma caneta ao lado do telefone, mas nenhum bloco. Olhou na direção da escada e o localizou. Havia números e nomes na primeira página.

114

Rebus voltou para a cozinha

"Steve Holly", anunciou.

"O nome é esse mesmo", Renshaw confirmou.

Siobhan, que servia o chá, parou e olhou para Rebus. Os dois conheciam Steve Holly. Trabalhava num jornal sensacionalista de Glasgow, e já havia dado muito trabalho no passado.

"Vou falar com ele", Rebus prometeu, apanhando o analgésico no bolso.

Siobhan passou as canecas e sentou. "Tudo bem?", perguntou.

"Tudo bem", Rebus mentiu.

"O que houve com suas mãos, John?", Renshaw perguntou. Rebus acenou a cabeça

"Nada, Allan. O chá está bom?"

"Ótimo." Mas Renshaw não fez menção de beber. Rebus olhou para o primo, pensando na fita, na narrativa calma de James Bell.

"Derek não sofreu", Rebus disse em voz baixa. "Provavelmente não sentiu nada."

Renshaw olhou para ele.

"Se você não acredita em mim... bem, um dia vai poder conversar com James Bell, em breve. Ele lhe dirá."

"Acho que não o conheço."

"James?"

"Derek tinha muitos amigos, mas acho que ele não era um deles."

"Mas era amigo de Anthony Jarvies, não era?", Siobhan perguntou.

"Claro, Tony vinha bastante aqui. Eles faziam juntos a lição de casa, ouviam música..."

"Que tipo de música?", Rebus quis saber.

"Jazz, em geral. Miles Davis, Coleman não sei do quê... esqueci os nomes. Derek falou que pretendia comprar um sax tenor, aprender a tocar quando fosse para a universidade."

"Kate disse que Derek não conhecia o sujeito que atirou nele. Você o conhecia, Allan?"

"Eu o via no pub. Meio solitário... não muito, na verdade. Mas nem sempre ia acompanhado. Sumia por vários dias. Saía para caminhar, essas coisas. Ou ia de lancha."

"Allan... se você não quiser, basta dizer. Tem todo o direito de negar."

Renshaw o encarou. "O quê?"

"Eu estava pensando em dar uma espiada no quarto de Derek..."

Renshaw subiu a escada na frente de Rebus. Siobhan foi por último. Abriu a porta para eles, mas deu um passo para o lado e os deixou entrar.

"Ainda não tive a chance de...", Renshaw se desculpou. "Não que esteja..."

O quarto era pequeno, as cortinas estavam fechadas.

"Posso abrir?", Rebus indagou. Renshaw só deu de ombros e continuou do lado de fora. Rebus abriu a cortina. A janela dava para o quintal, onde o pano de prato continuava no varal e o cortador no gramado. Havia cartazes nas paredes: fotos artísticas em preto-e-branco de músicos de jazz. Fotos recortadas de revistas, mostrando mulheres elegantes em poses lânguidas. Estantes de livros, um aparelho de som, uma televisão de catorze polegadas com vídeo. Escrivaninha com laptop conectado a uma impressora. Mal restava espaço para a cama de solteiro. Rebus examinou a lombada dos CDs: Ornette Coleman, Coltrane, John Zorn, Archie Shepp, Thelonius Monk. Um pouco de música clássica também. Jogados sobre a cadeira: camiseta e shorts de corrida, uma raquete de tênis na sacola.

"Derek gostava de esportes?", Rebus comentou.

"Corria bastante, fazia cross-country."

"E com quem ele jogava tênis?"

"Com Tony... e outros amigos. Não puxou a mim nesse caso, tenho certeza." Renshaw olhou para baixo, como se medisse a cintura. Siobhan deu o sorriso que julgou ser esperado. Entretanto, ela sabia que não havia nada de natural no que ele dizia. Vinha de uma peque-

116

na parte do cérebro, enquanto o restante seguia mergulhado no horror.

"Ele gostava de se arrumar", Rebus notou, pegando uma foto de Derek com Anthony Jarvies, ambos de farda e quepe dos cadetes. Renshaw a olhou da porta.

"Derek só entrou por causa de Tony", ele disse. Rebus lembrou-se de Eric Fogg ter dito quase a mesma coisa.

"Eles alguma vez saíram juntos para navegar?", Siobhan perguntou.

"Talvez. Kate tentou aprender a esquiar..." A voz de Renshaw sumiu. Seus olhos se abriram um pouco. "Aquele filho-da-mãe a levou na lancha dele... com alguns amigos. Se eu encontrar Herdman..."

"Ele morreu, Allan", Rebus disse, estendendo a mão para tocar no braço do primo. Futebol... no parque, em Bowhill... Allan, o menor, ralou o joelho no asfalto, Rebus esfregou uma folha de labaça no arranhão...

Eu tinha família, mas deixei que fosse embora... A mulher distante, a filha na Inglaterra, o irmão só Deus sabe onde.

"Vamos ver onde o enterram. Eu gostaria de desenterrá-lo e matá-lo de novo."

Rebus apertou o braço do primo, vendo que os olhos dele se enchiam novamente de lágrimas. "Vamos descer", disse, conduzindo Renshaw até a beira da escada. Mal cabiam os dois no corredor, lado a lado. Dois homens crescidos, persistindo.

"Allan", Rebus pediu, "você nos emprestaria o laptop de Derek?"

"O laptop?" Rebus permaneceu em silêncio. "Qual é o problema? Não sei, John."

"Só por dois dias. Depois eu devolvo."

Renshaw parecia não entender direito o pedido. "Acho que... não sei... se você quer..."

"Obrigado, Allan." Rebus virou a cabeça para Siobhan, que subiu a escada.

Rebus levou Renshaw para a sala e fez com que sen-

117

tasse no sofá. Renshaw imediatamente apanhou um maço de fotografias.

"Preciso organizar isso", disse.

"E o serviço? Quanto tempo você vai ficar de licença?"

"Eles disseram que eu posso voltar depois do enterro. Esta época do ano é mais calma."

"Estou pensando em ir lá falar com você. Está mais do que na hora de eu trocar meu carro velho."

"Faça isso, arranjo um bom negócio", Renshaw prometeu, olhando para Rebus. "Você vai ver."

Siobhan surgiu na soleira da porta com o laptop debaixo do braço. Os fios pendiam do computador.

"Precisamos ir andando", Rebus disse a Renshaw. "Passo aqui depois, Allan."

"Você é sempre bem-vindo, John." Renshaw levantou-se e estendeu a mão com esforço. De repente, puxou Rebus para um abraço inesperado, batendo com a mão nas costas de Rebus, que retribuiu o gesto, pensando se o constrangimento com que agia era perceptível. Mas Siobhan desviara a vista, estudando o bico do sapato como se avaliasse a necessidade de engraxá-lo. Quando seguiam para o carro, Rebus percebeu que suava. A camisa grudara no corpo.

"Estava quente lá dentro?"

"Não muito", Siobhan respondeu. "Você ainda está com febre?"

"Pelo jeito." Ele limpou a testa com as costas da luva.

"Por que você pediu o laptop?"

"Nenhum motivo, na verdade." Rebus olhou para ela. "Quem sabe tem alguma coisa sobre o acidente de carro. Como Derek se sentia, se alguém o culpou."

"Além dos pais do outro rapaz, você quer dizer."

Rebus confirmou. "Talvez... não sei." Ele suspirou.

"O que foi?"

"Talvez eu queira apenas saber mais sobre o rapaz." Ele pensava em Allan, que deveria estar ligando a televisão de novo, para sentar com o controle remoto e trazer o filho de volta à vida em cor, som e movimento, embora fosse apenas uma imagem restrita aos limites da tela.

Siobhan virou o corpo para colocar o laptop sobre o banco traseiro do carro. "Entendo", ela disse.

Rebus não tinha certeza de que ela conseguia entender.

"Você mantém contato com sua família?", ele perguntou.

"Telefono nos fins de semana, quando lembro." Rebus sabia que os pais dela ainda estavam vivos, e que moravam no Sul. A mãe de Rebus morrera ainda jovem. Ele tinha trinta e poucos anos quando o pai faleceu.

"Você já quis ter um irmão ou irmã?", ele perguntou.

"De vez em quando, acho." Ela parou por um instante, pensativa. "Aconteceu algo com você, não foi?"

"Como assim?"

"Não sei exatamente." Ela refletiu um pouco. "Imagino que a certa altura você decidiu que a família era um problema, pois o enfraquecia."

"Como você já notou, nunca fui muito chegado a beijos e abraços."

"Pode ser, mas abraçou seu primo..."

Ele sentou no banco do passageiro e fechou a porta. Os analgésicos começavam a revestir seu cérebro com plástico-bolha. "Você dirige", disse.

Depois de pôr a chave no contato, ela perguntou: "Para onde?".

Rebus se lembrou de uma coisa. "Pegue o celular e ligue para a cabine." Ela teclou o número e passou o aparelho para a mão estendida. Rebus pediu para falar com Grant Hood.

"Grant, aqui é John Rebus. Por favor, preciso do telefone de Steve Holly."

"Algum motivo em especial?"

"Ele está atormentando uma das famílias. Pensei em ter uma conversinha com ele."

Hood pigarreou. Rebus reconheceu o som da fita e

se perguntou se era um tique nervoso de Hood. Quando ouviu o número, Rebus o repetiu a Siobhan, que o anotou.

"Espere um pouco, John. O chefe quer falar com você." Referia-se a Bob Hogan.

"Bobby?", Rebus disse. "Novidades a respeito da conta bancária?"

"Como é?"

"A conta bancária... algum depósito alto? Chamou sua atenção?"

"Não importa agora." Havia tensão na voz de Hogan.

"O que houve?", Rebus perguntou.

"Parece que Lord Jarvies condenou um amigo de Herdman."

"É mesmo? E quando foi isso?"

"No ano passado. O nome do sujeito é Robert Niles. Já ouviu falar?"

Rebus franziu a testa. "Robert Niles?", repetiu. Siobhan passou a mão na altura do pescoço.

"O cara que cortou a garganta da mulher?"

"Ele mesmo", Hogan disse. "Considerado apto a ser processado. Condenado à prisão perpétua por Lord Jarvies. Recebi a informação de que Herdman visitava Niles regularmente, desde que ele foi para a cadeia."

"Há quanto tempo... nove ou dez meses?"

"Eles o mandaram para Bairlinnie, mas ele perdeu o juízo, atacou outro presidiário e começou a se cortar."

"E onde está agora?"

"Hospital Especial de Carbrae."

Rebus ponderou sobre o assunto. "Você acha que Herdman queria pegar o filho do juiz?"

"É uma possibilidade. Vingança."

Claro, vingança. Agora a palavra pairava sobre a cabeça dos rapazes mortos.

"Vou falar com ele", Hogan disse.

"Niles? Ele está em condições de falar?"

"Pelo jeito, sim. Quer ir junto?"

"Bobby, quanta honra. Por que eu?"

"Niles era da SAS, John. Serviu com Herdman. Se alguém sabe o que se passa na cabeça de Lee Herdman, é ele."

"Um assassino internado num manicômio? Não estamos com sorte."

"É uma oportunidade, John."

"Quando?"

"Pensei em ir amanhã bem cedo. Umas duas horas de carro."

"Vou com você."

"Muito bem. Sabe, talvez você consiga arrancar alguma coisa de Niles... coleguismo e tudo mais."

"Você acha mesmo?"

"Pelo que me consta basta o sujeito ver suas mãos para considerá-lo um companheiro de sofrimento."

Hogan ria quando Rebus passou o telefone para Siobhan. Ela desligou.

"Entendi quase tudo", ela disse. O telefone celular tocou em seguida. Era Gill Templer.

"Por que Rebus nunca atende o telefone?", Templer gritou.

"Acho que está desligado", Siobhan disse, olhos fixos em Rebus. "Ele não está conseguindo manipular o aparelho."

"Gozado, sempre achei que ele era especialista em manipular." Siobhan sorriu: *a começar por você.*

"Quer falar com ele?", ela perguntou.

"Quero vocês dois aqui", Temple disse. "Depressa, sem desculpas."

"O que foi?"

"Vocês têm um problema, só isso. Do pior tipo..." Templer deixou a frase no ar. Siobhan entendeu o que ela queria dizer.

"Algum jornal?"

"Na mosca. Tem gente interessada na história, e acrescentaram detalhes comprometedores. Eu gostaria que John explicasse tudo para mim."

"Detalhes de que tipo?"

"Ele foi visto saindo do pub com Martin Fairstone, e o acompanhou até sua casa. Viram quando saiu de lá, também, algum tempo depois, e em seguida o incêndio começou no local. O jornal em questão quer dar na primeira página."

"Estamos a caminho."

"Estou esperando." O telefone ficou mudo. Siobhan ligou o motor do carro.

"Precisamos voltar a St. Leonard's", informou a Rebus, antes de explicar o motivo.

"Qual é o jornal?", Rebus disse, após um momento de silêncio.

"Não perguntei."

"Ligue para ela de novo."

Siobhan olhou para ele e fez o chamado.

"Me passe o telefone", ele ordenou. "Não quero que você saia da pista."

Ele pegou o telefone e o levou ao ouvido. Pediu para transferirem a chamada para a sala da superintendente-chefe.

"Aqui é o John", disse quando atenderam. "Quem está fazendo a reportagem?"

"Um repórter chamado Steve Holly. E ele está babando."

6

"Eu sabia que ia pegar mal", Rebus explicou a Templer. "Por isso não falei nada."

Estavam na sala de Templer em St. Leonard's. Ela permanecia sentada e Rebus, em pé. Segurando um lápis apontado na mão, ela o virava, examinava a ponta, talvez o avaliasse como arma. "Você mentiu para mim..."

"Só deixei alguns detalhes de fora, Gill..."

"*Alguns detalhes?*"

"Nenhum deles relevante."

"Você foi à casa dele!"

"Tomar um drinque, apenas."

"Só você e um famigerado criminoso que ameaçava sua colega mais próxima? Um sujeito que dera queixa de agressão contra você?"

"Eu fui conversar com ele. Não discutimos nem nada." Rebus tentou cruzar os braços, mas isso aumentava a pressão sanguínea nas mãos e ele os desdobrou outra vez. "Pergunte aos vizinhos, descubra se alguém ergueu a voz. Posso jurar que não ouviram nada. Ficamos tomando uísque na sala."

"Não foi na cozinha?"

Rebus negou com um meneio da cabeça. "Não entrei naquela cozinha."

"A que horas você saiu de lá?"

"Não faço idéia. Mais de meia-noite, calculo."

"Pouco antes do incêndio, portanto."

"Bem antes."

Ela o encarou.

"O sujeito encheu a cara, Gill. Já vimos esse filme antes: ficam com fome, ligam a fritadeira elétrica e dormem. Foi isso ou então um cigarro aceso que caiu do lado do sofá."

Templer testou a ponta do lápis no dedo.

"Estou encrencado?", Rebus perguntou quando o silêncio o enervou.

"Depende de Steve Holly. Se ele publicar a reportagem, vamos ter de fazer algo a respeito."

"Como me dar uma suspensão?"

"Passou por minha cabeça."

"Não posso culpá-la."

"Você é incrivelmente magnânimo, John. Por que foi até a casa dele?"

"Ele me convidou. Suponho que ele gostasse de provocar. Siobhan não passava de uma brincadeira para ele. Aí eu apareci. Ele ficou lá sentado, ofereceu bebida, contou suas aventuras... acho que se sentia o máximo."

"E o que *você* achou que teria a ganhar com isso?"

"Não sei exatamente... pensei que ele deixaria Siobhan sossegada."

"Ela pediu sua ajuda?"

"Não."

"Eu já imaginava. Siobhan sabe se defender sozinha."

Rebus concordou.

"Então foi mera coincidência."

"Fairstone era um risco ambulante. Graças a Deus não levou ninguém junto."

"Graças a Deus?"

"Não vou perder o sono por causa dele, Gill."

"Não, suponho que seria pedir demais."

Rebus endireitou as costas e aguardou em silêncio, cauteloso. Templer franziu o nariz. Tirara uma gota de sangue do dedo com a ponta do lápis.

"Último aviso, John", ela disse, deixando o lápis de lado, sem querer lidar com o machucado — sua súbita falibilidade — na frente dele.

"Entendi, Gill."

"Quando eu digo último é último mesmo."

"Entendi. Quer que eu pegue um curativo?" Sua mão segurou a maçaneta.

"Quero que você saia daqui."

"Se você tem certeza de que não há nada..."

"Fora!"

Rebus fechou a porta ao sair, sentindo que os músculos da perna começavam a funcionar novamente. Siobhan aguardava em pé, a três metros de distância, com a sobrancelha erguida de curiosidade. Rebus ergueu o polegar num constrangido sinal positivo, e ela balançou a cabeça, incrédula: *Não sei como você consegue se livrar assim.*

Ele também não sabia.

"Vamos tomar alguma coisa", ele disse. "Que tal café na cantina?"

"Aí também já é abusar da sorte."

"Recebi um ultimato. Não foi exatamente um gol de placa."

"Mas você conseguiu driblar a defesa."

Ela conseguiu extrair um sorriso de Rebus, que sentiu dor na boca, a sensação de tensão constante que um simples sorriso revelava.

O térreo, contudo, estava um caos. Pessoas por todos os lados, as salas de interrogatório aparentemente todas cheias. Rebus reconheceu rostos do Departamento de Investigações Criminais de Leith, ou seja, da equipe de Hogan. Ele segurou um cotovelo.

"O que houve?"

O sujeito se voltou abruptamente para ele, mas relaxou ao reconhecer um colega. O policial se chamava Pettifer. Mal completara meio ano no DIC, e já enrijecera um bocado.

"Leith está cheio demais", Pettifer explicou. "Resolvemos usar St. Leonard's para desovar o excesso de suspeitos."

Rebus olhou em volta. Rostos atormentados; roupas

mal-ajambradas; cortes de cabelo terríveis... a nata do submundo de Edimburgo. Informantes, drogados, cambistas, vigaristas, arrombadores, encrenqueiros, bêbados. A delegacia estava cheia de odores e protestos com exclamações e resmungos. Eles enfrentariam qualquer um em qualquer lugar. Onde estavam os advogados? Não tem nada para beber? Quero mijar. Qual é o lance? E os direitos humanos? Acabou a dignidade neste Estado fascista...

Detetives e policiais uniformizados tentavam dar aparência de ordem ao tumulto, anotando nomes, apontando para uma sala ou banco onde os depoimentos podiam ser tomados, tudo negado, uma queixa resmungada. Os mais jovens adotavam uma atitude desafiadora, a constante atenção da lei ainda não os vergara. Fumavam apesar dos avisos. Rebus conseguiu de um deles um cigarro enrolado à mão. O sujeito usava boné de beisebol com a aba virada para cima. Rebus calculou que bastaria uma rajada do vento de Edimburgo para fazer com que ele voasse da cabeça do dono como um *frisbee*.

"Não fiz nada", o rapaz falou, mexendo um ombro. "Era só para colaborar, disseram. Tiro não tem nada a ver, doutor, sabe como é que é. Ninguém quer saber. Pode avisar os outros, tá?" E piscou um olho, friamente. "Estou na boa vontade, tá vendo?" Ele se referia ao cigarro amarrotado. Rebus balançou a cabeça e seguiu em frente.

"Bobby está procurando o fornecedor das armas", Rebus contou a Siobhan. "E recolheu a corja de sempre."

"Bem que eu reconheci alguns rostos."

"Claro. E não foi do concurso de robustez infantil." Rebus estudou os rostos daqueles homens — eram todos homens. Fácil considerá-los apenas escória; com muito esforço, alguém seria capaz de localizar em sua alma um resquício de compaixão por aqueles homens. Onde aqueles homens pisavam não nascia grama; eles aprenderam a respeitar apenas a cobiça e o medo; sua vida estava corrompida desde o apito inicial.

126

Rebus acreditava nisso. Vira famílias em que os filhos cresciam largados, tornando-se indiferentes a tudo, exceto às regras de sobrevivência no que consideravam uma selva. O abandono praticamente fazia parte de seus genes. A crueldade torna as pessoas cruéis. No caso de alguns daqueles homens, os mais jovens, Rebus também conhecera seus pais e avôs, a criminalidade se entranhara na pele deles, só a idade servia de desestímulo à reincidência. Esses eram os fatos básicos. Mas restava um problema. Quando Rebus e seus pares tinham motivo para confrontar aqueles homens, o dano já havia sido causado, e em muitos casos parecia irreversível. Sobrava pouco espaço para a compaixão. No lugar dela, a perseguição.

E havia homens como Peacock Johnson. Peacock não era seu nome verdadeiro, claro.* Vinha das camisas que usava, capazes de curar qualquer ressaca em quem as visse. Johnson não passava de um malandro vulgar metido a besta. Ganhava e gastava muito dinheiro. Costumava mandar fazer as camisas numa camisaria situada nas ruas estreitas de New Town. Johnson às vezes saía de chapéu de feltro e deixara crescer um bigodinho fino, preto, provavelmente pensando que assim ficava parecido com Kid Creole. Exibia dentes perfeitos, o que por si só o distinguia de gente da sua laia. Abusava do sorriso. Era uma figura.

Rebus sabia que ele tinha trinta e tantos anos, mas poderia parecer dez anos mais velho ou uma década mais novo, dependendo de atitude e do traje. Circulava sempre acompanhado de um nanico chamado Evil Bob. Bob usava sempre a mesma coisa, quase um uniforme: boné de beisebol, blusão de moletom, calça jeans preta folgada e tênis um número maior que o pé. Anéis de ouro nos dedos, pulseiras nos dois braços, correntes no pescoço. Tinha um rosto oval, sardento, e vivia de boca aberta, o que lhe dava um ar de assombro constante. Di-

---

(*) Em inglês, *peacock* significa pavão. (N. T.)

ziam que Evil Bob era irmão de Peacock. Se fosse, Rebus imaginava que uma experiência genética cruel havia ocorrido. Johnson, alto e quase elegante, acompanhado de seu inseparável companheiro embrutecido.

Quanto ao Evil* do nome, pelo que se sabia era apenas apelido.

Os dois sujeitos foram separados enquanto Rebus os olhava. Bob foi orientado a seguir um investigador até o andar superior, onde havia espaço disponível. Johnson deveria acompanhar o detetive Pettifer à Sala de Interrogatório 1. Rebus olhou para Siobhan e abriu caminho no meio da confusão.

"Posso acompanhar a conversa?", Rebus perguntou a Pettifer. O jovem policial não conseguiu esconder o embaraço. Rebus tentou acalmá-lo com um sorriso cordial.

"Senhor Rebus..." Johnson estendeu a mão. "Mas que surpresa agradável."

Rebus o ignorou. Não queria que um malandro escolado como Johnson percebesse o quanto Pettifer era inexperiente no ofício. Ao mesmo tempo, precisava convencer o detetive de que não havia nenhum truque, que não estava ali para avaliar seu desempenho. Para tanto, só poderia contar com seu sorriso, e o exibiu novamente.

"Tudo bem", Pettifer aceitou, finalmente. Os três entraram na sala de interrogatório. Rebus ergueu a mão e acenou para Siobhan, torcendo para ela entender que deveria esperá-lo.

A Sala de Interrogatório 1 era pequena e cheia, dava a impressão de conservar os odores dos corpos dos últimos ocupantes. As janelas altas não podiam ser abertas. Sobre a mesa havia um gravador de fita. Na parede, atrás dele, um botão de alarme. A câmera de vídeo, instalada acima da porta, apontava para o meio da sala.

Mas não haveria gravação naquele dia. As conversas seriam informais, com ênfase na boa vontade. Pettifer não

(*) Em inglês, *evil* é mal. (N. T.)

levou nada para a sala, exceto algumas folhas de papel em branco e uma esferográfica ordinária. Conhecia a ficha de Johnson, mas não pretendia revelar isso.

"Sente-se, por favor", Pettifer disse. Johnson limpou o assento da cadeira com um lenço vermelho berrante antes de se acomodar com deliberada lentidão.

Pettifer sentou-se na frente dele e só então se deu conta de que não havia cadeira para Rebus. Fez menção de se levantar, mas Rebus o deteve com um gesto.

"Prefiro ficar aqui em pé, se você não se importa", disse. Apoiado na parede oposta, com a perna cruzada na altura do tornozelo e mãos nos bolsos do paletó, encontrara um lugar onde se mantinha na linha de visão de Pettifer. Mas, se Johnson quisesse olhar para ele, teria de virar a cabeça.

"O senhor é o convidado de honra, senhor Rebus?", Johnson comentou, com um sorriso irônico.

"Tratamento VIP para você, Peacock."

"O Peacock sempre viaja de primeira classe, senhor Rebus." Johnson soava satisfeito, corpo largado na cadeira, braços cruzados. O cabelo preto retinto penteado para trás se encaracolava quando chegava ao pescoço. Ele costumava manter um misturador de bebida na boca, como se fosse pirulito. Naquele dia, porém, mascava chiclete.

"Senhor Johnson", Pettifer começou, "suponho que sabe por que está aqui."

"Vocês querem fazer perguntas sobre o atirador. Falei ao outro investigador, repito para quem quiser saber, Peacock não faz essas coisas. Atirar nos moleques, cara, foi muita sacanagem." Ele balançou a cabeça lentamente. "Eu ajudaria se pudesse, mas vocês me arrastaram para cá sem motivo."

"O senhor já andou encrencado por causa de armas, senhor Johnson. Então pensamos que talvez fosse um sujeito atento, que acaba ouvindo coisas. Quem sabe um boato sobre gente nova no mercado..."

129

Pettifer exalava confiança. Poderia ser noventa por cento fachada, por dentro talvez tremesse como a última folha a cair no outono. Mas sua voz soava firme, e era isso que importava. Rebus estava gostando do que via.

"O Peacock não é o que chamam de informante, excelência. Mas, no caso, podem contar comigo. Se eu ouvir alguma coisa, venho falar com vocês direto. Não precisam se preocupar. E, melhor deixar bem claro, trabalho com réplicas de armas — mercado de colecionadores, respeitáveis industriais e outros cavalheiros. Se as forças da lei tornarem esta atividade ilegal, podem ter certeza de que o Peacock encerrará as operações."

"O senhor nunca vendeu armas ilegais a ninguém?"

"Nunca."

"E não conhece ninguém que faça isso?"

"Conforme declarado anteriormente, o Peacock não é informante."

"E quanto a reativar essas armas de colecionador que o senhor vende: conhece alguém que possa fazer o serviço?"

"Ninguém, excelência."

Pettifer baixou a cabeça para olhar as páginas em branco, imaculadas desde que foram postas sobre a mesa. Durante a pausa Johnson virou-se para Rebus.

"Como é que está, aí no fundão da classe, senhor Rebus?"

"Gosto daqui. As pessoas costumam ser mais limpas, em termos de higiene pessoal."

"Ora, ora..." Outro sorriso malandro, dessa vez acompanhado por um dedo que balançava. "Não quero ver funcionários públicos presunçosos sujando minha suíte VIP."

"Você vai adorar Barlinnie, Peacock", Rebus disse. "Veja sob outro ângulo: o pessoal de lá vai adorar você até a última mordida. Sujeitos elegantes costumam despertar verdadeiras paixões em Bar-L."

"Senhor Rebus..." Johnson baixou a cabeça e suspirou. "Vendetas são ruins. Pergunte aos italianos."

Pettifer ajeitou-se na cadeira, cujas pernas arranharam o piso. "Vamos voltar à questão de onde Lee Herdman conseguiu as armas, na sua opinião..."

"A maioria é feita na China atualmente, não sabia?", Johnson disse.

"Quero dizer", Pettifer prosseguiu, endurecendo a voz, "como alguém consegue pegar essas armas?"

Johnson ergueu os ombros exageradamente. "Pelo cabo e pelo gatilho?" Ele riu de sua piada, no silêncio da sala. Depois ajeitou o corpo na cadeira e fingiu ar solene. "A maioria dos armeiros atua em Glasgow. Vocês deviam conversar com eles."

"Nossos colegas estão fazendo exatamente isso", Pettifer disse. "De todo modo, o senhor não poderia pensar em alguém com quem deveríamos conversar?"

Johnson deu de ombros. "Pode me revistar."

"Você deveria fazer isso, detetive Pettifer", Rebus disse, aproximando-se da porta. "Você realmente deve atender ao pedido deste cavalheiro."

Lá fora a situação não estava mais calma, e nem sinal de Siobhan. Rebus deduziu que ela se refugiara no refeitório, mas em vez de procurá-la subiu a escada, conferindo os presentes num par de salas até encontrar Evil Bob, que vinha sendo interrogado por um sargento detetive em mangas de camisa chamado George Silvers. Em St. Leonard's, Silvers era conhecido como "Aiou". Beirava a aposentadoria, aguardando a pensão com a ansiedade de um caronista numa parada de caminhoneiros. Mal cumprimentou Rebus com um aceno quando este entrou na sala. Havia uma dúzia de perguntas em sua lista, ele queria formular todas e obter respostas, de modo que o espécime à sua frente pudesse ser devolvido às ruas. Bob viu Rebus puxar uma cadeira e sentar entre os dois homens, com o joelho direito a poucos centímetros do joelho esquerdo de Bob, que encolheu o corpo.

"Acabei de conversar com Peacock", Rebus disse, ignorando o fato de ter interrompido uma pergunta de Silvers. "Ele devia mudar o nome para canário."

Bob o encarou, inexpressivo. "Por quê?"

"O que você acha?"

"Sei lá."

"O que os canários gostam de fazer?"

"Voar... morar nas árvores."

"Eles moram na gaiola da sua avó, cretino. E gostam de cantar."

Bob meditou a respeito. Rebus quase conseguia ouvir as engrenagens enferrujadas. Entre os bandidos, era um truque comum. Em sua maioria, eram muito espertos, e não apenas para aplicar golpes na rua. Contudo, ou Bob era um Robert de Niro em plena forma ou não sabia representar.

"O que eles cantam?", perguntou. Vendo a expressão de Rebus, repetiu a pergunta. "O que eles cantam?"

Não era de Niro...

"Bob", Rebus disse, apoiando os cotovelos nos joelhos para se aproximar do rapaz encolhido, "se você continuar andando por aí com Johnson, vai passar o resto da vida atrás das grades."

"E daí?"

"Isso não o desagrada?"

Pergunta estúpida, Rebus se deu conta assim que pronunciou as palavras. O ar de espanto de Silvers indicava isso. Para Bob a prisão não passaria de mais uma temporada sonâmbula. Não provocaria o menor efeito nele.

"Peacock e eu somos parceiros."

"Claro, e tenho certeza de que ele divide tudo em partes iguais. Tenha dó, Bob..." Rebus sorriu, cúmplice. "Ele está enganando você. Abre aquele sorriso enorme, cega você com o brilho dos dentes. Enquanto isso, entrega seu nome. E quando tudo sair errado, adivinhe quem vai levar a culpa? Por isso ele anda por aí em sua companhia. Você é o palhaço do circo, que leva torta na cara no meio do espetáculo. Vocês compram e vendem armas, cara! Acha que não vamos pegar os dois?"

"Réplicas", Bob declarou, como se se lembrasse de

uma instrução e a repetisse mecanicamente. "Para colecionadores que penduram elas na parede."

"Certo, todo mundo quer pendurar imitações da Glock 17 e da Walther PPK em cima da lareira..." Rebus levantou-se. Não sabia se era possível abalar Bob. Precisava de algo, de uma fraqueza que pudesse ser explorada. Mas o sujeito era como um monte de massa de pão. Podia ser sovado, modelado de várias formas... e no final só restaria uma massa disforme. Decidiu jogar a última cartada.

"Um dia desses, Bob, um moleque vai sacar uma de suas réplicas, e alguém vai atirar nele pensando que é uma arma de verdade. É só uma questão de tempo." Rebus deliberadamente pôs uma certa emoção na voz. Silvers o observava, interessado em saber em que aquilo ia dar. Rebus olhou para ele, deu de ombros e afastou a cadeira.

"Pense bem, Bob. Faça isso por mim." Rebus tentou encarar o rapaz, mas ele mantinha os olhos fixos no teto, como se houvesse fogos de artifício.

"Nunca fui ao circo...", ele estava dizendo a Silvers quando Rebus saiu da sala.

Siobhan, dispensada por Rebus, subira até o Departamento de Investigações Criminais. A sala dos investigadores estava lotada, detetives pegavam mesas alheias emprestadas, para fazer os interrogatórios. Na mesa dela o computador fora empurrado para um lado, e sua correspondência estava empilhada no chão. O detetive Davie Hynds anotava as declarações arrastadas de um jovem cujas pupilas pareciam pontas de alfinetes.

"O que houve com sua mesa?", Siobhan perguntou.

"Foi requisitada pela sargento detetive Wylie." Hynds apontou para a sargento detetive Ellen Wylie, que se preparava para a entrevista seguinte, sentada à mesa dele. Ela ergueu os olhos ao ouvir seu nome e sorriu. Wylie era da delegacia do West End. Mesmo posto que Siobhan, mais tempo de serviço. Siobhan sabia que poderiam se tornar rivais na disputa pela promoção. Resolveu guardar a correspondência numa gaveta da escrivaninha, contrariada com a invasão. Cada delegacia era uma espécie de feudo. Impossível saber o que os invasores poderiam levar...

Ao se abaixar para recolher a correspondência Siobhan viu o canto de um envelope branco que se destacava no meio dos relatórios grampeados. Ela o puxou, depois guardou a correspondência na gaveta mais funda e a trancou. Hynds olhava para ela.

"Você precisa de alguma coisa?", Siobhan perguntou. Ele balançou a cabeça, imaginando que ouviria alguma explicação. Mas Siobhan apenas se afastou, retornando às imediações da máquina de refrigerantes no térreo. Lá era mais tranqüilo. Uma dupla de detetives de fora descansava, fumando e contando piadas, no estacionamento. Ela não viu Rebus por ali, então permaneceu ao lado da máquina e abriu a lata gelada. O açúcar atingiu seus dentes e depois o estômago. Ela leu a lista de ingredientes, pois os livros sobre ataques de pânico aconselhavam evitar a cafeína. Estava tentando dar um jeito de encaixar o gosto pelo café descafeinado em suas preferências, e sabia da existência de refrigerantes sem cafeína, mas não conseguira comprovar isso. Sal: outro ingrediente a evitar. Pressão alta e coisa e tal. Álcool tudo bem, mas moderadamente. Ela se perguntava se uma garrafa de vinho após o trabalho, todas as noites, seria classificada como "moderada". Duvidava muito. Mas, se tomasse meia garrafa, o resto teria sabor horrível no dia seguinte. Lembrete para si: explorar a possibilidade de comprar vinho em meia garrafa, dali em diante.

Lembrando-se do envelope, tirou-o do bolso. Sobrescrito à mão, em garranchos. Depositou a lata no alto da máquina, tendo uma sensação ruim ao abrir o envelope. Continha apenas uma folha de papel, disso ela tinha certeza. Nada de lâminas de barbear, cacos de vidro... O mundo andava cheio de malucos ansiosos por compartilhar suas idéias com ela. Abrindo a carta, topou com a frase, rabiscada em letras de forma:

VEJO VOCÊ EM BREVE NO INFERNO — MARTY

O nome estava sublinhado. Seu coração disparou. Ela não tinha dúvida a respeito de qual Marty: Martin Fairstone. Mas Fairstone estava dentro de um tubo num laboratório qualquer, reduzido a ossos e cinzas. Ela examinou o envelope. Endereço e código postal perfeitos. Uma brincadeira de mau gosto? Mas quem poderia ter sido? Quem sabia a respeito de seu problema com Fairstone? Rebus e Templer... mais alguém? Pensou nos últimos meses. Alguém deixara recados em seu computador, só podia ser do Departamento de Investigações Criminais, um de seus supostos colegas. No entanto, os recados haviam cessado. Davie Hynds e George Silvers: trabalhavam perto dela. Grant Hood também, a maior parte do tempo. Outros vinham e iam. Mas não comentara a respeito de Fairstone com ninguém. Espere um pouco... quando Fairstone deu queixa, o caso ficou registrado? Duvidava muito. No entanto, delegacias eram vespeiros onde dificilmente os segredos eram guardados.

Ela se deu conta de que olhava para as portas de vidro externas, e que os dois detetives no estacionamento olhavam de volta para ela, querendo saber o que atraíra tanto sua atenção. Siobhan tentou sorrir e balançar a cabeça, para mostrar que estava só devaneando.

Por falta do que fazer, pegou o celular para ouvir os recados. Mas resolveu fazer uma ligação, em vez disso, e teclou um número que sabia de cor.

"Alô? Aqui é Ray Duff."

"Ray? Está muito ocupado?"

Siobhan sabia qual seria a resposta inicial: após inspirar longamente ele soltaria um suspiro. Duff era cientista e trabalhava no laboratório de medicina legal em Howdenhall.

"Você quer dizer, além de verificar se todos os projéteis de Port Edgar saíram da mesma arma, depois examinar todas as manchas de sangue e suas configurações, testar resíduos de pólvora, ângulos balísticos e outros detalhes?"

"Pelo menos garantimos seu emprego. Como vai o MG?"

"Corre feito um louco." Quando conversaram pela última vez, Duff acabara de restaurar um MG 73. "O convite para dar uma volta no fim de semana continua de pé."

"Pode ser, quando o tempo melhorar."

"Tem capota, sabia?"

"Mas aí não é a mesma coisa, certo? Ray, sei que você está atolado até o pescoço de trabalho, por causa da escola, mas eu precisava muito de um favor seu..."

"Siobhan, você sabe que vou dizer não. Todo mundo quer tudo para ontem."

"Sei disso. Eu também estou trabalhando no caso de Port Edgar."

"Você e todos os policiais desta cidade." Outro suspiro. "Só por curiosidade, de que se trata, exatamente?"

"Fica entre nós?"

"Claro."

Siobhan olhou em torno. Os detetives do estacionamento haviam perdido o interesse por ela. Três policiais fardados ocupavam uma das mesas do refeitório, comendo sanduíches e tomando chá, a uns seis metros de distância. Ela deu as costas para eles, ficando de frente para a máquina.

"Recebi uma carta anônima."

"Com ameaças?"

"Mais ou menos."

"Devia mostrá-la a alguém."

"Eu estava pensando em mostrar para você, ver se você consegue descobrir algo a respeito do autor."

"Sugiro mostrá-la para Gill Templer. Ela não é sua chefe?"

"Eu não sou a pessoa mais querida do mundo no momento. Além disso, ela está sobrecarregada."

"E eu não?"

"Só uma olhadinha rápida, Ray. Pode ser importante, pode não ser."

"Por baixo do pano, certo?"

"Certo."

"O que é errado. Se alguém a ameaça, você precisa informar isso, Shiv."

O apelido, de novo: Shiv. Pelo jeito, cada vez mais gente resolvera usá-lo. No entanto, aquele não era o momento apropriado para dizer a Ray quanto o odiava.

"O problema, Ray, é que foi mandada por um morto."

Houve uma pausa do outro lado. "Sei." Duff desistiu. "Pode falar, sou todo ouvidos."

"Casa em conjunto habitacional de Gracemont, incêndio provocado por fritadeira..."

"Sei. Martin Fairstone. Estou tentando trabalhar no caso dele, também."

"Descobriu algo?"

"Um pouco cedo para dizer... Port Edgar tornou-se o caso número um. Fairstone caiu várias posições."

A analogia a fez sorrir. Ray gostava de tabelas. Sua conversa normalmente citava os três ou cinco melhores. E, como se lesse pensamento:

"Vamos lá, Shiv — os três melhores artistas pop da Escócia?"

"Ray..."

"Quero ver. Não precisa pensar, diga os três primeiros nomes que surgirem na sua cabeça."

"Rod Stewart? Big Country? Travis?"

"Nada para Lulu? Annie Lennox?"

"Não sou muito boa nisso, Ray."

"Rod foi uma escolha interessante, sabe?"

"Culpa do Rebus. Ele me emprestou os primeiros discos..." Ela tentou suspirar também. "Então, vai me ajudar ou não?"

"Quando você pode mandar o material?"

"Dentro de uma hora."

"Posso ficar até mais tarde, acho. Não seria a primeira vez."

"Eu já lhe disse que você é um amor, lindo, charmoso?"

"Já, sempre que concordei em fazer um favor."

"Você é um anjo, Ray. Ligue para mim, quando puder."

"Passe aqui para a gente dar uma volta", Duff estava dizendo quando ela desligou. Siobhan levou a carta para fora do refeitório, até a área de recepção e registro.

"Você tem um envelope para provas?", ela pediu ao sargento responsável pela custódia. Ele abriu algumas gavetas. "Só se for buscar um lá em cima", ele disse, admitindo a derrota.

"E os envelopes de flagrantes?"

O sargento procurou novamente e pegou um envelope pardo tamanho A4 que estava sob o balcão.

"Serve", Siobhan disse, guardando seu envelope dentro do outro. Escreveu o nome de Ray Duff na frente e a palavra URGENTE, depois voltou para o refeitório e saiu para o estacionamento. Os fumantes haviam retornado para dentro do prédio, evitando que ela tivesse de se desculpar pelos olhares involuntários. Dois policiais fardados entravam numa viatura.

"Oi, pessoal!", ela cumprimentou. Aproximando-se, reconheceu no banco do passageiro o detetive John Mason, conhecido na delegacia como Perry. A motorista era Toni Jackson.

"Oi, Siobhan", Jackson respondeu. "Sentimos sua falta na sexta."

Siobhan resmungou uma desculpa. Toni e outras policiais femininas se reuniam uma vez por semana, para relaxar. Siobhan era a única detetive aceita no grupo.

"Aposto que perdi uma bela noitada, né?"

"Sensacional. Meu fígado ainda não se recuperou."

Mason interessou-se. "O que vocês fizeram?"

"Quer mesmo saber?", retrucou a policial, piscando um olho. Depois, para Siobhan: "Quer que a gente banque o carteiro?". E apontou para o envelope.

"Seria o máximo. É para o laboratório forense de Howdenhall. Entregue em mãos, se possível." Siobhan apontou para o nome de Duff.

"Precisamos atender algumas ocorrências... meio perto de lá."

"Prometi que chegaria em menos de uma hora."

"Do jeito que Toni dirige, isso não será problema", Mason zombou.

Jackson ignorou a provocação. "Segundo consta você foi rebaixada a chofer, Siobhan."

Siobhan mordeu o lábio. "Só por uns dias."

"Como ele conseguiu machucar as mãos?"

Siobhan encarou Jackson. "Não faço idéia, Toni. O que dizem os fofoqueiros de plantão?"

"Correm versões de todos os tipos. De socos em briga a fritadeira."

"Não que os dois sejam mutuamente exclusivos."

"Nada é mutuamente exclusivo quando o inspetor Rebus está envolvido", Jackson sorriu, dubiamente, estendendo a mão para apanhar o envelope. "Você já levou cartão amarelo, Siobhan."

"Estarei lá na sexta-feira, se quiserem."

"Promete?"

"Palavra de detetive."

"Em outras palavras, depende."

"Sempre depende, Toni, você sabe muito bem."

Jackson espiava por cima do ombro de Siobhan. "Falou no diabo...", ela disse, assumindo o volante. Rebus os observava da porta. Ela não sabia há quanto tempo ele estava lá. O suficiente para testemunhar a entrega do envelope? O motor foi ligado, ela se afastou da viatura e ficou olhando enquanto eles saíam. Rebus abriu um maço de cigarros e puxou um com os dentes.

"Interessante ver como o ser humano se adapta", Siobhan disse, caminhando em sua direção.

"Estou pensando em ampliar o repertório", Rebus disse a ela. "Vou tentar tocar piano com o nariz." Ele conseguiu acender o isqueiro na terceira tentativa e fumar.

"Obrigado por me deixar sozinha no frio."

"Não está frio aqui."

"Eu quis dizer..."

"Sei o que você quis dizer." Ele a encarou. "Eu só precisava ouvir pessoalmente o que Johnson ia dizer."

"Johnson?"

"Peacock Johnson." A testa dela se franziu. "Ele adotou esse nome."

"Por quê?"

"Você viu como ele se veste."

"Eu perguntei por que você queria acompanhar o depoimento dele."

"Estava interessado."

"Algum motivo específico?"

Rebus deu de ombros.

"Afinal, quem é ele?", Siobhan perguntou. "Eu o conheço?"

"Pé-de-chinelo, mas esses podem ser os mais perigosos. Vende réplicas de armas para quem puder pagar... é bem capaz de fornecer alguns exemplares de verdade. Receptador de mercadorias roubadas, traficante de drogas leves, um fuminho aqui e ali..."

"Onde ele atua?"

Rebus parou para refletir um pouco. "Na região de Burdiehouse."

Ela o conhecia muito bem, não seria enganada. "Burdiehouse?"

"Para aquele lado..." O cigarro se mexeu em sua boca.

"Acho melhor dar uma olhada na ficha dele." Siobhan agüentou firme o olhar de Rebus, até que este piscasse.

"Southhouse, Burdiehouse... por ali, naquele rumo." A fumaça saía pelas narinas, levando-a a pensar num touro encurralado.

"Em outras palavras, vizinho de Gracemount?"

Ele deu de ombros. "Questão de geografia, apenas."

"Fairstone residia por ali... área dele. Quais as chances de dois bandidos como eles não se conhecerem?"

"Talvez fossem conhecidos."

"John..."

"O que havia no envelope?"

Vez dela de fazer cara de paisagem. "Não mude de assunto."

"Assunto anterior encerrado. O que havia no envelope?"

"Nada que mereça sua preciosa atenção, inspetor detetive Rebus."

"Agora fiquei realmente preocupado."

"Não era nada, sério mesmo."

Rebus esperou um pouco, depois balançou a cabeça, lentamente. "Você sabe tomar conta de si, certo?"

"Isso mesmo."

Ele abaixou a cabeça para cuspir a ponta do cigarro no chão. Apagou-a com a sola do sapato. "Sabe que não vou precisar de você amanhã?"

Ela fez que sim. "Tentarei me divertir um pouco, para variar."

Rebus tentou pensar numa resposta ferina, mas acabou desistindo. "Vamos embora antes que Gill Templer arranje outra desculpa para nos chatear." E começou a andar na direção do carro.

"Tudo bem", Siobhan disse. "E enquanto eu estou dirigindo você pode me contar tudo sobre o senhor Peacock Johnson." Ela pausou. "Por falar nisso, diga os nomes de três astros do rock escocês."

"Por que você pergunta?"

"Responda sem pensar."

Rebus precisou apenas de um instante. "Nazareth, Alex Harvey, Deacon Blue."

"E Rod Stewart?"

"Ele não é escocês."*

(*) Ao contrário do que a maioria das pessoas acredita, Rod Stewart nasceu na região norte de Londres, para onde sua família (escocesa) havia mudado. (N. T.)

141

"Mas pode incluí-lo, se quiser."

"Então ele pode entrar na lista, em algum lugar abaixo de Ian Stewart. Mas primeiro preciso incluir John Martyn, Jack Bruce, Ian Anderson... sem esquecer de Donovan e da Incredible String Band... Lulu e Maggie Bel..."

Siobhan ergueu os olhos. "Ainda dá tempo de dizer que eu me arrependo de ter perguntado?"

"Tarde demais", Rebus disse, acomodando-se no banco do passageiro. "Faltou Frank Miller... Simple Minds no auge... sempre tive uma queda por Pallas..."

Siobhan parou ao lado da porta do motorista, segurou o trinco mas não a abriu. Lá dentro, a recitação do catálogo continuava, Rebus ergueu a voz para que ela não perdesse nenhum nome.

"Não é o tipo de bar que costumo freqüentar", comentou o dr. Curt. Era alto e magro, freqüentemente descrito pelas costas como "fúnebre". Cinqüentão, exibia um rosto longo, pacífico, e olhos fundos. Lembrava a Rebus um sabujo.

Um sabujo fúnebre.

O que era adequado a seu modo, pois o consideravam um dos mais capacitados especialistas em medicina legal de Edimburgo. Sob sua orientação, os corpos contavam histórias, revelavam segredos: suicidas que na verdade haviam sido assassinados, ossos que não eram humanos. A habilidade e a intuição de Curt ajudaram Rebus a resolver dúzias de casos em muitos anos, por isso seria rude recusar o convite quando ele ligou e convidou Rebus para beber alguma coisa, acrescentando: "Num lugar discreto, de preferência. Onde possamos conversar sem precisar gritar para vencer a algazarra".

Por isso Rebus sugerira um bar que freqüentava, o Oxford, escondido num beco atrás da George Street, longe tanto do local de trabalho de Curt quanto de St. Leonard's.

Estavam sentados na sala dos fundos, numa mesa de

canto. Não havia mais ninguém ali. No meio da semana e no início da noite, no bar havia apenas alguns sujeitos de terno que logo iriam para casa e um freqüentador que acabara de entrar. Rebus levou as bebidas para a mesa: uma cerveja para ele, gim-tônica para o médico.

"Saúde", Curt disse, erguendo o copo.

"Saúde, doutor." Rebus não conseguia erguer o copo de cerveja com apenas uma mão.

"Até parece que você está erguendo uma taça", Curt comentou. "Quer falar a respeito disso?"

"Não."

"Os boatos estão voando."

"Por mim, podem juntar milhagem, não me importo. O que me intriga é seu telefonema. O que tem a dizer?"

Rebus chegara em casa, tomara um banho quente e pedira comida indiana. Jackie Leven, no aparelho de som, entoava uma canção sobre os homens de Fife, rijos e românticos — como Rebus fora capaz de esquecer de incluir seu nome na lista? De repente, o telefonema de Curt.

"Podemos conversar? Pessoalmente, ainda hoje...?"

Nenhuma pista do assunto; combinaram um encontro no Oxford Bar às sete e meia e pronto.

Curt saboreava a bebida. "Como vai indo sua vida, John?"

Rebus o encarou. Com alguns homens, de uma certa idade, o preâmbulo era inevitável. Ele ofereceu um cigarro, que o médico aceitou.

"Pegue um para mim também", Rebus pediu. Curt o atendeu, e os dois fumaram em silêncio por um momento.

"Tudo bem, doutor. E você? Sente sempre o impulso de telefonar à noite para policiais e marcar encontros em bares suspeitos?"

"A escolha do bar suspeito foi sua, não minha."

Rebus acolheu a resposta com um sorriso.

Curt riu também. "Você não é um sujeito muito paciente, John."

Rebus deu de ombros. "Na verdade, posso passar a

noite aqui sentado, mas ficarei bem mais à vontade depois de saber do que se trata."

"Trata-se do que restou de um sujeito chamado Martin Fairstone."

"É mesmo?" Rebus ajeitou o corpo na cadeira, cruzando a perna.

"Você o conhece, claro." Quando Curt puxou a fumaça, o rosto inteiro pareceu afundar. Começara a fumar havia apenas cinco anos, como se desejasse testar sua própria imortalidade.

"Eu o conhecia", Rebus disse.

"Sei... no pretérito, infelizmente."

"Nenhuma infelicidade. Não creio que ele faça falta."

"Seja lá como for, o professor Gates e eu... bem, achamos que há áreas obscuras..."

"Enfumaçadas, você quer dizer?"

Curt balançou a cabeça lentamente, sem disposição para trocadilhos.

"As análises laboratoriais fornecerão outros dados..." Ele deixou a frase no ar. "A superintendente-chefe Templer tem sido muito persistente. Acho que Gates vai conversar com ela amanhã."

"E o que isso tem a ver comigo?"

"Ela crê que você está envolvido de algum modo nesse homicídio."

A última palavra ficou pairando no ar enfumaçado. Rebus não precisava repeti-la em voz alta. Curt entendeu a pergunta que ele não formulara.

"Os indícios apontam para assassinato", ele disse, balançando a cabeça lentamente. "Indicações de que ele foi amarrado na cadeira. Tenho fotos..." Ele pegou uma maleta no chão, a seu lado.

"Doutor", Rebus disse, "você provavelmente não devia me mostrar essas fotos."

"Sei disso, e jamais o faria se pensasse que havia a mais remota chance de seu envolvimento." Ele ergueu os olhos. "Eu o conheço bem, John."

144

Rebus olhava para a maleta. "As pessoas já se enganaram a meu respeito, mais de uma vez."

"Pode ser."

O envelope pardo estava em cima da mesa, entre eles, sobre as bolachas de chope úmidas. Rebus o pegou para abrir. Havia meia dúzia de fotos da cozinha, com rolos de fumaça ainda visíveis no fundo. Martin Fairstone mal podia ser reconhecido como ser humano. Mais se assemelhava a um manequim preto coberto de bolhas. Estava de bruços. A seu lado, uma cadeira reduzida a parte do assento e restos de duas pernas. O fogão atraiu a atenção de Rebus. Por algum motivo, sua superfície estava praticamente intocada. Ele viu a fritadeira em cima de uma das bocas. Puxa vida, se a limpassem ainda poderia ser usada... Difícil acreditar que aquela panela pudesse sobreviver onde um ser humano perecera.

"O que podemos ver aqui é o modo como a cadeira caiu. Tombou para a frente, levando a vítima consigo. Quase como se ele tivesse caído de joelhos, tombado e depois deslizado até uma posição horizontal. Está vendo como os braços estão posicionados? Retos, ao longo do corpo?"

Rebus viu, mas não sabia direito o que aquilo significava.

"Encontramos vestígios de corda... um fio de varal de plástico. A cobertura derreteu, mas o náilon interno era muito resistente."

"Pode haver fio de varal em qualquer cozinha", Rebus disse, bancando o advogado do diabo, pois de repente percebeu para onde ia o caso.

"Concordo. O professor Gates... bem, o pessoal está verificando isso..."

"Ele acredita que Fairstone estava amarrado na cadeira?"

Curt fez que sim. "As outras fotos, algumas... as que foram tiradas de perto... mostram fragmentos de corda."

Rebus os viu.

"E há uma seqüência de eventos, percebe? Um sujeito está inconsciente, amarrado a uma cadeira. Quando acorda, o fogo o rodeia, a fumaça começa a entrar nos pulmões dele. Tenta se livrar das cordas, a cadeira tomba, ele começa a sufocar. A fumaça vai matar o sujeito... ele morre antes que as chamas possam queimar as cordas que o prendem..."

"Não passa de teoria", Rebus disse.

"Concordo", o médico falou, inabalável.

Rebus examinou as fotos novamente. "Então, de repente, temos um assassinato?"

"Ou homicídio culposo. Suponho que um advogado possa alegar que o fato de ele estar amarrado não foi a causa da morte... que deveria servir apenas como aviso, digamos."

Rebus o encarou. "Você pensou muito em tudo isso."

Curt ergueu o copo novamente. "O professor Gater conversará com Gill Templer amanhã. Mostrará as fotos. O pessoal do laboratório apresentará suas análises... As pessoas comentam que você esteve lá."

"Por acaso algum repórter o procurou?" Rebus observou a reação de Curt. "O nome dele é Steve Holly?" Nova confirmação. Rebus soltou um palavrão em voz alta, bem na hora em que Harry, o barman, entrou para recolher os copos vazios. Harry assobiava, sinal inegável de que ia sair com uma moça. Provavelmente queria se gabar, mas a explosão de Rebus o levou a bater em retirada.

"E como você vai...?" Curt não conseguiu encontrar a palavra adequada.

"Lutar contra isso?", Rebus sugeriu. Depois sorriu, amargurado. "Eu não tenho como lutar contra uma coisa assim, doutor. Eu estava lá, todo mundo sabe disso, ou logo saberá." Ele tentou roer a unha, mas se lembrou de que não podia fazer isso. Queria dar um murro na mesa. Impossível, também.

"É tudo circunstancial", Curt disse. "Bem, quase tudo..." Ele estendeu a mão e puxou uma foto específica, um close do crânio, de boca aberta. Rebus sentiu a cerveja revirar no estômago. Curt apontava para o pescoço.

"Pode parecer pele, para você, mas há algo... havia alguma coisa em volta do pescoço dele. O falecido usava gravata, por acaso?"

A idéia era tão ridícula que Rebus soltou uma gargalhada. "Trata-se de um conjunto habitacional popular em Gracemount, doutor, e não de um clube masculino chique de New Town." Rebus levantou o copo, mas percebeu que não queria beber. Ainda balançava a cabeça, pensando na possibilidade de Martin Fairstone usar gravata. Por que não smoking, para completar? E um mordomo para enrolar os cigarros dele...

"O problema", disse o dr. Curt, "se ele não estava usando nada no pescoço, como uma echarpe, é que ele tinha uma mordaça ou algo parecido. Talvez um lenço enfiado na boca e amarrado na nuca. Conseguiu puxar o lenço para baixo... quem sabe tarde demais para pedir socorro. E ficou em volta do pescoço, está vendo?"

Mais uma vez, Rebus viu.

Ele se viu tentando explicar o ocorrido.

E se viu fracassando.

7

Siobhan teve uma idéia.

Os ataques de pânico começavam com freqüência quando ela estava dormindo. Talvez tivesse a ver com o quarto dela. Decidiu dormir no sofá: um arranjo perfeito, na verdade. Coberta com o edredom, televisão num canto, café e um tubo de Pringles. Três vezes, naquela noite, ela se surpreendeu de pé, na janela, observando a rua. Se as sombras parecessem se mover ela fixava a vista naquele ponto por vários minutos, até ter certeza. Quando Rebus ligara para contar a respeito do encontro com o dr. Curt, ela tinha feito uma pergunta.

O corpo fora identificado?

Ele não entendeu aonde ela queria chegar.

"Restos calcinados... a identificação depende do DNA, certo? Alguém já providenciou isso?"

"Siobhan..."

"Apenas por via das dúvidas."

"Ele morreu, Siobhan. Esqueça dele assim que puder."

Ela mordeu o lábio inferior. Menos motivo do que nunca para incomodá-lo com a carta. Ele já tinha muita coisa com que se preocupar.

Rebus desligou. Razão para o telefonema: se jogassem merda no ventilador no dia seguinte, ele não estaria por lá e Templer era bem capaz de procurar um bode expiatório.

Siobhan resolveu fazer mais café — instantâneo descafeinado. Deixava um gosto amargo na boca. Ela parou na janela e deu uma espiada rápida antes de seguir para a cozinha. O médico pedira que ela elaborasse uma lista de cardápios para uma semana típica, e depois fizesse um círculo em todos os alimentos que pudessem contribuir para os ataques, em sua opinião. Ela tentou não pensar nas Pringles... o problema era que gostava muito delas. E de vinho, refrigerantes e comida para viagem. Como explicara ao médico, não fumava e praticava exercícios regularmente. Precisava de algo para relaxar...

"Bebida e fast-food ajudam a relaxar?"

"Servem para me desacelerar, no final do dia."

"Acho melhor não acelerar, no início do dia."

"Vai me dizer que você nunca fumou, nem tomou um drinque?"

Mas, claro, ele jamais confessaria uma coisa dessas. Médicos têm níveis de estresse mais altos que policiais. Uma coisa ela fizera, por sua própria iniciativa — tentava ouvir música ambiente. Lemon Jelly, Oldsolar, Boards of Canada. Alguns artistas não funcionaram — Aphex Twin e Autechre; faltava carne naqueles ossos.

Carne nos ossos...

Estava pensando em Martin Fairstone. Seu cheiro: química masculina. Dentes descoloridos. Parado ao lado do carro dela, remexendo suas compras, descontraído na agressão, *seguro* na atitude. Rebus tinha razão: ele estava morto. A carta fora uma brincadeira de mau gosto. O problema era não identificar o autor. Devia haver alguém de quem ela não se lembrava...

Depois de pegar o café na cozinha ela se aproximou da janela de novo. Havia luzes no conjunto habitacional do outro lado da rua. Fazia algum tempo, alguém a observara, de lá... um policial chamado Linford. Ele continuava na polícia, trabalhava na central. Ela pensara até em se mudar, mas gostava dali, de seu apartamento, da rua, do bairro. Lojas de esquina, famílias jovens, solteiros iniciando a vida profissional... em sua maioria, as "famílias" eram formadas por pessoas mais jovens que ela. Sempre lhe perguntavam: quando vai arranjar alguém? Toni Jackson perguntava isso sempre, nos encontros de sexta-feira. Indicava homens adequados em bares e casas noturnas, não aceitava não como resposta, levava rapazes até a mesa em que Siobhan estava sentada, com a cabeça apoiada nas mãos.

Talvez um namorado fosse a solução, afastaria os tarados. Mas um cachorro teria a mesma serventia. O problema com um cachorro era que...

O problema com um cachorro era que ela não queria ter um. Mas tampouco queria namorar. Deixara de sair com Eric Bain quando ele começara a falar que a amizade entre eles poderia avançar até "a etapa seguinte". Sentia sua falta: ele chegava de noite, bem tarde, compartilhavam pizzas e fofocas, ouviam música, às vezes jogavam no laptop dele. No futuro poderia convidá-lo novamente, para ver como rolava. Mas não já.

Martin Fairstone estava morto. Todos sabiam disso. Ela pensou nas pessoas que saberiam, caso não estivesse. A namorada, provavelmente. Amigos íntimos, parentes; ele precisaria morar em algum lugar, ganhar dinheiro para se manter. Talvez Peacock Johnson soubesse. Rebus tinha explicado que o elemento era uma referência para os malandros locais. Não estava com sono, uma volta de carro lhe faria bem. Música ambiente no som do carro. Ela pegou o telefone, ligou para a delegacia de Leith, consciente de que o caso de Port Edgar recebera farta verba adicional, atraindo muita gente ao plantão noturno, ansiosa por um reforço na conta bancária. Foi atendida imediatamente e pediu detalhes.

"Peacock Johnson... não sei o primeiro nome, ninguém sabe. Foi interrogado hoje, em St. Leonard's."

"E o que você deseja saber, sargento-detetive Clarke?"

"Por ora, basta o endereço", Siobhan disse.

Rebus foi de táxi — mais fácil do que tentar dirigir. Mesmo assim, a porta do passageiro exigiu um aperto doloroso na maçaneta, com o polegar que ainda doía. Os bolsos incharam de tanto dinheiro trocado. As moedas menores davam muito trabalho. Ele usava notas sempre que possível e enchia os bolsos com as moedas recebidas em troco.

A conversa com o dr. Curt ainda ecoava em sua mente. Um inquérito por assassinato era a última coisa que ele precisava no momento, principalmente na condição de principal suspeito. Siobhan indagara a respeito de Peacock Johnson, mas ele dera respostas vagas. Johnson: a razão para ele estar ali, tocando a campainha. A razão pela qual fora ao apartamento de Fairstone naquela noite, também...

A porta se abriu, iluminando Rebus.

"Ah, é você, John. Vamos entrando."

Casa com varanda, recém-construída, perto da Alnwickhill Road. Andy Callis morava sozinho lá, perdera a esposa um ano antes, vítima de câncer apesar da pouca idade. Viu uma foto do casamento no hall de entrada. Callis bem mais magro, Mary radiante, banhada em luz, com o cabelo cheio de flores. Rebus fora ao enterro, Callis depositara uma coroa no túmulo. Rebus aceitara o convite para carregar o caixão, com mais cinco, inclusive Andy, mantendo os olhos fixos na coroa enquanto baixavam o caixão.

Um ano depois. Andy dava a impressão de estar superando a perda, e agora...

"Como vai, Andy?", Rebus perguntou. O aquecedor elétrico estava ligado, na sala. Viu a poltrona de couro e a banqueta do jogo virados para a televisão, na sala limpa e perfumada. O jardim na frente da casa era bem cuidado, sem mato. Outra foto em cima da lareira: o retrato de Mary, feito em estúdio. Mesmo sorriso da foto do casamento, com acréscimo de algumas rugas em volta dos olhos, no rosto mais cheio. Uma mulher perto da maturidade.

"Estou bem, John." Callis retornou à poltrona, movendo-se como se fosse um velho. Tinha quarenta e poucos anos, o cabelo ainda não prateara. A poltrona rangeu quando ele se acomodou.

"Pegue alguma coisa para beber, você sabe onde tem."

"Acho que vou aceitar."

"Não veio de carro?"

"Peguei um táxi." Rebus aproximou-se do bar, pegou uma garrafa, observou Callis balançar a cabeça. "Ainda está tomando aquele remédio?"

"E não posso misturar com bebida."

"Nem eu." Rebus serviu uma dose dupla.

"Está com frio?", Callis perguntou. Rebus fez que não. "Então, por que está de luva?"

"Machuquei as mãos. Por isso estou tomando remédio." Ele ergueu o copo. "E sedativos sem receita." Levando o copo até o sofá, instalou-se confortavelmente. A televisão, sem som, mostrava um programa de prêmios. "O que está passando?"

"Sei lá."

"Não estou interrompendo nada?"

"Não, tudo bem." Callis fez uma pausa, sem tirar os olhos da tela. "A não ser que tenha vindo aqui para me pressionar outra vez."

Rebus negou com um gesto. "Passei dessa fase, Andy. Mas devo admitir que estamos no limite."

"Por causa da escola?" Ele acompanhou o movimento da cabeça de Rebus com o canto do olho. "Uma coisa terrível."

"Mandaram que eu investigasse a razão que levou o cara a fazer aquilo."

"E qual o sentido? Se derem chance às pessoas... vai acontecer."

Rebus refletiu sobre a pausa depois de "pessoas". Callis estava a ponto de dizer "armas", mas evitou a palavra. E falara em "coisa terrível", e não tiroteio.

Ainda não se livrara das seqüelas.

"Continua fazendo terapia?"

Callis resmungou. "Bela droga."

Não era bem terapia, na verdade. Nada a ver com ficar deitado no divã falando da mãe. Mas Rebus e Callis levavam na brincadeira. Assim era mais fácil discutir o problema.

"Pelo jeito, há casos piores do que o meu", Callis disse. "Caras que não conseguem pegar uma caneta, ou um vidro de molho. Tudo faz lembrar..." A voz sumiu.

Rebus terminou a frase mentalmente: *armas*. Tudo evocava as armas.

"Muito estranho, se a gente pensar bem", Callis prosseguiu. "Sabe, a gente deveria ter medo delas, não é essa a idéia? Aí alguém como eu apresenta uma reação, e de repente temos um problema."

"Torna-se um problema quando afeta sua vida inteira, Andy. Você sente dificuldade para pôr molho na batata frita?"

Callis bateu na barriga. "Não que alguém perceba."

Rebus sorriu e se recostou no sofá com o copo de uísque na mão. Perguntava-se se Andy sabia do tique nervoso no olho esquerdo ou do leve tremor na voz, após quase três meses de licença médica. Até então ele servira no policiamento ostensivo, embora fosse especialista em armas de fogo. Lothian e Borders contavam com poucos policiais assim. Não havia como substituí-los. Edimburgo contava apenas com um veículo blindado.

"O que o médico disse?"

"John, não interessa o que ele diz. A polícia não vai me aceitar de volta sem fazer antes uma montanha de testes."

"Você tem medo de ser reprovado?"

Callis o encarou. "Tenho medo de ser aprovado."

Depois disso ficaram vendo televisão em silêncio. Rebus achou que era um concurso qualquer: desconhecidos reunidos em local inacessível, sendo eliminados um a um, semanalmente.

"Então, conte o que está havendo", Callis pediu.

"Bem..." Rebus analisou as opções. "Quase nada, na verdade."

"Nada além da ocorrência na escola?"

"Fora isso, nada. O pessoal sempre pergunta de você." Callis balançou a cabeça. "De vez em quando aparece alguém."

Rebus debruçou-se para a frente, com os cotovelos nos joelhos. "Você não vai voltar?"

Sorriso cansado de Callis. "Você sabe muito bem que não. Vão chamar de estresse ou algo assim. Aposentadoria por invalidez..."

"Faz quantos anos, Andy?"

"Desde que entrei para a polícia?" Callis mordiscou os lábios, pensativo. "Quinze... quinze anos e meio."

"Um incidente neste tempo todo, e você já quer largar tudo? Nem mesmo foi um 'incidente'..."

"John, olhe para mim. Notou algo? Como minhas mãos tremem?" Ele ergueu a mão para Rebus ver. "E esta veia que não pára de latejar, em minha pálpebra..." Ele ergueu a mesma mão até o olho, para mostrar. "Não sou eu que estou exausto, é meu corpo. Apesar de tantos alertas, você acha que devo voltar e ignorá-los? Sabe quantos chamados tivemos no ano passado? Mais de trezentos. Sacamos as armas com freqüência três vezes maior do que no ano anterior."

"As coisas estão mais duras, admito."

"As coisas sim, mas eu não."

"Nenhum motivo para você endurecer." Rebus ficou pensativo. "Então, vamos dizer que você não volte para o policiamento armado. Não faltam funções burocráticas."

Callis balançou a cabeça. "Isso não é para mim, John. Trabalhar com papelada sempre me incomodou..."

"Você poderia voltar ao patrulhamento..."

Callis olhava para o nada, sem ouvir. "O que mais me incomoda é que eu fico aqui sentado, tremendo, e os filhos-da-mãe continuam agindo lá fora, portando armas, se dando bem. Que sistema é esse, John?" Ele se virou para encarar Rebus. "Qual a nossa serventia, se não conseguimos impedir que essas coisas aconteçam?"

"Ficar aí sentado choramingando não vai mudar nada", Rebus disse com voz pausada. Havia tanta raiva quanto frustração nos olhos do amigo. Lentamente, Callis tirou os dois pés da banqueta e se levantou. "Vou pôr a água para esquentar. Quer alguma coisa?"

Na televisão, vários participantes discutiam sobre uma das tarefas. Rebus consultou o relógio. "Tudo bem, Andy. Agora preciso ir."

"Foi muita gentileza sua me visitar, John. Mas você não tem obrigação nenhuma."

"Foi só desculpa para atacar seu bar, Andy. Assim que a bebida acabar, você não vai me ver mais."

Callis tentou sorrir. "Telefone pedindo um táxi, se quiser."

"Peço pelo celular." Ele conseguia usá-lo, se teclasse com uma caneta.

"Tem certeza de que não quer mais nada?"

Rebus fez que não. "Dia cheio, amanhã."

"O meu também", Andy Callis disse.

Rebus o cumprimentou com um movimento da cabeça. A conversa sempre acabava assim: *Dia cheio amanhã, John? Como sempre, Andy. Sei, o meu também...* Ele pensou nas coisas que poderia dizer — a respeito do tiroteio, de Peacock Johnson. Não fariam nenhum bem. Com o tempo, conseguiriam conversar — de verdade, e não o diálogo pingue-pongue que substituíra a conversa entre eles. Por enquanto, ainda não.

"Já vou indo", Rebus gritou na direção da cozinha.

"Espere até o táxi chegar."

"Preciso tomar um pouco de ar, Andy."

"Você quer dizer que precisa fumar, isso sim."

"Com uma intuição dessas, é estranho que nunca o tenham convocado para ser investigador." Rebus abriu a porta da rua.

"Eu nunca quis", foram as palavras finais de Andy Callis.

* * *

No táxi, Rebus decidiu mudar de rumo, instruindo o chofer a seguir para Gracemount, até a casa de Martin Fairstone. As janelas haviam sido cobertas por tábuas, e a porta exibia um cadeado para desestimular o vandalismo. Bastaria uma dupla de drogados para transformar o local num covil para fumar crack. Não havia sinais do fogo nas paredes externas. A cozinha situava-se nos fundos do prédio. O maior dano ocorrera lá. Os bombeiros haviam levado móveis e aparelhos para o gramado, onde o mato crescera: cadeiras, uma mesa, um aspirador de pó quebrado. Abandonados, não valia a pena carregar. Rebus viu um grupo de adolescentes reunidos no ponto de ônibus. Duvidava que esperassem o coletivo. Ali era o ponto de encontro da gangue. Dois estavam em cima do abrigo, outros três se escondiam atrás do ponto. O táxi parou.

"Tudo bem?", Rebus perguntou.

"Acho que eles têm pedras. Depois que a gente passar, vão nos acertar."

Rebus olhou para eles. Os dois rapazes que estavam em cima do abrigo não se mexiam. Não viu nada nas mãos deles.

"Espere um minuto", Rebus disse ao sair.

O motorista virou para trás. "Ficou louco, cara?"

"Não, mas vou ficar louco da vida se você for embora e me deixar aqui", Rebus avisou. Depois, deixando a porta do táxi aberta, ele saiu e foi na direção do ponto de ônibus. Três vultos saíram de trás do abrigo. Usavam casacos com capuz que ocultavam seus rostos e os protegiam do frio noturno. Mãos no bolso. Figuras magras, rijas, de calça jeans larga e tênis.

Rebus os ignorou, fixando-se nos dois que estavam em cima do abrigo. "Colecionando pedras, é?", gritou. "No meu tempo, eram ovos de passarinho."

"Do que você está falando, porra?"

156

Rebus baixou a vista para encarar o líder. Só podia ser o líder, flanqueado por dois subalternos.

"Conheço você", Rebus disse.

O rapaz o fitou. "E daí?"

"Talvez você se lembre de mim."

"Sei quem você é." O rapaz emitiu um ruído gutural, imitando um porco.

"Então tem noção do estrago que eu posso fazer."

Um dos rapazes, no alto do abrigo, soltou uma gargalhada. "Estamos em cinco, panaca."

"Que beleza, você já aprendeu a contar até cinco." Os faróis se acenderam e Rebus ouviu o motor do táxi. Olhou para trás, viu que o motorista só estava estacionando mais perto da guia. Um carro se aproximou, reduziu a marcha e logo acelerou para não se envolver. "Entendo seu ponto de vista", Rebus continuou. "Cinco contra um, vocês provavelmente me dariam uma surra de criar bicho. Mas não era disso que eu estava falando. Eu me referia ao que aconteceria depois. Pois de uma coisa vocês podem ter certeza: vocês iam ser acusados, processados, condenados e presos numa cela. Criminosos jovens? Maravilha: iam acabar numa instituição confortável. Mas antes disso passariam por Saughton. Ala adulta. E, vão por mim, vocês iam acabar de quatro." Rebus fez uma pausa. "Os cinco."

"Estamos no nosso pedaço", um deles desafiou. "Não no seu."

Rebus fez um gesto na direção do táxi. "Por isso estou de saída... com sua licença." Seus olhos se fixaram novamente no líder. Seu nome era Rab Fisher. Tinha quinze anos, e Rebus ouvira dizer que sua gangue era conhecida como Lost Boys. Detidos com freqüência, nunca foram processados. As mães e pais diriam que fizeram o possível — "deram uma surra exemplar nas primeiras vezes em que eles foram presos" — de acordo com o pai de Fisher. *O que mais a gente pode fazer?*

Rebus tinha algumas sugestões. Tarde demais para

157

elas, porém. Mais fácil aceitar os Lost Boys como estatística.

"Tenho sua permissão, Rab?"

Fisher ainda o encarava, desfrutando seu momento de poder. O mundo aguardava sua manifestação. "Eu estou precisando de luvas", disse.

"Dessas aqui, não", Rebus disse.

"Parecem confortáveis."

Rebus balançou a cabeça lentamente e começou a tirar uma das luvas, tentando não fazer careta. Ergueu a mão cheia de bolhas. "Se quiser são suas, mas olhe só a mão que estava lá dentro..."

"Que puta nojo", um dos rapazes disse.

"Por isso você não vai querer usar essa luva", Rebus disse, calçando a luva novamente antes de dar as costas e voltar para o táxi. Entrou e fechou a porta.

"Passe por eles", ordenou. O táxi seguiu em frente. Rebus olhava fixo para a frente, sabendo que cinco pares de olhos se fixavam nele. À medida que o táxi ganhou velocidade, sentiu um baque no teto, e meio tijolo caiu na rua.

"Apenas uma bola na trave", Rebus disse.

"Fácil para você dizer isso, doutor. O táxi não é seu, mesmo."

De volta à rua principal, pararam num sinal vermelho. Um carro estava parado do outro lado da rua, com a luz interna acesa para o motorista consultar um guia de ruas.

"Pobre coitado", o motorista comentou. "Eu não queria me perder num lugar desses."

"Faça a volta", Rebus ordenou.

"Como é?"

"Dê a volta e pare na frente daquele carro."

"Por quê?"

"Porque estou mandando", Rebus retrucou.

A postura do chofer mostrou a Rebus que ele já tivera corridas melhores. Quando o sinal abriu, ele deu sinal e fez a manobra, parando encostado na guia. Rebus já havia separado o dinheiro. "Fique com o troco", disse ao sair.

"Bem que eu mereço, cara."

Rebus deu a volta por trás do carro estacionado, abriu a porta do passageiro e entrou. "Bela noite para um passeio de carro", disse a Siobhan Clarke.

"Não é mesmo?" O guia de ruas havia desaparecido, provavelmente jogado embaixo do banco. Ela viu o motorista descer do táxi para examinar o teto do veículo. "E o que o traz a esta parte do mundo?"

"Fui visitar um amigo", Rebus disse a ela. "E qual é a sua desculpa?"

"Preciso dar alguma?"

O chofer balançava a cabeça, lançando um olhar virulento na direção de Rebus antes de retornar ao volante, dar meia-volta e seguir no rumo da segurança do centro.

"Qual é o nome da rua que você procura?", Rebus perguntou. Ela olhou para ele e sorriu. "Vi você consultar o guia de ruas. Vamos ver se adivinho: casa de Fairstone?"

Ela esperou um momento para responder. "Como você sabe?"

Ele deu de ombros. "Intuição masculina."

Ela ergueu a sobrancelha. "Estou impressionada. Aposto que você está vindo de lá, agora."

"Eu fui visitar um amigo."

"Seu amigo tem nome?"

"Andy Callis."

"Acho que não conheço."

"Andy era um da unidade especial. Tirou licença de saúde."

"Você disse que ele era... dá a impressão de que não vai voltar da licença."

"Agora é minha vez de ficar impressionado." Rebus ajeitou o corpo no banco. "Andy ficou perturbado... mentalmente."

"Para sempre?"

Rebus deu de ombros. "Eu fico pensando... ah, deixa para lá."

"Onde ele mora?"

"Alnwickhill", Rebus respondeu sem pensar. E olhou para Siobhan, percebendo que não fora uma pergunta inocente. Ela sorria abertamente.

"Fica perto de Howdenhall, não é?" Ela pegou o guia de rua debaixo do assento. "Meio longe daqui..."

"Eu sei, resolvi dar uma passada por aqui, na volta."

"Para examinar a casa de Fairstone?"

"Sim."

Ela fechou o guia, aparentemente satisfeita.

"Estou envolvido na história, Siobhan", Rebus disse. "Isso me dá razão para ser abelhudo. E você?"

"Bem, eu pensei..." Ela se debatia internamente, insegura.

"Pensou o quê?" Ele ergueu a mão enluvada. "Pode deixar. É horrível observar você tentando inventar uma história. Quer saber o que eu penso?"

"Diga."

"Acho que você não estava procurando a casa de Fairstone."

"Ah, é?"

Rebus a olhou. "Você planejava fazer uma investigação. Ver se conseguia bancar a detetive sozinha, talvez localizar amigos, gente que o conheceu... talvez alguém como Peacock Johnson. Como estou me saindo?"

"Por que eu faria uma coisa dessas?"

"Minha intuição diz que você não está convencida da morte de Fairstone."

"Intuição masculina, de novo?"

"Você deu a entender isso, quando telefonei."

Ela mordeu o lábio inferior.

"Quer falar a respeito?", ele indagou, solidário.

Ela baixou os olhos. "Recebi uma mensagem."

"Que tipo de mensagem?"

"Uma carta assinada 'Marty' esperava por mim em St. Leonard's."

Rebus refletiu um pouco. "Então sei exatamente o que devemos fazer."

"O que é?"

"Vamos voltar para o centro que eu mostro."

O que ele queria mostrar na High Street era a trattoria do Gordon, que permanecia aberta até tarde, servindo café forte e massas. Rebus e Siobhan sentaram num reservado no canto, de mesa apertada, e pediram expressos duplos.

"O meu descafeinado", Siobhan lembrou de pedir.

"Por que essa moda, agora?", Rebus perguntou.

"Estou tentando reduzir a cafeína."

Ele não comentou. "Quer comer alguma coisa, ou também é *verboten*?"

"Não estou com fome."

Rebus estava, e pediu uma pizza de frutos do mar, alertando Siobhan que ela teria de ajudá-lo. No salão dos fundos do restaurante de Gordon restava apenas uma mesa ocupada, os fregueses saboreavam seus *digestifs*. Onde Rebus e Siobhan sentaram, perto da entrada, só havia reservados e banquetas.

"Repita o que constava na carta."

Ela suspirou e repetiu.

"O carimbo era do correio local?"

"Sim."

"Carta comum ou expressa?"

"Faz diferença?"

Rebus deu de ombros. "Fairstone me pareceu um sujeito muito comum, sem sombra de dúvida." Ele a observava. Parecia cansada e excitada ao mesmo tempo, uma combinação potencialmente fatal. Sem que a invocasse, a imagem de Andy Callis veio-lhe à mente.

"Talvez Ray Duff possa esclarecer o caso", Siobhan disse.

"Se alguém pode, este alguém é Ray."

Os cafés chegaram. Siobhan levou o dela aos lábios. "Eles vão suspender você amanhã, não é?"

"Provavelmente", ele disse. "Mas, aconteça o que acontecer, você deve se cuidar. Isso quer dizer não procurar os amigos de Fairstone. Se a Corregedoria a pegar, vão pensar que é um complô."

"Você realmente acredita que Fairstone morreu naquele incêndio?"

"Nada indica que não."

"A não ser a carta."

"Não era o estilo dele, Siobhan. Ele não teria mandado uma carta pelo correio, iria procurar você, como das outras vezes."

Ela pensou um pouco. "Sei disso", falou finalmente.

Seguiu-se um intervalo na conversa, enquanto os dois tomavam o café forte e amargo. "Tem certeza de que está bem?", Rebus perguntou, depois de um tempo.

"Claro."

"Tem certeza?"

"Quer que eu escreva?"

"Quero que seja sincera."

Os olhos dela escureceram, mas Siobhan não falou nada. A pizza chegou, Rebus a cortou em pedaços, convencendo-a a aceitar um. Comeram também em silêncio. Os bêbados da outra mesa estavam de saída, rindo alto até chegarem à rua. O garçom fechou a porta e ergueu os olhos para o céu, dando graças por reinar novamente a calma no restaurante.

"Tudo bem aqui?"

"Tudo", Rebus respondeu, sem tirar os olhos de Siobhan.

"Tudo", ela repetiu, sem desviar a vista.

Siobhan disse que lhe daria uma carona para casa. Ao entrar no carro, Rebus consultou o relógio: onze da noite.

"Vamos ouvir o noticiário? Para ver se Port Edgar ainda é a matéria principal?"

Ela ligou o rádio.

"... onde uma vigília à luz de velas está sendo realizada esta noite. Nossa repórter Janice Graham está no local..."

"Esta noite, em South Queensferry, os residentes querem ser ouvidos. Cantarão hinos, e o ministro local da Igreja Anglicana será acompanhado pelo capelão da escola. Manter as velas acesas talvez seja difícil, pois sopra uma brisa forte do Firth of Forth. De todo modo, uma multidão já está começando a se reunir, e temos a presença do deputado Jack Bell. O senhor Bell, cujo filho foi ferido na tragédia, espera conseguir apoio para sua campanha contra as armas. Ele disse que..."

Parados num sinal vermelho, Rebus e Siobhan trocaram um olhar. Depois ela balançou a cabeça, não havia necessidade de falar nada. Quando o sinal abriu, ela atravessou o cruzamento, parou de um lado da rua e esperou uma brecha no trânsito para fazer o retorno.

A vigília ocorria na frente do portão da escola. Algumas velas teimavam em permanecer acesas, trêmulas, mas a maioria das pessoas fora mais prudente, levando lanternas. Siobhan parou em fila dupla, ao lado de uma perua da televisão. As equipes não perderam tempo: câmeras ligadas, microfones, flashes. Mas perdiam de dez a um para os cantores e curiosos.

"Deve haver quatrocentas pessoas", Siobhan disse.

Rebus concordou. A rua fora completamente bloqueada pelos manifestantes. Alguns policiais uniformizados observavam tudo de longe, mãos nas costas, com a provável intenção de mostrar respeito. Rebus viu que Jack Bell fora puxado de lado para dar declarações a meia dúzia de jornalistas, que anotavam tudo, ocupados em encher folha após folha de seus blocos.

"Detalhe perfeito", Siobhan disse. Rebus entendeu o que ela quis dizer: Bell usava uma fita preta no braço.

"Sutil, sem dúvida", ele concordou.

Naquele momento Bell ergueu a cabeça e notou a

presença deles, mantendo os olhos fixos nos dois enquanto terminava sua ladainha. Rebus abriu caminho no meio da multidão, na ponta dos pés, para ver a cena na frente do portão. O ministro era alto, jovem, tinha boa voz. A seu lado havia uma mulher da mesma idade, mais baixa. Rebus deduziu que ela exercia a função de capelão da Port Edgar Academy. Alguém tocou seu braço e ele olhou para o lado, vendo Kate Renshaw em pé, bem agasalhada contra o frio, com um cachecol de lã cor-de-rosa enrolado no pescoço cobrindo a boca. Ele sorriu e a cumprimentou. Dois homens ali perto, cantando com desafinado entusiasmo, pareciam ter vindo direto de uma pousada de South Queensferry. Rebus sentiu cheiro de cerveja e cigarro no ar. Um sujeito cutucou o amigo, na altura da costela, apontando para a câmera da tevê, que girava para focalizá-los. Eles empertigaram o corpo e cantaram mais alto ainda.

Rebus não sabia se eram moradores locais ou não. Curiosos, provavelmente. Loucos para verem sua imagem na tevê no dia seguinte, durante o café-da-manhã...

O hino terminou, a religiosa começou a discursar, mas o vento forte que soprava da costa levou suas palavras embora. Rebus olhou para Kate e gesticulou na direção da multidão. Ela o seguiu até onde Siobhan estava, já afastada do grupo. Um operador de câmera subira no muro externo da escola e tentava obter uma imagem da multidão quando recebeu de um policial uniformizado ordem de descer.

"Oi, Kate", Siobhan falou. Kate baixou o cachecol.

"Oi", ela disse.

"Seu pai não veio?", Rebus perguntou. Kate fez que não.

"Ele quase não sai de casa." Ela cruzou os braços e bateu com o pé no chão, com força, para espantar o frio.

"Bastante gente", Rebus disse, avaliando a multidão.

Kate concordou. "Incrível como tanta gente sabe quem eu sou. Todos chegam e dizem que lamentam muito o que aconteceu com Derek."

"Essas coisas aproximam as pessoas", Siobhan disse.

"Se não aproximasse... bem, o que revelaria a nosso respeito?" Alguém atraiu sua atenção. "Com licença, preciso ir..." Ela seguiu na direção dos jornalistas reunidos. Era Bell: ele acenava para que ela se aproximasse. Passou o braço pelo ombro dela enquanto os refletores eram acendidos atrás deles. Coroas e ramalhetes haviam sido postos ali, com mensagens comovidas e fotos das vítimas.

"... e graças ao apoio de pessoas como ela, eu acredito que ainda temos uma chance. Mais do que uma chance, na verdade, pois uma coisa dessas não pode — e não deve — ser tolerada no que chamamos de uma sociedade civilizada. Não queremos que ocorra novamente, nunca mais, e é por isso que estamos defendendo..."

Quando Bell parou para mostrar aos jornalistas a prancheta que empunhava, as perguntas começaram. Ele manteve o abraço protetor em Kate enquanto as respondia. Protetor ou proprietário?, Rebus se perguntou.

"Bem", Kate disse, "o abaixo-assinado é uma boa idéia..."

"Uma idéia excelente...", Bell corrigiu.

"... mas é apenas o começo. O que realmente precisamos é de ação, precisamos que as autoridades impeçam as armas de chegarem nas mãos erradas." Ao dizer a palavra "autoridades", ela olhou na direção de Rebus e Siobhan.

"Eu gostaria de apresentar alguns dados", Bell a interrompeu novamente, erguendo a prancheta. "Os crimes com arma de fogo estão crescendo, e todos nós sabemos disso. Mas as estatísticas não mostram todos os fatos. Dependendo de quem entrevistamos, os crimes com arma de fogo crescem dez por cento ao ano, ou vinte por cento, ou mesmo quarenta por cento. Mas qualquer aumento é uma péssima notícia, uma vergonha nos anais da polícia e das agências de inteligência, além de ser, o que é mais importante, um..."

"Kate, eu gostaria de perguntar", um dos jornalistas

dirigiu-se a Kate, "o que acha que pode ser feito para o governo escutar as vítimas?"

"Não tenho bem certeza. Talvez esteja na hora de ignorar totalmente o governo e apelar diretamente para as pessoas que usam armas, para as pessoas que vendem as armas e as trazem para nosso país..."

Bell aumentou ainda mais o tom de voz. "Desde 1996 o governo calcula que mais de duas mil armas por semana — por *semana* — entram no Reino Unido ilegalmente... e muitas delas pelo Canal da Mancha. Desde a proibição, após Dunblane, os crimes com armas leves aumentaram quarenta por cento..."

"Kate, poderia dar sua opinião sobre..."

Rebus dera as costas e caminhava de volta para o carro de Siobhan. Quando ela o alcançou, ele tentava fazer com que o isqueiro funcionasse. O vento o impedia de acendê-lo.

"Vai me ajudar?", ele perguntou.

"Não."

"Obrigado."

Mas ela cedeu, abrindo o casaco para abrigar a chama do vento e permitir que ele acendesse o cigarro. Rebus agradeceu.

"Já viu o bastante?", ela perguntou.

"Pelo jeito, somos piores que as assombrações."

Ela pensou a respeito, depois balançou a cabeça. "Somos parte interessada."

"É um modo de ver."

A multidão começava a se dispersar. Muitos permaneciam ao lado do santuário improvisado para observá-lo, enquanto outros passavam pelo ponto em que Rebus e Siobhan se encontravam. Os rostos eram solenes, resolutos, cheios de lágrimas. Uma mulher seguia abraçando com força os dois filhos pré-adolescentes, e as crianças pareciam confusas, sem saber o que haviam feito para provocar lágrimas na mãe. Um senhor idoso, apoiado numa bengala, parecia decidido a voltar para casa a pé, sem auxílio, recusando o apoio que muitos ofereciam.

Um grupo de adolescentes viera de uniforme de Port Edgar. Rebus apostava que haviam sido filmados por meia dúzia de câmeras, desde a chegada. A maquiagem das meninas borrara. Os rapazes pareciam constrangidos, como se arrependidos de estar ali. Rebus procurou Miss Teri, mas não a viu.

"Não é o seu amigo?", Siobhan disse, apontando com o queixo. Rebus examinou a multidão mais uma vez e entendeu imediatamente a quem ela se referia.

Peacock Johnson, no meio da procissão que retornava ao centro. A seu lado, um palmo mais baixo, ia Evil Bob. Ele removera o boné de beisebol para a cerimônia, exibindo a cabeça raspada. Agora, punha o boné de volta. Johnson se vestira a caráter para a ocasião: camisa brilhante cinza, talvez de seda, sob um capote comprido preto. Usava também gravata de cordinha preta com presilha metálica. Ele também removera o chapéu — um *trilby* cinza — que segurava com as duas mãos, passando os dedos na aba.

Johnson deu a impressão de perceber que o vigiavam. Quando seus olhos cruzaram com os de Rebus, o policial apontou um dedo para ele. Johnson disse algo ao companheiro, e os dois avançaram pelo meio da multidão.

"Senhor Rebus, prestando sua homenagem, como o verdadeiro cavalheiro que indubitavelmente se considera."

"Esta é a minha desculpa... qual é a sua?"

"Igualmente a mesma, senhor Rebus. Exatamente a mesma." Ele fez uma pequena mesura na direção de Siobhan.

"Amiga ou colega?"

"Colega", Siobhan respondeu.

"Nenhuma razão para que as duas coisas sejam, como dizem, mutuamente exclusivas." E sorriu para ela enquanto punha novamente o chapéu.

"Está vendo aquele sujeito ali?", Rebus disse, apontando para o local onde Jack Bell terminava sua entrevista. "Se eu contasse a ele quem você é e o que faz, teríamos uma bela encrenca."

"Refere-se ao senhor Bell? A primeira coisa que fizemos ao chegar aqui foi assinar a petição, não é mesmo, meu chapa?" E olhou para o companheiro. Bob não entendeu, mas balançou a cabeça assim mesmo. "Consciência limpa, meu caro", Johnson prosseguiu.

"Não explica o que você está fazendo aqui... a não ser que sua consciência esteja pesada, e não limpa."

"Golpe baixo, se me permite a ousadia." Johnson piscou o olho para reforçar a gracinha. "Dê boa noite aos simpáticos detetives", disse, batendo no ombro de Evil Bob.

"Boa noite, simpáticos detetives." Um sorriso úmido surgiu na face obesa. Peacock Johnson se aproximara da multidão novamente, de cabeça baixa, como se fosse um cristão contemplativo. Bob parou alguns passos atrás do mestre, como um cachorro esperando que o levassem a passear.

"O que você acha disso?", Siobhan perguntou.

Rebus acenou a cabeça devagar.

"Talvez seu comentário sobre culpa não fosse despropositado."

"Seja gentil com o desgraçado e ache um jeito de pegá-lo."

Ela o olhou, interrogativa, mas sua atenção se voltara para Jack Bell, que sussurrava algo no ouvido de Kate. Kate concordou e o deputado a abraçou.

"Você acha que ela tem futuro na política?", Siobhan brincou.

"Espero que não", Rebus respondeu, apagando a ponta do cigarro sem a menor piedade, com o salto do sapato.

TERCEIRO DIA
Quinta-feira

8

"Este país é um inferno, você não acha?", Bobby Hogan perguntou.

Rebus considerou a colocação injusta. Estavam na M74, uma das rodovias mais mortíferas da Escócia. Carretas lançavam contra o Passat de Hogan um borrifo contínuo formado por nove partes de sujeira e uma de água. Os limpadores de pára-brisa funcionavam à toda, mas não davam conta do recado, e apesar de tudo isso Hogan queria ir a cem por hora. Andar nessa velocidade significava ultrapassar os caminhões, e os motoristas das carretas se divertiam com a fila de automóveis que se formava atrás deles, esperando para ultrapassar.

A cidade fora iluminada por um sol leitoso ao amanhecer, mas Rebus sabia que não ia longe. O céu estava enevoado, desfocado como boas intenções de bêbado. Hogan decidira que precisavam fazer uma reunião em St. Leonard's, e naquela altura mais da metade do pico Trono de Arthur desaparecera atrás de uma nuvem. Rebus duvidava que David Copperfield fosse capaz de acertar a previsão com mais vivacidade. Quando o Trono de Arthur desaparecia, era chuva na certa. Começou a cair antes de atingirem os limites da cidade. Hogan ligou o temporizador do limpador, depois acionou a velocidade baixa. Agora, na M74, ao sul de Glasgow, eles se mexiam mais depressa que as pernas do Bip-Bip no desenho animado.

"Quero dizer... o clima... o trânsito... como a gente suporta uma coisa dessas?"

"Penitência?", Rebus sugeriu.

"Depende se fizemos algo para justificá-la."

"Como você diz, Bobby, deve haver uma razão para estarmos aqui."

"Talvez a pura preguiça."

"Não podemos alterar o clima. Suponho que esteja ao nosso alcance reduzir o volume de tráfego, mas isso pelo jeito nunca adianta. Então, por que nos preocuparmos?"

Hogan ergueu um dedo. "Exatamente. A gente simplesmente não se mexe."

"Você acha que isso é um defeito?"

Hogan deu de ombros. "Qualidade é que não é, certo?"

"Suponho que não."

"O país inteiro está indo para o buraco. O desemprego nas alturas, os políticos metem a mão, os jovens não... sei lá." Ele suspirou, desanimado.

"Baixou um Victor Meldrews em você esta manhã, Bobby?"

Hogan balançou a cabeça. "Penso isso há muito tempo."

"Grato por se abrir comigo."

"Quer saber de uma coisa, John? Você é mais cínico do que eu."

"Isso não é verdade."

"Prove com um exemplo."

"Por exemplo, acredito numa outra vida. E tem mais, nós dois vamos para lá antes do que gostaríamos, se você não tirar o pé do acelerador..."

Hogan sorriu pela primeira vez naquela manhã e deu seta, passando para a pista central. "Melhorou?", quis saber.

"Muito", Rebus admitiu.

Depois de um tempo: "Você acredita mesmo que exista alguma coisa depois que a gente morre?".

Rebus meditou antes de responder. "Acredito que existe um jeito de fazer você ir mais devagar." Ele apertou o botão do acendedor de cigarro, depois se arrependeu. Hogan notou sua careta.

"Ainda dói muito?"

"Está melhorando."

"Conte de novo como foi."

Rebus recusou-se, com um movimento da cabeça. "Vamos falar de Carbrae, é melhor. Você acha que vamos conseguir alguma coisa com Robert Niles?"

"Com um pouco de sorte, mais do que nome, patente e número de série", Hogan disse, mudando de pista para ultrapassar.

O Hospital Especial de Carbrae situava-se, como Hogan definira, "no sovaco do Judas". Nenhum dos dois estivera lá antes. Hogan recebera indicações de seguir pela A711 para oeste, passando por Dumfries, e tomar o rumo de Dalbeattie. Pelo jeito passaram direto pelo acesso, Hogan culpou a fileira de caminhões na pista de baixa velocidade, alegando que eles tinham ocultado o sinal e a saída. Conseqüentemente, só conseguiram sair da M75 nas imediações de Lockerbie, e seguiram para Dumfries.

"Você esteve em Lockerbie, John?", Hogan perguntou.

"Só por alguns dias."

"Lembra-se da confusão com os corpos? Foram enfileirados na pista de patinação." Hogan balançou a cabeça lentamente. Rebus se lembrava: os corpos grudaram no gelo, foram obrigados a descongelar a pista inteira. "É disso que eu falo quando critico a Escócia, John. É a nossa cara."

Rebus discordava. Acreditava que a dignidade reservada dos moradores depois da queda do Pan Am 103 revelava melhor o espírito do país. Ele não podia deixar de pensar no modo como os moradores de South Queensferry lidariam com a tragédia, depois que os círculos da polícia, da mídia e dos políticos oportunistas tivessem ido embora. Assistira a quinze minutos do noticiário matinal enquanto tomava café, mas abaixara o volume quando vira Jack Bell no vídeo, passando um braço em volta de Kate, cujo rosto estava branco como o de um fantasma.

Hogan comprara alguns jornais no caminho de sua

casa para a de Rebus. Alguns haviam conseguido incluir fotos da vigília na última edição: o ministro a reger o coral; o deputado a agitar o abaixo-assinado.

"Não tenho conseguido dormir", uma moradora disse. "Fico com medo de haver mais alguém espreitando."

Medo: a palavra crucial. A maioria das pessoas atravessava a vida sem que o crime as tocasse, mesmo assim o temiam, era um medo real e opressivo. A força policial existia para afastar esses medos, mas com muita freqüência se mostrava incompetente, impotente e presente só depois do ocorrido, limpando a sujeira em vez de preveni-la. Enquanto isso, alguém como Jack Bell fazia tudo para dar a impressão de que ele, pelo menos, tentava fazer alguma coisa... Rebus conhecia os termos usados nos debates: proativo, em vez de reativo. Um dos jornais sensacionalistas se agarrara a isso. Apoiava a campanha de Bell, fosse qual fosse: *Se as forças da lei e da ordem não conseguem lidar com este problema real e cada vez mais presente, então depende de nós, indivíduos, nos organizarmos em grupos para enfrentar a onda de violência que está sufocando nossa cultura...*

Um editorial fácil demais de escrever, Rebus percebeu, o autor só repetia as palavras do deputado. Hogan olhou de soslaio para o jornal.

"Bell está em todas, né?"

"Não vai durar muito."

"Espero que não. Aquele demagogo me dá náuseas."

"Posso citar sua frase, inspetor Hogan?"

"Jornalistas: mais uma razão para este país ter virado um inferno..."

Pararam em Dumfries para tomar café. A lanchonete assustava, com sua combinação medonha de fórmica e luz ofuscante, mas nenhum dos dois se importava com isso, só queriam saborear os sanduíches de bacon em grossas fatias de pão com manteiga. Hogan consultou o relógio e viu que já estavam na estrada havia quase duas horas.

"Pelo menos a chuva está parando", Rebus comentou.

"Hasteiem as bandeiras", Hogan retrucou.

Rebus decidiu mudar de assunto. "Você já veio para esse lado antes?"

"Devo ter passado por Dumfries, mas não me lembro."

"Passei férias aqui, uma vez. Num trailer, em Solway Firth."

"E quando foi isso?" Hogan lambia os dedos sujos de manteiga derretida.

"Há muitos anos... Sammy ainda usava fralda." Sammy era a filha de Rebus.

"Você tem notícias dela?"

"De vez em quando ela telefona."

"Ainda mora na Inglaterra?" Hogan observou Rebus fazer que sim. "Moça de sorte." Ele abriu o pão e tirou um pouco da gordura do bacon. "Dieta escocesa: eis outra maldição."

"Minha nossa, Bobby, você não prefere ficar em Carbrae? Poderia se internar e bancar o rabugento para uma platéia cativa."

"Só estou dizendo que..."

"Dizendo o quê? Que temos um tempo de merda e comemos comida de merda? Por que não pede a Grant Hood que organize uma coletiva de imprensa para ver como todas as pessoas que vivem aqui reagem a essas notícias inéditas?"

Hogan concentrou-se no lanche, mastigando sem engolir. "Tempo demais engaiolado naquele carro, né?", disse, finalmente.

"Tempo demais no caso de Port Edgar", Rebus rebateu.

"Só faz..."

"Não importa quanto tempo faz. Você consegue dormir o suficiente? Deixar tudo para trás quando chega em casa, de noite? Desliga, simplesmente? Delega? Deixa os outros carregarem..."

"Já entendi." Hogan fez uma pausa. "Eu o chamei, não foi?"

"Ainda bem, ou desconfio que estaria sozinho aqui, hoje."

"E daí?"

"E daí que não haveria ninguém para ouvir suas lamúrias." Rebus olhou para ele. "Está se sentindo melhor assim, desabafando?"

Hogan sorriu. "Acho que você tem razão."

"E isso não é maravilhoso?"

Os dois riram. Hogan insistiu em pagar a conta, Rebus deixou a gorjeta. A quinze quilômetros de Dumfries uma única placa indicava a saída à direita, que os conduziu por uma estradinha de terra estreita e sinuosa, com mato crescendo no meio.

"Não tem muito trânsito, pelo menos", Rebus comentou.

"Meio fora de mão para os visitantes", Hogan concordou.

Carbrae fora construído nos visionários anos 1960, era uma estrutura longa em formato de caixa, com anexos. Nada disso pôde ser visto antes de estacionarem o carro, passarem pela guarita para identificação e serem escoltados para o outro lado dos grossos muros de concreto. Havia também uma cerca externa, um alambrado com seis metros de altura pontilhado de câmeras de monitoramento. No portão eles receberam passes de plástico, que usavam pendurados no pescoço por um cordão vermelho. Os visitantes liam cartazes sobre os itens proibidos no local. Nada de comida ou bebida, revistas ou jornais. Nada de objetos pontiagudos. Nada poderia ser entregue a um paciente sem prévia consulta a um membro da equipe médica. Telefones celulares estavam proibidos. "A coisa mais insignificante pode perturbar nossos pacientes, por mais inofensiva que pareça a vocês. Em caso de dúvida, por favor, perguntem!"

"Alguma chance de perturbarmos Robert Niles?", Rebus perguntou, e seus olhos se encontraram.

"Não faz nosso gênero, Bobby", Rebus disse, desligando o telefone.

Um atendente apareceu e eles entraram.

Seguiram por um caminho no jardim, com canteiros de flores dos dois lados. Viram rostos nas janelas. Não viram grades nas janelas. Rebus calculara que os atendentes seriam seguranças mal disfarçados, enormes e silenciosos, usando roupas brancas ou um uniforme qualquer. Mas o guia deles, Billy, era pequeno e simpático, usava camiseta comum, calça jeans e sapato de sola macia. Rebus teve um pensamento terrível: os lunáticos haviam tomado conta do asilo, e os verdadeiros funcionários estavam trancados em algum lugar. Isso explicaria a expressão radiante de Billy, e seu rosto corado. Talvez ele estivesse apenas tomando uns remédios por conta própria.

"A doutora Lesser os espera no escritório dela", Billy informou.

"E quanto a Niles?"

"Vocês conversarão com Robert lá. Ele não gosta que estranhos entrem em seu quarto."

"É mesmo?"

"Uma de suas manias." Billy deu de ombros como se dissesse: não temos todos nós nossas esquisitices? Ele digitou a senha num teclado na porta de entrada, sorrindo para a câmera acima de sua cabeça. A porta se abriu e eles entraram no hospital.

O lugar cheirava a... não exatamente a remédio. O que seria? Rebus identificou o aroma de carpete novo — especificamente, do carpete azul que se estendia à sua frente, no corredor. Pintura recente também, a julgar pela aparência. Verde-maçã, Rebus imaginou que constaria nos latões de tinta. Quadros nas paredes, presos com fita adesiva. Nada de molduras ou pregos. O local era silencioso. Os sapatos não faziam ruído, com aquele carpete. Nenhuma música ambiente, nem gritos. Billy os conduziu pelo corredor, parando na frente de uma porta aberta.

"Doutora Lesser?"

A senhora estava sentada na frente de uma mesa moderna. Ela sorriu e olhou por cima dos óculos de leitura.

"Conseguiram chegar, então", disse.

177

"Lamento, estamos um pouco atrasados", Hogan se desculpou.

"Quanto a isso, tudo bem", ela o tranqüilizou. "É que as pessoas passam do acesso e depois telefonam dizendo que se perderam."

"Não nos perdemos."

"Estou vendo." Ela se levantou para cumprimentá-los com um aperto de mão. Hogan e Rebus se apresentaram.

"Obrigado, Billy", ela disse. Billy fez uma leve mesura e se afastou. "Não querem entrar? Eu não mordo." Ela sorriu de novo. Rebus calculou que fizesse parte das exigências profissionais para quem quisesse trabalhar em Carbrae.

A sala era pequena mas confortável. Um sofá amarelo de dois lugares; estante de livros; aparelho de som. Nenhum arquivo metálico. Rebus deduziu que os prontuários dos pacientes ficavam escondidos, bem longe dos olhares curiosos. A dra. Lesser pediu que a chamassem de Irene. Teria quase trinta anos, o cabelo castanho batia no ombro. Os olhos eram da mesma cor das nuvens que cobriram o Trono de Arthur naquela manhã.

"Por favor, sentem-se." Sotaque inglês. Rebus pensou em Liverpool.

"Doutora Lesser...", Hogan começou a dizer.

"Irene, por favor."

"Claro." Hogan fez uma pausa, como se avaliasse a possibilidade de usar o primeiro nome. Se o fizesse, ela poderia usar seu primeiro nome também, e isso seria excesso de intimidade. "Sabe por que estamos aqui?"

Lesser fez que sim. Havia puxado uma poltrona, para sentar na frente dos detetives. Rebus viu que o sofá era pequeno: Bobby e ele pesavam juntos quase duzentos quilos...

"E vocês compreendem", Lesser dizia, "que Robert tem o direito de permanecer calado. Se ele ficar inquieto, a conversa acaba e ponto final."

Hogan concordou. "Você estará presente, claro."

Ela franziu a testa. "Claro."

Era a resposta esperada, mesmo assim os desapontou.

"Doutora", Rebus disse, "talvez possa ajudar a nos preparar. O que devemos esperar do senhor Niles?"

"Eu não gostaria de fazer suposições..."

"Por exemplo, devemos evitar algum assunto? Ou palavras problemáticas?"

Ela olhou para Rebus, para avaliá-lo. "Ele não fala a respeito do que fez à esposa."

"Não estamos aqui por causa disso."

Ela ficou pensativa por um momento. "Ele não sabe que o amigo morreu."

"Ele não sabe que Herdman morreu?", Hogan repetiu.

"As notícias não interessam muito aos pacientes."

"Você prefere que isso permaneça como está?", Rebus perguntou.

"Presumo que vocês não precisem explicar a ele por que se interessam tanto pelo senhor Herdman..."

"Tem razão, não precisamos." Rebus olhou para Hogan. "Só vamos tomar cuidado para não dizer besteira, não é, Bobby?"

Hogan concordava quando bateram na porta aberta. Os três se levantaram. Um homem alto e musculoso aguardava. Pescoço grosso, braços tatuados. Por um momento, Rebus pensou: esta é a aparência adequada de um atendente. Depois, ao ver a expressão de Lesser, percebeu que o gigante era Robert Niles.

"Robert..." O sorriso da médica retornara, mas Rebus sabia que ela se perguntava quanto Niles ouvira da conversa e havia quanto tempo ele estava ali.

"Billy disse..." A voz parecia um trovão.

"Isso mesmo. Pode entrar, pode entrar..."

Quando Niles entrou na sala, Hogan fez menção de fechá-la.

"Não precisa", Lesser alertou. "Aqui, a porta fica sempre aberta."

Duas formas de entender o procedimento: transparência, nada a esconder; ou que um ataque seria mais facilmente percebido.

179

Lesser sugeriu a Niles que sentasse em sua poltrona, com um gesto, retirando-se para trás da mesa. Niles e os dois detetives sentaram, apertados no sofá.

Niles os encarou com a cabeça baixa e olhos baços.

"Esses senhores querem lhe fazer algumas perguntas, Robert."

"Que tipo de pergunta?" Niles usava uma camiseta branca ofuscante e calça de moletom cinza. Rebus tentava não olhar para as tatuagens. Eram antigas, provavelmente datadas do tempo de exército. Quando Rebus era soldado fora o único a não celebrar a entrada na força fazendo uma tatuagem na primeira folga. As de Niles incluíam um espinheiro, serpentes enroladas e uma adaga com uma faixa enrolada. Rebus suspeitou que a adaga tivesse alguma relação com seu período no SAS, embora o regimento não gostasse desses enfeites: tatuagens eram como cicatrizes — meios de identificação. Ou seja, podiam ser usadas contra você, se fosse capturado...

Hogan resolveu tomar a iniciativa. "Queremos perguntar umas coisas sobre seu amigo Lee."

"Lee?"

"Lee Herdman. Ele o visita de vez em quando, certo?"

"De vez em quando, né?" As palavras saíram devagar. Rebus pensou na quantidade de medicamentos que Niles tomava.

"Você o viu recentemente?"

"Faz algumas semanas... acho." Niles virou a cabeça na direção da dra. Lesser. O tempo provavelmente não importava muito em Carbrae. Ela o encorajou com um gesto.

"E sobre o que vocês conversam, quando ele vem visitá-lo?"

"Sobre os velhos tempos."

"Algo específico?"

"Só... sobre os velhos tempos. Naquela época a vida era boa."

"Essa era a opinião de Lee, também?" Hogan fez a

pergunta e respirou fundo, percebendo que se referira a Herdman usando o passado.

"Qual é o problema?" Outro olhar para Lesser, que lembrou a Rebus um animal treinado em busca de instruções do dono. "Eu tenho de ficar aqui?"

"A porta está aberta, Robert." Lesser apontou. "Você sabe disso."

"Lee foi embora, senhor Niles", Rebus disse, debruçando-se um pouco. "E nós queremos saber o que aconteceu com ele, só isso."

"Embora?"

Rebus deu de ombros. "A viagem de Queensferry até aqui é longa. Vocês deviam ser muito amigos."

"Servimos juntos."

Rebus balançou a cabeça. "No regimento do SAS. Estavam na mesma unidade?"

"Esquadrão C."

"Eu quase cheguei lá." Rebus ensaiou um sorriso. "Eu era pára... eu tentei admissão no Regimento."

"E o que aconteceu?"

Rebus tentava não pensar no passado. Horrores o aguardavam lá. "Fui reprovado no treinamento."

"Até onde chegou?"

Melhor contar a verdade do que mentir. "Eu agüentei tudo, até a parte psicológica."

Um sorriso se abriu no rosto de Niles. "Eles arrebentaram você."

Rebus concordou. "Eles me quebraram feito um ovo, cara." Cara: linguagem de soldado.

"Quando foi isso?"

"No começo dos anos setenta."

"Bem antes de mim." Niles refletia. "Eles mudaram os interrogatórios", ele se lembrou. "Antes era muito pior."

"Eu conheci esta parte."

"Você cedeu ao interrogatório? O que eles lhe fizeram?" Niles estreitou os olhos. Estava mais alerta agora, mantendo uma conversa, tendo alguém para responder a suas perguntas.

"Fiquei preso numa cela... barulho e luz forte... gritos em outras celas..."

Rebus sabia que contava com a atenção de todos. Niles juntou as mãos. "O helicóptero?", perguntou. Quando Rebus fez que sim, ele bateu palmas de novo e se voltou para a dra. Lesser. "Eles põem um saco na cabeça da gente e levam para uma volta de helicóptero. Dizem que vão jogar você lá de cima se não contar tudo. Quando deixam você cair, está apenas a meio metro do chão, mas não sabe disso!" Ele se dirigiu a Rebus outra vez. "Isso deixa a gente maluco." Depois estendeu a mão para apertar a de Rebus.

"Com certeza", Rebus concordou, tentando ignorar a dor lancinante do aperto de mão.

"Para mim parece barbaridade", a dra. Lesser comentou, mais pálida do que antes.

"Isso arrebenta você, ou transforma em fera", Niles a corrigiu.

"No meu caso, arrebentou", Rebus concordou. "Mas você, Robert... virou fera?"

"Por um tempo, sim." Niles acalmou-se um pouco. "Mas quando a gente sai... aí sente o baque."

"Como assim?"

"Do fato de que todas as coisas que você..." Ele ficou quieto de repente, imóvel como uma estátua. Algum remédio começando a fazer efeito? Mas, por trás de Niles, Lesser balançava a cabeça para dizer que não precisavam se preocupar. O gigante apenas se perdera em seus pensamentos. "Eu conheci alguns pára-quedistas", disse, finalmente. "Eram uma turma rija."

"Eu estava na companhia Rifle, 2 Para."

"Serviu um tempo na Irlanda, então?"

Rebus fez que sim. "E em outros lugares."

Niles bateu com a mão na lateral do nariz. Rebus imaginou aqueles dedos em volta de uma faca, passando a lâmina numa garganta alva, lisa... "Mãe é a palavra", Niles disse.

Mas a palavra em que Rebus pensava era "esposa". "Quando você viu Lee pela última vez", indagou com tato, "ele estava bem? Ou preocupado com alguma coisa?"

Niles negou com a cabeça. "Lee sempre banca o valente. Ele nunca vem me ver quando está na pior."

"Mas você sabe que de vez em quando ele fica na pior, né?"

"Fomos treinados para não mostrar nada. Somos *homens*!"

"Sim, nós somos", Rebus confirmou.

"O exército não é lugar para chorões. Um cara manhoso não atira em alguém, nem joga uma granada. A gente tem de ser capaz de... é treinado para..." Mas as palavras não saíram. Niles esfregou as mãos, como se quisesse esganá-las para que saíssem. Ele olhou para Rebus, depois para Hogan e de volta ao primeiro.

"Então... às vezes... às vezes eles não sabem como fazer para desligar a gente..."

Hogan se debruçou. "Você acha que isso se aplica a Lee?"

Niles o encarou. "Ele aprontou alguma, não foi?"

Hogan olhou para a dra. Lesser em vez de responder, em busca de orientação. Mas era tarde demais. Niles levantou-se da poltrona.

"Agora eu já vou indo", disse, movendo-se na direção da porta. Hogan abriu a boca para dizer algo, mas Rebus cutucou seu braço para detê-lo, sabendo que ele provavelmente pretendia atirar uma granada na sala: *Seu amigo morreu e levou alguns estudantes com ele...* A dra. Lesser se levantou e foi até a porta para garantir que Niles não estava apenas se escondendo. Satisfeita, retornou e sentou na poltrona que vagara.

"Ele me parece muito esperto", Rebus comentou.

"Esperto?"

"Controlado. São os medicamentos?"

"Os medicamentos cumprem seu papel." Ela cruzou as pernas. Usava calça. Rebus notou que não usava jóias,

183

nada nos pulsos nem no pescoço. Nem mesmo brincos, pelo que pôde notar.

"Quando ele estiver 'curado'... vai voltar para a penitenciária?"

"As pessoas pensam que vir para cá é uma opção mais agradável. Posso garantir que não."

"Não era a isso que eu me referia. Só me ocorreu..."

"Pelo que me lembro", Hogan interrompeu, "Niles jamais explicou por que cortou a garganta da mulher. Ele se abriu com você, doutora?"

Ela o encarou, sem nem piscar. "Isso não é relevante, no caso de sua visita."

Hogan deu de ombros. "Tem razão, eu só fiquei curioso."

Lesser voltou a atenção para Rebus e disse: "Talvez seja um tipo de lavagem cerebral".

"Como assim?", Hogan indagou.

Rebus respondeu. "A doutora Lesser concorda com Niles. Ela acredita que o exército treina homens para matar, depois não faz nada para desligar esse impulso, antes de devolvê-los para a vida civil."

"Temos inúmeros casos que sugerem exatamente isso", Lesser disse. Ela apoiou as mãos nas coxas, indicando com o gesto que a reunião estava encerrada. Rebus se levantou junto com ela, Hogan se mostrou relutante em fazer o mesmo.

"Viemos de muito longe, doutora", ele disse.

"Duvido que consigam mais alguma coisa de Robert. Pelo menos, não hoje."

"Duvido que tenhamos condições de voltar aqui."

"A decisão é sua, naturalmente."

Hogan acabou por se levantar do sofá. "Com que freqüência você conversa com Niles?"

"Eu o vejo diariamente."

"Refiro-me a consultas individuais."

"O que você deseja saber?"

"Talvez você possa perguntar a ele sobre seu amigo Lee, na próxima consulta."

"Talvez", ela concordou.

"E, se ele disser alguma coisa..."

"Isso ficará entre nós."

Hogan balançou a cabeça. "Sigilo profissional, compreendo. Mas há famílias que perderam os filhos. Talvez você pudesse pensar um pouco nas vítimas, para variar." O tom de voz de Hogan era duro. Rebus o empurrou na direção da porta.

"Peço desculpas pelo meu colega", Rebus disse a Lesser. "Um caso como este mexe com a gente."

A fisionomia dela se desanuviou ligeiramente. "Claro, compreendo... esperem um momento, vou chamar Billy."

"Pode deixar que achamos a saída", Rebus disse. Mas, assim que passaram ao corredor, viram que Billy se aproximava. "Obrigado pela ajuda, doutora." E depois, para Hogan: "Bobby, agradeça à doutora".

"Grato, doutora", Hogan resmungou, contrariado. Soltando o braço da mão de Rebus, avançou pelo corredor. Rebus o acompanhou.

"Detetive Rebus?", Lesser o chamou. Rebus virou-se. "Você poderia conversar com alguém. Fazer terapia, por exemplo."

"Deixei o exército há trinta anos, doutora Lesser."

Ela o encarou. "Muito tempo para carregar tanta bagagem." E cruzou os braços. "Pense nisso, está bem?"

Rebus fez que sim, recuando. Acenou em despedida e andou depressa, sentindo os olhos dela nas costas. Hogan estava à frente de Billy, e não dava sinal de que precisava de companhia. Rebus aproximou-se do atendente.

"Foi muito útil", comentou, dirigindo-se a Billy, sabendo que Hogan o ouvia.

"Fico contente em saber."

"Valeu nossa viagem."

Billy sorriu, satisfeito por constatar que o dia de alguém estava sendo tão agradável quanto o dele.

"Billy", Rebus disse, levando a mão ao ombro do rapaz, "o livro de visitas fica aqui ou na guarita de entrada?" Billy espantou-se. "Você não ouviu o que a doutora Lesser disse?", Rebus arriscou. "Precisamos das datas das visitas de Lee Herdman."

"O livro fica na guarita."

"Então vamos lá, dar uma espiada." Rebus abriu um sorriso simpático para o atendente. "Dá para arranjar um café enquanto fazemos isso?"

Havia uma chaleira na guarita, e o guarda preparou duas canecas de café solúvel. Billy retornou ao prédio principal.

"Você acha que ele vai direto falar com Lesser?", Hogan sussurrou.

"Vamos agir rápido."

Não foi fácil, o guarda se interessou muito por eles, perguntou como era o serviço na delegacia. Provavelmente por solidão, passava o dia inteiro trancado naquela guarita, rodeado por monitores, apenas alguns carros passavam ali, numa dada hora... Hogan deu algumas dicas, Rebus desconfiou que as inventava na hora. O registro de visitantes era um livro antigo, encadernado, com linhas repartidas em colunas para data, hora, nome e endereço do visitante e pessoa visitada. Este último campo era subdividido, para que tanto o nome do paciente quanto o do médico fossem registrados. Rebus examinou a lista de visitas, passando rapidamente o dedo por três páginas, até encontrar Lee Herdman. Quase um mês antes, a estimativa de Niles fora correta. Mais um mês, outra visita. Rebus anotou os detalhes em seu bloco, segurando a caneta com cuidado. Pelo menos tinham algo para levar de volta a Edimburgo.

Ele parou para tomar um gole da xícara florida e lascada. Sentiu o gosto daquelas misturas baratas de supermercado, mais chicória do que café. O pai dele costumava comprar a mesma porcaria, economizando alguns centavos. Certa vez, adolescente, Rebus levou para casa um café mais caro, que o pai recusou.

186

"Ótimo café", disse ao guarda, que ficou contente com o elogio.

"Já terminou?", Hogan perguntou, cansado de contar casos.

Rebus fez que sim, mas percorreu as colunas mais uma vez. Não olhou para os nomes dos visitantes, e sim dos pacientes visitados, desta vez...

"Temos companhia", Hogan avisou. Rebus ergueu os olhos. Hogan apontava para um dos monitores. A dra. Lesser, acompanhada por Billy, saía do hospital apressada e se aproximava.

Rebus retornou ao registro e viu o nome de R. Niles novamente. R. Niles/Dra. Lesser. Outro visitante que não Lee Herdman.

Não perguntamos isso a ela! Rebus achou que merecia um pontapé.

"Estamos de saída, John", Bobby Hogan dizia, deixando de lado a caneca. Mas Rebus não se mexeu. Hogan o encarou, e Rebus piscou o olho. A porta se abriu e a dra. Lesser parou na soleira.

"Quem lhes deu permissão para consultar um registro confidencial?", ela perguntou, furiosa.

"Esquecemos de perguntar a respeito de outros visitantes", Rebus explicou, calmamente. Seu dedo apontou para o livro. "Quem é Douglas Brimson?"

"Isso não é da sua conta."

"Como você sabe?" Rebus anotou o nome em seu bloco, enquanto falava.

"O que você está fazendo?"

Rebus fechou o bloco e o guardou no bolso. Depois gesticulou para Hogan.

"Muito obrigado, mais uma vez, doutora", Hogan disse, preparando-se para partir. Ela o ignorou e encarou Rebus.

"Vou dar queixa disso", avisou.

Ele deu de ombros. "Até o final do dia serei suspenso, de qualquer modo. Mais uma vez, obrigado pela colaboração." Ele passou por ela e seguiu Hogan até o estacionamento.

"Sinto-me bem melhor", Hogan disse. "Pode ter sido um golpe baixo, mas marcamos um gol."

"Um gol sempre vale a pena", Rebus disse.

Hogan parou na frente do Passat, procurando as chaves no bolso. "Douglas Brimson?", perguntou.

"Outro visitante de Niles", Rebus explicou. "Endereço residencial em Turnhouse."

"Turnhouse?" Hogan franziu a testa. "Quer dizer, no aeroporto?"

Rebus fez que sim.

"Tem alguma outra coisa por lá?"

"Além do aeroporto, você quer dizer?" Rebus pensou um pouco. "Vale a pena averiguar", disse quando as portas do carro destravaram.

"Que história é essa de você ser suspenso?"

"Eu precisava dizer alguma coisa."

"Mas por que escolheu isso?"

"Puxa vida, Bobby, pensei que o analista tinha ido embora."

"Você não está me escondendo nada, não é, John...?"

"Claro que não."

"Eu o chamei para trabalhar neste caso, e posso dispensá-lo a qualquer momento, lembre-se disso."

"Você sabe motivar a gente, Bobby." Rebus fechou a porta do passageiro. E se preparou para uma longa jornada...

9

ME DÁ UMA ALEGRIA (C.O.D.Y.)

Siobhan olhou para a mensagem novamente. Mesma caligrafia da véspera, disso tinha certeza. Carta simples, mas chegara em apenas um dia. Endereço perfeito, inclusive com o código postal de St. Leonard's. Nenhum nome desta vez, mas ela não precisava de nomes, precisava? Era isso que o autor insinuava.

Me dá uma alegria: referência a Clint Eastwood, em *Dirty Harry?* Conhecia alguém chamado Harry? Ninguém. Não tinha certeza de que ele pretendia que compreendesse a referência a C.O.D.Y., mas imediatamente ela entendeu o significado: Come On, Die Young.* Sabia, pois era o nome de um disco do Mogwai que adquirira fazia algum tempo. Vinha dos grafites das gangues norte-americanas, algo assim. Quem ela conhecia que também gostava do Mogwai? Emprestara alguns CDs a Rebus, meses antes. Ninguém na delegacia conhecia seu gosto musical. Grant Hood estivera em seu apartamento algumas vezes... e também Eric Bain... Talvez o autor não quisesse que ela entendesse a alusão, esperando que tivesse de pesquisar. Ela calculava que a maioria dos fãs da banda era mais jovem, adolescente ou na casa dos vinte anos. Em sua maioria, homens. Mogwai tocava música instrumental, misturava guitarras melodiosas com ruídos ensurdecedores. Ela não se lembrava de Rebus ter devolvido os CDs... Um deles seria *Come On Die Young?*

(*) Vamos lá, morra jovem. (N. T.)

* * *

Sem se dar conta, ela foi da mesa até a janela, para observar a rua na frente da St. Leonard's Lane. A sala do Departamento de Investigações Criminais estava deserta, todos os interrogatórios referentes a Port Edgar encerrados. As transcrições seriam digitadas, comparadas. Outros se encarregariam de transferir tudo para o sistema, ver se a tecnologia de informação localizava elos invisíveis para os simples mortais...

O autor da carta queria que ela lhe desse uma alegria. *Uma alegria?* Ela examinou a caligrafia novamente. Talvez um especialista pudesse dizer se era letra de homem ou de mulher. Ela desconfiava que o autor havia disfarçado sua verdadeira letra. Por isso os garranchos. Voltando a sua mesa, telefonou para Ray Duff.

"Ray, é Siobhan — descobriu alguma coisa?"

"Bom dia para você também, sargento detetive Clarke. Não avisei que ligaria para você, quando e se encontrasse algo?"

"Quer dizer que não descobriu nada?"

"Quero dizer que estou atolado de serviço. Quero dizer que ainda não tive tempo de examinar a tal carta, e que só posso oferecer um pedido de desculpas e a justificativa de que sou feito de carne e osso."

"Me desculpe, Ray." Ela suspirou e coçou a ponta do nariz.

"Recebeu mais uma?", ele adivinhou.

"Sim."

"Uma ontem, outra hoje?"

"Isso mesmo."

"Quer mandar a nova também?"

"Acho melhor esta aqui ficar comigo, Ray."

"Assim que tiver novidades, ligo para você."

"Vou esperar. Lamento ter incomodado."

"Fale com alguém, Siobhan."

"Já falei. Até mais. Ray."

Ela desligou e tentou o celular de Rebus, mas ele não atendeu. Ela não quis deixar recado. Dobrou a carta, guardou-a no envelope e enfiou o envelope no bolso. Em cima da mesa estava o laptop do adolescente assassinado, sua tarefa para o dia. Havia mais de cem arquivos lá. Alguns eram programas, mas, em sua maioria, eram documentos gerados por Derek Renshaw. Ela já lera alguns: correspondência, trabalhos escolares. Nada a respeito do acidente automobilístico em que o amigo dele morrera. Parecia que ele queria lançar uma espécie de fanzine de jazz. Havia páginas com o layout, fotos escaneadas, algumas recolhidas na internet. Muito entusiasmo, mas ele carecia de talento real para escrever. *Miles foi um inovador, sem dúvida, mas depois passou a atuar mais como olheiro, localizando os melhores talentos que surgiam para adotá-los, esperando que alguma coisa fosse transmitida para ele...* Siobhan só torceu para que Miles tivesse conseguido se curar. Sentada na frente do laptop, ela olhava para o equipamento e tentava se concentrar. A palavra CODY não saía de sua cabeça. Talvez fosse uma pista... que conduzisse a alguém com esse sobrenome. Ela não conhecia ninguém chamado Cody, pensou. Por um momento, um pensamento dissonante: Fairstone continuava vivo, e o corpo carbonizado pertencia a alguém chamado Cody. Ela afastou a idéia, respirou fundo e voltou ao trabalho.

Só para topar com um muro de tijolos. Não podia entrar na conta de e-mail de Derek Renshaw sem a senha dele. Ergueu o fone e discou para South Queensferry. Ainda bem que Kate atendeu, e não o pai dela.

"Kate, é Siobhan Clarke."

"Pois não."

"Estou com o computador de Derek."

"Meu pai disse."

"Mas esqueci de pedir a senha."

"E para que você precisa dela?"

"Para ler os e-mails."

"Por quê?" Soava exasperada, como quem queria ver logo o fim daquilo.

"Porque é assim que trabalhamos, Kate." Silêncio do outro lado da linha. "Kate?"

"O que foi?"

"Nada, pensei que você tinha desligado."

"Ah... certo." E depois a linha ficou muda. Kate Renshaw desligara na cara dela. Siobhan soltou uma praga muda e decidiu tentar novamente mais tarde, ou pedir a Rebus que fizesse isso. Ele era da família, afinal de contas. Além disso, ela tinha a pasta com todos os e-mails antigos de Derek — não precisava de senha para acessá-los. Examinou a lista, vendo que havia quatro anos de e-mails arquivados. Esperava que Derek fosse organizado e tivesse apagado as mensagens inúteis. Depois de cinco minutos de dedicação à tarefa, cansada de ver resultados de jogos de rúgbi e futebol, o telefone tocou. Era Kate.

"Desculpe", a voz disse.

"Tudo bem, não precisa se desculpar."

"Faço questão. Você está tentando ajudar, é sua função."

"Isso não quer dizer que você precisa concordar comigo. Para falar a verdade, também não gosto de fazer isso."

"A senha era Miles."

Claro. Se Siobhan pensasse um pouco no caso, poderia descobrir isso em minutos.

"Obrigada, Kate."

"Ele gostava de ficar on-line. Papai reclamava das contas telefônicas."

"Você e Derek eram muito próximos, não é?"

"Acho que sim."

"Nem todos os irmãos dariam a senha."

Um ruído, quase uma risada. "Eu adivinhei. Só precisei de três tentativas. Ele estava tentando adivinhar a minha, e eu a dele."

"Ele conseguiu a sua?"

"Ele me atormentou por vários dias, sempre com novas sugestões."

Siobhan apoiou o cotovelo na mesa. Fechou a mão e apoiou nela a cabeça. Talvez fosse uma longa conversa, Kate precisava desabafar.

Recordar Derek.

"Vocês gostavam das mesmas músicas?"

"Nossa, claro que não. Ele só gostava de som para baixo. Passava horas no quarto, a gente entrava e ele estava lá na cama, de pernas cruzadas, com a cabeça nas nuvens. Tentei levá-lo para as noitadas no centro, mas ele disse que ficava deprimido lá." Outro quase riso. "Outro ritmo, sabe. Ele levou uma surra, certa vez."

"Onde?"

"No centro. Acho que depois disso ele passou a ficar mais em casa. Ele encontrou uns rapazes que não gostaram de seu sotaque 'esnobe'. Acontece a toda hora, sabe? *Nós* somos esnobes porque nossos pais são ricos e nos mandam para a escola particular; *eles* são os malandros que vão acabar vivendo do seguro-desemprego... é aí que começa."

"Que começa o quê?"

"A agressão. Lembro bem do ano passado em Port Edgar, entregaram uma carta nos 'aconselhando' a não usar uniforme no centro, exceto em excursões monitoradas." Ela suspirou, longamente. "Meus pais se mataram de trabalhar e economizaram para que pudéssemos freqüentar um colégio particular. Vai ver se separaram por causa disso."

"Tenho certeza de que não foi."

"Eles brigavam muito por causa de dinheiro."

"Mesmo assim..."

A linha ficou silenciosa por um momento. "Andei navegando na rede, olhando umas coisas."

"Que tipo de coisa?"

"Tudo... tentando entender quem o levou a fazer aquilo."

"Você quer dizer Lee Herdman?"

"Tem um livro, escrito por um norte-americano. Psiquiatra, algo do gênero. Sabe como se chama?"

"Como?"

"*Homens maus fazem o que os homens bons sonham.* Você vê alguma verdade nisso?"

"Talvez eu deva ler o livro."

"Ele diz que todos nós temos o potencial para... bom, você sabe."

"Eu não sei." Siobhan ainda pensava em Derek Renshaw. A surra era mais um evento que não constava até agora nos arquivos do computador. Tantos segredos...

"Kate, tudo bem se eu lhe perguntar uma coisa...?"

"O quê?"

"Derek não andava deprimido, não é? Quer dizer, ele gostava de praticar esportes..."

"Sim, mas quando voltava para casa..."

"Ficava trancado no quarto?", Siobhan arriscou.

"Ouvindo jazz e navegando na rede."

"Algo em especial? Sites favoritos?"

"Ele freqüentava salas de bate-papo e assinava listas de discussão."

"Já sei: esporte e jazz."

"Na mosca." Ela fez uma pausa. "Sabe o que eu disse a respeito da família de Stuart Cotter?"

Stuart Cotter: a vítima do acidente de carro. "Eu me lembro", Siobhan disse.

"Você acha que foi loucura?" Kate tentava tornar seu tom mais leve.

"Será investigado, não se preocupe."

"Eu não falei para valer, sabe? Duvido que a família de Stuart fosse capaz... de fazer uma coisa dessas."

"Entendo, Kate." Outra pausa, desta vez mais longa. "Desligou na minha cara de novo?"

"Não."

"Quer conversar sobre mais alguma coisa?"

"É melhor você voltar para seu serviço."

"Pode ligar quando quiser, Kate. Sempre que precisar conversar um pouco."

"Obrigada, Siobhan, você é ótima."

"Até mais, Kate." Siobhan desligou e olhou novamente para a tela. Levou a mão ao bolso do casaco, sentiu a presença do envelope.

C.O.D.Y.

De repente, não pareceu mais tão importante.

Ela voltou ao trabalho, conectou o laptop à linha telefônica e usou a senha de Derek para acessar uma montanha de e-mails novos, mas a maioria era lixo. Alguns nomes ela reconheceu, constavam nos antigos. Amigos que Derek provavelmente só conhecera on-line, gente do mundo inteiro que compartilhava as mesmas paixões. Amigos que ignoravam sua morte.

Ela esticou as costas, sentindo as vértebras estalarem. O pescoço enrijecera, o relógio informava que almoçaria tarde. Não sentia fome, mas sabia que precisava se alimentar. O que ela realmente desejava era um expresso duplo, seguido de um chocolate quente. A dupla ação de açúcar e cafeína era o gás que movia o mundo.

"Não vou desistir", disse a si mesma. Iria ao Engine Shed, onde serviam refeições orgânicas e chás de frutas. Tirou o celular e um livro da mochila e a trancou na gaveta de baixo da escrivaninha — todo cuidado é pouco, numa delegacia. O livro era uma crítica do rock, escrita por uma poeta. Ela tentava terminar de lê-lo havia muito tempo. George "Aiou" Silvers entrou na sala quando ela estava saindo.

"Vou sair para almoçar, George", Siobhan informou.

Ele olhou em volta, para a sala vazia. "Posso ir com você?"

"Lamento, George, marquei com uma pessoa", ela mentiu, jovial. "Além disso, alguém precisa tomar conta da loja."

Ela seguiu na direção do acesso principal da delegacia, no andar de baixo, saiu e dobrou à esquerda na St. Leonard's Lane. Mantinha os olhos fixos na telinha do telefone, conferindo as mensagens. Uma mão pesada pousou sobre seu ombro. Uma voz grave disse: "Oi". Siobhan deu meia-volta, deixando cair o telefone e o livro. Agarrou o sujeito pelo punho e girou com força, obrigando o agressor a ficar de joelhos.

"Puta merda!", o sujeito gritou. Ela não via muita coisa, além do alto da cabeça. Cabelo escuro curto, com creme, para formar pontas. Terno preto. Corpulento, não muito alto...

Não era Martin Fairstone.

"Quem é você?", Siobhan perguntou. Mantinha o pulso no alto, apertando com força. Ouviu portas de carro sendo abertas e fechadas, ergueu os olhos, viu um homem e uma mulher correndo em sua direção.

"Só queria conversar com você", o agressor gemeu. "Sou repórter. Holly... Steve Holly."

Siobhan largou o punho. Ao se levantar, Holly segurou o braço torcido.

"O que está havendo aqui?", a mulher indagou. Siobhan a reconheceu: Whiteread, a investigadora militar. Simms a acompanhava, com um sorriso discreto no rosto, aprovando com a cabeça os reflexos de Siobhan.

"Nada", Siobhan respondeu.

"Não parece que foi nada." Whiteread encarava Steve Holly.

"Ele é repórter", Siobhan explicou.

"Se a gente soubesse", Simms disse, "esperaria mais um pouco antes de interferir."

"Prazer", Holly murmurou, esfregando o braço. Olhou para Simms, depois para Whiteread. "Já vi vocês antes... na porta do apartamento de Lee Herdman, se não me engano. Pensei que conhecesse todos os investigadores do Departamento de Investigações Criminais." Ele endireitou o corpo e estendeu a mão para Simms, pensando que era o mais graduado. "Steve Holly."

Simms olhou para Whiteread, informando Holly imediatamente de seu erro. Ele girou um pouco, para a mão ficar de frente para a mulher, e repetiu o nome. Whiteread o ignorou.

"Vocês sempre tratam o quarto poder assim, sargento detetive Clarke?"

"Eu às vezes prefiro uma gravata."

"Boa idéia, variar o ataque", Whiteread concordou.

"Assim o inimigo não pode prever seus atos", Simms acrescentou.

"Vocês estão tirando sarro da minha cara?", Holly perguntou.

Siobhan se abaixou para recolher o telefone e o livro. Examinou o celular, para ver se sofrera algum dano. "O que você quer, afinal?"

"Fazer umas perguntinhas rápidas."

"A respeito do quê, exatamente?"

Holly olhava para a dupla do exército. "Tem certeza de que quer platéia, detetive Clarke?"

"Nada tenho a lhe dizer, de qualquer maneira", Siobhan disse.

"Como pode saber, se ainda nem expliquei?"

"Porque você vai me perguntar a respeito de Martin Fairstone."

"Vou?" Holly ergueu a sobrancelha. "Bem, talvez este *fosse* o plano... mas também gostaria de saber por que você anda tão nervosa, e por que não quer falar a respeito de Fairstone."

Estou nervosa por causa de Fairstone, Siobhan sentiu vontade de gritar. Mas suspirou, para despistar. O Engine Shed deixara de ser uma opção; nada impediria Holly de segui-la até lá, sentar a seu lado... "Vou entrar", disse.

"Tome cuidado para ninguém tocar no seu ombro lá dentro", Holly disse. "E diga ao inspetor Rebus que lamento..."

Siobhan não pretendia ceder. Ao virar na direção da porta, viu que Whiteread bloqueava sua passagem.

"Podemos conversar um minuto?"

"Estou em meu horário de almoço."

"Eu também ainda não comi,", Whiteread disse, consultando o colega com o olhar. Ele concordou. Siobhan desistiu.

"Melhor entrarmos, então." Empurrou a porta giratória, e Whiteread entrou atrás dela. Simms fez que ia segui-las mas parou por um momento, dirigindo-se ao repórter.

"Você trabalha para algum jornal?", perguntou. Holly fez que sim. Simms abriu um sorriso. "Sabe, matei um cara usando um jornal, certa vez." Depois deu as costas e seguiu as duas mulheres.

Não restava muita coisa no refeitório. Whiteread e Siobhan pediram sanduíches. Simms encheu um prato de feijão com batata.

"O que ele quis dizer, a respeito de Rebus?", Whiteread indagou enquanto punha açúcar no chá.

"Não importa", Siobhan retrucou.

"Tem certeza?"

"Sabe..."

"Não somos inimigos, Siobhan. Sei como funciona: você provavelmente não confia nos policiais da delegacia vizinha, e muito menos em gente de fora como nós. Mas estamos do mesmo lado."

"Não tenho problema nenhum a este respeito, só que o caso nada tem a ver com Port Edgar, Lee Herdman ou o SAS."

Whiteread a encarou, depois deu de ombros, conformada.

"Então, o que vocês queriam?", Siobhan perguntou.

"A bem da verdade, pretendíamos conversar com o inspetor Rebus."

"Ele não está."

"Foi o que nos disseram em South Queensferry."

"E vieram assim mesmo?"

Whiteread fingiu examinar o recheio do sanduíche. "Obviamente, sim."

"Ele não estava aqui... mas sabiam que eu estaria, certo?"

Whiteread sorriu. "Rebus treinou no SAS, mas não foi aceito."

"É você que está dizendo."

"Ele já lhe contou o que aconteceu?"

Siobhan resolveu não responder, para não confessar que ele nunca revelara a ela essa parte da história. Whiteread considerou o silêncio uma resposta.

"Ele não agüentou o tranco. Abandonou o exército, sofreu um colapso nervoso. Foi morar na praia por uns tempos, em algum ponto ao norte daqui."

"Fife", Simms acrescentou com a boca cheia de batata.

"Como vocês souberam de tudo isso? Deveriam estar investigando Herdman, e não ele."

Whiteread balançou a cabeça. "Sabe, Herdman não estava marcado."

"Marcado?"

"Como psicótico em potencial", Simms disse. Whiteread arregalou os olhos, ele engoliu em seco e voltou a comer.

"Psicótico não é a palavra adequada", Whiteread o corrigiu, pensando em Siobhan.

"Mas John estava marcado?" Siobhan deduziu.

"Sim", Whiteread admitiu. "O colapso nervoso, sabe... E depois ele se tornou policial. Seu nome aparecia com freqüência nos jornais..."

E ia aparecer de novo, Siobhan pensou. "Ainda não sei o que isso tem a ver com o inquérito", ela disse, torcendo para sua voz soar calma.

"Talvez o inspetor Rebus tenha idéias a respeito que possamos aproveitar", Whiteread explicou. "O inspetor Hogan sem dúvida pensa assim. Levou Rebus a Carbrae como acompanhante, certo? Quando visitou Robert Niles."

"Outro de seus espetaculares fracassos", Siobhan disse, impulsivamente.

Whiteread aceitou o comentário sem retrucar, devolveu o sanduíche ao prato e levou a xícara aos lábios. O celular de Siobhan tocou. Na identificação de chamada: Rebus.

"Com licença", ela disse, levantando da mesa para ir na direção da máquina de refrigerantes. "Como foi?", perguntou.

"Conseguimos um nome. Você pode fazer uma busca no sistema?"

"Qual é o nome?"

"Brimson." Rebus soletrou para ela. "Primeiro nome, Douglas. Residente em Turnhouse."

"Na região do aeroporto?"

"Pelo que sabemos, sim. Outro visitante de Niles..."

"E não mora longe de South Queensferry, existe uma chance de que tenha conhecido Lee Herdman." Siobhan olhou para o canto onde Whiteread e Simms estavam sentados, conversando. "Seus amigos do exército estão aqui. Quer que eu pergunte a respeito desse tal de Brimson a eles? Pode ter sido militar."

"Claro que não. Eles estão ouvindo?"

"Eu estou almoçando com eles no refeitório. Não se preocupe, não podem ouvir nada."

"O que estão fazendo agora?"

"Whiteread come o sanduíche, Simms devora uma porção de fritas." Ela parou de falar. "Mas o que querem mesmo é me fritar."

"Devo rir da gracinha?"

"Sinto muito, piada infeliz. Templer já conseguiu conversar com você?"

"Não. Qual é o estado de espírito dela?"

"Consegui driblá-la a manhã inteira."

"Ela provavelmente vai se reunir com o legista antes de me jogar no fogo."

"Agora você resolveu fazer piada sem graça também?"

"Antes fosse piada, Siobhan."

"Você vai voltar logo?"

"Hoje, não, se puder evitar. Bobby quer conversar com o juiz."

"Por quê?"

"Esclarecer alguns pontos obscuros."

"E você precisa do resto do dia para isso?"

"Você tem muita coisa a fazer aí, sem precisar de minha presença. Por favor, não diga nada à Dupla Dinâmica."

A Dupla Dinâmica: Siobhan olhou para eles. Terminaram de comer e pararam de conversar. Os dois a encaravam.

"Steve Holly também andou fuçando por aqui", Siobhan informou a Rebus.

"Presumo que você tenha dado um chute no saco dele e o mandado pastar."

"A bem da verdade, foi quase isso..."

"Vamos conversar de novo antes do final do dia."

"Vou ficar aqui."

"Nada no laptop?"

"Até o momento, nada."

"Não desista."

O telefone ficou mudo, e a seqüência de bips indicou a Siobhan que Rebus desligara. Ela voltou à mesa, forçando um sorriso.

"Preciso ir", falou.

"Podemos lhe dar uma carona", Simms sugeriu.

"Ir para cima."

"Você não tem mais nada a fazer em South Queensferry?", Whiteread perguntou.

"Preciso ficar aqui para resolver um assunto."

"Assunto?"

"Uma pendência anterior a este caso."

"Papelada, né?", Simms falou, tentando cumplicidade. Mas a expressão no rosto de Whiteread mostrava que Siobhan não ia cair.

"Vou acompanhá-los até a porta", Siobhan disse.

"Como é a sala de um Departamento de Investigações Criminais?", Whiteread arriscou. "Eu sempre quis saber..."

"Qualquer dia mostro para vocês", Siobhan respondeu. "Quando não estivermos tão atarefados."

Whiteread foi obrigada a aceitar a resposta, mas Siobhan percebeu que ela gostara tanto dela quanto gostaria de uma apresentação do Mogwai.

10

Lord Jarvies era cinqüentão, divorciado da primeira mulher, casado novamente, sendo Anthony o único filho do segundo casamento. A família residia em Murrayfield. Bobby Hogan transmitira a Rebus o histórico familiar no trajeto de volta a Edimburgo.

"Não faltam boas escolas por aqui", Rebus comentou, pensando na distância entre Murrayfield e South Queensferry. Mas Orlando Jarvies era ex-aluno de Port Edgar. Chegara a jogar no time de rúgbi de Port Edgar, aos vinte e poucos anos.

"Em que posição?"

"John", Hogan retrucou, "o que sei a respeito de rúgbi pode ser escrito numa ponta do seu cigarro."

Hogan esperava encontrar o juiz em casa, em estado de choque, pranteando pelo filho. Após algumas ligações, porém, descobriram que Jarvies retornara ao trabalho, e portanto encontrava-se no fórum distrital de Chambers Street, na frente do museu onde Jean Burchill trabalhava. Rebus pensou em chamá-la — talvez desse tempo de tomarem um café rápido —, mas refletiu melhor e desistiu. Ela veria suas mãos, certo? Melhor ficar longe até que sarassem. Ainda sentia o aperto de mão de Robert Niles.

"Já depôs em algum julgamento do Jarvies?", Hogan perguntou ao estacionar na faixa amarela na frente do antigo pronto-socorro dentário municipal, hoje transformado em bar e casa noturna.

"Poucas vezes. E você?"

"Uma ou duas."

"Alguma razão para que ele se lembre de você?"

"Já vamos descobrir, certo?", Hogan disse, prendendo um aviso no pára-brisa que identificava o carro como "veículo em diligência policial".

"Talvez a multa saia mais barato", Rebus comentou.

"Como assim?"

"Pense bem."

Hogan franziu a testa e refletiu, em seguida concordou com um movimento da cabeça. Nem todos que saíam de um fórum tinham razões para adorar a polícia. Uma multa custaria umas trinta libras (e podia ser cancelada com jeitinho); o conserto de um risco na lataria seria bem mais caro. Hogan tirou o aviso.

O fórum distrital era um prédio moderno, mas os visitantes não perdoavam nada. Vidros escarrados nas janelas, grafites nas paredes. O juiz estava na sala das togas. Rebus e Hogan foram conduzidos até lá para encontrá-lo, e o funcionário fez uma leve mesura antes de se retirar.

Jarvies acabara de trocar a toga por um terno riscade-giz com direito a colete e correntinha para relógio. A gravata cor de vinho exibia um nó perfeito, e ele usava sapato pesado bem engraxado. O rosto brilhava também, destacando a trama de veias vermelhas finas nas duas maçãs. Na mesa comprida estavam estendidos os trajes dos outros juízes: capas pretas, colarinhos brancos, perucas cinzentas. Cada conjunto exibia o nome do dono.

"Sentem-se, se encontrarem onde", Jarvies disse. "Não demoro." Ele olhou para cima com a boca entreaberta, como costumava fazer durante as audiências. Em seu primeiro depoimento ao juiz, Rebus se confundira com o cacoete, pensando que o juiz estivesse a ponto de interrompê-lo. "Tenho outro compromisso, se não os recebesse aqui, não poderia atendê-los."

"Compreendo, meritíssimo", Hogan disse.

"Para ser honesto", Rebus acrescentou, "depois de tudo que o senhor passou, estamos surpresos por encontrá-lo aqui."

"Não podemos permitir que os filhos-da-mãe nos derrubem, certo?", o juiz respondeu. Não parecia ser a primeira vez que dava aquela explicação. "Em que posso ajudá-los?"

Rebus e Hogan trocaram um olhar rápido, ambos achavam difícil acreditar que o homem à sua frente acabara de perder um filho.

"É a respeito de Lee Herdman", Hogan explicou. "Pelo jeito, era amigo de Robert Niles."

"Niles?" O juiz ergueu a vista. "Eu me lembro dele... matou a esposa a facadas, certo?"

"Cortou a garganta dela", Rebus corrigiu. "Foi para a prisão, mas no momento encontra-se em Carbrae."

"E nós estamos pensando", Hogan completou, "se haveria motivo para o senhor ser vítima de uma represália."

Jarvies levantou-se lentamente, tirou o relógio e o abriu para saber a hora. "Entendi", disse. "Procuram um motivo. Não bastaria dizer que Herdman perdeu a cabeça e pronto?"

"Podemos chegar a essa conclusão", Hogan concordou.

O juiz se olhava no espelho de corpo inteiro. Um aroma sutil penetrava nas narinas de Rebus, que após algumas tentativas o identificou. Era o cheiro de alfaiate, das alfaiatarias aonde ia quando o pai experimentava seus ternos. Jarvies ajeitou um fio de cabelo rebelde. Havia alguns fios brancos nas têmporas, no mais o cabelo era castanho-escuro. Escuro demais, Rebus pensou, suspeitando que havia um pouco de tinta nele. O corte do juiz, com risca perfeita à esquerda, dava a impressão de que mantinha o estilo desde o tempo de escola.

"Senhor?", Hogan insistiu. "Robert Niles...?"

"Jamais recebi ameaças de qualquer tipo desse senhor, inspetor Hogan. E só ouvi o nome de Herdman após o tiroteio." Ele desviou a vista do espelho. "Isso esclarece sua dúvida?"

"Sim, senhor."

"Se Herdman queria atingir Anthony, por que atirar também nos outros rapazes? Por que esperar tanto, após a condenação?"

"Certo, senhor."

"O motivo nem sempre é a questão central..."

O telefone de Rebus tocou de repente, soando fora de lugar, um incômodo moderno. Ele sorriu, desculpando-se, e saiu para o corredor carpetado de vermelho.

"Rebus", disse.

"Acabo de participar de duas reuniões interessantes", Gill Templer disse, tentando se manter controlada.

"É mesmo?"

"Os exames técnicos na cozinha de Fairstone indicam que ele havia sido amarrado e amordaçado. Temos um caso de assassinato."

"Ou alguém tentou assustá-lo."

"Você não parece surpreso."

"Quase nada me surpreende, hoje em dia."

"Você já sabia, não é?" Rebus permaneceu em silêncio; não havia motivo para comprometer o dr. Curt. "Então deve saber com quem foi o segundo encontro."

"Carswell", Rebus respondeu. Colin Carswell: delegado-chefe adjunto.

"Isso mesmo."

"E agora devo me considerar suspenso das funções até o término da investigação?"

"Sim."

"Tudo bem. Era só isso que você tinha a me dizer?"

"Você deve se apresentar à Central para o interrogatório preliminar."

"Com a Corregedoria?"

"É bem provável. Mas pode ser até com a Unidade de Padrão Profissional."

"Ah, a ala paramilitar da Corregedoria."

"John..." Seu tom combinava aviso e exasperação.

"Não vejo a hora de falar com eles", Rebus disse, encerrando a conversa. Hogan saía da sala do juiz, agradecendo a atenção. Fechou a porta e falou em voz baixa.

"Ele está aceitando bem."

"Sufocando, isso sim", Rebus disse, acompanhando o passo do colega. "A propósito, tenho novidades."

"É?"

"Fui suspenso do serviço. Aposto que neste minuto Carswell está tentando localizar você para informá-lo disso."

Hogan parou de andar e se virou para encarar Rebus. "Como você previu, em Carbrae."

"Voltei à casa do sujeito. Na mesma noite em que ele morreu num incêndio." Hogan olhou para as luvas de Rebus. "Não tem nada a ver com isso, Bobby. Foi apenas uma coincidência."

"E qual é o problema?"

"O sujeito andou incomodando Siobhan."

"E daí?"

"Parece que ele estava amarrado numa cadeira quando o fogo começou."

Hogan bufou. "Testemunhas?"

"Consta que fui visto entrando na casa com ele."

O telefone de Hogan tocou, sinal diferente do de Rebus. A identificação do chamado levou Hogan a comprimir os lábios.

"Carswell?", Rebus arriscou.

"Central."

"Então é ele mesmo."

Hogan balançou a cabeça e repôs o telefone no bolso.

"Não adianta enrolar", Rebus alertou.

Mas Bobby Hogan balançou a cabeça. "Enrolar adianta muito no momento, John. Além disso, estão afastando você das investigações, e o caso de Port Edgar não é exatamente uma investigação, concorda? Ninguém vai a julgamento. Estamos só cumprindo tabela."

"Calculo que sim", Rebus disse, sorrindo enigmático. Hogan bateu de leve em seu braço.

"Não se preocupe, John. Tio Bobby vai cuidar de você..."

"Obrigado, tio Bobby...", Rebus disse.

"... até o momento em que jogarem merda no ventilador."

Quando Gill Templer conseguiu voltar a St. Leonard's, Siobhan já havia levantado a ficha de Douglas Brimson no sistema. Não sofreu muito, já que Brimson constava na lista telefônica. Dois endereços e telefones: um de casa, o outro comercial. Templer desapareceu em sua sala, do outro lado do corredor, batendo a porta ao entrar. George Silvers ergueu os olhos da mesa.

"Pelo jeito, ela quer ver sangue", ele disse, guardando a caneta no bolso, pronto para bater em retirada. Siobhan tentara ligar para Rebus, mas o telefone estava ocupado. Provavelmente ele tentava se desviar dos mísseis disparados pela superintendência.

Após a saída de Silvers, Siobhan ficou novamente sozinha na sala. O inspetor-chefe Pride estava no prédio, em algum lugar; o mesmo valia para o detetive Davie Hynds. Mas os dois tinham dado um jeito de desaparecer. Siobhan olhou para a tela do laptop de Derek Renshaw, morta de tédio com a busca em seu conteúdo inofensivo. Derek sem dúvida era um bom rapaz, embora maçante. Ele já sabia para onde o caminho que escolhera na vida o conduziria: três ou quatro anos de universidade, pós-graduação em computação e emprego num escritório, quem sabe na contabilidade. Dinheiro para comprar um apartamento de frente para o mar, um carro veloz e o melhor equipamento de som do mercado...

Mas aquele futuro congelara, ocorrera apenas nas palavras escritas na tela, nos bytes da memória. A idéia lhe provocou arrepios. Tudo mudou num instante... Ela levou as mãos ao rosto, esfregando os olhos com os dedos, sabendo apenas de uma coisa: não queria estar ali quando Gill Templer surgisse de trás daquela porta. Siobhan desconfiava que responderia à altura se a chefe a atormentasse, ou mais alto ainda. Não estava disposta a servir de bode expiatório para ninguém. Ela olhou para o telefone, depois para o bloco que continha os detalhes da morte de Brimson. Tomou uma decisão, fechou o laptop e o levou ao ombro, dentro da mochila. Depois pegou o telefone e o bloco.

Saiu.

O único desvio: uma passada rápida em casa, para procurar o CD *Come On Die Young*. Ela pôs o disco para tocar enquanto dirigia, em busca de pistas. Não ajudava muito ser em grande parte instrumental...

No endereço de Brimson ela deparou com uma casa térrea moderna numa rua estreita entre o aeroporto e o antigo hospital Gogarburn. Ao descer do carro, Siobhan ouviu o ruído da demolição ao longe: Gogarburn vinha abaixo. Calculou que o terreno tivesse sido vendido a um dos grandes bancos, que pretendia erguer ali sua sede. A casa à sua frente era protegida por uma cerca viva alta e portões verdes de ferro fundido. Ela abriu o portão e percorreu o acesso de pedrisco rosado. Experimentou a maçaneta, depois espiou através das janelas dos dois lados. Viu sala de um lado, quarto do outro. A cama estava arrumada, a sala parecia meio gasta. Revistas jogadas em cima do sofá de couro azul, com fotos de aviões na capa. O jardim fora cimentado até quase a frente, restava apenas um par de canteiros onde mudas de rosa tentavam sobreviver. Uma passagem estreita separava a casa da garagem, e havia um portãozinho que se abriu quando ela girou o trinco, dando acesso ao quintal. O terreno grande em declive se estendia até bem longe, e no final havia uma área grande de lavoura. A estufa com estrutura de madeira dava a impressão de ser um acréscimo recente ao conjunto. Porta trancada. As janelas lhe mostraram uma cozinha grande muito branca e outro quarto. Não encontrou sinais de vida familiar: nada de brinquedos espalhados pela grama, nada que insinuasse um toque feminino. Mesmo assim, o local era mantido impecavelmente limpo e organizado. Quando percorria o caminho de volta, ela notou que a porção superior da porta lateral da garagem era de vidro. Espiou por ela e viu um carro lá dentro, um Jaguar esportivo último tipo. Mas seu dono não estava em casa, com certeza.

Ela entrou novamente em seu carro e seguiu para o aeroporto, parando na frente do prédio do terminal. Um guarda de segurança alertou que estacionar ali era proibido, mas permitiu que permanecesse quando viu a identificação. O terminal estava cheio: filas enormes para um vôo fretado até praias ensolaradas; empresários de terno a empurrar a mala com pressa no rumo da escada rolante. Siobhan olhou para as placas, achou a de Informação e seguiu para lá, pedindo à atendente para falar com o sr. Brimson. Após uma consulta rápida, um movimento de cabeça.

"Não consigo localizar este nome."

Siobhan o soletrou para a moça, que confirmou o nome e depois falou com alguém pelo telefone. Foi sua vez de soletrar: B-r-i-m-s-o-n. Ao desligar, balançou a cabeça outra vez.

"Você tem certeza de que ele trabalha aqui?"

Siobhan mostrou-lhe o endereço copiado da lista telefônica. A moça sorriu.

"Aí diz 'aeródromo', meu bem", ela explicou. "É para lá que você tem de ir, e não ao aeroporto." Em seguida, forneceu as indicações e Siobhan agradeceu, saindo constrangida pelo erro cometido. O aeródromo, pouco mais que um campo de pouso, ficava ao lado do aeroporto, bastava dar a volta para chegar lá. Os hangares abrigavam aeronaves menores, e, segundo a placa na entrada, funcionava uma escola de vôo no local. O número que constava na parte inferior era o mesmo anotado por Siobhan, da lista telefônica. Um cadeado trancava o portão alto de metal, mas havia um telefone antiquado dentro de uma caixa de madeira, num poste. Siobhan o tirou do gancho e ouviu sinal de chamar.

"Alô?" Voz masculina.

"Procuro pelo senhor Brimson."

"Acaba de encontrá-lo, meu bem. Em que posso servi-la?"

"Senhor Brimson, sou a sargento detetive Clarke. Da polícia de Lothian e Borders. Gostaria de saber se podemos conversar um minuto."

Um momento de silêncio. Depois: "Só um instante. Preciso abrir o portão".

Siobhan ia agradecer, mas a linha emudeceu. Via hangares, alguns aviões. Um deles exibia um único motor no bico, outro, dois, nas asas. Tinham lugar para duas pessoas. De um dos dois galpões pré-fabricados quadrados e baixos emergiu uma figura masculina que entrou num Land Rover aberto, antiquado. Um avião que pousava na pista do aeroporto abafou o ruído do motor sendo ligado. O Land Rover avançou, vencendo os cento e poucos metros até o portão. O homem desceu. Era alto, bronzeado, musculoso. Cinqüenta e poucos anos, provavelmente, com rosto crestado que exibiu algumas rugas quando ele abriu um sorriso de saudação. Camisa de manga curta do mesmo verde-oliva do Land Rover, exibindo braços cobertos de pêlos grisalhos. Na cabeça grande de Brimson ela viu o mesmo tipo de cabelo, que provavelmente fora louro-acinzentado na juventude. A camisa, para dentro da calça de brim cinza, deixava ver o começo de barriga.

"Preciso manter o local trancado", ele começou a explicar, tilintando um molho grande de chaves que puxara do contato do Land Rover. "Segurança."

Ela balançou a cabeça, compreensiva. Sentiu uma simpatia imediata pelo sujeito. Talvez fosse a impressão de energia e confiança, ou o modo como mexia os ombros ao avançar até o portão. E o sorriso breve, cativante.

Entretanto, quando ele abriu o portão para que Siobhan entrasse, ela notou que seu rosto estava sério. "Suponho que tenha a ver com Lee", ele disse, formal. "Ia acontecer isso, mais cedo ou mais tarde." E apontou para o carro dela. "Estacione na frente do escritório", disse. "Eu já vou."

Ao passar ela não pôde deixar de pensar nas palavras usadas por ele.

Ia acontecer isso, mais cedo ou mais tarde...

Sentada à sua frente no escritório, teve a chance de perguntar.

"Só quis dizer que provavelmente iam querer conversar comigo."

"Por quê?"

"Porque suponho que desejam saber o motivo da atitude dele."

"E?"

"E interrogariam os amigos dele para ver se poderiam ajudar nisso."

"Você era amigo de Lee Herdman?"

"Sim." Ele franziu a testa. "Você não veio aqui por causa disso?"

"De certo modo, sim. Descobrimos que tanto o senhor quanto o senhor Herdman visitaram Carbrae."

Brimson balançou a cabeça lentamente. "Muito bem", disse. A chaleira elétrica desligou automaticamente quando a água ferveu, e ele pulou da cadeira para preparar duas canecas de café solúvel. Passou uma para Siobhan. No escritório minúsculo mal cabiam a mesa e duas cadeiras. A porta dava para uma ante-sala com mais algumas cadeiras e arquivos. Cartazes de aviões enfeitavam as paredes.

"O senhor é instrutor de vôo, senhor Brimson?", Siobhan perguntou, ao pegar a caneca.

"Pode me chamar de Doug, por favor", Brimson disse, sentando. Surgiu uma figura, emoldurada pela janela atrás dele. Batidas no vidro. Brimson virou a cabeça, acenou e o outro homem se foi.

"É o Charlie", explicou. "Veio voar. É banqueiro, mas diz que trocaria de lugar comigo amanhã, se assim pudesse passar mais tempo no céu."

"O senhor também aluga os aviões?"

Brimson levou um tempo para entender a pergunta. "Não, nada disso", disse finalmente. "Charlie tem sua própria aeronave, e a guarda aqui."

"O aeródromo pertence ao senhor?"

Brimson fez que sim. "De certo modo. Alugo o terreno, que é do aeroporto. Portanto, tudo isso aqui é meu." Ele abriu os braços e outro sorriso.

"E há quanto tempo o senhor conhece Lee Herdman?"

Ele baixou os braços e parou de sorrir. "Uns bons anos."

"O senhor poderia ser mais específico?"

"Desde que ele se mudou para cá, praticamente."

"Seis anos, portanto."

"Você é quem diz." Ele parou de falar. "Desculpe-me, esqueci seu nome..."

"Sargento detetive Clarke. Vocês eram amigos íntimos?"

"Íntimos?" Brimson deu de ombros. "Lee não tinha amigos 'íntimos'. Quer dizer, era simpático, gostava de encontrar pessoas, sabe como é..."

"Mas?"

Brimson franziu a testa, concentrado. "Mas eu nunca realmente soube o que se passava lá dentro." E tocou a cabeça.

"O que o senhor pensou, quando soube do tiroteio?"

Ele deu de ombros. "Que era impossível de acreditar."

"O senhor sabia que Herdman possuía uma arma?"

"Não."

"Mas ele se interessava por armamentos, certo?"

"Sem dúvida... mas ele nunca me mostrou a dele."

"E nunca falou que tinha uma arma?"

"Nunca."

"E sobre o que vocês conversavam?"

"Aviões, barcos, forças armadas... servi sete anos na RAF."

"Como piloto?"

Brimson fez que não. "Eu quase não pilotava, naquela época. Era especialista na parte elétrica, ajudava a manter os aviões voando." Ele se debruçou um pouco sobre a mesa. "Você já voou?"

212

"Só em viagens turísticas."

Ele riu, e algumas rugas se formaram em seu rosto.

"Estou falando naqueles meninos ali." E apontou para um avião pequeno que taxiava do outro lado da janela, com os motores a roncar.

"Mal consigo guiar um carro."

"Um avião é mais fácil, sabia?"

"E aqueles relógios e botões todos, são só para impressionar?"

Ele riu. "Podemos voar agora mesmo, o que você acha?"

"Senhor Brimson..."

"Doug."

"Senhor Brimson, no momento não tenho disponibilidade para andar de avião."

"E amanhã?"

"Vou pensar." Ela não conseguiu conter um sorriso, pensando que subir a três mil metros acima de Edimburgo seria uma fuga segura de Gill Templer.

"Garanto que você vai adorar."

"Vamos ver."

"E você estará de folga, certo? Portanto, poderá me chamar de Doug." Ele esperou até que Siobhan balançasse a cabeça, afirmativamente. "E, nesse caso, por qual nome poderei chamá-la, sargento detetive Clarke?"

"Siobhan."

"O nome é irlandês?"

"Escocês. Gaélico."

"Mas seu sotaque não é..."

"Não estamos aqui para conversar sobre meu sotaque."

Ele ergueu as mãos em sinal de rendição, jocosamente.

"Por que o senhor não se apresentou à polícia?", ela perguntou. Aparentemente, ele não entendeu. "Depois do episódio, alguns amigos do senhor Herdman telefonaram para nós."

"É mesmo? Por quê?"

"Diversos motivos."

Ele ponderou a resposta. "Não vejo sentido, Siobhan."

"Vamos deixar o tratamento informal para outra hora." Brimson baixou a cabeça, como quem se desculpa. Seguiu-se uma torrente de estática, e depois vozes transistorizadas.

"Torre de controle", ele explicou, abaixando a mão para reduzir o volume do rádio, sob a mesa. "É o Charlie, pedindo autorização para decolar." Ele consultou o relógio. "Sem problemas, a esta hora do dia."

Siobhan ouviu a voz alertar o piloto a respeito de um helicóptero que sobrevoava o centro da cidade.

"Recebido e entendido, controle."

Brimson reduziu ainda mais o volume.

"Eu gostaria de trazer um colega aqui para conversar com o senhor", Siobhan disse. "Seria possível?"

Brimson deu de ombros. "Claro. Como você pode ver, a vida aqui é agitadíssima. Só estou ocupado nos fins de semana."

"Eu gostaria de poder dizer a mesma coisa."

"Vai me dizer que não está ocupada nos fins de semana? Uma jovem bonita como você?"

"Eu quis dizer..."

Ele riu de novo. "Estou brincando. Mas você não usa aliança, pelo que vejo." E olhou para a mão esquerda. "Acha que tenho chances no Departamento de Investigações Criminais?"

"Eu vejo que o senhor também não usa aliança."

"Solteiro disponível, por assim dizer. Segundo meus amigos, por ter a cabeça nas nuvens." Ele apontou para cima. "Aqui não temos *singles bars*."

Siobhan sorriu, depois se deu conta de que estava gostando da conversa — sempre um mau sinal. Sabia que deveria fazer várias perguntas, mas não conseguia se lembrar de quais eram.

"Então, fica para amanhã", disse, levantando-se.

"Sua primeira aula de pilotagem?"

Ela fez que não. "A conversa com meu colega."

"E você também vem?"

"Se puder."

Ele pareceu satisfeito com a resposta, deu a volta na mesa e aproximou-se com a mão estendida. "Foi um grande prazer conhecê-la, Siobhan."

"Igualmente, senhor..." Ela parou quando ele ergueu a mão. "Doug", concedeu.

"Vou acompanhá-la até a saída."

"Eu me viro." Abrindo a porta, ela desejou que houvesse mais distância física entre eles.

"É mesmo? Você sabe abrir cadeados, então."

Ela se lembrou do portão trancado. "Tudo bem", disse, seguindo Doug Brimson até o estacionamento, bem no momento em que o avião de Charlie percorria o trecho final da pista e tirava as rodas do solo.

"Gill já conseguiu localizar você?", Siobhan perguntou ao telefone, no caminho de volta ao centro.

"Afirmativo", Rebus respondeu. "Não que eu pretendesse me esconder."

"E qual foi o desfecho?"

"Suspenso das funções. Contudo, Bobby vê o caso de outro modo. Ele continua querendo minha ajuda."

"Isso significa que você ainda vai precisar de mim, certo?"

"Acho que dá para eu dirigir, se for necessário."

"Mas você não precisa..."

Ele riu. "Estava brincando, Siobhan. O serviço é seu, se ainda quiser."

"Ótimo, pois já localizei Brimson."

"Estou impressionado. Quem é ele?"

"Dono de uma escola de pilotagem de avião em Turnhouse", ela disse. "Fui falar com ele. Sei que deveria ter consultado você antes, mas seu telefone estava ocupado."

"Ela foi conversar com Brimson", Rebus disse a Hogan, que fez um comentário qualquer. "A opinião de Bobby é que você deveria ter pedido autorização antes de ir."

"Foram as palavras exatas ditas por ele?"

"Na verdade, ele ergueu os olhos e soltou um palavrão. Fiz minha interpretação."

"Obrigado por me poupar dos nomes feios."

"E o que você descobriu lá?"

"Ele era amigo de Herdman. Formação similar: forças armadas, no caso dele a RAF."

"E de onde ele conhecia Robert Niles?"

Siobhan engoliu em seco. "Esqueci de perguntar isso. Mas avisei que voltaríamos."

"Pelo jeito vamos ter de fazer isso. Ele contou mais alguma coisa?"

"Disse que ignorava o fato de Herdman possuir armas de fogo, e que não sabia por que ele foi até a escola. E quanto a Niles?"

"Nada de útil para nós."

"E o que faremos?"

"Vamos nos encontrar em Port Edgar. Precisamos conversar melhor com Miss Teri." Houve um silêncio na linha. Siobhan pensou que a ligação havia caído, mas ele perguntou: "Mais algum recado de seu amigo?".

Referia-se às cartas anônimas; melhor ser vago, na frente de Hogan.

"Havia mais uma à minha espera, esta manhã."

"É mesmo?"

"No mesmo estilo da primeira."

"Você a enviou a Howdenhall?"

"Não vi motivo."

"Ótimo. Quero dar uma olhada nela, quando nos encontrarmos. Quanto tempo você vai levar?"

"Quinze minutos, aproximadamente."

"Aposto cinco libras como chegaremos primeiro."

"Fechado", Siobhan disse, pisando mais forte no acelerador. Minutos depois ela se deu conta de que não sabia de onde Rebus ligara...

Como era de se esperar, ele a aguardava no estacionamento da Port Edgar Academy, encostado no Passat de Hogan, com um pé sobre o outro e braços cruzados.

"Você me enganou", ela disse ao sair do carro.

"Quem mandou apostar? Você me deve cinco libras."

"Não vou pagar."

"Você aceitou a aposta, Siobhan. Uma dama sempre cumpre sua palavra."

Ela balançou a cabeça e enfiou a mão no bolso. "Eis a carta que você queria ver", disse, mostrando o envelope. Rebus estendeu a mão. "Custa cinco libras a leitura."

Rebus a encarou. "Pelo privilégio de lhe dar minha opinião profissional?" Manteve a mão estendida, vendo o envelope fora de seu alcance. "Tudo bem, você venceu", ele disse, derrotado pela curiosidade.

No carro, ele a leu várias vezes, enquanto Siobhan dirigia.

"Cinco libras para nada", disse afinal. "Quem é Cody?"

"Creio que significa *Come On, Die Young*. Coisa de gangue americana."

"Como você sabe disso?"

"É um disco do Mogwai. Emprestei o CD para você."

"Pode ser um sobrenome. Do Búfalo Bill, por exemplo."

"E qual a ligação?"

"Sei lá." Rebus dobrou a carta, examinando os vincos, espiando dentro do envelope.

"Palpite digno de Sherlock Holmes", Siobhan disse.

"O que mais você queria que eu fizesse?"

"Você poderia admitir sua derrota." Ela estendeu a mão. Rebus devolveu-lhe a carta, que ela guardou novamente no envelope.

"Me dá uma alegria... Dirty Harry?"

"É o meu palpite", Siobhan concordou.

"Dirty Harry era policial..."

Ela o encarou. "Você acha que um colega de trabalho pode ter feito isso?"

"Vai me dizer que a possibilidade não lhe passou pela cabeça?"

"Passou", ela finalmente admitiu.

"Mas teria de ser alguém que soubesse de sua ligação com Fairstone."

"Certo."

"O que leva a mim e a Gill Templer." Ele fez uma pausa. "E aposto que você não emprestou nenhum disco para ela recentemente."

Siobhan deu de ombros, de olho na via à frente. Ela não disse nada por um tempo, nem Rebus, até ele conferir um endereço em seu bloco, debruçar-se no banco e dizer: "Chegamos".

Long Rib House era uma estrutura estreita caiada que dava a impressão de um dia ter sido celeiro. Térrea, com acréscimo de um sótão sob a cobertura de telhas vermelhas. Um portão de madeira impedia o acesso. Mas não estava trancado, e Siobhan o abriu com um empurrão, voltou ao carro e seguiu alguns metros pelo acesso de cascalho. Quando fechava novamente o portão, a porta da frente foi aberta e um homem apareceu. Rebus desceu do carro e se identificou.

"O senhor deve ser o senhor Cotter", arriscou.

"William Cotter", disse o pai de Miss Teri. Quarenta e poucos anos, baixo, forte, de cabeça raspada como mandava a moda. Apertou a mão de Siobhan quando ela a estendeu, mas não demonstrou contrariedade quando Rebus manteve a sua, enluvada, ao longo do corpo, firme. "Acho melhor vocês entrarem", disse.

Havia um corredor comprido carpetado, decorado com telas emolduradas e um relógio antigo. Quartos à direita e à esquerda, portas bem fechadas. Cotter os conduziu a uma área de lazer coberta, com cozinha. Parecia resultado de reforma recente. Portas duplas com venezianas davam para um pátio, com vista para o quintal e outro acréscimo recente, uma estrutura de madeira cheia de janelas que mostravam seu interior.

"Piscina coberta", Rebus comentou. "Deve ser agradável."

"Usamos mais do que se fosse descoberta", Cotter brincou. "Bem, em que posso servi-los?"

Rebus olhou para Siobhan, que avaliava o local, registrando o sofá de couro creme, o equipamento de som B&O e a televisão de tela plana. A tevê estava ligada, mas sem som. Mostrava as cotações da bolsa de valores, no canal Ceefax. "Gostaríamos de falar com Teri", Rebus disse.

"Ela se meteu em alguma encrenca?"

"Nada disso, senhor Cotter. É um assunto relacionado a Port Edgar. Apenas perguntas de rotina."

Cotter franziu a testa. "Talvez eu possa ajudá-los..." Buscava mais informações.

Rebus decidira sentar no sofá. Havia uma mesa de centro à sua frente, com jornais abertos no caderno de economia. Telefone sem fio, óculos de leitura, uma caneca vazia, caneta e bloco A4. "O senhor é investidor, senhor Cotter?"

"Isso mesmo."

"Posso saber em que área?"

"Capital de risco." Cotter fez uma pausa. "Sabe do que se trata?"

"Investimento em novas empresas?", Siobhan arriscou, olhando para o jardim.

"Mais ou menos. Invisto em imóveis, em gente com idéias novas..."

Rebus olhou ostensivamente em torno. "O senhor obviamente é muito bem-sucedido." E esperou o elogio fazer efeito. "Teri está em casa?"

"Não tenho certeza", Cotter disse. Notou a olhada de Rebus e deu um sorriso de desculpas. "A gente nunca sabe, quando se trata de Teri. Às vezes, é quieta como uma sepultura. Bato na porta e ela não responde."

"Não é como a maioria das adolescentes, portanto."

Cotter concordou com um movimento de cabeça.

"Realmente, tive essa impressão quando a conheci", Rebus acrescentou.

"Você já conversou com ela antes?", Cotter indagou. Rebus fez que sim. "Em todo seu esplendor?"

"Calculo que ela não vá daquele jeito à escola."

Cotter balançou a cabeça de novo. "Eles não permitem nem piercing no nariz. O doutor Fogg é muito severo nesse aspecto."

"Podemos bater na porta do quarto dela?", Siobhan perguntou, virando-se para Cotter.

"Não vejo nada de mal", Cotter disse. Eles o seguiram pelo corredor até um lance curto de escada. Chegaram a outro corredor comprido e estreito, com várias portas fechadas como no anterior.

"Teri?", Cotter chamou quando chegaram ao alto da escada. "Ainda está em casa, querida?" Ele quase engoliu a última palavra, e Rebus deduziu que fora alertado contra seu uso, pela filha. Quando chegaram à última porta, Cotter colou a orelha na madeira e bateu de leve.

"Talvez ela tenha cochilado", Cotter disse em voz baixa.

"O senhor se importa se eu..." Rebus não esperou pela resposta e girou a maçaneta. A porta se abria para dentro. O quarto estava escuro, a cortina preta puxada. Cotter acendeu a luz. Havia velas em todas as superfícies disponíveis. Velas pretas, muitas queimadas até praticamente o fim. Cartazes e fotos nas paredes. Rebus reconheceu alguns de H. R. Giger, conhecia o artista, pois ele fizera a capa de um disco do ELP. Uma espécie de inferno de aço inoxidável. As outras imagens apresentavam cenas igualmente sombrias.

"Adolescentes...", foi o único comentário do pai. Livros de Poppy Z. Brite e Anne Rice. Outro chamado *The Gates of Janus*, supostamente escrito por Ian Brady, autor dos assassinatos em série na região de Manchester. Muitos CDs, todos de bandas barulhentas. Os lençóis da cama de solteiro eram negros. Idem para a colcha brilhante. As paredes do quarto haviam sido pintadas de vermelho-carne, e o teto dividido em quatro retângulos, dois pretos, dois vermelhos. Siobhan sentou à mesa do computador. O micro parecia ser de alta qualidade: monitor de tela plana, drive para DVD, scanner e webcam.

"Acho que não tem na cor preta", brincou.

"Caso contrário, Teri os compraria", Cotter concordou.

"Quando eu tinha a idade dela os únicos góticos que conhecia eram pubs", Rebus comentou.

Cotter riu. "Isso mesmo, os Gothenburgs. Bares comunitários, não é?"

Rebus fez que sim. "A não ser que ela esteja embaixo da cama, saiu de casa. O senhor sabe onde podemos encontrá-la?"

"Podemos tentar o celular..."

"Seria este aqui?" Siobhan ergueu um aparelho preto pequeno.

"Sim", Cotter respondeu.

"É difícil uma adolescente deixar o celular em casa", Siobhan comentou.

"Bem... é que... pode ser que a mãe de Teri..." Ele moveu os ombros, como a sentir um súbito desconforto.

"Pode ser o quê?", Rebus quis saber.

"Ela pega um pouco no pé de Teri, não é?", Siobhan adivinhou. Cotter balançou a cabeça afirmativamente, aliviado por ter sido poupado do constrangimento de declarar isso.

"Teri voltará para casa mais tarde", ele disse. "Se for possível esperar..."

"Acho melhor resolver logo de uma vez, senhor Cotter", Rebus disse.

"Bem..."

"Tempo é dinheiro e coisa e tal. Sei que o senhor concorda comigo."

Cotter concordou. "Passe na Cockburn Street. Os amigos dela costumam se reunir lá."

Rebus olhou para Siobhan. "Deveríamos ter pensado nisso", disse. Siobhan moveu os lábios, como quem aceita a idéia. A Cockburn Street era uma via sinuosa de reputação idem entre a Royal Mile e a estação Waverley. Décadas atrás servira de ponto de encontro para hippies e marginais, e as lojas vendiam batas de algodão rústico tingidas e papel para cigarro. Rebus freqüentara uma loja de discos de segunda mão, sem dar atenção às roupas. No momento as novas culturas alternativas ocupavam a área. Boa rua para compras se o gosto da pessoa tendesse ao macabro ou drogado.

Quando percorriam o corredor, Rebus notou numa das portas uma plaquinha de porcelana com os dizeres "Quarto do Stuart". Ele parou na frente.

"Seu filho?"

Cotter fez que sim, lentamente. "Charlotte... minha esposa... ela quis conservá-lo como era antes do acidente."

"Perfeitamente compreensível", Siobhan disse para tranqüilizá-lo, tendo percebido o embaraço de Cotter.

"Suponho que seja."

"Diga-me uma coisa", Rebus indagou, "a fase gótica de Teri começou antes ou depois da morte do irmão?"

Cotter o encarou. "Logo depois."

"Os dois eram muito próximos?"

"Creio que sim... mas não entendo o que isso poderia ter a ver..."

Rebus deu de ombros. "Só curiosidade, mais nada. Lamento: é uma das manias que a gente pega neste serviço."

Cotter deu a impressão de aceitar a justificativa e seguiu para a escada.

"Eu compro CDs lá", Siobhan disse. Estavam de volta ao carro, seguindo para Cockburn Street.

"Eu também", Rebus admitiu. E via sempre os góticos interrompendo a passagem na calçada, sentados no lance de escada que levava ao antigo prédio do *Scotsman*, fumando cigarro e trocando idéias sobre conjuntos musicais. Apareciam logo depois do final das aulas do dia, assim que trocavam o uniforme escolar pelo preto compulsório. Maquiagem, enfeites baratos, procuravam simultaneamente se integrar e se destacar. Pena que era mais difícil chocar as pessoas na atualidade. Antigamente um cabelo até a nuca dava conta. Depois veio o *glam* e seu filho bastardo, o punk. Rebus ainda se lembrava do sábado em que saíra para comprar discos. Começou a longa subida da Cockburn Street e deparou com os primeiros punks: encurvados, cabelos espetados, correntes e cara feia. Demais para a senhora de classe média atrás dele, que não se conteve e soltou o verbo: "Vocês não sabem andar feito gente?". Provavelmente deu aos punks a alegria do dia.

"Podemos estacionar no começo da rua e ir subindo", Siobhan sugeriu quando se aproximavam da Cockburn Street.

"Prefiro estacionar lá em cima e ir descendo", Rebus contrapôs.

Deram sorte: surgiu uma vaga bem quando se aproximaram e conseguiram estacionar na própria Cockburn Street, a poucos metros de um grupo de góticos.

"Olha lá", Rebus disse ao avistar Miss Teri em animada conversa com duas amigas.

"Você precisa dar um jeito de descer primeiro", Siobhan disse. Rebus entendeu o problema: havia sacos de lixo no meio-fio, aguardando coleta, bloqueando a saída do motorista. Ele desceu e segurou a porta aberta para que Siobhan pudesse passar por cima do banco e sair também. Pés correram pelo pavimento e Rebus viu um dos sacos de lixo desaparecer. Ele ergueu os olhos e viu cinco jovens passando pelo carro, apressados, usando agasalhos esportivos com capuz e bonés de beisebol. Um deles atirou o saco de lixo no grupo de góticos. O saco estourou, espalhando lixo para todos os lados. Seguiram-se gritos e palavrões. Pés se ergueram, como punhos. Um gótico foi derrubado e bateu a cabeça num degrau de pedra. Outro correu para a rua e levou um esbarrão de um táxi que passava. Pedestres gritavam para tomarem cuidado, alarmados, comerciantes saíam à porta de suas lojas. Alguém gritou "chamem a polícia".

A briga se espalhou pela rua, corpos foram empurrados contra vitrines, mãos apertaram pescoços. Apenas cinco atacantes contra doze góticos, mas os cinco eram fortes e violentos. Siobhan correu para deter um deles. Rebus viu Miss Teri se esconder dentro de uma loja e fechar a porta. A porta era de vidro e seu perseguidor procurava algo para atirar nela. Rebus respirou fundo e gritou.

"Rab Fisher! Ei, Rab! Aqui!" O perseguidor parou, olhando na direção de Rebus, que acenava com a mão enluvada. "Lembra de mim, Rab?"

A boca de Fisher se retorceu num esgar. Outro membro da gangue reconheceu Rebus. "Polícia!", gritou, e os outros arruaceiros ouviram o alerta. Eles se reuniram no meio da rua, ofegantes.

"Prontos para um passeio até Saughton, rapazes?", Rebus gritou, dando um passo à frente. Quatro deram meia-volta e saíram correndo rua abaixo. Rab Fisher esperou, chutou a porta de ferro pela última vez, teimoso, antes de disparar no rumo escolhido pelos amigos. Siobhan ajudava dois góticos a se levantarem, conferindo seus machucados. Os atacantes não usaram pedras nem facas, só feriram o amor-próprio dos outros. Rebus seguiu até a porta de vidro. Através dela viu Miss Teri e uma mulher de jaleco branco, do tipo usado por médicos e farmacêuticos. Rebus identificou uma fileira de cubículos iluminados; era um salão de bronzeamento, novinho em folha a julgar pela aparência. A mulher passava a mão na cabeça de Teri, que tentava se afastar. Rebus abriu a porta.

"Lembra de mim, Teri?"

Ela o examinou, depois concordou. "Você é o policial que eu encontrei outro dia na rua." Rebus estendeu a mão para a mulher.

"Você deve ser a mãe de Teri. Sou o inspetor Rebus."

"Charlotte Cotter", a mulher disse, apertando a mão dele. Teria trinta e poucos anos, cabelo louro-acinzentado abundante. Seu rosto era levemente bronzeado, quase reluzente. Olhando para as duas mulheres, era difícil notar qualquer semelhança. Se contassem que eram parentes, Rebus pensaria em contemporâneas: irmãs não, talvez primas. A mãe era cerca de cinco centímetros mais baixa que a filha, mais magra e musculosa. Rebus entendeu qual dos membros da família Cotter usava a piscina coberta.

"O que foi que aconteceu?", perguntou a Teri.

Ela deu de ombros. "Nada."

"Vocês sofrem muitas agressões?"

"Eles vivem sendo atacados", a mãe de Teri respondeu por ela, recebendo em troca um olhar furioso. "Ofensas e muito mais."

"Como se você soubesse", a filha retrucou.

"Eu vejo tudo."

"Foi por isso que você abriu esse negócio? Para ficar de olho em mim?" Teri começou a alisar a corrente de ouro no pescoço. Rebus viu que havia um diamante pendurado nela.

"Teri", Charlotte Cotter disse, suspirando, "só estou dizendo que..."

"Vou sair", Teri murmurou.

"Antes disso", Rebus interrompeu, "gostaria de conversar um pouco com você."

"Não pretendo dar queixa nem nada!"

"Está vendo como ela é teimosa?", Charlotte Cotter disse, e soava exasperada. "Ouvi quando o senhor gritou um nome, inspetor. Por acaso o senhor conhece esses bandidos? Poderia prendê-los...?"

"Não sei se adiantaria alguma coisa, senhora Cotter."

"Mas o senhor viu tudo!"

Rebus balançou a cabeça. "E agora eles foram avisados. Talvez seja o bastante. Mas eu não estava aqui por acaso. Vim para falar com Teri."

"É mesmo?"

"Então vamos", Teri disse, pegando no braço dele. "Dá licença, mãe, preciso ajudar a polícia."

"Espere um pouco, Teri..."

Mas era tarde demais. Charlotte Cotter só pôde ob-

225

servar a filha puxar o detetive para fora e atravessar a rua, na direção de onde o grupo se recuperava. O estado de espírito melhorara, as cicatrizes de batalha eram comparadas. Um rapaz de capa preta cheirava a lapela, franzindo o nariz para indicar que o capote precisaria de uma boa lavagem. O lixo do saco estourado fora reunido — principalmente por Siobhan, Rebus calculou. Ela tentava obter ajuda para encher um saco intacto, doação da loja vizinha.

"Tudo bem?", Teri perguntou. Sorrisos e acenos. Rebus teve a impressão de que apreciavam o momento. Vítimas satisfeitas com seu destino. Como os punks no caso da mulher, eles conseguiram provocar uma reação. O grupo reforçava seus vínculos com os relatos de batalha que poderiam compartilhar. Outros jovens — na lenta volta da escola para casa, ainda de uniforme — haviam parado para escutar. Rebus levou Miss Teri rua acima, até o bar mais próximo.

"Não servimos essa gente!", alegou a mulher que estava atrás do balcão.

"Quando estou aqui, servem sim", Rebus devolveu.

"Ela é menor", a mulher insistiu.

"Vai tomar refrigerante." E se virou para Teri. "O que você quer?"

"Vodca com tônica."

Rebus sorriu. "Ela quer uma Coca. Eu vou tomar um Laphroaig com um pouco de água." Ele pagou as bebidas, confiante o suficiente para tentar tirar as moedas do bolso, além das notas.

"Como vai a mão?", Teri perguntou.

"Melhor", ele disse. "Mesmo assim, você pode levar as bebidas para a mesa." Olhares os acompanharam até o lugar escolhido. Teri parecia gostar da recepção, e mandou um beijo para um dos homens, que desviou o olhar, fazendo uma careta.

"Se arranjar briga aqui dentro", Rebus avisou, "você vai ter de se virar sozinha."

"Eu sei me cuidar."

"Vi isso muito bem, você correu para baixo da saia da mamãe assim que a gangue apareceu."

Ela lançou um olhar furioso.

"Ótimo plano, sabia? A melhor parte da bravura é a fuga. Sua mãe disse a verdade? Isso acontece sempre?"

"Não tanto quanto ela acha."

"E mesmo assim vocês continuam vindo para Cockburn Street?"

"E por que não?"

Ele deu de ombros. "Nenhum motivo. Um pouco de masoquismo nunca fez mal a ninguém."

Ela o encarou, sorriu e baixou os olhos para o copo.

"Saúde", ele disse, fazendo um brinde.

"Você citou errado", ela disse. "'A melhor parte da bravura é a discrição.' Shakespeare. *Henrique IV*, Ato Um."

"Não que seus amigos possam ser considerados discretos."

"Eu tento não ser."

"E consegue, sem dúvida. Quando mencionei o nome do membro da gangue, você não se surpreendeu. Já os conhecia?"

Ela baixou a vista novamente, e o cabelo cobriu seu rosto pálido. Os dedos acariciaram o copo, unhas pretas reluzentes. Mãos e punhos finos. "Você tem um cigarro?", ela pediu.

"Acenda dois", Rebus disse, tirando o maço do bolso do paletó. Ela encaixou o cigarro aceso entre os lábios dele.

"As pessoas vão comentar", ela disse, soltando a fumaça.

"Duvido muito, Miss Teri." Ele olhou para a porta que se abria para a entrada de Siobhan. Quando o viu, ela moveu a cabeça na direção do banheiro, erguendo as mãos para indicar que pretendia lavá-las.

"Você gosta de ser diferente, não é?", Rebus perguntou.

Teri Cotter fez que sim.

"E por isso gostava de Lee Herdman: ele também era diferente." Ela olhou para Rebus. "Encontramos sua foto no apartamento dele. Por isso deduzi que o conhecia."

"Eu o conhecia. Posso ver a foto?"

Rebus tirou a fotografia do bolso. Estava dentro de um envelope transparente de polietileno. "Onde foi tirada?", ele perguntou.

"Aqui mesmo", ela disse, abrangendo a rua com um gesto.

"Você o conhecia muito bem, não é?"

"Ele gostava de nós. Dos góticos. Nunca entendi o motivo."

"Ele dava festas, certo?" Rebus se lembrava dos discos no apartamento de Herdman: música para os góticos dançarem.

Teri balançava a cabeça e piscava para disfarçar as lágrimas. "A gente costumava ir à casa dele." Ela ergueu a foto. "Onde você achou isso?"

"Dentro de um livro que ele estava lendo."

"Qual livro?"

"Por que você quer saber?"

Ela deu de ombros. "Fiquei curiosa, só isso."

"Uma biografia, acho. Algum soldado que acabou se matando."

"Você acha que era uma pista?"

"Pista?"

Ela concordou. "Do motivo para Lee se matar."

"Pode ser, suponho. Você conheceu amigos dele?"

"Acho que ele não tinha muitos amigos."

"E quanto a Doug Brimson?" Foi Siobhan quem fez a pergunta. Ela se acomodou na banqueta.

A boca de Teri se contraiu. "Eu também o conhecia."

"Você não parece muito entusiasmada", Rebus comentou.

"Não mesmo."

"Qual o problema com ele?", Siobhan quis saber. Rebus viu que ela ficou tensa.

Teri só deu de ombros.

"E quanto aos dois rapazes que morreram? Você chegou a encontrá-los nas festas?", Rebus indagou.

"Até parece."

"O que você quer dizer?"

Ela o encarou. "Não fazia o gênero deles. Preferiam rúgbi, jazz e os Cadetes." Como se isso explicasse tudo.

"Lee alguma vez falou a respeito do tempo em que serviu no exército?"

"Quase nada."

"E você perguntou?" Ela balançou a cabeça, lentamente. "Sabia que ele gostava de armas?"

"Sabia que ele tinha fotos..." Ela mordeu os lábios, mas era tarde demais.

"Na parte interna do guarda-roupa", Siobhan acrescentou. "Pouca gente sabe disso, Teri."

"Isso não significa nada!", Teri ergueu a voz. Mexia novamente no colar.

"Ninguém está sendo acusado de nada, Teri", Rebus disse. "Só queremos saber o que o levou a fazer aquilo."

"Como é que eu posso saber?"

"Você o conhecia, e pelo jeito ele não tinha muitos amigos."

Teri negava com a cabeça. "Ele nunca me disse nada. Era o jeito dele — cheio de segredos. Mas eu nunca pensei que fosse..."

"Não?"

Ela fixou os olhos em Rebus, mas não falou nada.

"Ele lhe mostrou alguma arma, Teri?", Siobhan perguntou.

"Não."

"Insinuou que possuía uma?"

Nova negativa.

"Você disse que ele nunca se abriu com você... e quanto a você?"

"O que você quer dizer?"

"Ele se interessava por você? Falava com ele a respeito de sua família?"

"Pode ser."

Rebus debruçou-se. "Lamentamos muito o que aconteceu com seu irmão, Teri."

Siobhan também inclinou o corpo para a frente. "Você provavelmente mencionou o acidente a Lee Herdman."

"Ou um de seus amigos pode ter feito isso", Rebus acrescentou.

Teri percebeu que a encurralavam. Não tinha como escapar dos olhares e perguntas deles. Colocou a foto sobre a mesa e concentrou a atenção na imagem.

"Lee não bateu a foto", disse, como se tentasse mudar de assunto.

"Devemos conversar com mais alguém, Teri?", Rebus perguntou. "Gente que freqüentava as festinhas de Lee?"

"Não quero mais responder perguntas."

"Por que não, Teri?", Siobhan indagou, franzindo a testa como se estivesse realmente intrigada.

"Porque não."

"Diga os nomes de quem devemos procurar...", Rebus sugeriu. "Assim largaremos do seu pé."

Teri Cotter permaneceu sentada por mais um momento, depois se levantou, subiu na banqueta, pisou na mesa e se atirou no chão, do outro lado. As camadas de tecido fino preto farfalharam em volta dela. Sem olhar para trás, ela correu para a porta, abriu-a e a bateu ao sair. Rebus olhou para Siobhan e abriu um sorriso dúbio.

"A moça tem um certo estilo", admitiu.

"Nós a apavoramos", Siobhan disse. "Assim que mencionamos a morte do irmão."

"Talvez eles fossem muito próximos", Rebus argumentou. "Você não pretende embarcar nessa teoria para o assassinato, não é?"

"Mesmo assim", ela disse. "Tem alguma coisa..." A porta se abriu novamente e Teri Cotter aproximou-se da mesa, apoiando as duas mãos no tampo, com o rosto próximo ao de seus inquisidores.

"James Bell", sussurrou. "Eis um nome para vocês, se é o que desejam."

"Ele freqüentava as festas de Herdman?", Rebus perguntou.

Teri Cotter confirmou com um movimento da cabeça e deu as costas novamente. Os fregueses observaram sua saída e voltaram aos drinques.

"Naquela entrevista que ouvimos", Rebus disse, "o que foi mesmo que James Bell declarou a respeito de Herdman?"

"Ele mencionou esqui aquático."

"Sim, mas eu me refiro ao modo como ele se expressou: 'tivemos contatos sociais'. Algo no gênero."

Siobhan pensou um pouco. "Deveríamos ter percebido isso."

"Precisamos interrogá-lo."

Siobhan concordou enquanto fitava a mesa. Depois, olhou debaixo dela.

"Perdeu alguma coisa?", Rebus perguntou.

"Eu não, você."

Rebus procurou também e logo se deu conta. Teri Cotter levara a fotografia.

"Você acha que ela voltou por causa da foto?", Siobhan deduziu.

Rebus deu de ombros. "Suponho que se possa considerá-la propriedade dela... uma lembrança do homem que perdeu."

"Você acha que eram amantes?"

"Coisas estranhas acontecem."

"E neste caso..."

Mas Rebus balançou a cabeça, negativamente. "Ela usou seu encanto feminino para persuadir o amante a matar? Tenha dó, Siobhan."

"Coisas estranhas acontecem", ela disse também.

"Por falar nisso, alguma chance de você me pagar um drinque?" Ele ergueu o copo vazio.

"Nem pensar", ela disse, levantando-se para ir embora. Contrariado, ele a seguiu. Encontrou Siobhan parada ao lado do carro, assustada, por algum motivo. Rebus não notou nada de excepcional. Os góticos estavam reunidos novamente, sem Miss Teri. Nada da gangue. Alguns turistas tiravam fotos.

Ela apontou para um carro estacionado do outro lado da rua. "Parece o Land Rover de Doug Brimson."

"Tem certeza?"

"Vi o carro quando fui a Turnhouse." Ela olhou nos dois sentidos de Cockburn Street. Não viu Brimson nas imediações.

"Está pior que meu Saab", Rebus comentou.

"Mas você não tem um Jaguar na garagem de casa."

"Um Jaguar e um Land Rover maltratado?"

"Acho que é uma questão de imagem... coisa de homem." Ela examinou a rua novamente. "Gostaria de saber onde ele foi."

"Talvez esteja seguindo você", Rebus sugeriu. Ao ver a expressão no rosto dela, resmungou um pedido de desculpas. Ela voltou a atenção ao carro novamente, certa de que era o carro dele. Coincidência, disse a si mesma. Só isso.

Coincidência.

Mesmo assim, anotou o número da placa.

11

Naquela noite, deitada no sofá, ela tentava se interessar por um programa de tevê qualquer. Dois apresentadores vestidos com espalhafato diziam à vítima que esta usava roupas totalmente inadequadas. Em outro canal uma casa estava sendo "renovada". Restava a Siobhan escolher entre um filme sombrio, uma comédia sem graça e um documentário sobre sapos.

Um deles teria de servir, pois ela não se dera ao trabalho de parar na videolocadora. Sua coleção de filmes era pequena — ela preferia considerá-la "básica". Assistira a cada um deles meia dúzia de vezes pelo menos, decorara diálogos e sabia exatamente como seria a próxima cena. Pensou em ouvir música, deixar a tevê sem som e inventar seu próprio roteiro para o filme chato que estava passando. Ou para o documentário dos sapos. Ela já folheara uma revista, lera trechos de um livro, que deixara de lado logo, comera batata frita e chocolate comprados no posto de gasolina onde abastecia o carro. Restava um pouco de yakisoba sobre a mesa da cozinha que poderia esquentar depois no microondas. O pior era que estava sem vinho, não restava nada no apartamento exceto um monte de garrafas vazias à espera da coleta de recicláveis. Havia gim no armário, mas nada para preparar um drinque, a não ser Coca diet, e ela não estava tão desesperada assim.

Ainda não, pelo menos.

Poderia telefonar para alguma amiga, mas sabia que não seria boa companhia. Havia um recado na secretária eletrônica, de sua amiga Caroline, perguntando se gostaria de ir a um bar. Loira e miúda, Caroline sempre chamava a atenção quando as duas saíam juntas. Siobhan resolvera não ligar de volta, por enquanto. Sentia muito cansaço, e o caso não lhe saía da cabeça, impedindo que relaxasse. Preparara café e tomara um gole antes de se dar conta de que não esquentara a água. Em seguida passou vários minutos procurando açúcar na cozinha, até se lembrar de que não usava açúcar. Não punha açúcar no café desde que era adolescente.

"Demência senil", disse em voz alta. "Outro sintoma: falar sozinha."

Batata frita e chocolate não podiam ser consumidos em sua dieta contra o pânico. Sal, gordura e açúcar. Seu coração não chegou a disparar, mas ela sabia que precisava fazer algo para se acalmar, dar um jeito de relaxar e se preparar para dormir em breve. Olhou pela janela por algum tempo, observando os vizinhos do outro lado da rua, apertando o nariz contra o vidro enquanto espiava os carros passarem, dois andares abaixo. Lá fora estava tudo quieto, escuro e quieto; a luz alaranjada dos postes iluminava a calçada. Nada de bicho-papão, nada a temer.

Ela se lembrou de que, muito tempo atrás, na época em que ainda punha açúcar no café, sentira medo do escuro por algum tempo. Teria treze ou catorze anos: velha demais para se abrir com os pais. Gastava a mesada em pilhas para a lanterna que deixava a noite inteira acesa, debaixo das cobertas, prendendo o fôlego para poder ouvir a respiração de outras pessoas que entrassem no quarto. Nas poucas vezes em que a surpreenderam os pais pensaram que ficara acordada até mais tarde para ler. Ela nunca sabia qual era a melhor coisa a fazer: deixar a porta aberta para poder correr até ela, ou fechá-la para intimidar os intrometidos? Olhava debaixo da cama duas ou três vezes por dia, embora houvesse pouco espaço ali: guardava os discos. O caso é que nunca tinha pesadelos. Quando finalmente conseguia dormir, era um sono profundo e revigorante. Nunca sofria ataques de pânico. E, no final, acabou esquecendo o que tanto temia. A lanterna voltou à gaveta. O dinheiro gasto em pilhas passou a ser usado para comprar maquiagem.

Ela nunca soube o que aconteceu primeiro: ela descobriu os meninos, ou eles a descobriram?

"Passado remoto, moça", disse para si. Não havia bicho-papão lá fora, tampouco cavaleiros andantes, enfeitiçados ou não. Ela foi até a mesa de jantar, repassar as anotações do caso. Estavam espalhadas totalmente fora de ordem — tudo que recolhera no primeiro dia. Relatórios da autópsia e da polícia científica, fotos da cena do crime e das vítimas. Ela estudou os dois rostos, de Derek Renshaw e Anthony Jarvies. Os dois eram bonitos, de um jeito suave. O olhar penetrante de Jarvies insinuava uma inteligência insolente. Talvez fosse uma questão de classe, a origem aristocrática de Jarvies a se manifestar. Ela imaginou que Allan Renshaw se orgulharia do fato de seu filho ter como amigo o filho de um juiz. Afinal, não era para isso que as pessoas mandavam os filhos para escolas particulares? Querendo que eles conhecessem as pessoas certas, que poderiam se revelar úteis no futuro? Ela tinha colegas, nem todos com salários no nível do Departamento de Investigações Criminais, que matriculavam os filhos em escolas onde eles nunca tiveram chance de estudar. Novamente, questão de classe. Ela pensou em Lee Herdman. Estivera no exército, no SAS... recebendo ordens de oficiais que freqüentaram as escolas certas e falavam de modo correto. Poderia ser assim tão simples? Quem sabe aquele ataque tivesse resultado apenas de uma profunda inveja da elite.

Não há mistério... Ela se lembrou de suas próprias palavras a Rebus, e riu alto. Se não havia mistério, por que ela se preocupava tanto? Por que se matava de trabalhar? O que a impedia de deixar tudo aquilo de lado e relaxar um pouco?

"Até parece", disse, sentando-se à mesa para afastar

a papelada e puxar para perto o laptop de Derek Renshaw. Ligou o micro e o conectou à linha telefônica. Precisava ler os e-mails, em quantidade suficiente para obrigá-la a passar metade da noite acordada. Além de muitos outros arquivos ainda não verificados. Ela sabia que o trabalho a acalmaria, pois era apenas trabalho.

Resolveu tomar um café descafeinado, e dessa vez se lembrou de aquecer a água. Levou a bebida fumegante para a sala. A senha "Miles" lhe deu acesso, mas os novos e-mails eram só lixo. Pessoas tentando vender seguros e Viagra a alguém cuja morte ignoravam. Havia algumas mensagens de pessoas de diversos grupos de discussão e salas de bate-papo que notaram a ausência de Derek. Siobhan pensou em algo e deslocou o cursor do mouse para o topo da tela, clicando em Favoritos. Viu a lista de sites, os caminhos para as páginas que Derek acessava regularmente. Os grupos de discussão e salas de bate-papo estavam ali, juntamente com os endereços esperados: Amazon, BBC, Ask Jeeves... Mas um endereço era estranho. Siobhan clicou e a conexão não demorou a ser feita.

BEM-VINDAS ÀS MINHAS TREVAS!

A frase estava em vermelho forte, a cor pulsava de intensidade. No resto da tela, um fundo escuro. Siobhan moveu o cursor até a letra B e clicou duas vezes. Desta vez a conexão demorou um pouco mais, e na tela surgiu a imagem de um quarto, meio desfocada. Ela tentou mexer no contraste e no brilho do monitor, mas o problema era a própria imagem, e pouco pôde fazer para melhorá-la. Distinguia uma cama e a janela atrás dela, com cortinas. Tentou mover o cursor pela tela, mas não havia nenhum campo oculto em que pudesse clicar. Era só aquilo ali mesmo. Estava sentada de braços cruzados, tentando entender do que se tratava, imaginando qual o interesse de Derek Renshaw por aquela imagem. Talvez fosse o quarto dele. Talvez as "trevas" fossem o outro lado de sua personalidade. De repente, porém, a imagem mudou, uma luz amarela estranha a atravessou. Algum tipo de interferência? Siobhan debruçou-se um pouco, segurando na borda da mesa. Ela entendeu o que vira: um carro passando na rua, o rápido reflexo dos faróis na cortina fechada. Não era uma fotografia, então.

"Webcam", murmurou. Estava assistindo ao registro ao vivo do quarto de alguém. Além disso, já sabia a quem pertencia aquele quarto. A luz do farol fora suficiente. Ela se levantou, apanhou o telefone e ligou.

Siobhan fez todas as conexões e ligou novamente o computador. O laptop ficou em cima de uma cadeira — o cabo não era suficiente para ir da tomada do telefone até a mesa de jantar da casa de Rebus.

"Tudo muito misterioso", ele disse, pegando uma bandeja — canecas de café para ambos. Ela sentia cheiro de vinagre: ele jantaria peixe, provavelmente. Pensando no yakisoba que a esperava em casa, ela se deu conta de quanto eram parecidos — comida pronta, ninguém esperando em casa... ele bebera cerveja, havia uma garrafa vazia de Deuchar no chão, ao lado da cadeira. E ouvia música: uma antologia do Hawkwind que ganhara dela no aniversário. Talvez tivesse posto para tocar especialmente para mostrar que não se esquecera.

"Quase pronto", ela disse. Rebus desligara o CD e esfregava os olhos com a mão sem luva, ainda avermelhada. Quase dez da noite. Ele cochilava na poltrona quando ela tinha ligado, teria permanecido ali de bom grado até o amanhecer. Mais fácil do que trocar de roupa. Mais fácil do que desatar o cordão do sapato, desabotoar a camisa. Não tomara banho. Siobhan o conhecia bem. Mas fechara a porta da cozinha para esconder os pratos sujos. Se os visse, ela ofereceria ajuda, e isso ele não queria.

"Só falta ligar..."

Rebus trouxera uma cadeira da cozinha para sentar. Siobhan se acomodara no chão, de joelhos na frente do laptop. Ela ergueu um pouco a tela, e ele disse que estava vendo bem.

BEM-VINDAS ÀS MINHAS TREVAS!

"Fã-clube do Alice Cooper?", ele arriscou.

"Espere e verá."

"Página de instituição de cegos?"

"Se eu rir, você tem autorização para bater na minha cabeça com a bandeja." Ela sentou. "Pronto... veja você mesmo."

O quarto não estava mais completamente escuro. Havia velas acesas. Velas pretas.

"O quarto de Teri Cotter", Rebus disse. Siobhan concordou. Rebus observou as velas que tremulavam.

"É um filme?"

"Para mim são imagens ao vivo."

"O que significa?"

"Que ela tem uma webcam ligada ao computador. A imagem vem direto de lá. Quando liguei pela primeira vez, o quarto estava escuro. Agora, ela deve estar em casa."

"Isso deveria ser interessante?", Rebus indagou.

"Certas pessoas gostam. Alguns *pagam* para ver essas imagens."

"E no caso dela o espetáculo é gratuito?"

"Pelo jeito."

"Você acha que ela desliga quando chega em casa?"

"E qual seria a graça, nesse caso?"

"Ela mantém a câmera sempre ligada?"

Siobhan deu de ombros. "Vamos descobrir."

Teri Cotter entrou em cena, movendo-se aos trancos, a câmera apresentava uma imagem semelhante à de uma série de fotos seqüenciais.

"E o som?", Rebus quis saber.

Siobhan duvidava que houvesse som, mas aumentou o volume assim mesmo. "Sem som", confirmou.

Teri sentou na cama de pernas cruzadas. Usava as mesmas roupas do momento em que se encontraram. Parecia olhar para a câmera. Estendeu o corpo para a frente e se deitou de bruços na cama, apoiando o queixo nas mãos em concha, aproximando mais o rosto da câmera.

"Parece filme mudo", Rebus disse. Siobhan não entendeu se ele se referia à qualidade da imagem ou à ausência de som. "Qual é nosso papel nessa história?"

"Somos a platéia."

"Ela sabe que estamos vendo?"

Siobhan fez que não. "Provavelmente ela não tem como saber quem está assistindo."

"E Derek Renshaw costumava olhar para ela?"

"Sim."

"Você acha que ela sabe?"

Siobhan tomou um gole de café e deu de ombros. Não era descafeinado, talvez tivesse de pagar o preço mais tarde, mas não se importou.

"O que você acha?", ele perguntou.

"Não é raro que jovens sejam exibicionistas." Ela parou de falar por um momento. "Mas eu nunca tinha visto nada do gênero."

"Eu gostaria de saber quem mais está a par disso."

"Duvido que os pais saibam. Precisamos interrogá-la a respeito?"

Rebus ponderou. "Como as pessoas acessam a imagem?" E apontou para a tela.

"Existem listas dessas páginas. Basta a elas criar um link, talvez incluir uma breve descrição."

"Vamos dar uma espiada."

Siobhan saiu da página e iniciou uma busca na rede, digitando as palavras "Miss" e "Teri". Os links surgiram, várias páginas, na maioria de sites pornôs e pessoas que se chamavam Tery, Terri e Teri.

"Pode demorar", ela avisou.

"Então é isso que estou perdendo por não ter um modem?"

"A vida humana em plena rede, na maioria dos casos meio desanimadora."

"Exatamente o que preciso após um dia no distrito."

O rosto dela se alterou, e a mudança quase poderia passar por um sorriso. Rebus estendeu a mão na direção da bandeja, ostensivamente.

"Creio que conseguimos", Siobhan disse minutos depois. Rebus olhou para seu dedo, que mostrava uma frase.
Myss Teri — Visitem meu site 100% não pornográfico (que pena, meninos!)
"Por que Myss?", Rebus perguntou.
"Talvez as outras maneiras de escrever já tivessem dono. Meu e-mail é '66Siobhan'."
"Significa que sessenta e cinco Siobhans chegaram na sua frente?"
Ela balançou a cabeça afirmativamente. "E eu pensava que meu nome era raro." Siobhan clicou no link. A página de Teri entrou, começando por uma foto dela em toda a parafernália gótica, com as palmas das mãos nas faces.
"Ela desenhou pentagramas nas mãos", Siobhan comentou. Rebus olhou: estrelas de cinco pontas, inscritas em círculos. Não havia outras fotos, apenas um texto informando interesses de Teri, escola freqüentada e o convite para "vir me adorar na maioria das tardes de sábado, na Cockburn Street...". Havia opções de mandar um e-mail para ela, acrescentar comentários à página de visitantes e clicar em diversos links, que em sua maioria levavam o visitante a outros sites góticos. Um, porém, se chamava "Entre no Escuro".
"Este é o da webcam", Siobhan disse. Tentou o link, só para ter certeza. A tela voltou a mostrar as mesmas palavras em vermelho: BEM-VINDAS ÀS MINHAS TREVAS! Outro clique e eles entraram novamente no quarto de Teri Cotter. Ela mudara de posição, estava agora com a cabeça apoiada na guarda da cama e as pernas dobradas, com os joelhos para cima. Escrevia algo num fichário.
"Parece lição de casa", Siobhan comentou.
"Pode ser o livro das poções mágicas", Rebus sugeriu. "Qualquer pessoa que entrar na página dela descobrirá sua idade, a escola que freqüenta e sua aparência."
Siobhan concordou com um aceno. "E onde encontrá-la numa tarde de sábado."

"Passatempo perigoso", Rebus resmungou. Pensava nela como presa potencial para os tarados à solta.

"Talvez ela goste por isso mesmo."

Rebus esfregou os olhos novamente. Lembrou-se do primeiro encontro com ela. O modo como se referira a Derek e Anthony, dizendo que sentia inveja deles... e o comentário de despedida: *Pode me ver quando quiser...* Agora ele entendia o significado daquela frase.

"Já viu o suficiente?", Siobhan perguntou, tocando na tela.

Ele fez que sim. "Considerações preliminares, sargento detetive Clarke?"

"Bem... *se* ela e Herdman eram amantes, e se ele fosse do tipo ciumento..."

"Isso só poderia funcionar se Anthony Jarvies soubesse a respeito do site."

"Jarvies e Derek eram muito amigos: qual a chance de Derek ter contado a ele?"

"Bem lembrado. Precisamos verificar isso."

"E falar com Teri novamente?"

Rebus balançou a cabeça lentamente. "Podemos acessar o livro dos visitantes?"

Eles podiam, mas não adiantou muito. Nenhuma mensagem óbvia de Derek Renshaw ou Anthony Jarvies, só elogios dos admiradores de Miss Teri, que na maioria pareciam ser de outro país, a julgar pelo domínio do idioma inglês. Rebus ficou olhando para Siobhan enquanto ela desligava o laptop.

"Você verificou aquela placa?", ele perguntou.

Ela fez que sim. "Foi a última coisa que fiz antes de sair do distrito. Era de Brimson."

"Curioso, muito curioso..."

Siobhan fechou o micro. "Como você tem se virado? Para vestir e tirar a roupa?"

"Está tudo bem."

"Não anda dormindo de roupa, né?"

"Não." Ele tentou parecer indignado.

"Então posso contar com uma camisa limpa, amanhã?"

"Pare de me pajear."

Ela sorriu. "Posso dar banho em você."

"Eu me viro." Ele esperou até que seus olhares se encontrassem. "Juro por Deus."

"Deus castiga."

Pensando na queimadura, ele voltou ao primeiro encontro com Teri Cotter... que indagara a respeito das mortes que testemunhara... queria saber como era a sensação de morrer. E tinha uma página na internet que era um verdadeiro convite para mentes perturbadas em geral.

"Quero lhe mostrar uma coisa", Siobhan disse, remexendo na bolsa. Tirou um livro e exibiu a capa: *Sou um homem*, de Ruth Padel. "É sobre rock", explicou, abrindo na página que marcara. "Ouça isso: 'o sonho heróico começa no quarto adolescente'."

"O que quer dizer?"

"Ela discorre sobre o modo como os adolescentes usam a música como instrumento de rebeldia. Talvez Teri esteja usando o próprio quarto." Ela passou para outro trecho: "A arma é a sexualidade masculina em perigo". E o encarou. "Faz sentido, para mim."

"Você está insinuando que, no final das contas, Herdman estava mesmo com ciúme?"

"Você nunca sentiu ciúme? Nunca ficou com raiva?"

Ele pensou um pouco. "Uma vez ou outra."

"Kate me falou de um livro. Chama-se *Homens maus fazem o que os homens bons sonham*. Talvez a raiva de Herdman o tenha levado longe demais." Ela levou a mão à boca, disfarçando um bocejo.

"Hora de ir para a cama", Rebus falou. "Amanhã de manhã teremos tempo de sobra para análises amadoras." Ela desligou o laptop e recolheu os cabos. Ele a acompanhou até a porta, depois voltou para ver da janela se chegava sem problemas no carro. De repente, uma figura masculina apareceu do lado da porta do motorista. Rebus correu para a escada, descendo dois degraus por vez. Abriu a porta da frente. O sujeito dizia algo tornado inaudível pelo ronco do motor. E pusera algo sobre o pára-brisa. Um jornal. Rebus o agarrou pelo ombro, sentindo que os dedos pegavam fogo. Obrigou-o a se virar... e reconheceu seu rosto.

Era o repórter, Steve Holly. Rebus se deu conta de que ele mostrava a edição do dia seguinte, provavelmente.

"Exatamente quem eu queria encontrar", Holly disse, livrando-se do aperto antes de abrir um sorriso irônico. "É bom ver o pessoal do Departamento de Investigações Criminais fazendo visitas aos colegas." Ele se voltou para Siobhan, que desligara o motor e saía do carro. "Mas alguns diriam que é muito tarde para bater papo."

"O que você quer?", Rebus perguntou.

"Só uma declaração." Ele ergueu a primeira página do jornal para que Rebus pudesse ler o título: POLICIAL NO INCÊNDIO MISTERIOSO. "Ainda não divulgamos nenhum nome. Preferíamos saber o seu lado da história. Eu soube que você foi suspenso até o final do inquérito." Holly dobrou o jornal e tirou um gravador portátil do bolso. "Que coisa horrível." Ele apontava para as mãos de Rebus, sem luvas. "Queimaduras demoram a sarar, não é?"

"John..." Siobhan tentava atrair sua atenção, para que ele não perdesse a cabeça. Rebus apontou o dedo cheio de bolhas para o repórter.

"Fique longe dos Renshaw. Se incomodá-los, vai se ver comigo, entendeu?"

"Então me dê uma entrevista."

"Sem chance."

Holly olhou para o jornal que ele portava. "E que tal a manchete: 'Policial foge de cena do crime?'"

"Meu advogado vai adorar, quando eu processar vocês."

"Meu jornal está sempre disposto a defender sua posição com elegância, inspetor Rebus."

"Então temos um problema", Rebus disse, tapando o gravador com a mão. "Porque eu *nunca* me defendo com elegância." Ele cuspiu as palavras, mostrando a Holly duas fileiras de dentes. O repórter apertou um botão com o dedo, detendo a fita.

"É sempre bom saber com quem lidamos."

"Afaste-se das famílias, Holly. Falo sério."

"De seu jeito lamentável e equivocado, com certeza. Boa noite, inspetor." Ele cumprimentou Siobhan com uma leve mesura e afastou-se.

"Filho-da-mãe."

"Eu não me preocuparia com ele", Siobhan disse, tentando acalmá-lo. "Só um quarto da população lê o jornal dele, de qualquer maneira." Ela entrou novamente no carro, ligou o motor e deu ré para sair da vaga. Acenou de leve ao partir. Holly desaparecera, dobrando a esquina, no rumo da Marchmont Road. Rebus subiu a escada, entrou em casa e pegou a chave do carro. Calçou as luvas. Trancou a porta, dando duas voltas na chave, ao sair.

Nas ruas silenciosas, nem sinal de Steve Holly. Não que Rebus estivesse procurando por ele. Entrou no Saab e apertou o volante, girando-o para a direita e para a esquerda. Calculou que daria um jeito. Desceu a Marchmont Road até a Melville Drive, seguindo no rumo de Arthur's Seat. Não quis ouvir música, preferiu pensar em tudo que ocorrera, deixando as conversas e imagens fluírem livremente.

Irene Lesser: *Você poderia conversar com alguém... muito tempo para carregar tanta bagagem...*

Siobhan: citação daquele livro.

Kate: *Homens maus fazem...*

Boécio: Homens bons sofrem...

Ele não se considerava um homem mau, mas sabia que tampouco seria um bom homem.

"Sou um homem": título de um blues antigo.

Robert Niles deixara o SAS sem ter sido desligado primeiro. Lee Herdman também carregara a "bagagem" consigo. Rebus pensava que, se conseguisse compreender Herdman, também entenderia melhor seu próprio caso.

Na Easter Road reinava a calma, os bares ainda funcionavam, a fila da loja de batata frita começava a se formar. Rebus ia para o distrito policial de Leith. Chegou sem dificuldade, a dor nas mãos era suportável. A pele parecia esticada, queimada de sol. Viu uma vaga a uns cinqüenta metros da entrada da delegacia e resolveu estacionar ali. Desceu e trancou o carro. Viu uma equipe de reportagem do outro lado da rua, provavelmente usavam o distrito como fundo para a cena. Rebus reconheceu Jack Bell, que virou a cabeça e apontou para Rebus antes de se virar novamente para a câmera. Rebus ouviu suas palavras:

"... enquanto investigadores do Departamento de Investigações Criminais, como aquele ali, continuam a andar feito baratas tontas, sem fornecer soluções exeqüíveis..."

"Corta", o diretor disse. "Desculpe-me, Jack." Ele apontou para Rebus, que atravessara a rua e se posicionara bem atrás de Bell, em pé.

"Qual é o problema?", Rebus indagou.

"Estamos fazendo uma matéria sobre a violência na sociedade", Bell disparou, irritado com a interrupção.

"Pensei que fosse um vídeo de auto-ajuda", Rebus rebateu.

"Como assim?"

"Guia da sarjeta, algo assim. A maioria das meninas trabalha aqui perto, agora", Rebus acrescentou, apontando na direção de Salamander Street.

"Como você se atreve!", o parlamentar gritou. Depois, voltando-se para o diretor: "Representativo, como pode ver, do problema que estamos discutindo. A polícia não consegue deixar de pensar pequeno e reagir com rancor".

"Ao contrário de vossa excelência, aposto", Rebus disse. Ele notou que Bell portava uma foto e que a erguia para que ele a visse.

"Thomas Hamilton", Bell declarou. "Ninguém o considerava perigoso. Mostrou que era a própria encarnação do demônio quando entrou na escola em Dunblane."

"E como a polícia poderia ter impedido aquilo?", Rebus perguntou, cruzando os braços.

Antes que Bell pudesse responder, o diretor fez uma pergunta a Rebus. "Vocês encontraram vídeos ou revistas na casa de Herdman? Filmes violentos, algo assim?"

"Nenhum sinal de que ele se interessasse por coisas do gênero. E daí, se ele tivesse algum interesse?"

O diretor apenas deu de ombros, concluindo que não alcançaria seu objetivo com Rebus. "Jack, você poderia fazer uma rápida entrevista com... lamento, não ouvi seu nome." Ele sorriu para Rebus.

"Meu nome é Vai Se Foder", Rebus disse, retribuindo o sorriso. Em seguida atravessou a rua de novo e abriu a porta da delegacia.

"Você é uma vergonha!", Jack Bell gritava para ele. "Uma desgraça para a polícia! Vai pagar caro por isso!"

"Fazendo novos amigos, outra vez?", o sargento de plantão quis saber.

"Parece que é a minha sina", Rebus respondeu, subindo depois a escada para a sala do Departamento de Investigações Criminais. As horas extras haviam sido liberadas para o caso de Herdman, de modo que alguns investigadores ainda estavam trabalhando, mesmo naquele horário tardio. Digitavam relatórios no computador, conversavam tomando chá. Rebus reconheceu o detetive Mark Pettifer e aproximou-se dele.

"Preciso de um favor, Mark", disse.

"O que é, John?"

"Um laptop emprestado."

Pettifer sorriu. "Pensei que sua geração preferisse a pena e o pergaminho."

"Mais uma coisa", Rebus acrescentou, ignorando a gracinha. "Pronto para acessar a internet."

"Acho que posso dar um jeito."

"Enquanto estiver fazendo isso..." Rebus aproximou-se mais, baixando a voz. "Lembra-se de quando Jack Bell foi detido por envolvimento com prostitutas? Foi alguém da sua equipe, certo?"

Pettifer balançou a cabeça afirmativamente.

"Suponho que não tenham feito boletim de ocorrência..."

"Duvido muito. Ele não foi acusado de nada."

Rebus pensou um pouco. "E quanto à equipe que parou o carro? Seria possível ter uma palavrinha com eles?"

"De que se trata, afinal?"

"Digamos que eu seja parte interessada", Rebus disse.

No entanto o jovem policial que detivera Bell fora transferido para outro distrito, na Torpichen Street. Rebus conseguiu o número do celular dele. Chamava-se Harry Chambers.

"Lamento incomodá-lo", Rebus disse, depois de se identificar.

"Tudo bem, estou saindo do bar, a caminho de casa."

"Espero que a farra tenha sido boa."

"Campeonato de bilhar. Estou na semifinal."

"Parabéns. Estou ligando por causa de Jack Bell."

"O que foi que o filho-da-mãe aprontou agora?"

"Ele não larga do nosso pé, por causa de Port Edgar." Era a verdade, mas não toda a verdade. Rebus preferia não explicar seu desejo de livrar Kate das garras do deputado.

"Então meta o pé na cara dele", Chambers disse. "O sujeito não presta para nada."

"Sinto um leve antagonismo em sua voz, Harry."

"Depois do flagrante das putas ele mexeu os pauzinhos para me rebaixar de posto. E aquela história não colou: voltando para casa de não sei onde. Aí, quando não colou, ele inventou que fazia uma 'pesquisa' sobre a necessidade de uma zona de tolerância. Até parece. A puta com quem ele conversou disse que já tinham até acertado o preço."

"E deve ter sido a primeira vez que ele foi lá, certo?"

"Não faço a menor idéia. Só sei de uma coisa — e estou sendo o mais objetivo possível —, ele é um canalha, mentiroso e vingativo. Um filho-da-mãe. Por que o tal do Herdman não podia ter feito um favor para todos nós e dado um jeito nele, em vez de atirar nos meninos, pombas...?"

De volta a sua casa, Rebus tentou se lembrar das instruções de Pettifer para ligar o computador. Não era um modelo muito novo. Comentário de Pettifer: "Se estiver muito lento é só meter mais uma pá de carvão". Rebus perguntara quanto tempo a máquina tinha. Resposta: dois anos, e já estava completamente obsoleta.

Rebus resolveu que algo tão venerável merecia cuidado. Limpou o teclado e a tela com um pano úmido. Como ele, tratava-se de um sobrevivente.

"Muito bem, meu velho", disse ao micro. "Vamos ver o que você sabe fazer."

Após alguns minutos frustrantes, ele telefonou para Pettifer e conseguiu falar com ele pelo celular — no carro, a caminho de casa e da cama. Mais instruções... Rebus o manteve na linha até ter certeza de que estava tudo funcionando direito.

"Obrigado, Mark", disse, ao final da ligação. Depois arrastou a poltrona até a mesa, para se acomodar com relativo conforto.

Sentado com uma perna cruzada sobre a outra, de braços cruzados e a cabeça ligeiramente inclinada para o lado, ficou observando Teri Cotter, que dormia.

QUARTO DIA
Sexta-feira

12

"Você dormiu de roupa", Siobhan comentou ao apanhá-lo na manhã seguinte.

Rebus a ignorou. Havia um jornal popular no banco do passageiro, o mesmo que Steve Holly mostrara na véspera.

POLICIAL NO INCÊNDIO MISTERIOSO

"Não tem nada de concreto", Siobhan garantiu. E, realmente, sobravam conjeturas e faltavam fatos. Mesmo assim, Rebus ignorara os telefonemas às sete, sete e quinze e sete e meia da manhã. Imaginava quem era: Corregedoria tentando marcar uma data para interrogá-lo. Ele conseguiu virar as páginas umedecendo a ponta dos dedos da luva. "Os boatos correm soltos em St. Leonard's", Siobhan acrescentou. "Fairstone foi amordaçado e amarrado numa cadeira. Todos sabem que você esteve lá."

"Eu alguma vez falei que não estive?" Ela o contemplou. "Acontece que eu saí e o deixei vivo, cochilando no sofá." Ele voltou a folhear o jornal, para evitar o assunto. Encontrou consolo na história de um cachorro que engolira uma aliança de casamento — o único raio de sol num jornal cheio de títulos sombrios: esfaqueamento no pub, celebridade expulsa de casa pela esposa. Vazamento de petróleo no mar e tornados nos Estados Unidos.

"Curioso como um apresentador de programa vespertino na televisão merece mais linhas que um desastre ecológico", ele comentou. Dobrou o jornal e o atirou para trás, por cima do ombro. "Então, para onde vamos?"

"Pensei em ter uma conversinha com James Bell."

"Boa idéia." Seu telefone celular tocou, mas ele não o tirou do bolso.

"Seu fã clube?", Siobhan arriscou.

"Quem mandou eu ser tão popular? E você, como se inteirou das fofocas em St. Leonard's?"

"Passei lá antes de ir buscá-lo."

"Cutucando o leão com vara curta."

"Fui malhar no ginásio."

"Eu não sabia que você malhava."

Siobhan sorriu. Quando seu telefone tocou, ela olhou para Rebus outra vez, conferindo no visor quem a procurava. Ele deu de ombros.

"Bobby Hogan", ela informou a Rebus antes de atender. Ele só ouviu a parte dela da conversa. "Estamos a caminho.... por quê, o que aconteceu?" Olhada na direção de Rebus. "Está aqui comigo... acho que acabou a bateria do celular dele... sim, vou dizer."

"Está mais do que na hora de arranjar um viva-voz", Rebus disse assim que ela desligou.

"Guio tão mal assim?"

"Não, mas eu poderia ouvir tudo."

"Bobby falou que o pessoal da Corregedoria perguntou por você."

"É mesmo?"

"Pediram que transmitisse um recado. Alegam que você não atendeu o telefone."

"Acho que acabou a bateria. O que mais ele disse?"

"Quer nos encontrar na marina."

"Informou o motivo?"

"Aposto que pretende nos convidar para passear de barco."

"Com certeza. Como reconhecimento por nossa diligência e esforço."

"Mas não se assuste se o barco pertencer à Corregedoria..."

"Você viu o jornal de hoje?", Bobby Hogan perguntou. Ele caminhava à frente, no píer de concreto.

"Já vi", Rebus admitiu. "E Siobhan deu o recado. Nada disso explica nossa presença aqui."

"Também recebi um telefonema de Jack Bell. Ele está pensando seriamente em dar queixa." Hogan olhou para Rebus. "Não sei o que você andou fazendo, mas valeu. Continue assim."

"Isso é uma ordem, Bobby? Se for, só me resta obedecer."

Rebus notou um cordão de isolamento no alto da rampa de madeira que conduzia ao local onde os veleiros e as lanchas atracavam. Três policiais uniformizados montavam guarda ao lado de um aviso que dizia: "Só para proprietários autorizados". Hogan ergueu o cordão para que passassem e os levou até o trecho inferior da rampa.

"Uma coisa que não deveríamos ter deixado passar." Hogan franziu a testa. "Assumo plena responsabilidade, claro."

"Claro."

"Herdman possuía outro barco, bem maior. Capaz de navegar em alto-mar."

"Um iate?", Siobhan sugeriu.

Hogan concordou. Passavam por uma série de embarcações atracadas, que balançavam com a maré, ruidosamente. Soprava uma brisa forte, que lançava rajadas ocasionais de borrifos. "Muito grande para guardar no abrigo. Ele obviamente o usava, caso contrário o manteria fora da água." Ele apontou para a costa, onde uma série de barcos repousava sobre blocos, longe dos efeitos corrosivos da água do mar.

"E daí?", Rebus perguntou.

"Veja você mesmo..."

Rebus viu. Um monte de gente, reconheceu alguns da alfândega e da receita. Sabia o que significava. Examinavam um punhado de material posto em cima de uma folha dobrada de polietileno. Pés prendiam o plástico para evitar que voasse.

"Quanto mais cedo recolhermos o material, melhor", um policial dizia. Outro argumentava que a polícia técnica deveria examinar tudo primeiro, antes da remoção para outro local. Rebus parou atrás de um dos homens agachados e viu o material apreendido.

"Balas", Hogan explicou, enfiando a mão no bolso da calça. "Cerca de um milheiro. O suficiente para garantir a animação de várias raves." As pílulas de ecstasy estavam guardadas em uma dúzia de sacos plásticos azuis transparentes, do tipo usado para guardar comida no congelador. Hogan despejou um pouco na palma da mão. "Valem de oito a dez mil libras, no varejo." As pílulas eram esverdeadas, com metade do tamanho dos analgésicos que Rebus tomara naquela manhã. "E um pouco de cocaína, também", Hogan prosseguiu, dirigindo-se a Rebus. "No valor de mil libras, talvez para uso pessoal."

"Encontramos vestígios de cocaína no apartamento dele, certo?", Siobhan perguntou.

"Isso mesmo."

"E onde estavam as drogas?", Rebus perguntou.

"Dentro de um armário, no convés inferior", Hogan explicou. "Guardadas, mas não escondidas."

"Quem encontrou?"

"Nós."

Rebus voltou-se para o lado de onde viera a voz. Whiteread caminhava pela ponte estreita que ligava o iate ao cais, tendo um Simms de ar presunçoso nos seus calcanhares. Ela esfregou as mãos para remover a poeira, ostensivamente.

"O resto do barco está limpo, mas seu pessoal pode conferir, se for o caso."

Hogan a encarou. "Pode deixar, vamos examinar tudo."

Rebus parou na frente dos investigadores do exército. Whiteread fixou os olhos nele.

"Vocês parecem muito satisfeitos", Rebus disse. "Foi por encontrarem as drogas ou por passar a perna na gente?"

"Se tivesse feito seu serviço direito, inspetor Rebus..." Whiteread deixou a frase no ar, para que Rebus a completasse a seu gosto.

"Eu me pergunto o motivo."

Whiteread mordeu o lábio. "Localizamos os registros no escritório dele. Depois, foi só interrogar o responsável pela marina."

"Revistaram o iate?" Rebus olhava para o barco. Parecia velho e gasto. "Por conta própria, ou seguiram o procedimento-padrão?" O sorriso de Whiteread sumiu. Rebus voltou sua atenção para Hogan. "Problema de jurisdição, Bobby. Você deveria se perguntar por que eles se adiantaram, realizando a busca antes de chamar você." E apontou para os dois investigadores. "Eu confio neles tanto quanto num junkie para cuidar do laboratório."

"Quem lhe deu o direito de dizer isso?" Simms sorria, mas só com a boca. Ele examinou Rebus de alto a baixo. "E olha o roto falando do rasgado. Nós não estamos sendo investigados por..."

"Já chega, Gavin!", Whiteread sibilou. O rapaz se calou. A marina inteira pareceu silenciar de repente.

"Isso não vai nos ajudar em nada", Bobby Hogan disse. "Vamos mandar o material para análise..."

"Eu sei muito bem quem precisa de análise", Simms resmungou.

"... e, enquanto isso, vamos refletir juntos para entender o que isso representa, em termos do inquérito. Tudo bem com vocês?" Whiteread fez que sim, aparentemente satisfeita. Mas fixou o olhar em Rebus, num desafio. Ele a encarou também, sabendo que sua postura era inconfundível.

Não confio em você...

Eles seguiram para a Port Edgar Academy num comboio de carros. Havia alguns curiosos e equipes de reportagem do lado de fora, e nenhum policial para impedir a entrada de curiosos. A cabine não dava mais conta do recado, e finalmente alguém resolvera requisitar uma das salas de aula do prédio da escola. A escola só reabriria dentro de alguns dias; de todo modo, a cena do crime permaneceria trancada, sem uso. Eles se reuniram em torno das mesas que os alunos normalmente usavam para ter aula de geografia. Havia mapas nas paredes, gráficos de precipitação pluviométrica, fotos de tribos, choças e iglus. Alguns membros da equipe preferiram permanecer em pé, com as pernas ligeiramente afastadas e braços cruzados. Bobby Hogan parou na frente do quadro-negro imaculado. A seu lado havia um quadro de avisos com uma única expressão: "Lição de Casa", seguida de pontos de exclamação.

"Serviria para nós", Hogan disse, tocando no quadro. "Graças a seus amigos das forças armadas aqui presentes...", e apontou para Whiteread e Simms, que preferiram ficar perto da porta, "o caso mudou de rumo, ligeiramente. Um iate oceânico e um belo lote de drogas. O que deduzimos a partir disso?"

"Tráfico, senhor", uma voz se ergueu.

"Seria bom acrescentar um dado...", um sujeito disse, no fundo da sala: Alfândega. "A maior parte do ecstasy que entra na Inglaterra vem da Holanda."

"Portanto, precisamos investigar os registros de saída de Herdman", Hogan declarou. "Para saber por onde ele andava."

"Os registros podem ser adulterados, claro", prosseguiu o agente aduaneiro.

"Precisamos consultar também o pessoal de Entorpecentes, para levantar o cenário atual do tráfico de ecstasy."

"Temos certeza de que é bala?", uma voz se ergueu.

"Com certeza não são pílulas contra enjôo." Risos forçados se seguiram ao comentário.

"Senhor, isso significa que o caso será transferido para o setor de Entorpecentes e Crimes Capitais?"

"Ainda não posso responder. Precisamos nos concentrar na investigação em curso." Hogan olhou em volta para se certificar da atenção de todos. A única pessoa que não olhava para ele era John Rebus, notou. Rebus fixara a vista nas duas pessoas à porta, com as sobrancelhas contraídas, pensativo. "Precisamos também passar um pente fino naquele iate, ver se deixamos escapar alguma coisa." Hogan viu que Whiteread e Simms trocavam olhares. "Muito bem, alguma pergunta?", disse. Surgiram algumas, que ele respondeu rapidamente. Um policial quis saber quanto custava um barco como o de Herdman. A resposta já fora dada pelo encarregado da marina: para um iate de quarenta pés, seis lugares, o custo aproximado era de sessenta mil libras. De segunda mão.

"O dinheiro não saiu da pensão dele, isso eu garanto", Whiteread comentou.

"Já estamos examinando as contas bancárias e investimentos de Herdman", Hogan informou aos presentes, olhando novamente na direção de Rebus.

"Você se importa se formos incluídos no grupo de busca no iate?", Whiteread perguntou. Hogan não conseguiu pensar numa razão para recusar, e deu de ombros. Quando a reunião acabou, viu Rebus a seu lado.

"Bobby", Rebus disse num murmúrio, "aquelas drogas podem ter sido plantadas."

Hogan arregalou os olhos. "Com que objetivo?"

"Não sei. Mas não confio..."

"Você já deixou isso muito claro."

"Tudo começa a se encaixar. Isso dá a Whiteread e seu secretário uma desculpa para continuar rondando."

"Não concordo."

"Você se esquece de que já lidei com essa laia."

"E não guardou nenhum ressentimento?" Hogan tentava manter a voz baixa.

"Não é nada disso."

"Então, o que é?"

"Um ex-militar perde a cabeça, e a última pessoa que

você vê na área é a turma dele. Odeiam publicidade." Os dois chegaram ao corredor. Nem sinal da dupla do exército. "Além disso, eles não querem levar a culpa. Por isso, mantêm distância."

"E?"

"E a Dupla Dinâmica grudou no caso feito chiclete na sola do sapato. Tem alguma coisa estranha."

"O quê?" Apesar do esforço, Hogan erguera a voz. As pessoas olhavam para eles. "Onde Herdman arranjou dinheiro para comprar o iate?"

Rebus deu de ombros. "Me faça um favor, Bobby. Consiga o prontuário de Herdman no exército." Hogan o contemplou. "Aposto que Whiteread possui uma cópia. Você poderia pedir para vê-la. Diga que ficou curioso. Talvez ela mostre."

"Tenha dó, John..."

"Quer descobrir o que levou Herdman a fazer aquilo? Foi para isso que me chamou, salvo engano." Rebus olhou em torno para garantir que ninguém os escutava. "Quando eu os vi pela primeira vez estavam fuçando no abrigo de barco de Herdman. Em seguida, vasculharam seu iate. Agora querem voltar lá. Devem estar procurando alguma coisa."

"O quê?"

Rebus balançou a cabeça. "Não sei ainda."

"John... o pessoal da Corregedoria vai pegar pesado no seu pé..."

"E daí?"

"Então, pensei que você poderia estar... sei lá..."

"Você acha que eu estou delirando?"

"Você está sendo muito pressionado."

"Bobby, ou você confia que estou apto a fazer o serviço, ou me dispensa." Rebus cruzou os braços. "Como é que fica?" O celular de Rebus tocou de novo.

"Não vai atender?" Rebus fez que não. Bobby Hogan suspirou. "Tudo bem, vou falar com Whiteread."

"Não mencione meu nome. E não demonstre ansiedade para examinar a ficha dele. Você ficou curioso, mais nada."

"Apenas curioso", Hogan repetiu.

Rebus piscou para ele e se afastou. Siobhan o aguardava na entrada da escola.

"Vamos conversar com James Bell?", ela quis saber.

Rebus confirmou. "Mas primeiro vamos ver se você é uma boa detetive, sargento detetive Clarke."

"Creio que nós dois sabemos a resposta."

"Muito bem, então, espertinha. Você é do exército, alto escalão, e foi enviada de Hereford a Edimburgo, para passar uma semana. Onde se hospedaria?"

Siobhan pensou a respeito enquanto se acomodava no carro. Ao enfiar a chave no contato, dirigiu-se a Rebus: "Quartel de Redford, talvez? Ou no castelo: há uma guarnição lá, certo?".

Rebus balançou a cabeça. Eram respostas adequadas. Mas não corretas, em sua opinião. "Whiteread deve gostar de conforto. Além disso, ia querer estar perto do local da ocorrência."

"Tem razão. Um hotel local, portanto..."

Rebus concordou. "Cheguei a essa conclusão. Um hotel ou pousada turística." Ele mordiscou o lábio inferior.

"O Boatman's tem alguns quartos, não é?"

Rebus fez que sim, lentamente. "Vamos começar por ali."

"Posso saber o motivo?"

Rebus fez que não. "Quanto menos você souber, melhor — confie em mim."

"Você não acha que já tem problemas demais?"

"Sempre cabe mais um." Tentou tranqüilizá-la piscando o olho, mas Siobhan não se convenceu.

O Boatman's ainda não abrira, mas quando o barman viu Siobhan, permitiu que entrassem.

"Oi. Você é o Rod, né?", Siobhan disse. Rod McAllister sorriu. "Este é meu colega, inspetor Rebus."

"Prazer", McAllister disse.

"Rod conhecia Lee Herdman", Siobhan lembrou a Rebus.

"Ele vendeu algum ecstasy para você?", Rebus perguntou.

"Como é?"

Rebus só balançou a cabeça. Ao entrarem no bar, respirou fundo. A cerveja e o cigarro da noite anterior sobreviveram ao perfume do lustra-móveis. McAllister cuidava da contabilidade, havia uma pilha de papéis sobre o balcão. Ele coçava o peito, com a mão enfiada por baixo da camiseta folgada. A camiseta estava muito desbotada, e a costura se rompera num dos ombros.

"Você é fã do Hawkwind?", Siobhan perguntou. McAllister baixou os olhos para a frente da camiseta. O desenho meio apagado mostrava a capa de *In search of space*. "Não queremos incomodar", Siobhan prosseguiu. "Só precisamos saber se tem hóspedes..."

Rebus forneceu os nomes, mas segundo McAllister não estavam hospedados lá. Ele ignorou Rebus, concentrando a atenção em Siobhan.

"Você conhece outros locais na cidade que poderiam receber visitantes?", Siobhan perguntou.

McAllister coçou a barbicha, fazendo com que Rebus se lembrasse da barba feita naquela manhã, um fracasso.

"Conheço alguns", McAllister admitiu. "Vocês disseram que alguém poderia passar aqui, fazendo perguntas sobre Lee..."

"Dissemos?"

"Bom, não apareceu ninguém."

"Você tem idéia do motivo que o levou a fazer aquilo?", Rebus perguntou abruptamente. McAllister negou com um movimento da cabeça. "Então vamos nos concentrar nos endereços, pode ser?"

"Endereços?"

"Dos hotéis e pousadas..."

McAllister entendeu. Siobhan pegou o bloco de anotações e ele passou a recitar os nomes. Indicou meia dú-

260

zia e disse que era tudo. "Posso ter esquecido algum", admitiu, dando de ombros.

"Já dá para começar", Rebus disse. "Vamos deixá-lo prosseguir com suas importantes tarefas, senhor McAllister."

"Certo... obrigado." McAllister os cumprimentou com um aceno e abriu a porta para Siobhan. Lá fora, ela consultou o bloco.

"Isso pode levar o dia inteiro."

"Só se quisermos", Rebus disse. "Parece que você arranjou um admirador."

Ela olhou na direção da janela do hotel e viu o rosto de McAllister. Ele recuou, virando de costas. "Até que não é ruim. Imagine, nunca mais em sua vida precisaria pagar para beber..."

"Seu grande sonho..."

"Golpe baixo. Pago a minha parte."

"Até parece." Ela mostrou o bloco. "Tem um jeito mais fácil, sabia?"

"Qual é?"

"Pergunte a Bobby Hogan. Ele deve saber onde eles estão hospedados."

Rebus fez que não. "É melhor deixa Bobby fora disso."

"Por que será que essa história está me dando calafrios?"

"Vamos voltar ao carro para você poder telefonar."

Assim que entrou no carro ela perguntou: "Um iate de sessenta mil libras — de onde saiu o dinheiro?".

"Drogas, obviamente."

"Você acredita nisso?"

"Acredito que querem que a gente pense assim. Mas nada do que sabemos a respeito de Herdman indica que ele era um traficante da pesada."

"Exceto sua atração irresistível por adolescentes entediados."

"Eles não lhe ensinaram nada na faculdade?"

"Como assim?"

"Não tirar conclusões precipitadas."

261

"Esqueci — isso é exclusivo do seu departamento."

"Outro golpe abaixo da cintura. Cuidado, senão o juiz vai puni-la."

Ela o encarou. "Você sabe de alguma coisa, não é?"

Ele manteve os olhos firmes e balançou a cabeça lentamente. "Só depois que você der os telefonemas..."

13

Deram sorte: o terceiro endereço era de um hotel próximo do centro, com vista para a Road Bridge. Ventava no estacionamento deserto. Dois telescópios solitários aguardavam a chegada dos turistas. Rebus tentou um deles mas não viu nada.

"Você não colocou a moeda", Siobhan explicou, apontando para a fenda. Rebus desistiu e seguiu para a recepção.

"É melhor você esperar aqui fora", ele alertou.

"E perder o melhor da festa?" Ela o acompanhou, tentando disfarçar a preocupação. Ele continuava sob o efeito de analgésicos, e procurando encrenca. Péssima combinação. Ela o vira deixar as regras de lado antes, mas antes ele sabia o que estava fazendo. Agora tinha mãos rosadas cobertas de bolhas, a Corregedoria o investigava pelo possível envolvimento num assassinato... Havia uma recepcionista na entrada.

"Bom dia", a moça os cumprimentou, animada.

Rebus mostrou a identificação. "Polícia de Lothian e Borders", disse. "Há uma senhora Whiteread hospedada aqui."

Os dedos digitaram o nome no teclado do computador. "Isso mesmo."

Rebus debruçou-se sobre o balcão. "Preciso entrar no quarto dela."

A recepcionista se assustou. "Eu não..."

"Se não tem autoridade para permitir que eu entre, poderia chamar alguém que possa fazer isso?"

"Não sei se..."

"Ou então você pode nos poupar o esforço e emprestar a chave por um minuto."

A moça ficou mais corada ainda. "Preciso falar com a gerente."

"Faça isso logo, então." Rebus prendeu as mãos nas costas, como se estivesse impaciente. A recepcionista pegou o telefone, tentou alguns números, mas não achou quem procurava. O elevador chegou, as portas se abriram. Uma faxineira desceu, portando espanador e aerossol. A recepcionista desistiu do telefone.

"Terei de procurá-la." Rebus bufou e consultou o relógio. Depois olhou fixo para a recepcionista, que sumiu atrás da porta de vaivém. Ele se debruçou sobre o balcão de novo, e desta vez virou a tela do computador, para poder ver o que havia nela.

"Quarto 212", disse a Siobhan. "Você vai ficar aqui?"

Ela fez que não e o seguiu até o elevador. Ele apertou o botão do segundo andar. A porta se fechou com um baque seco, áspero.

"E se Whiteread voltar?", Siobhan perguntou.

"Ela está ocupada, dando busca no iate." Rebus olhou para Siobhan e sorriu. A campainha soou e a porta se abriu. Como Rebus esperava, a equipe de faxina ainda estava limpando aquele andar: viu dois carrinhos estacionados no corredor. Uma pilha de lençóis e toalhas, prontos para descer para a lavanderia. Ele preparara uma história: esquecera-se de algo... a chave estava na recepção... poderia fazer a gentileza de abrir a porta para mim? Se não funcionasse, cinco ou dez libras poderiam ajudar. Mas teve sorte: a porta do 212 estava escancarada. A faxineira limpava o banheiro. Ele enfiou a cara no vão da porta.

"Precisei voltar para pegar umas coisas", disse. "Pode continuar seu serviço." E examinou o quarto. A cama fora arrumada. Os itens pessoais estavam na mesa-de-cabeceira. As roupas, no guarda-roupa estreito. A mala de Whiteread, vazia.

"Ela provavelmente leva tudo consigo", Siobhan disse. "E mantém no carro."

Rebus não lhe deu atenção. Olhou sob a cama, abriu as gavetas de roupa e do criado-mudo, onde havia uma bíblia dos Gideões.

"Como no Rocky Raccoon",* ele resmungou com seus botões. E se empertigou. Não havia nada lá. Não vira nada no banheiro, tampouco, quando espiara pelo vão da porta. Agora, porém, fitava outra porta... de ligação. Girou a maçaneta e ela se abriu, dando para outra porta, esta sem maçaneta. Pouco importava: já estava aberta alguns centímetros. Rebus a empurrou e entrou no quarto adjacente. Roupas jogadas em cima das cadeiras. Revistas na mesa-de-cabeceira. Gravatas e meias meio para fora de uma sacola grande, tipo esportiva.

"O quarto de Simms", Rebus comentou. E, sobre a penteadeira, um envelope pardo. Rebus o virou e viu as palavras CONFIDENCIAL E PESSOAL. Leu o nome LEE HERDMAN. O conceito de segurança de Simms: deixar com o nome para baixo, assim ninguém saberia de quem era.

"Quer ler a ficha aqui?", Siobhan perguntou. Rebus negou com a cabeça: havia quarenta a cinqüenta páginas.

"Será que a recepcionista tiraria uma cópia para nós?"

"Tenho uma idéia melhor." Siobhan ergueu a pasta. "Na recepção eu vi um anúncio da suíte business. Aposto que lá tem copiadora."

"Então vamos lá." Mas Siobhan balançava a cabeça.

"Um de nós permanece aqui. A última coisa que queremos é encontrar o quarto trancado, quando a faxineira for embora."

Rebus concordou com a proposta, razoável. Siobhan levou a pasta enquanto Rebus seguia examinando o quarto de Simms. Revistas masculinas óbvias: *FHM, Loaded, GQ.* Nada sob o travesseiro ou o colchão. Nenhuma

---

(*) Na canção "Rocky Raccoon", dos Beatles, há menção à bíblia dos Gideões, que pode ser encontrada em muitos hotéis. (N. T.)

das roupas de Simms chegara até a cômoda, embora houvesse camisas e ternos pendurados no guarda-roupa. Quartos interligados... ele não sabia o que pensar a respeito, se é que havia algo. A porta de Whiteread estava fechada, portanto Simms não podia entrar no quarto dela. Mas Simms deixara a dele entreaberta, apenas alguns centímetros... um convite para compartilhar sua cama? No banheiro: pasta de dente e escova elétrica. Ele usava seu próprio xampu, anticaspa. Barbeador de lâmina dupla e uma lata de creme de barbear. De volta ao quarto, Rebus estudou mais de perto a sacola de viagem. Cinco pares de meias e cinco cuecas. Duas camisas penduradas, mais duas nas cadeiras. Total, cinco camisas. Roupas para uma semana. Simms saíra para uma viagem de cinco dias. Rebus ponderou o fato. Um ex-soldado sai disparando contra estudantes, o exército manda dois investigadores para garantir que nada remeta ao passado do matador. Por que mandaram duas pessoas? E por que precisavam de uma semana no local? Que tipo de gente enviariam? Psicólogos, quem sabe, para avaliar o estado de espírito do assassino. Nem Whiteread nem Simms davam indicações de treinamento em psicologia. Tampouco se mostravam interessados pelo estado de espírito de Herdman.

Eram caçadores, talvez caçadores-coletores, disso Rebus já se convencera.

Bateram na porta de leve. Rebus espiou pelo olho-mágico: Siobhan. Ela entrou e pôs a pasta de novo em cima da mesa.

"Páginas em ordem?", Rebus perguntou.

"Tudo em perfeito estado." Ela havia guardado as cópias num envelope almofadado. "Podemos ir embora?"

Rebus fez que sim e a seguiu até a porta do quarto de Simms. Mas parou e voltou. A pasta estava virada para cima. Ele a virou para baixo, deu uma olhada final no quarto e saiu.

Eles sorriram ao passar pela recepcionista. Apenas sorrisos, nada de explicações.

"Você acha que ela vai contar a Whiteread?", Siobhan perguntou.

"Duvido muito." E deu de ombros, pois, mesmo que contasse, Whiteread não poderia fazer nada a respeito. Não haviam deixado nada no quarto, nem levado nada. Enquanto Siobhan seguia pela A90 na direção de Barton, Rebus consultava o arquivo copiado. A maior parte não servia para nada: diversos testes e avaliações; relatórios médicos; comentários de comitês de promoção. Anotações a lápis comentavam aptidões e fraquezas de Herdman. Sua competência física era questionada, mas a carreira seguia o roteiro normal: períodos de serviço na Irlanda do Norte, nas Falklands e no Oriente Médio; exercícios de treinamento no Reino Unido, Arábia Saudita, Finlândia e Alemanha. Rebus virou a página e deparou com uma folha em branco com as seguintes palavras datilografadas: REMOVIDO POR ORDEM SUPERIOR. No pé, uma assinatura e a data carimbada, quatro dias antes. Data dos crimes. Rebus virou a página e passou a ler o relatório dos últimos meses de Herdman no exército. Ele informara ao comando que não renovaria o contrato — a cópia da carta fora anexada ao material. Fizeram várias tentativas de convencê-lo a se realistar, sem êxito. Depois disso o prontuário apresentava apenas formulários e outros documentos burocráticos. Os eventos seguiram seu curso.

"Viu isso?", Rebus disse, apontando para as palavras REMOVIDO POR ORDEM SUPERIOR.

Siobhan fez que sim. "O que significa?"

"Que removeram algum documento, agora provavelmente está trancado em algum cofre na sede do SAS."

"Informação sensível? Contra-indicada para os olhos de Whiteread e Simms?"

Rebus pensou um pouco. "Talvez." E voltou uma página, concentrando-se nos parágrafos finais. Sete meses antes de sair do SAS Herdman participara de uma "equipe de resgate" em Jura. Na primeira espiada Rebus lera a palavra Jura e imaginara que se referia a um exercício. Jura era uma ilha estreita na costa oeste. Isolada, formada por montanhas e uma única estradinha. Rebus treinara lá no tempo do exército. Longas caminhadas nos charcos alternadas com escaladas de montanha. Ele se lembrava do apelido dos montes: "Tetas de Jura". E da travessia de barco até Islay, no final do treinamento, quando todos visitaram uma destilaria lá.

Mas Herdman não fora lá para um exercício. Participara de uma "equipe de resgate". O que havia para resgatar, exatamente?

"Alguma novidade?", Siobhan perguntou, freando com força quando a pista dupla acabou. Adiante deles estendia-se um engarrafamento, até a rotatória de Barnton.

"Não sei bem", Rebus admitiu. Tampouco sabia como lidar com o envolvimento de Siobhan naquele subterfúgio irregular. Ela deveria ter ficado no quarto de Simms. Assim, o pessoal da suíte business se lembraria do rosto dele. Daria sua descrição a Whiteread, caso ela desconfiasse de algo e fizesse perguntas...

"Valeu a pena, na sua opinião?"

Ele deu de ombros e continuou pensativo quando chegaram à rotatória e pegaram à esquerda. Ela entrou no acesso para carros de uma casa e parou. "Onde estamos?", ele perguntou.

"Residência de James Bell", ela disse. "Lembra-se? Íamos falar com ele."

Rebus só balançou a cabeça.

A casa era moderna, isolada dos quatro lados, com janelas pequenas e paredes texturizadas. Siobhan apertou a campainha e esperou. A porta foi aberta por uma mulher miúda, bem conservada, com aproximadamente cinqüenta anos, olhos azuis incisivos e cabelo preso com uma fita de veludo preto.

"Senhora Bell? Sou a sargento detetive Clarke, e este é o inspetor Rebus. Gostaríamos de conversar com James."

Felicity Bell examinou as duas identidades e recuou um passo para que entrassem. "Jack não está em casa", disse com voz desprovida de energia.

"Queremos conversar com seu filho", Siobhan explicou, baixando a voz por medo de assustar a criatura pequena e frágil.

"Mesmo assim..." A sra. Bell olhou para os lados, desnorteada. Ela os conduziu até a sala de estar. Numa tentativa de acalmá-la, Rebus pegou uma foto da família, numa prateleira.

"A senhora tem três filhos, senhora Bell?", perguntou. Ela viu que ele estava segurando a fotografia, aproximou-se para tomá-la e a devolveu ao lugar exato de onde fora removida.

"James é o mais novo", explicou. "Os outros já se casaram... saíram de casa." Ela fez um gesto vago com a mão.

"O tiroteio deve ter sido um choque terrível", Siobhan disse.

"Terrível, terrível." O olhar aturdido voltou.

"A senhora trabalha no Traverse, não é?", Rebus perguntou.

"Exato." Ela não parecia surpresa por ele saber disso. "Uma nova peça acabou de estrear... na verdade, eu deveria estar lá, ajudando. Mas preciso ficar aqui, entende?"

"Qual é a peça?"

"Uma versão de *The wind in the willows*... algum de vocês tem filhos?"*

Siobhan negou com um gesto. Rebus explicou que sua filha passara da idade.

"Nunca passam da idade, nunca", Felicity Bell disse, com voz trêmula.

"Então a senhora precisa ficar em casa para cuidar de James", Rebus disse.

(*) *O vento no salgueiro*, livro infantil de Kenneth Grahame, publicado em 1908. Clássica história infantil adaptada para cinema, teatro e desenho animado. Apresenta os personagens Mr. Toad, Mole, Ratty, Badger. (N. T.)

"Isso mesmo."

"Ele está lá em cima?"

"Sim, no quarto dele, em cima."

"A senhora acha que ele pode nos receber por alguns minutos?"

"Bem... não sei..." A mão da sra. Bell tocou no pulso quando Rebus falou em minutos. Ela decidiu consultar o relógio. "Nossa, já está quase na hora do almoço..." Ela fez menção de sair da sala, talvez para ir à cozinha, mas pareceu se lembrar subitamente dos estranhos em sua casa. "Acho melhor chamar o Jack."

"Como quiser", Siobhan concedeu. Estudava uma foto do parlamentar, triunfante, na noite de sua eleição. "Seria ótimo conversar com ele."

A sra. Bell ergueu os olhos, que se fixaram em Siobhan, com as sobrancelhas contraídas. "Por que vocês precisam falar com ele?", disse com sotaque de classe alta de Edimburgo.

"Queremos falar com James", Rebus explicou, dando um passo à frente. "Ele está no quarto, certo?" Esperou até que ela confirmasse com um aceno. "No andar de cima?" Outro aceno. "Então vamos fazer o seguinte." Ele levou a mão até o braço fino e magro. "A senhora cuida do almoço enquanto nós subimos. Não precisa se preocupar."

A sra. Bell deu a impressão de que analisava cuidadosamente a oferta, e finalmente abriu um sorriso. "Então vamos fazer isso", ela disse, e saiu da sala. Rebus e Siobhan trocaram olhares e se acertaram. A mulher estava visivelmente confusa. Eles subiram a escada e chegaram ao quarto de James: os adesivos infantis da porta haviam sido raspados. Restaram só os ingressos para shows antigos, a maioria em cidades inglesas — Foo Fighters em Manchester; Rammstein em Londres; Puddle of Mudd em Newcastle. Rebus bateu na porta, mas ninguém respondeu. Ele girou a maçaneta e entrou. James Bell estava sentado na cama. Lençóis e colcha brancos, paredes

270

brancas sem enfeites. Carpete verde-claro semi-ocultado por tapetes. Livros enchendo a estante, computador, aparelho de som, televisão... CDs espalhados. Bell usava camiseta preta. Seus joelhos erguidos serviam de apoio a uma revista. Virava as páginas com uma das mãos, a outra fora imobilizada na altura do peito, por uma tipóia. Seu cabelo era curto e escuro, o rosto pálido, numa das faces havia uma verruga. Poucos sinais de rebeldia adolescente naquele quarto. Quando Rebus era adolescente, seu quarto parecia uma série de esconderijos: revistas debaixo do carpete (o colchão não servia — era virado esporadicamente), cigarros e fósforos atrás de uma das pernas do guarda-roupa. Uma faca sob os agasalhos, na gaveta de baixo da cômoda. Teve a impressão de que, se vasculhasse as gavetas do quarto, só encontraria roupas; debaixo do carpete, apenas a forração.

A música vazava pelo fone de ouvido usado por James Bell. Ele ainda não havia desviado os olhos da leitura. Rebus deduziu que o rapaz pensava que a mãe entrara no quarto e a ignorava deliberadamente. A semelhança facial entre filho e pai era notável. Rebus abaixou-se um pouco, virando o rosto, e James finalmente ergueu a vista, arregalando os olhos de surpresa. Tirou o fone de ouvido e desligou o som.

"Lamento interromper", Rebus disse. "Sua mãe disse que poderíamos subir."

"Quem são vocês?"

"Somos policiais, James. Gostaríamos que nos concedesse alguns minutos." Rebus, parado ao lado da cama, preocupava-se em não derrubar a garrafa grande de água a seus pés.

"O que houve?"

Rebus afastou a revista da cama. Era sobre coleções de armas. "Assunto interessante", disse.

"Estou tentando descobrir a arma que ele usou para atirar em mim."

Siobhan pegou a revista da mão de Rebus. "Compreendo seu sentimento", ela disse. "Quer saber tudo a respeito do que ocorreu lá?"

"Eu não tive chance de ver quase nada."

"Tem certeza, James?", Rebus perguntou. "Lee Herdman colecionava armas." Ele apontou para a revista, que Siobhan folheava. "Aquela revista era dele?"

"Como é?"

"Ele a emprestou para você? Soubemos que você o conhecia bem melhor do que deu a entender."

"Eu nunca disse que não o conhecia."

"'Mantivemos contatos sociais', foram suas palavras exatas, James. Ouvi a fita. Você deu a impressão de que topou com ele no pub, ou na banca de jornais.'" Rebus fez uma pausa. "Mas ele contou para você que era do SAS, e isso é bem mais do que um comentário gratuito, não acha? Talvez tenham conversado sobre isso numa das festas." Outra pausa. "Você costumava freqüentar as festas dele, certo?"

"De vez em quando. Ele era um sujeito interessante." James encarou Rebus. "Provavelmente falei isso na fita, também. Além disso, já contei tudo à polícia, disse que conhecia Lee muito bem, e que ia às festas dele... até que ele me mostrou a arma..."

Rebus estreitou os olhos. "Ele a mostrou a você?"

"Puxa vida, você não ouviu as fitas?"

Rebus não pôde evitar um olhar na direção de Siobhan. Fitas, no plural. Eles haviam escutado apenas uma. "E que arma era?"

"A que ele guardava na garagem do barco."

"Você achou que era de verdade?", Siobhan perguntou.

"Parecia ser."

"Havia mais alguém lá nesse dia?"

James balançou a cabeça, negativamente.

"Então você nunca viu a outra, a pistola?"

"Só quando ele atirou em mim com ela." O rapaz olhou para o ombro ferido.

"Em você e em mais dois", Rebus ressaltou. "Podemos dizer que ele não conhecia Anthony Jarvies e Derek Renshaw?"

"Que eu saiba, não."

"E você saiu vivo. Pura sorte, James?"

Os dedos de James tocaram no ferimento. "Andei pensando nisso", disse em voz baixa. "Talvez ele tenha me reconhecido no último momento..."

Siobhan pigarreou. "E você não andou pensando no motivo que o levou a fazer isso?"

James balançou a cabeça, mas não disse nada.

"Talvez ele tenha visto algo em você que não viu nos outros", Siobhan prosseguiu.

"Os dois eram muito ativos na força conjunta de cadetes, talvez tenha algo a ver com isso", James sugeriu.

"O que você quer dizer?"

"Bem... Lee serviu a vida inteira no exército... e eles o mandaram embora."

"Ele disse isso?", Rebus perguntou.

James fez que sim de novo. "Talvez tenha ficado ressentido. Disse que não conhecia Renshaw e Jarvies, mas isso não significa que ele não os tenha visto por aí... talvez de farda. Pode ter... provocado o surto psicótico?" Ele ergueu os olhos e sorriu. "Acho melhor eu deixar a psicologia barata para os psicólogos baratos."

"Você está nos ajudando bastante", Siobhan disse, não por acreditar nisso, mas por considerar que o rapaz esperava algum elogio.

"O problema, James", Rebus disse, "é que gostaríamos de saber por que ele deixou você viver. Talvez assim possamos compreender por que os outros tiveram de morrer, entende?"

James ficou pensativo. "Será que isso importa, no final das contas?"

"Acreditamos que sim." Rebus se levantou. "Quem mais freqüentava as festas, James?"

"Quer saber os nomes?"

"Exato."

"Não eram sempre as mesmas pessoas."

"Teri Cotter?", Rebus sugeriu.

"Sim, ela ia às vezes. Sempre levava uns góticos."

"Você não é gótico, James?", Siobhan perguntou.

Ele soltou uma risada curta. "Tenho cara de gótico?"

Ela deu de ombros. "Pela música que ouve..."

"É apenas rock, só isso."

Ela levantou o aparelho preso ao fone de ouvido. "Tocador de MP3", comentou, soando impressionada. "E quanto a Douglas Brimson, alguma vez você o viu nas festas?"

"Ele é o piloto de avião?" Siobhan fez que sim. "Conversei com ele uma vez." James fez uma pausa. "Olha, não eram exatamente festas, não eram organizadas. As pessoas passavam por lá para tomar alguma coisa..."

"E tomar drogas?"

"De vez em quando", James admitiu.

"Anfetamina? Cocaína? Ecstasy?"

O adolescente fez um muxoxo. "Um baseado e olhe lá."

"Nada mais pesado?"

"Não."

Bateram na porta. Era a sra. Bell. Ela olhou para os dois visitantes como se tivesse esquecido deles. "Ah", disse, confusa por um momento. Depois: "Preparei sanduíches, James. O que você quer beber?".

"Não estou com fome."

"Mas está na hora do almoço."

"Quer que eu vomite, mamãe?"

"Não... claro que não."

"Quando eu sentir fome aviso." Sua voz era firme, mas não por raiva, Rebus pensou, e sim por constrangimento. "Mas eu quero um café com pouco leite."

"Está bem", a mãe respondeu. E, para Rebus: "Gostaria de...?".

"Já estamos de saída. De todo modo, muito obrigado, senhora Bell."

Ela balançou a cabeça, parou por um instante, como

se tivesse esquecido o que ia fazer em seguida, deu meia-volta e saiu sem que seus pés fizessem barulho no carpete.

"Sua mãe está bem?", Rebus perguntou.

"Você é cego?" James mudou de posição. "Uma vida inteira com meu pai... não admira."

"Você não se dá bem com seu pai?"

"Não muito."

"Sabe que ele iniciou um abaixo-assinado?"

James fechou a cara. "Até parece que adianta alguma coisa." Ele passou um momento em silêncio. "Foi Teri Cotter?"

"Como é?"

"Foi ela que contou que eu ia ao apartamento de Lee?" Os policiais não responderam. "Ela seria bem capaz, mesmo." Ele se ajeitou outra vez, como se procurasse uma posição mais confortável.

"Quer auxílio?", Siobhan ofereceu.

James recusou. "Acho que vou tomar outro analgésico." Siobhan os pegou do outro lado da cama, numa cartela prateada sobre o tabuleiro de xadrez. Deu a ele dois comprimidos, que ele engoliu tomando água.

"Só mais uma pergunta", Rebus disse. "Depois vamos embora."

"Qual é?"

Rebus apontou para a cartela de medicamento. "Pode me ceder alguns? Os meus acabaram..."

Siobhan tinha uma garrafa de refrigerante Irn-Bru no carro. Rebus tomou um gole após cada comprimido.

"Cuidado para não viciar", Siobhan disse.

"Como você avalia nossa conversa?", Rebus mudou de assunto.

"Ele pode ter razão. Força conjunta de cadetes... rapazes correndo por aí de farda."

"Ele também disse que Herdman foi expulso do exército. Não corresponde à verdade, a julgar pelo arquivo que vimos."

"E daí?"

"Ou Herdman mentiu ou James inventou isso."

"Chegado a fantasias?"

"É o jeito, num quarto daqueles."

"Sem dúvida era... limpo." Siobhan ligou o carro. "Viu o que ele disse a respeito de Miss Teri?"

"E tinha razão: foi ela quem nos contou."

"Sim, mas ele disse outra coisa..."

"O quê?"

Ela engatou a marcha para sair. "Foi mais o modo como ele falou... sabe aquela velha história de quem desdenha quer comprar?"

"Fingindo que não gosta dela para esconder que gosta muito?" Siobhan fez que sim. "Então ele sabe a respeito do site dela."

"Não sei", Siobhan disse, terminando de manobrar.

"Você deveria ter perguntado a ele."

"O que é isso?", Siobhan perguntou, olhando através do pára-brisa. Uma viatura policial, com a luz azul a piscar, bloqueava a saída. Quando Siobhan freou a porta de trás da viatura se abriu e um sujeito de terno cinza desceu. Era alto, sua cabeça calva brilhava sobre os olhos grandes, de pálpebras pesadas. Ele estendeu a mão e parou, com os pés meio afastados.

"Não se preocupe", Rebus disse a Siobhan. "É meu encontro do meio-dia."

"Que encontro?"

"Aquele que eu não consegui marcar", Rebus disse a ela, abrindo a porta para descer. Antes, inclinou-se um pouco. "Com meu carrasco pessoal."

14

O careca se chamava Mullen. Era do Setor de Conduta Profissional da Corregedoria. De perto sua pele era meio escamosa, Rebus pensou, meio parecida com suas mãos cheias de bolhas. Os lobos avantajados provavelmente lhe renderam apelidos tipo "Dumbo" na escola. Contudo, foram suas unhas que fascinaram Rebus: rosadas, reluzentes, lisinhas, exibiam um mínimo de cutícula esbranquiçada. Eram quase perfeitas. Durante a entrevista de uma hora Rebus ficou tentado mais de uma vez a introduzir uma questão sua, e perguntar se Mullen freqüentava manicure.

Mas, na verdade, sua única atitude foi perguntar se podia tomar um drinque. O retrogosto dos sedativos de James Bell não saía de sua boca. As pílulas funcionaram bem — muito melhor que os medicamentos vagabundos que lhe foram receitados. Rebus se sentia em paz com o mundo. Nem se importou que o chefe de polícia adjunto Colin Carswell, cabelinho bem cortado e água-de-colônia, acompanhasse o interrogatório. Carswell o odiava, mas Rebus não podia culpá-lo. Muita encrenca entre eles, ao longo do tempo. Estavam numa sala da Central de Polícia na Fettes Avenue, e chegou a vez de Carswell partir para o ataque.

"E que diabo você andou fazendo ontem à noite?"

"Ontem à noite, senhor?"

"Com Jack Bell e um diretor de tevê. Os dois exigem desculpas." E apontou o dedo para Rebus. "E você vai fazer isso pessoalmente."

"O senhor não prefere que eu tire a calça e me abaixe, de costas para eles?"

O rosto de Carswell quase inchou de tanta raiva.

"Vamos repassar o caso, inspetor Rebus", Mullen o interrompeu. "Parece que sempre voltamos ao problema do que esperava o senhor conseguir ao acompanhar um criminoso notório até a casa dele para ingestão de bebidas alcoólicas."

"A bebida ia sair de graça."

Carswell sibilou de leve. Cruzava e descruzava as pernas, fazia o mesmo com os braços, dúzias de vezes, durante a entrevista.

"Desconfio que o motivo para a visita ia além disso."

Rebus deu de ombros. Não podia fumar, então brincava com o maço meio vazio, abrindo e fechando a tampa, fazendo com que deslizasse no tampo da mesa com o dedo. Fazia isso pois percebera que irritava Carswell.

"A que horas o senhor saiu da casa de Fairstone?"

"Pouco antes do incêndio."

"Não poderia ser mais específico?"

Rebus balançou a cabeça. "Andei bebendo." Mais do que devia. Mais, muito mais. Desde então estava se comportando bem, tentando compensar.

"Então, algum tempo depois de sua saída", Mullen prosseguiu, "outra pessoa chegou — sem ser vista pelos vizinhos — e amarrou e amordaçou o senhor Fairstone, ligou a fritadeira e saiu?"

"Não necessariamente", Rebus sentiu a obrigação de dizer. "A fritadeira podia já estar ligada."

"O senhor Fairstone declarou que pretendia fritar batata?"

"Ele pode ter dito que estava com um pouco de fome... não me lembro bem." Rebus se endireitou na cadeira, sentindo as vértebras estalarem. "Entenda, senhor Mullen... percebo que o senhor dispõe de uma série de provas circunstanciais à sua frente..." Ele tocou no envelope pardo, parecido com o outro que encontrara sobre a mesa-de-cabeceira de Simms... "que lhe dizem ter sido eu a última pessoa a ver Martin Fairstone vivo." Ele fez uma pausa. "Mas é *só* isso que as provas indicam, concorda? E eu não estou negando os fatos." Rebus recuou e aguardou.

"Exceto pelo assassino", Mullen disse, tão baixo que parecia estar falando sozinho. "O que deveria ter dito era: 'Fui a última pessoa a vê-lo com vida, exceto pelo assassino'." Ele o encarou com os olhos pesados.

"Foi isso que eu quis dizer."

"Mas não foi o que disse, inspetor Rebus."

"Então peço que me desculpe. Não estou cem por cento..."

"Está tomando algum remédio?"

"Sim, analgésicos." Rebus levantou as mãos para mostrar o motivo a Mullen.

"E quando tomou a dose mais recente?"

"Sessenta segundos antes de encontrá-lo." Rebus arregalou os olhos de propósito. "Acho que eu deveria ter mencionado isso no começo..."

Mullen bateu com as duas mãos na mesa. "Claro que deveria!" Ele não estava mais falando sozinho. Derrubou a cadeira ao se levantar. Carswell também se ergueu.

"Não entendo..."

Mullen apoiou-se na mesa para desligar o gravador. "Não se pode interrogar uma pessoa que esteja sob o efeito de medicamentos que provocam efeitos psicológicos", explicou para efeito de registro. "Pensei que todos soubessem disso."

Carswell resmungou algo sobre ter esquecido, mas foi só. Mullen olhava furioso para Rebus, que piscou para ele.

"Vamos conversar novamente, inspetor."

"Assim que eu parar de tomar o remédio?", Rebus fingiu adivinhar.

"Preciso do nome de seu médico, para saber quando será." Mullen abriu a pasta com a caneta pronta para escrever na página vazia.

"Fui para a Royal Infirmary", Rebus disse, jovial. "Não me lembro do nome do médico."

"Então terei de descobrir." Mullen fechou a pasta.

"Nesse meio-tempo", Carswell intrometeu-se, "nem preciso lembrar que o senhor deve pedir desculpas, e que continua suspenso."

"Compreendo, senhor", Rebus disse.

"E isso nos leva à questão", Mullen falou pausadamente, "do que fazia em companhia de uma policial na casa de Jack Bell."

"Peguei uma carona, só isso. A sargento detetive Clarke precisava passar na casa dos Bell para falar com o filho." Rebus deu de ombros, enquanto Carswell sibilava novamente.

"Vamos chegar ao fundo disso, Rebus. Pode ter certeza."

"Não duvido nada, senhor", Rebus disse, e foi o último dos três a levantar. "Bem, agora preciso ir. Divirtam-se no fundo, quando chegarem lá..."

Siobhan, como ele supunha, o esperava no carro, do lado de fora. "Bem na hora", ela disse. O banco do carro estava cheio de sacolas de supermercado. "Eu esperei dez minutos para ver se ia contar a eles logo de cara."

"E depois resolveu fazer compras?"

"Achei um supermercado nesta rua. Ia perguntar se você queria jantar lá em casa esta noite."

"Depende do que acontecer durante o dia."

Ela concordou com um movimento da cabeça. "E quando surgiu a questão dos analgésicos?"

"Faz uns cinco minutos."

"Então você esperou bastante."

"Queria saber se havia alguma novidade."

"E descobriu algo?"

Ele fez que não. "Mas, pelo jeito, eles não a consideram suspeita de nada", informou.

"Eu? Suspeita? E por que deveriam?"

"Porque o sujeito andava perseguindo você... porque

qualquer policial conhece o truque da fritadeira." Ele deu de ombros.

"Mais uma dessas e o convite para jantar será cancelado." Ela manobrou para sair do estacionamento. "Próxima parada, Turnhouse?", ela perguntou.

"Você acha que preciso fugir no primeiro avião?"

"Vamos conversar com Doug Brimson."

Rebus fez que não. "Fale você com ele. Deixe-me em algum lugar, antes."

Ela o encarou. "Onde?"

"Qualquer ponto da George Street serve."

Ela não tirava os olhos dele. "Próximo demais do Oxford Bar. Muito suspeito."

"Não era o que eu tinha em mente, mas agora que você mencionou..."

"Bebida e analgésicos não combinam, John."

"Faz mais de uma hora que tomei o remédio. Além disso, fui suspenso. Posso me comportar mal."

Rebus esperava Steve Holly no salão dos fundos do Oxford Bar.

Era um dos menores pubs da cidade, apenas duas salas, nenhuma delas maior do que uma sala de casa da classe média. O salão da frente costumava ser movimentado, embora bastassem três pessoas para dar essa impressão. Na sala do fundo havia mesas e cadeiras, e Rebus se ajeitou no canto mais escuro, longe da janela. As paredes eram da mesma cor lúgubre amarelada de quando descobrira o local, trinta anos antes. O interior despojado e antigo afugentava novatos, mas Rebus duvidava que intimidasse o repórter. Ele telefonara para a redação do tablóide, em Edimburgo — a dez minutos de caminhada do bar. Sua fala fora curta: "Quero falar com você no Oxford Bar. Agora". Desligara antes que Holly pudesse iniciar uma conversa. Rebus sabia que ele ia aparecer. Viria por causa da matéria que fizera. Viria porque era seu trabalho.

Rebus ouviu a porta ser aberta e fechada. Não se preocupava com os ocupantes das outras mesas. Guardariam para si qualquer coisa que ouvissem. Ali era assim. Rebus tomou o que restava de sua cerveja. A força da mão aumentava. Conseguia erguer o copo com uma mão só, flexionar o pulso sem sentir uma dor insuportável. Evitava o uísque: Siobhan lhe dera um bom conselho, e pretendia segui-lo. Sabia que precisava da mente em plena forma. Steve Holly não aceitaria jogar pelas regras de Rebus.

Pés nos degraus, uma sombra precedeu a entrada de Holly na sala dos fundos. Ele examinou a penumbra da tarde, espremendo-se para passar por entre as cadeiras e chegar até a mesa. Levava o que parecia ser um copo de soda limonada, talvez com um pouco de vodca, por via das dúvidas. Permaneceu de pé após a leve mesura, até Rebus indicar que sentasse, com um gesto curto. Holly sentou e olhou para a direita e para a esquerda, desconfortável por ficar de costas para os outros freqüentadores do bar.

"Ninguém vai saltar das sombras e atacar você", Rebus garantiu.

"Calculo que eu deva lhe dar parabéns", Holly disse. "Você conseguiu atormentar Jack Bell."

"Notei que seu jornal apóia a campanha dele."

Holly mordiscou os lábios. "Isso não quer dizer que ele seja legal. Vocês deviam tê-lo posto em cana, quando o flagraram com a prostituta. Melhor ainda, deveriam ter telefonado para o meu jornal, teríamos ido lá e tirado fotos dele em flagrante delito. Já conheceu a esposa?" Rebus fez que sim. "Maluca", o repórter continuou. "Pelo que dizem, saiu do ar faz tempo."

"Mas o apóia."

"É o que as esposas dos políticos fazem, certo?", Holly disse, com ar de desprezo. Depois: "E a que devo esta honra? Decidiu contar o seu lado da história?".

"Preciso de um favor", Rebus disse, pondo as mãos enluvadas em cima da mesa.

"Um favor?" Rebus fez que sim. "Em troca de quê, exatamente?"

"Status de relacionamento especial."

"O que significa?" Holly levou o copo à boca.

"Significa que você será o primeiro a saber tudo que eu descobrir sobre o caso Herdman."

Holly fungou. Limpou o excesso de bebida da boca. "Você foi suspenso, pelo que me disseram."

"Isso não me impede de manter os olhos abertos."

"E o que você poderia revelar a respeito de Herdman que uma dúzia de outras fontes não soubesse?"

"Isso depende do tal favor. Sei de uma coisa que outros não sabem."

Holly bochechou um pouco antes de engolir a bebida. Estalou os lábios depois.

"Tentando me afastar da pista, Rebus? Você se encrencou feio com a história do Marty Fairstone. Todo mundo já sabe. E agora vem me pedir favores?" Ele riu, mas não havia senso de humor em seu olhar. "Você deveria me implorar para eu não ferrar com sua vida, isso sim."

"Você acha que teria coragem para tanto?", Rebus disse, terminando a cerveja. Empurrou o copo vazio na direção do jornalista. "Um *pint* de IPA, por favor." Holly o mirou e sorriu com metade da boca antes de se levantar e sair driblando as cadeiras. Rebus levantou o copo de soda limonada e cheirou: vodca, sem dúvida. Conseguiu acender um cigarro e o fumou até a metade, antes da volta de Holly.

"O barman é um encrenqueiro, não acha?"

"Talvez ele não tenha gostado do que você escreveu a meu respeito", Rebus explicou.

"Ele que vá à Comissão Oficial de Imprensa", Holly disse, passando a cerveja a Rebus. Trouxera outra vodca com soda limonada para si. "Mas não creio que pretenda fazer isso", acrescentou.

"Só porque você não vale a pena."

"E você ainda vem me pedir favores?"

"Um favor que você ainda não se deu ao trabalho de ouvir qual é."

"Sou todo ouvidos." Holly abriu os braços.

"Uma operação de resgate meio obscura", Rebus disse em voz baixa. "Realizada nos montes Jura, em junho de 95. Preciso saber o que procuravam."

"Resgate?" Holly franziu a testa, instintivamente interessado. "Um petroleiro? Algo no gênero?"

Rebus fez que não. "Em terra. O SAS foi acionado."

"Herdman?"

"Talvez esteja envolvido."

Holly mordeu o lábio de baixo, como se pretendesse tirar o anzol que Rebus prendera ali. "O que isso tem a ver com o resto?"

"Só saberemos quando dermos uma espiada."

"Se eu concordar, o que ganho com isso?"

"Como eu disse, prioridade na história." Rebus fez uma pausa. "E eu talvez tenha acesso à ficha de Herdman."

A sobrancelha de Holly se levantou perceptivelmente. "Algo de interessante nela?"

Rebus fez que não sabia. "A esta altura, não posso comentar nada." Fisgando o repórter... sabendo muito bem que pouco havia na ficha capaz de interessar ao leitor de tablóides. Mas como Steve Holly poderia saber disso?

"Bem, podemos fazer negócio, suponho." Holly levantou-se outra vez. "Nada como um dia depois do outro."

Rebus olhou para seu copo de cerveja, três quartos cheio. Holly nem começara a tomar sua segunda dose. "Para que a pressa?", perguntou.

"Você acha que passei aqui para ficar o dia com você?", Holly disse. "Rebus, não gosto de você, e principalmente não confio em suas promessas." Ele fez uma pausa. "Sem querer ofender."

"Tudo bem." Rebus se levantou para seguir o repórter até fora do bar.

"Só uma coisa que anda me incomodando", Holly disse.

"O que é?"

"Eu estava conversando com um sujeito e ele disse que poderia matar alguém com um jornal. Já ouviu falar nisso?"

Rebus fez que sim. "Uma revista é melhor, mas um jornal também resolve."

Holly olhou para ele. "E como funciona? Por sufocamento?"

Rebus negou com um gesto. "A gente enrola o jornal o máximo que puder, depois golpeia a garganta. Com bastante força, para esmagar a traquéia."

Holly o encarava. "Você aprendeu isso no exército?"

Rebus fez que sim. "Assim como a pessoa com quem você conversou."

"Foi em St. Leonard's... ele estava com uma mulher agressiva."

"O nome dela é Whiteread. O dele, Simms."

"Investigadores do exército?" Holly balançou a cabeça, como se agora tudo fizesse sentido. Rebus mal conteve um sorriso: pôr Holly na trilha de Whiteread e Simms era fundamental para seu plano.

Fora do pub, Rebus esperava que caminhassem na direção da redação do jornal, mas Holly virou à esquerda, e não à direita, apontando a chave para os carros estacionados na rua.

"Você veio de carro?", Rebus disse, enquanto o repórter destravava as portas de um Audi TT prateado.

"As pernas servem para dirigir", Holly respondeu. "Pode entrar."

Rebus acomodou-se no pouco espaço disponível, lembrando-se de que o Audi TT era o carro que o irmão de Teri Cotter dirigia na noite de sua morte, com Derek Renshaw sentado no banco do passageiro, o mesmo ocupado agora por Rebus... recordou-se das fotos do acidente, do corpo de Stuart Cotter feito boneca de pano... E viu

285

Holly enfiar a mão debaixo do banco e tirar um laptop preto pequeno. Ele o posicionou entre as pernas, abriu-o e segurou o telefone celular com uma das mãos, enquanto operava o teclado com a outra.

"Conexão em infravermelho", explicou. "A gente entra na rede no ato."

"E por que você está entrando na rede?" Rebus teve de afastar as súbitas lembranças da vigília noturna do site de Miss Teri, constrangido por ter se permitido que o atraíssem ao mundo dela.

"A maior parte do banco de dados do meu jornal está aqui. Basta eu informar a senha..." Holly apertou meia dúzia de teclas, Rebus tentou ver quais eram. "Não seja abelhudo, Rebus", alertou. "Temos um pouco de tudo, aqui: notícias, matérias que não foram publicadas, arquivos..."

"Lista dos policiais que recebem dinheiro em troca de informações?"

"Você acha que eu seria tão estúpido assim?"

"Não sei. Seria?"

"Quando as pessoas falam comigo, sabem que guardo segredo. Seus nomes vão comigo para o cemitério."

Holly concentrou a atenção na tela. Rebus concluiu que o equipamento era o mais avançado possível. A conexão foi imediata, e as páginas saltavam a um piscar de olhos. Em comparação, o laptop que Rebus conseguira emprestado era movido a carvão, como Pettifer comentara.

"Início da busca..." Holly falava sozinho. "Informamos mês e ano, além das palavras-chave Jura e resgate... e vamos ver o que Brainiac tem para nós." Ele acionou a última tecla e recostou o corpo, virando-se novamente para ver o quanto Rebus se impressionara. Rebus ficou muito impressionado, mas tentou não demonstrar.

A tela mudou de novo. "Dezessete itens", Holly disse. "Minha nossa. Claro, eu me recordo disso." Ele virou a tela e Rebus se debruçou um pouco, para ver também. De repente, Rebus também se lembrou do incidente, sem

286

relacioná-lo aos montes Jura. Um helicóptero do exército, meia dúzia de altos oficiais a bordo. Morreram no desastre, junto com o piloto, quando o helicóptero caiu. Na época, especulou-se que fora abatido. Regozijo em certos grupos da Irlanda do Norte — um grupo republicano dissidente assumiu a autoria. Mas, no final, a causa oficial do acidente foi "erro do piloto".

"Nenhuma menção ao SAS", Holly comentou.

Em vez disso, menção vaga a uma "expedição de resgate" ao local, para analisar os destroços e, mais importante, recuperar os corpos. Os restos do helicóptero seriam analisados, e os corpos sofreriam necropsia antes da liberação para enterro. Iniciaram um inquérito, sem previsão de encerramento.

"A família do piloto protestou", Holly disse, percorrendo as notícias até chegar ao resultado da investigação. Sua biografia ficou manchada pela conclusão: "erro do piloto".

"Volte", Rebus disse, irritado por Holly ler mais rápido que ele. Holly o atendeu e a tela anterior voltou.

"Quer dizer que Herdman participou do grupo de busca?", Holly comentou. "Faz sentido, o pessoal do exército prefere usar suas próprias equipes..." E se voltou para Rebus. "Mas, afinal, o que você pretende com tudo isso?"

Rebus não queria revelar mais nada, por isso disse que não tinha certeza.

"Então estou perdendo meu tempo aqui." Holly acionou outra tecla, escurecendo a tela. Em seguida, virou-se para encarar Rebus. "E daí que Herdman foi até Jura? Que diabos isso tem a ver com o ocorrido naquela escola? Por acaso você está apostando em estresse pós-traumático?"

"Não sei bem." Rebus insistiu. E olhou para o repórter. "Muito obrigado, de todo modo." E, abrindo a porta, começou a se levantar do banco baixo.

"É só isso?", fuzilou Holly. "Eu o ajudo e você vai embora?"

Rebus sentou novamente. "O que tenho é mais interessante, cara."

"Você não precisava de mim para fazer isso", Holly disse, olhando para o laptop. "Em minutos, com um programa de busca na internet, teria descoberto tudo."

Rebus fez que sim. "Ou eu poderia ter perguntado a Whiteread e Simms. Mas calculo que eles não seriam muito receptivos."

Holly piscou. "Por que não?"

Mordeu a isca, pensou Rebus, que apenas piscou e desceu do carro, batendo a porta. Voltou para o Ox, onde Harry estava a ponto de despejar sua cerveja no ralo.

"Deixe-me poupá-lo do esforço", Rebus disse, estendendo os braços para o barman. Ouviu o ronco do motor do Audi, Steve Holly saía de cena irritado e veloz. Rebus não se importava. Conseguira seu intento.

Queda de helicóptero. Altos oficiais envolvidos. Aquilo era bem capaz de estimular o apetite de dois investigadores do exército. Havia mais: quando Holly tinha mostrado as reportagens, Rebus captara a informação de que moradores locais haviam ajudado nas buscas, gente que conhecia bem as "Tetas de Jura". Um deles fora entrevistado, dando a descrição do local do acidente. Seu nome era Rory Mollison. Rebus terminou de beber de pé no balcão do bar, olhando para a tevê sem ver. Um caleidoscópio de cores, era só o que representava para ele. Sua mente estava longe, atravessando terras e águas, planando por cima das montanhas... Mandar o SAS para recolher corpos? Jura não era um terreno muito montanhoso, com certeza bem menos do que os picos encontrados nos montes Grampians. Por que mandar uma equipe especializada?

Sobrevoando pântanos e vales, penhascos íngremes e braços de mar... Rebus pegou o celular, tirou a luva com os dentes e digitou os números com a unha do polegar. Esperou que Siobhan atendesse.

"Onde você está agora?", ele perguntou.

"Isso não interessa: por que diabos você foi falar com Steve Holly?"

Rebus piscou, correu até a porta e a abriu. Ela estava bem na sua frente. Ele guardou o telefone no bolso. Como num espelho, ela fez o mesmo.

"Você me seguiu", ele disse, tentando soar surpreso.

"Só porque foi preciso."

"Onde ficou?" Ele recolocou a luva.

Ela apontou para a North Castle Street. "O carro está estacionado na esquina. Agora, voltando à pergunta original..."

"Deixa para lá. Pelo menos você não voltou ao campo de batalha."

"Ainda não."

"Ótimo, pois gostaria que você conversasse com ele."

"Com quem? Brimson?" Ela esperou que ele confirmasse. "Depois disso você vai me dizer o que andou fazendo com Steve Holly?"

Rebus olhou para ela e concordou com um gesto.

"E tudo isso no bar, tomando um drinque por sua conta?"

O olho dele se arregalou. Siobhan tirou o telefone do bolso e o balançou na frente de Rebus.

"Tudo bem", ele resmungou. "Ligue logo para o sujeito."

Siobhan procurou na bolsa os dados de Brimson e teclou seu número. "O que devo dizer a ele, exatamente?"

"Use seu charme: precisa de um grande favor. Mais do que um, na verdade... mas, para começar, pode perguntar se existe alguma pista de pouso em Jura..."

Quando Rebus chegou na Port Edgar Academy viu que Bobby Hogan discutia com Jack Bell. Mas Bell não estava sozinho: a mesma equipe de televisão o acompanhava. Além disso, ele segurava Kate Renshaw pelo braço.

"Sei que temos todo o direito", dizia o deputado, "de ver onde nossos entes queridos foram fuzilados."

"Com todo o respeito, senhor, a sala é cena de um crime. Ninguém entra sem um bom motivo."

"Somos da família, eu imaginava que não poderia haver motivo melhor."

Hogan apontou para a equipe de reportagem. "Família grande, senhor..."

O diretor percebeu a aproximação de Rebus e bateu no ombro de Bell. O deputado se virou e abriu um sorriso frio.

"Veio se desculpar?", supôs.

Rebus o ignorou. "Não entre lá, Kate", disse, parando bem na frente dela. "Não vai adiantar nada."

Ela não conseguiu encará-lo. "As pessoas precisam saber." Ela falava em tom baixo, enquanto Bell balançava a cabeça, incentivando-a.

"Talvez, mas ninguém precisa de sensacionalismo, Kate. Só serve para banalizar tudo, entenda."

Bell virou para Hogan. "Exijo que este sujeito seja afastado daqui."

"Exige?", Hogan retrucou.

"Ele já foi acusado de ter ofendido minha pessoa e a equipe de televisão..."

"Você ainda não viu nada", Rebus disse.

"John..." Os olhos de Hogan pediam que se acalmasse. Depois: "Lamento, senhor Bell, mas não posso permitir imagens dentro daquela sala".

"E se não levarmos a câmera?", o diretor sugeriu. "Só som?"

Hogan balançava a cabeça. "Não vou mudar minha atitude em relação a isso." E cruzou os braços, como a encerrar a discussão.

Rebus permanecia concentrado em Kate, tentando contato visual. Ela parecia completamente perdida, olhando para o infinito. As gaivotas nas quadras esportivas, talvez, ou o campo de rúgbi...

"E onde podemos filmar, então?", o deputado perguntou.

"Do lado externo, para lá dos portões, como todo mundo", Hogan retrucou. Bell bufou, furioso.

"Sua obstrução autoritária será informada", ele ameaçou.

"Muito obrigado, senhor", Hogan disse, controlando a voz, embora seus olhos soltassem faíscas.

A sala comum fora esvaziada: nada de cadeiras, aparelho de som ou revistas. O diretor, dr. Fogg, estava em pé, à porta, com as mãos estendidas à frente e palmas juntas. Usava um terno cinza-chumbo sóbrio, camisa branca, gravata preta. Seus olhos exibiam círculos escuros em toda a volta, caíam caspas do cabelo. Sentiu a presença de Rebus, vindo por trás, e deu meia-volta, ensaiando um sorriso débil.

"Estou tentando decidir qual seria o uso adequado para esta sala", explicou. "O capelão sustenta que deveria ser transformada numa espécie de capela, onde os alunos poderiam vir nos momentos de reflexão."

"É uma idéia", Rebus disse. O diretor deu um passo para o lado, permitindo a entrada de Rebus na sala. O sangue secara no chão e nas paredes. Rebus procurou não pisar nas manchas.

"Por outro lado, podemos simplesmente trancá-la, deixar tudo como está por alguns anos. Os alunos vão se formar... nova pintura, troca de carpete..."

"Difícil planejar com tanta antecedência", Fogg disse, forçando outro sorriso. "Bem, vamos deixar isso por conta de... do..." Ele fez uma pequena mesura e deu as costas, seguindo na direção de sua sala.

Rebus olhava para a mancha de sangue numa das paredes. Derek estivera ali, parado. Derek, parte de sua família, agora morto.

Lee Herdman... Rebus tentava visualizar o sujeito, que se levantou naquela manhã e foi pegar sua arma. O que acontecera? O que mudara em sua vida? Que demônios dançavam em torno de sua cama quando ele acordou? Que vozes o atormentavam? Os adolescentes com quem andava... algo quebrara o encanto? Fodam-se, moleques, vou pegar vocês... Seguiu de carro até a escola, parou o carro, em vez de estacioná-lo direito. Apressado, deixou a porta do motorista aberta. Usou a entrada lateral, as câmeras não registraram sua presença... seguiu pelo corredor e entrou naquela sala. Meninos, cheguei. Anthony Jarvies, tiro na cabeça. Foi o primeiro, provavelmente. O treinamento militar ensinava a mirar no meio do peito: alvo maior, mais difícil de errar, quase sempre fatal. Mas Herdman optara pela cabeça. Por quê? O primeiro tiro fez com que perdesse o elemento surpresa. Talvez Derek Renshaw, ao se movimentar, tivesse levado o tiro no rosto. James Bell se abaixou, levou um tiro no ombro, fechou os olhos com força quando Herdman virou a arma contra sua cabeça.

O terceiro tiro, desta vez nas têmporas.

"Por que, Lee? É só o que queremos saber", Rebus sussurrou no silêncio. Andou até a porta, virou, entrou na sala outra vez, estendendo a mão direita enluvada como se fosse uma pistola. Passou de uma posição de tiro a outra. Sabia que os especialistas faziam o mesmo, só que na frente dos computadores. Reconstruiriam a cena ocorrida naquela sala, registrando os ângulos de entrada dos projéteis, posicionando o atirador a cada disparo. Cada detalhe acrescentava um elemento à história. Eis onde estava parado... depois ele virou e avançou um pouco... Se confrontarmos o ângulo de entrada com o padrão do sangue...

No final, teriam todos os movimentos feitos por Herdman. Trariam a cena de volta à vida, com gráficos e relatórios balísticos. E nada disso os ajudaria a responder à pergunta mais importante.

O porquê.

"Não atire", uma voz disse na entrada. Era Bobby Hogan, parado com as mãos para cima. Dois homens o acompanhavam, Rebus os conhecia. Claverhouse e Ormiston. Claverhouse, alto e magro, era inspetor; Ormiston, mais baixo e parrudo, sempre a fungar, era sargento-detetive. Os dois trabalhavam na divisão de Entorpecentes e Crimes Capitais, mantendo uma ligação estreita com o delegado-chefe adjunto, Colin Carswell. A bem da verdade, num dia ruim ele os chamaria de paus-mandados de Carswell. Ao se dar conta de que ainda mantinha a mão erguida, como se fosse atirar, abaixou-a.

"Eu soube que o estilo fascista voltou à moda este ano", Claverhouse disse, apontando para a luva de couro de Rebus.

"O que deixa você na moda ano sim, ano não."

"Chega, meninos", Hogan alertou. Ormiston examinava as manchas de sangue no chão, esfregando uma delas com a ponta do sapato.

"O que vocês vieram fuçar aqui?", Rebus perguntou, fixando os olhos em Ormiston, enquanto o sujeito passava as costas da mão no nariz.

"Drogas", Claverhouse respondeu. Com os três botões do paletó fechados ele parecia um manequim na vitrine.

"Pelo jeito, Ormy andou experimentando a mercadoria."

Hogan baixou a cabeça para ocultar o sorriso. Claverhouse virou-se para ele. "Pensei que o inspetor Rebus estivesse afastado."

"As notícias correm depressa", Rebus disse.

"Principalmente as boas notícias", Ormiston retrucou, ferino.

Hogan acabou com a brincadeira. "Vocês querem ver isso na avaliação?" Ninguém respondeu. "Para seu governo, inspetor Claverhouse, John está aqui na condição de consultor, em função de sua experiência como militar. Portanto, não está 'trabalhando' no caso..."

"Então não mudou nada...", Ormiston resmungou.

"E a chaleira está perdendo do bule de um a zero no primeiro tempo", Rebus disse.

Hogan ergueu a mão. "E o juiz deu cartão amarelo.

Se essa briga continuar ponho vocês para fora daqui. Estou falando sério!", gritou, exasperado. Claverhouse piscou, sem se manifestar. Ormiston praticamente enfiara o nariz numa das manchas de sangue da parede.

"Muito bem...", Hogan disse no silêncio que se seguiu, bufando pesadamente. "O que vocês têm a nos informar?"

Claverhouse aproveitou a chance. "O material encontrado no barco é o que imaginamos: ecstasy e cocaína. Alto grau de pureza, no caso da cocaína. Talvez pretendessem misturá-la..."

"Crack?", Hogan perguntou.

Claverhouse fez que sim. "Está se espalhando, em algumas regiões — cidades costeiras do Norte, conjuntos habitacionais daqui e de Glasgow... mil libras de pó podem virar dez mil após o processamento."

"Também tem muito haxixe no mercado", Ormiston acrescentou.

Claverhouse o encarou, irritado com a interrupção. "É verdade, tem bastante haxixe também."

"E muito ecstasy também?", Hogan perguntou.

Claverhouse confirmou. "Pensávamos que vinha de Manchester. Talvez estejamos enganados."

"De acordo com os registros de viagem de Herdman", Hogan disse, "sabemos que ele visitava o continente. Supostamente, ia a Roterdã."

"Há muitas fábricas de ecstasy na Holanda", Ormiston informou, distraidamente. Ainda examinava a parede à sua frente, com as mãos nos bolsos, apoiado nos calcanhares, como se apreciasse um quadro numa galeria. "Muita cocaína por lá, também."

"E ninguém na Alfândega desconfiou das viagens a Roterdã?", Rebus indagou.

Claverhouse deu de ombros. "Os pobres coitados estão até o pescoço de serviço. Impossível revistar todo mundo que circula pela Europa, principalmente nesta época de fronteiras abertas."

294

"O que você está querendo dizer é que Herdman passou fácil por vocês, certo?"

Claverhouse encarou Rebus. "Como o pessoal da Alfândega, dependemos do trabalho de inteligência."

"Nem sinal disso na área", Rebus retrucou, olhando para Claverhouse e Ormiston. "Bobby, as finanças de Herdman foram analisadas?"

Hogan fez que sim. "Nenhum sinal de depósitos ou retiradas de valores altos."

"Traficantes evitam bancos", Claverhouse declarou. "Daí a necessidade de lavagem de dinheiro. As atividades de Herdman com barcos serviriam muito bem."

"E quanto à necropsia de Herdman?", Rebus perguntou a Bobby Hogan. "Algum sinal de que fosse usuário de drogas?"

Hogan balançou a cabeça. "Os exames de sangue deram negativo."

"Traficantes nem sempre são usuários", Claverhouse informou. "Os grandes estão no negócio pelo dinheiro. Faz seis meses desmontamos um esquema que movimentava cento e trinta mil comprimidos de ecstasy, no valor de um milhão e meio no varejo, com um peso de quarenta e quatro quilos. Quatro quilos de ópio foram interceptados, iam entrar no país vindos de avião do Irã." Ele olhou para Rebus. "Flagrante da Alfândega, baseado em trabalho de inteligência."

"E quanta droga foi achada no barco de Herdman?", Rebus perguntou. "Uma gota no oceano, se me perdoam a expressão." Ele ia acender um cigarro, mas notou que os olhos de Hogan percorriam a sala. "Aqui não é uma igreja, Bobby", ele disse, antes de terminar o que começara a fazer. Duvidava que Derek ou Anthony se importassem. E não lhe importava o que Herdman pensava...

"Uso pessoal, quem sabe", Claverhouse sugeriu.

"Pena que ele não usava." Rebus soprou a fumaça pelas narinas, na direção de Claverhouse.

"Talvez tivesse amigos que usassem. Eu soube que dava muitas festinhas..."

"Não conversamos com ninguém que afirmasse ter obtido ecstasy ou coca com ele."

"Como se fosse fácil fazer com que admitissem isso", Claverhouse contestou. "Na verdade, fico admirado por saber que conseguiram encontrar alguém capaz de admitir que conhecia o cara." E olhou para o chão manchado de sangue.

O nariz de Ormiston escorria novamente, e ele espirrou com força, sujando ainda mais a parede.

"Ormy, seu insensível, filho-da-mãe", Rebus disparou.

"Pelo menos ele não está jogando cinza de cigarro no chão", Claverhouse rosnou.

"A fumaça afeta meu nariz", Ormiston disse. Rebus avançou para ficar mais perto dele. "Era alguém da minha família, porra!", disse, apontando para a mancha de sangue.

"Eu não tive a intenção."

"O que você disse, John?" A voz de Hogan era um ronco baixo.

"Nada", Rebus respondeu, tarde demais. Hogan parou a seu lado e enfiou a mão no bolso, esperando pela explicação. "Allan Renshaw é meu primo", Rebus admitiu.

"E você não pensou que eu deveria receber esta informação?" O rosto de Hogan ficou roxo de raiva.

"Na verdade, não, Bobby." Por cima do ombro de Hogan, Rebus viu surgir um sorriso amplo no rosto estreito de Claverhouse.

Hogan tirou as mãos do bolso e tentou pô-las para trás, mas considerou a posição insatisfatória. Ele sabia muito bem onde Bobby queria pôr as mãos: em volta do pescoço de Rebus.

"Não muda nada", argumentou. "Como você mesmo disse, estou aqui como consultor, só isso. Não estamos preparando um inquérito para levar ao tribunal, Bobby. Nenhum advogado conseguiria usar minha presença como impedimento."

"O sujeito era traficante", Claverhouse interrompeu.

"Vamos pegar o resto da quadrilha. Se um deles ficar sabendo..."

"Claverhouse", Rebus disse, desanimado, "faça um favor ao mundo" — sua voz se transformou num rugido — "*e cale essa boca, porra!*"

Claverhouse deu um passo à frente, e Rebus se preparava para enfrentá-lo quando Hogan se colocou entre eles, enquanto Ormiston, útil como um par de algemas de chocolate, permanecia imóvel. Só interferiria se seu companheiro estivesse apanhando.

"Telefonema para o inspetor Rebus!", alguém gritou, na porta aberta. Siobhan, parada no batente, portava um celular. "Acho que é urgente. Da Corregedoria..."

Claverhouse recuou um passo, permitindo que Rebus passasse. Fez até uma mesura irônica, como quem diz "primeiro você". E o sorriso voltou a seu rosto. Rebus olhou para Bobby Hogan, que ainda segurava a gola do seu paletó. Hogan a largou e Rebus saiu.

"Quer atender lá fora?", Siobhan sugeriu. Rebus fez que sim, estendendo a mão para pegar o telefone. Mas ela o levou, acompanhando-o até a saída do prédio. Olhou em volta, viu que estavam a uma distância segura e passou o telefone a ele.

"Melhor fingir que está conversando com alguém", ela alertou. Rebus levou o telefone ao ouvido. Mudo.

"Ninguém ligou?", ele perguntou. Ela balançou a cabeça, negativamente.

"Você precisava ser resgatado."

Ele ensaiou um sorriso e manteve o telefone no ouvido. "Bobby sabe que sou parente dos Renshaw."

"Eu sei. Ouvi tudo."

"Espionando de novo?"

"Nada de interessante na aula de geografia." Os dois seguiam na direção da cabine. "E agora, o que faremos?"

"Seja o que for, é melhor fazer longe daqui... precisamos dar um tempo para o Bobby relaxar." Rebus olhou para a escola. Três figuras os observavam, na porta.

"E para Claverhouse e Ormiston voltarem para a toca?"

"Você leu minha mente." Ele fez uma pausa. "E agora, o que estou pensando?"

"Que a gente podia ir tomar um drinque."

"Estou impressionado."

"E você quer pagar, como forma de agradecimento por eu ter ido salvá-lo."

"Resposta errada. Além disso, como Meat Loaf costumava dizer...." Eles chegaram ao carro. Ele entregou o telefone a ela. "Duas em três não está mal."

15

"Como não apareceu dinheiro suspeito na conta de Herdman", Siobhan disse, "podemos descartar a possibilidade de ele ter sido um assassino contratado."

"A não ser que tenha usado o dinheiro para comprar drogas", Rebus respondeu, por via das dúvidas. Bebiam no Boatman's com a multidão, no começo da noite. Operários e funcionários depois de um dia de serviço. Rod McAllister servia novamente no balcão. Rebus perguntou se ele era atração permanente.

"Só no turno do dia", ele respondeu, sem sorrisos.

"Você é um ponto forte do lugar", Rebus acrescentou, conformando-se com a mudança de atitude.

Sentou-se com um copo de cerveja e o que restava da dose de uísque. Siobhan pedira uma mistura de limonada e água com gás.

"Você acha mesmo que Whiteread e Simms podem ter plantado aquelas drogas?"

Rebus deu de ombros. "Gente como Whiteread é capaz de quase tudo."

"Em que você se baseia?" Ele a encarou. "Quer dizer... você sempre foi muito reservado a respeito de seu período no exército", ela completou.

"Não foi o momento mais feliz da minha vida", ele admitiu. "Vi como o sistema arrebentava as pessoas. No final das contas, consegui manter a sanidade mental a duras penas. Quando saí, sofri um colapso nervoso." Rebus engoliu em seco. Pensou em todos os clichês reconfortantes: o que passou, passou... não se pode viver do passado... "Um sujeito — de quem eu era amigo — ficou abalado com o treinamento. Eles o dispensaram, mas não desligaram..." Sua voz foi sumindo.

"E o que aconteceu?"

"Ele pôs a culpa em mim, quis se vingar. Foi muito antes de seu tempo, Siobhan."

"Então você entende por que Herdman perdeu a cabeça?"

"Talvez."

"Mas não tem certeza, não é?"

"Normalmente há sinais de alerta. Herdman não era o solitário arquetípico. Não mantinha um arsenal em casa, só uma arma..." Rebus fez uma pausa. "Precisamos descobrir quando ele a adquiriu."

"A arma?"

Rebus concordou. "Aí saberíamos se a comprou com uma finalidade específica."

"Se estivesse metido com drogas, era bem capaz de ele achar que precisava de uma arma para se proteger. Isso poderia explicar a Mac 10 na garagem do barco." Siobhan observava uma mulher loura que acabara de entrar no bar. Pelo jeito, o barman a conhecia. Serviu um drinque para ela antes mesmo que encostasse no balcão. Rum Bacardi e Coca-Cola, sem gelo.

"E você não conseguiu nada com os interrogatórios?", Rebus perguntava.

Siobhan balançou a cabeça negativamente. Ele se referia aos marginais e comerciantes clandestinos. "O Brocock não era um modelo muito recente. Tudo indica que ele o trouxe consigo, ao se mudar para cá. Quanto à metralhadora, quem sabe?"

Rebus ponderava. Siobhan observava enquanto Rod McAllister conversava debruçado no balcão, com os cotovelos apoiados, muito interessado na loura... que Siobhan conhecia de algum lugar. Siobhan nunca o vira tão contente. Ele virara a cabeça meio de lado, e a mulher fumava, lançando baforadas de cinza azulada para o teto.

"Faça-me me um favor", Rebus pediu de repente. "Telefone para Bobby Hogan."

"Por quê?"

"Porque ele provavelmente não vai querer falar comigo hoje."

"E o que devo perguntar a ele?" Siobhan pegou o celular.

"Pergunte se Whiteread colaborou na questão do prontuário de Lee Herdman no exército. A resposta mais provável é não. Nesse caso, ele deve ter consultado o exército diretamente. Eu queria saber se o ajudaram."

Siobhan balançava a cabeça e digitava os números. Foi uma conversa unilateral.

"Inspetor Hogan, aqui é Siobhan Clarke..." Ela ouviu e olhou para Rebus. "Não senhor, eu não fazia a menor idéia do que ia acontecer... eu pensava que ele havia sido chamado para ir a Fettes." Ela arregalou os olhos, incerta, e Rebus com um gesto indicou que respondera corretamente. "Eu estava pensando se o senhor já teve a oportunidade de perguntar a respeito da ficha de Herdman à senhora Whiteread." Ela ouviu a resposta de Hogan. "Bem, John mencionou isso, e eu pensei que seria bom acompanhar o andamento..." Ela parou de falar e fechou os olhos com força. "Não, ele não está aqui do lado ouvindo tudo." Ela abriu os olhos. Rebus piscou para mostrar que ela estava se saindo bem. "Humm... hummm..." Ela ouvia o que Hogan tinha a dizer. "Pelo jeito ela não foi tão prestativa quanto gostaríamos... Sim, aposto que o senhor disse a ela." Um sorriso. "O que ela respondeu?" Outro silêncio. "E o senhor seguiu o conselho dela?... O que disseram em Hereford?" Ela se referia ao quartel-general do SAS. "Acesso negado?" Outro olhar para Rebus. "Bem, ele é uma pessoa difícil, nós dois sabemos disso." Falavam a respeito de Rebus, Hogan provavelmente tinha dito que teria contado tudo isso a Rebus, se a situação no local do crime não tivesse se deteriorado. "Não, eu não fazia idéia de que eles eram parentes." Siobhan fez um O com a boca. "Bem, esta é a minha versão e pretendo mantê-la." Sua vez de piscar para Rebus. Ele passou o dedo na altura do pescoço, mas ela fez que não. Começava a se divertir com a situação. "Aposto que o senhor tem algumas histórias boas sobre ele para contar... Sei que é." Risos. "Não, o senhor tem toda a razão. Meu Deus, ainda bem que ele não está ouvindo..." Rebus tentou arrancar o telefone da mão dela, mas Siobhan se afastou. "É mesmo? Muito obrigada. Não, tudo bem... claro, claro, eu adoraria. Pode ser... quando tudo isso acabar... vou gostar muito. Até logo, Bobby..."

Ela sorria quando encerrou o chamado. Pegou o copo e tomou um gole.

"Eu peguei o espírito da coisa", Rebus resmungou.

"Pediu que eu o chamasse de 'Bobby'. Disse que sou uma ótima policial."

"Minha nossa..."

"E me convidou para almoçar, quando o caso acabar."

"Ele é casado."

"Não é."

"Tudo bem, a esposa o abandonou. Mas ele tem idade para ser seu pai." Rebus parou. "O que ele disse a meu respeito?"

"Nada."

"Você riu quando ele falou."

"Disse que eu estava paparicando você."

Rebus olhou para ela, furioso. "Quer dizer que eu pago a bebida e é você quem está me paparicando? É nisso que se baseia nosso relacionamento?"

"Eu me ofereci para fazer o jantar."

"Admito..."

"Bobby conhece um ótimo restaurante em Leith."

"Deve ser churrasco grego..."

Ela cutucou o braço dele. "Peça outra rodada."

"Depois de tudo que passei?" Rebus balançou a cabeça. "Você pede." E se ajeitou na cadeira, como a procurar uma posição mais confortável.

"Se prefere assim..." Siobhan levantou. Queria mesmo dar uma olhada mais de perto naquela mulher. Mas a loura estava de saída, guardava o cigarro e o isqueiro na bolsa, de cabeça baixa, de modo que Siobhan só conseguia ver parte do rosto.

"Até mais!", a mulher disse.

"Até mais", McAllister retribuiu. Limpava o balcão com um pano úmido. O sorriso sumiu de seu rosto quando Siobhan se aproximou. "A mesma coisa?", perguntou.

Ela fez que sim. "Amiga sua?"

Ele virou de costas para servir uma dose de uísque para Rebus. "De certo modo."

"Tive a impressão de que você a conhecia."

"É mesmo?" E pôs a bebida na frente dela. "Também quer a cerveja?"

Ela fez que sim. "E mais uma limonada e..."

"... água com gás. Eu me lembro. Uísque puro, gelo na limonada." Outro pedido vinha da outra extremidade do balcão: duas cervejas claras e um rum com cola. Ele cobrou as bebidas de Siobhan, devolveu o troco rispidamente e passou a servir as cervejas, deixando claro que estava ocupado demais para bater papo. Siobhan permaneceu parada ali mais um pouco, depois concluiu que era perda de tempo. Estava a meio caminho da mesa quando se lembrou. Parou subitamente, um pouco da cerveja de Rebus escorreu pela parede externa do copo, pingando no chão de madeira rústica.

"Cuidado", Rebus alertou, observando-a da cadeira. Ela chegou com as bebidas, colocou-as sobre a mesa e sentou. Foi até a janela e espiou, mas não viu sinal da loura.

"Conheço aquela mulher", disse.

"Quem?"

"A loura que acabou de sair. Você deve ter visto."

"Cabelo louro comprido, camisa rosa justa, casaco de couro curto? Calça preta colada no corpo e salto alto demais?" Rebus tomou um gole de cerveja. "Mal a notei."

"E não a reconheceu?"

"Deveria, por algum motivo?"

"Bem, segundo a primeira página do jornal de hoje, você torrou o namorado dela." Siobhan sentou com o copo à frente, aguardando o efeito da revelação.

"Namorada de Fairstone?", Rebus disse, franzindo a testa.

Siobhan fez que sim. "Só a vi uma vez, no dia em que soltaram Fairstone."

Rebus olhava para o bar. "Tem certeza de que era ela?"

"Quase total. Quando ouvi sua voz... Sim, tenho certeza. Eu a vi na porta do fórum, depois do julgamento."

"Só uma vez?"

Siobhan balançou a cabeça. "Não fui eu a responsável pelo interrogatório no qual ela fornece o álibi para o namorado, e ela não estava no tribunal quando testemunhei."

"Qual é o nome dela?"

Siobhan fechou os olhos, concentrando-se. "Raquel, acho."

"E onde será que a Raquel mora?"

Siobhan deu de ombros. "Perto do namorado, suponho."

"Portanto, longe daqui."

"Bem longe."

"Quinze quilômetros de distância, para ser exato."

"Aproximadamente." Siobhan segurava o copo; ainda não dera o primeiro gole.

"Você recebeu mais alguma carta?"

Ela fez que não.

"Acha que ela andou seguindo você?"

"O dia inteiro, não. Eu teria percebido." Siobhan também olhava na direção do bar. O momento de atrapalhação de McAllister terminara, ele retornara à lavagem dos copos. "Talvez não tenha vindo aqui para me ver..."

304

Rebus pediu a Siobhan que o deixasse na casa de Allan Renshaw. Disse a ela que iria para casa depois; pegaria um táxi até o centro, ou pediria que uma viatura fosse buscá-lo.

"Não sei quanto tempo vou demorar", disse. Não era uma visita profissional, e sim coisa de família. Ela entendeu e foi embora. Ele tocou a campainha, sem sucesso. Espiou pela janela. As caixas com fotografias continuavam espalhadas pela sala. Nem sinal de vida. Tentou a maçaneta, que girou. A porta estava destrancada.

"Allan?", chamou. "Kate?"

Fechou a porta atrás de si. Ouviu um zumbido no andar de cima. Chamou novamente, sem obter resposta. Cautelosamente, subiu a escada. Havia uma escada de metal no meio do hall superior que levava até uma abertura no teto. Rebus subiu os degraus devagar.

"Allan?"

Havia luz no sótão e o zumbido aumentara. Rebus enfiou a cabeça na abertura. Seu primo, sentado de pernas cruzadas no chão, com o controle na mão, imitava o som do carro de corrida de brinquedo que deslizava pela pista em oito do autorama.

"Eu sempre deixava que ele ganhasse", Allan Renshaw disse, dando a primeira indicação de que percebera a presença de Rebus. "Derek. Comprei para ele no Natal..."

Rebus viu a caixa destampada, com pedaços de pista que não foram usados espalhados. Caixotes foram abertos, malas esvaziadas. Rebus viu vestidos, roupas de criança, uma pilha de discos de 45 rotações. Viu revistas com astros esquecidos da tevê na capa. Viu enfeites e travessas sem sua proteção de papel de jornal. Alguns deviam ter sido presentes de casamento, despachados para a escuridão pela mudança na moda. Um carrinho de bebê fechado aguardava que a próxima geração o reivindicasse. Rebus chegou ao topo da escada e se apoiou na beira da portinhola. Apesar da bagunça, Allan Renshaw conseguira abrir espaço para montar o autorama, e seus olhos acompanhavam o carrinho vermelho em sua jornada interminável.

"Nunca achei muita graça nisso", Rebus comentou. "Nem em trem elétrico."

"Carros são diferentes. A gente tem a ilusão de velocidade... e pode apostar corrida. Além disso...", Renshaw apertou o botão do acelerador com mais força, "se você fizer a curva em alta velocidade, capota..." O carro saiu da pista. Ele o pegou, posicionando os contatos na fenda da pista. Pressionou o botão e recomeçou a corrida. "Viu?", disse, olhando para Rebus.

"Você pode recomeçar sempre?", Rebus adivinhou.

"Nada mudou. Nada quebrou", Renshaw disse, balançando a cabeça. "É como se nada tivesse acontecido."

"Trata-se de uma ilusão, portanto", Rebus alegou.

"Uma ilusão reconfortante", o primo concordou. E fez uma pausa. "Eu tinha autorama quando era criança? Não me lembro..."

Rebus deu de ombros. "Sei que eu não tinha. Se já existia, devia ser caro demais."

"Quanto dinheiro gastamos com os filhos, né, John?" Renshaw ensaiou um sorriso tímido. "Sempre desejamos o melhor para eles, não negamos nada."

"Deve ter custado caro matricular seus dois filhos em Port Edgar."

"Muito caro. Você só tem uma menina, certo?"

"Já cresceu, é adulta agora, Allan."

"Kate está crescendo, também... partindo para uma outra vida."

"Ela tem a cabeça no lugar." Rebus observou o carro sair da pista outra vez. Parou perto dele, que se debruçou para pegá-lo. "Aquele acidente que Derek sofreu, não foi culpa dele, certo?"

Renshaw sacudiu a cabeça. "Stuart era o desvairado. Tivemos sorte por Derek ter escapado." O carrinho foi posto em movimento outra vez. Rebus notou que havia um carro azul na caixa, e um controle extra ao lado do pé esquerdo do primo.

"Vamos apostar uma corrida, então", sugeriu ao primo, acomodando-se no espaço disponível para pegar a caixinha preta.

"Por que não?", Renshaw concordou, posicionando o carro de Rebus na partida. Avançou até o mesmo ponto com seu carro e fez a contagem regressiva a partir de cinco. Os dois carros avançaram até a primeira curva, e o de Rebus passou reto. Ele o pegou, engatinhando, e o pôs de volta na pista no momento em que o de Renshaw o ultrapassava.

"Você tem mais prática do que eu", queixou-se, sentando novamente. Rajadas de vento quente subiam pela abertura do sótão, e eram a única fonte de calor do local. Rebus sabia que não poderia nem se levantar. "Quanto tempo faz que você está aqui?", perguntou. Renshaw passou a mão na barba de vários dias.

"Desde cedo", disse.

"E Kate, aonde foi?"

"Ajudar o deputado."

"A porta da frente não está trancada."

"É mesmo?"

"Qualquer um poderia entrar." Rebus esperou até que o carro de Renshaw emparelhasse com o seu, e eles recomeçaram a corrida, trocando de lado num ponto da pista.

"Sabe o que eu andei pensando, na noite passada?", Renshaw disse. "Acho que foi na noite passada..."

"O quê?"

"Andei pensando no seu pai. Eu gostava muito dele. Ele fazia truques para mim, lembra?"

"Tirava moedas da sua orelha?"

"E as fazia desaparecer. Dizia que tinha aprendido no exército."

"É bem capaz."

"Ele foi para o Extremo Oriente, não foi?"

Rebus fez que sim. Seu pai nunca comentava suas andanças durante a guerra. Em geral, contava apenas as anedotas, os casos que faziam rir. Mas, depois... no final da vida, deixara escapar alguns detalhes sobre os horrores que presenciara.

Eles não eram soldados profissionais, John, eram recrutas — sujeitos que trabalhavam em bancos, lojas, fábricas. A guerra os mudou, mudou todos nós. E poderia ser diferente?

"A questão", Allan Renshaw prosseguiu, "é que pensar no seu pai me levou a pensar em você. Você se lembra do dia em que me levou ao parque?"

"O dia em que jogamos futebol?"

Renshaw fez que sim e abriu um sorriso débil. "Você se lembra?"

"Mais ou menos. Acho que você se lembra melhor."

"Ah, eu me lembro muito bem. Estávamos jogando bola quando chegaram uns amigos seus. Aí eu fiquei jogando sozinho enquanto você conversava com eles." Renshaw fez uma pausa. Os carrinhos cruzaram novamente. "Consegue ver a cena?"

"Acho que não." Mas Rebus calculou que podia ser verdade. Sempre que voltava para casa, de folga, encontrava os amigos da escola.

"Voltamos a pé para casa. Ou melhor, você e seus amigos voltaram, eu fui atrás, carregando a bola que você comprou para nós... e tem uma coisa que tirei lá do fundo da memória."

"O que é?", Rebus perguntou, concentrado na pista.

"O que aconteceu quando passamos pelo pub. Você se lembra do pub da esquina?"

"O Bowhill Hotel?"

"Isso mesmo. Estávamos passando por lá quando você parou, apontou para mim e mandou que eu esperasse do lado de fora. Sua voz estava diferente, agressiva, como se não quisesse que seus amigos soubessem que nós dois éramos amigos..."

"Tem certeza disso, Allan?"

"Claro que tenho. Vocês três entraram no bar, eu sentei na calçada e fiquei esperando, agarrado na bola.

Depois de algum tempo você saiu para me dar um saquinho de batata frita. E voltou para dentro. Aí apareceram os outros meninos, um deles arrancou a bola da minha mão e eles saíram correndo, rindo, jogando a bola de um lado para outro. Comecei a chorar, você não aparecia e eu sabia que não podia entrar lá. Por isso voltei para casa sozinho. Eu me perdi, mas perguntei o caminho e consegui chegar." Os carrinhos de corrida aproximavam-se do ponto em que trocariam de pista. Chegaram ao mesmo tempo, bateram e capotaram. Os dois homens não se mexeram. O sótão permaneceu em silêncio por um momento. "Você chegou em casa mais tarde", Renshaw continuou, "e ninguém disse nada, pois você não havia contado nada a ninguém. Sabe o que doeu mais? Você nunca perguntou o que havia acontecido com a bola, e eu sei por que não perguntou. Porque já tinha esquecido dela. Porque não era importante para você." Renshaw fez outra pausa. "Eu não passava de um menino, não era mais seu amigo."

"Nossa, Allan..." Rebus tentava se lembrar, mas não conseguia. Naquele dia que acreditava recordar só havia sol e futebol, mais nada.

"Lamento muito", disse depois de um tempo.

As lágrimas escorriam pelo rosto de Renshaw. "Eu era da família, John, e você me tratou como se eu não fosse ninguém."

"Allan, acredite, eu nunca..."

"Fora daqui!", Renshaw gritou, limpando as lágrimas. "Saia da minha casa agora!" Ele se levantou abruptamente. Rebus também ficou em pé, e os dois homens pararam desajeitadamente, curvados para não baterem nas vigas.

"Allan, se eu puder fazer alguma coisa..."

Mas Renshaw o segurava pelo ombro e tentava empurrá-lo para a abertura.

"Tudo bem, tudo bem", Rebus disse. Tentou se libertar da pressão do outro, e Renshaw tropeçou, não conseguiu apoiar o outro pé e caiu na abertura. Rebus o segurou pelo braço, sentindo os dedos queimarem ao apertar. Renshaw se reequilibrou.

"Você está bem?", Rebus perguntou.

"Não ouviu o que eu disse?" Renshaw apontava para a escada.

"Tudo bem, Allan. Vamos deixar para conversar melhor outro dia, está bem? Eu vim aqui para isso: conversar com você, conhecê-lo melhor."

"Você desperdiçou sua chance de me conhecer", Renshaw disse friamente. Rebus descia a escada e espiou pela abertura, mas o primo não estava à vista.

"Vai descer agora, Allan?", perguntou. Nenhuma resposta. Em seguida o zumbido recomeçou e o carrinho vermelho reiniciou seu percurso. Rebus deu meia-volta e desceu ao térreo. Não sabia o que fazer, nem se era seguro deixar Allan ali, naquele estado. Caminhou até a sala, foi à cozinha. Lá fora, o cortador de grama ainda não se movera. Havia folhas de papel sobre a mesa, impressas em computador. Abaixo-assinados pedindo controle de armas, mais segurança nas escolas. Sem nomes, por enquanto, apenas colunas e mais colunas em branco. A mesma coisa ocorrera depois de Dunblane. Leis e restrições mais severas. Resultado? Mais armas ilegais nas ruas do que nunca. Rebus sabia que em Edimburgo, se se soubesse onde procurar, era possível comprar uma arma em menos de uma hora. Em Glasgow diziam que demorava dez minutos. As armas eram alugadas como fitas de vídeo: devolução no dia seguinte. Se não fossem usadas, o sujeito recebia parte do dinheiro de volta. Se fossem, nada feito. Uma simples transação comercial, não muito distante das atividades de Peacock Johnson. Rebus pensou em assinar a petição, mas sabia que seria um gesto vão. Havia pilhas de recortes de jornais e cópias de artigos de revistas: os efeitos da violência na mídia. Histeria gratuita, como alegar que um filme de terror poderia levar dois rapazes a matar um bebê... Ele examinou o local para ver se Kate deixara um número de contato. Queria falar com ela a respeito do pai, dizer talvez que Allan precisava mais dela do que Jack Bell. Parou ao pé da escada por alguns minutos, ouvindo os sons do sótão, depois procurou o telefone do radiotáxi na lista telefônica.

"Estaremos aí em dez minutos", disse a voz do outro lado da linha. Voz feminina, animada. Quase o suficiente para persuadi-lo de que havia outro mundo além daquele...

Siobhan parou no meio da sala e olhou em volta. Andou até a janela e a fechou para impedir a entrada do pouco que restava de luz. Abaixou-se para pegar um prato e uma caneca no chão: farelo de pão identificava sua última refeição no apartamento. Verificou se havia recados no telefone. Era sexta-feira, portanto Toni Jackson e outras policiais femininas contavam com ela, mas a última coisa que queria no momento era bater papo com as colegas e enfrentar os olhares dos bêbados no pub. Levou meio minuto para lavar o prato e a caneca, que deixou no secador de louça. Rápida consulta ao refrigerador. A comida comprada quando pretendia preparar uma refeição para Rebus continuava lá, faltando poucos dias para a data de vencimento. Fechou a porta e foi para o quarto, estendeu a colcha na cama e confirmou que seria preciso lavá-la no fim de semana. Entrou no banheiro e se olhou no espelho antes de voltar à sala para abrir a correspondência. Duas contas e um cartão-postal. O cartão-postal era de uma ex-colega de faculdade. Não haviam conseguido marcar um encontro ainda, naquele ano, apesar de residirem na mesma cidade. A amiga ia tirar quatro dias de folga, em Roma... provavelmente já estava de volta, a julgar pela data no cartão. Roma: Siobhan não conhecia a cidade.

Fui a uma agência de viagens e perguntei o que tinham para já. Estou me divertindo muito, morrendo de frio, percorrendo os cafés, fazendo programas culturais quando me dá vontade. Saudades, Jackie.

Ela apoiou o cartão na cornija da lareira, tentando se lembrar das últimas férias de verdade. Uma semana com os pais? Aquele fim de semana em Dublin? Viajaram para fazer a despedida de solteira de uma colega de farda... agora, a moça esperava o primeiro filho. Ela olhou para o teto. O vizinho de cima batia o pé. Ela achava que o sujeito não fazia isso de propósito, sempre andava feito um elefante. Ela o encontrara na calçada, ao voltar para casa, reclamando que fora obrigado a buscar o carro guinchado no pátio da prefeitura.

"Vinte minutos, fiquei só vinte minutos em local proibido... quando voltei, o carro tinha sido guinchado... cento e trinta libras, dá para acreditar? Eu quase disse a eles que o carro não vale tudo isso." E apontou um dedo para ela. "Você devia tomar providências a respeito."

Por ser policial. As pessoas pensavam que os policiais mexiam os pauzinhos, resolviam as coisas, davam um jeito.

Você devia tomar providências a respeito.

Ele batia os pés, andando pela sala, feito um animal enjaulado pronto para se atirar contra as barras. Trabalhava num escritório da George Street: executivo de contas, corretor de seguros. Um pouco mais baixo que Siobhan, usava óculos com lentes retangulares pequenas. Dividia o apartamento com um rapaz, mas fizera questão de dizer a Siobhan que não era gay, e ela agradeceu por isso.

Patadas e pisões.

Ela se perguntava se a movimentação dele tinha algum objetivo. Estava abrindo e fechando gavetas? Procurando o controle remoto, quem sabe? Ou seu objetivo era apenas se mexer? Se fosse isso, o que dizer da imobilidade dela, do fato de estar ali parada, ouvindo o outro? Um cartão-postal na lareira.... um prato e uma caneca no secador de louça. Uma janela fechada, um bar basculante que ela nunca se dava ao trabalho de fechar. Ali estava segura. Aconchegada. Sufocada.

"Que se dane", resmungou, e resolveu sair.

Encontrou silêncio em St. Leonard's. Pretendia descarregar um pouco de energia no ginásio, mas em vez disso pegou uma bebida gelada e gaseificada na máquina e subiu para o Departamento de Investigações Criminais para ver os recados em sua mesa. Outra carta do admirador misterioso:

LUVAS DE COURO PRETO EXCITAM VOCÊ?

Referia-se a Rebus, deduziu. Viu um recado para telefonar para Ray Duff, mas ele só queria dizer que conseguira examinar a primeira das cartas anônimas.

"E não tenho boas notícias."

"Quer dizer que está limpa?", ela calculou.

"Como roupa lavada." Ela suspirou. "Lamento não poder colaborar. Convidá-la para tomar um drinque ajudaria?"

"Outro dia, quem sabe."

"Tudo bem. Ainda vou ficar por aqui uma ou duas horas." "Aqui" era o laboratório de ciência forense em Howdenhall.

"Trabalhando no caso de Port Edgar?"

"Analisando as amostras de sangue, para determinar onde espirrou o sangue de quem."

Siobhan estava sentada na beira da mesa, com o telefone apoiado entre o queixo e o ombro, enquanto examinava o restante da correspondência em sua bandeja de entrada. A maior parte dizia respeito a casos com várias semanas... nomes que mal recordava.

"Então é melhor voltar ao trabalho", ela disse.

"Você anda muito ocupada, Siobhan? Parece cansada."

"Sabe como é, Ray. Vamos tomar uma cerveja, qualquer dia desses."

"Tudo bem, estamos precisando mesmo."

Ela sorriu para o telefone. "Até logo, Ray..."

"Vai com calma, Shiv..."

Ela desligou. De novo alguém a chamava de Shiv, buscando uma intimidade que o apelido atrairia, na opinião deles. Notou, porém, que ninguém tentava o mesmo com Rebus, nunca o chamavam de Jock, Johnny, Jo-Jo ou JR. Bastava olhar para ele, ouvi-lo falar, para saber que não combinava com nada disso. Ele era John Rebus. Inspetor Rebus. Para os amigos íntimos, John. Contudo, as mesmas pessoas a chamavam de "Shiv". Por quê? Por ser mulher? Faltava-lhe a presença ou a capacidade de intimidação de Rebus? Estariam apenas tentando se insinuar, conquistar seu afeto? Ou imaginavam que o apelido a tornava mais vulnerável, menos agressiva e potencialmente perigosa?

Shiv... quer dizer faca, certo? Na gíria norte-americana. Bem, ela se sentia mais cega do que nunca. E outro apelido entrou na sala, o detetive George "Aiou" Silvers. Olhando em volta, como se procurasse alguém. Deparou com ela e precisou de um segundo para concluir que ela serviria para seus planos específicos.

"Muito ocupada?", perguntou.

"O que você acha?"

"Quer dar uma volta, então?"

"Você não é exatamente o meu tipo, George."

Um muxoxo. "Temos um caso. Encontro de cadáver."

"Onde?"

"Perto de Gracemount. Trilhos ferroviários abandonados. Parece que o sujeito caiu de cima da passarela."

"Acidente, talvez?" Como o incêndio provocado pela fritadeira de Fairstone? Outro acidente em Gracemount.

Silvers deu de ombros o máximo que permitiu o paletó justo, que lhe servia bem três anos antes. "Pelo jeito, alguém o perseguia."

"Perseguia?"

"É só o que sabemos até agora."

Siobhan o apressou. "O que estamos esperando?"

Usaram o carro de Silvers. Ele perguntou sobre South Queensferry, Rebus e o incêndio, mas ela respondeu com monossílabos. Depois de um tempo ele desistiu e ligou o rádio, cantarolando junto com o jazz tradicional, provavelmente o tipo de música de que Siobhan menos gostava.

"Já ouviu Mogwai, George?"

"Nunca ouvi falar. Por quê?"

"Nada, só fiquei curiosa..."

Não havia onde estacionar nas proximidades da ferrovia. Silvers subiu na guia, ficando atrás de uma viatura. Adiante havia um ponto de ônibus, depois um descampado coberto de mato. Eles seguiram a pé, aproximando-se de uma cerca viva baixa, feita de espinheiros e cardos. A cerca era interrompida por uma pequena escada de ferro que conduzia à passarela sobre os trilhos, onde os curiosos do conjunto habitacional próximo estavam reunidos. Um policial fardado interrogava todos eles, para saber se alguém vira ou ouvira algo.

"E como vamos chegar lá em baixo?", Silvers resmungou. Siobhan apontou para o lado oposto, onde uma escada fora improvisada com caixotes plásticos de leite, blocos de construção e um colchão velho dobrado por cima da cerca viva. Quando chegaram mais perto, Silvers olhou e balançou a cabeça, como a dizer que aquilo não era para ele. Siobhan subiu e desceu pelo outro lado, escorregando pela encosta íngreme, enterrando o salto o mais fundo possível na terra mole, sentindo os espinhos furarem a perna da sua calça. Várias pessoas rodeavam o corpo deitado sobre os trilhos. Ela reconheceu rostos da delegacia de Craigmillar e o legista, dr. Curt. Ele a viu e saudou-a com um sorriso.

"Demos sorte, pois ainda não reabriram esta linha", ele disse. "Pelo menos o pobre coitado está inteiro."

Ela olhou para o corpo torto, inerte. O casaco se abrira, expondo um torso coberto por uma camisa xadrez folgada. Calça de veludo marrom e tênis marrom.

"Várias pessoas telefonaram", um dos detetives de Craigmillar explicou a ela, "dizendo que o viram perambular pelas ruas."

"Provavelmente aqui isso não chega a chamar a atenção."

"Só que ele dava a impressão de estar perseguindo

315

alguém. Mantinha a mão no bolso, como se estivesse armado."

"E estava?"

O detetive fez que não. "Talvez tenha deixado cair quando o perseguiram. Rapazes do bairro, pelo jeito."

Siobhan olhou para o corpo, para a ponte e novamente para o corpo. "E o pegaram?"

O detetive deu de ombros.

"Sabemos seu nome?"

"Carteirinha de locadora de vídeo no bolso de trás. O sobrenome é Callis. O nome começa com A. Estamos fazendo uma pesquisa na lista telefônica. Se não der certo, vamos pegar o endereço na locadora."

"Callis?" Siobhan ergueu as sobrancelhas. Tentava se lembrar de onde ouvira aquele nome... E se lembrou.

"Andy Callis", ela disse, quase para si.

O detetive escutou. "Você conhecia o sujeito?"

Ela negou com um gesto. "Mas sei de alguém que o conhecia. Se for o mesmo sujeito, reside em Alnwickhill." Siobhan pegou o celular. "Ah, e tem mais... se for quem eu estou pensando, é um dos nossos."

"Policial?"

Ela concordou. O detetive de Craigmillar aspirou ar por entre os dentes e olhou para os espectadores em cima da ponte com renovado interesse.

16

Não havia ninguém em casa.

Rebus observara o quarto de Miss Teri por quase uma hora. Escuro, escuro, escuro. Como suas lembranças. Ele não conseguia nem mesmo se lembrar quem eram os amigos que encontrara no parque aquele dia. Contudo a cena permanecera viva na lembrança de Allan Renshaw por mais de trinta anos. Indelével. Esquisito, certas coisas a gente lembra sem querer, outras prefere apagar. Pequenas peças que a mente nos prega, súbitos odores ou sensações capazes de reviver momentos esquecidos há muito. Rebus pensou que Allan estava furioso com ele por esta ser uma raiva possível. Afinal de contas, de que adiantava sentir raiva de Lee Herdman? Ele não estava ali para enfrentar as conseqüências, enquanto Rebus se apresentava como se tivesse sido trazido para desempenhar a função.

O laptop entrou em modo de espera, na tela surgiram estrelas vindas da escuridão remota. Ele apertou uma tecla e voltou ao quarto de Teri Cotter. O que espiava? Sempre gostara de vigiar, pela mesma razão: penetrar nos segredos das vidas alheias. Tentou entender qual era o interesse de Teri nisso. Ela não ganhava dinheiro assim. Não havia interação, nenhum modo de quem a via entrar em contato, nem um mecanismo para ela se comunicar com a platéia. Por que, então? Por uma necessidade de se exibir? Como desfilar pela Cockburn Street, ser olhada e até provocada? Ela acusara a mãe de espioná-la, mas correra direto para a porta da mãe quando seu grupo sofrera o ataque. Difícil compreender aquele relacionamento específico. A filha de Rebus passara a adolescência em Londres com a mãe, sempre um mistério para ele. A ex-esposa telefonava para reclamar da "atitude" ou dos "humores" de Samantha, ele deixava que ela falasse até se acalmar e desligava.

O telefone.

O telefone tocava. Seu celular, ligado na tomada, recarregando. Ele o pegou. "Alô?"

"Tentei ligar para sua casa." Voz de Siobhan. "O telefone estava ocupado."

Rebus olhou para o laptop, que estava ligado a sua linha telefônica. "O que foi?"

"Seu amigo, aquele que você foi visitar na noite em que nos encontramos..." Ela falava pelo celular, parecia estar fora de casa.

"Andy?", ele disse. "Andy Callis?"

"Você poderia descrevê-lo?"

Rebus gelou. "O que aconteceu?"

"Talvez não seja ele..."

"Onde você está?"

"Descreva seu amigo... assim não precisará vir até aqui à toa."

Rebus fechou os olhos e viu Andy Callis em sua sala, com os pés esticados, na frente da tevê. "Quarenta e poucos anos, cabelo castanho-escuro, um metro e setenta e poucos, setenta e cinco quilos, aproximadamente..."

Ela permaneceu em silêncio por um momento. "Certo", disse, suspirando. "Acho melhor você vir até aqui."

Rebus já estava procurando o paletó. Lembrou-se do laptop e encerrou a conexão com a internet.

"Onde você está?", perguntou.

"Como você pretende vir até aqui?"

"Problema meu", ele disse, procurando a chave do carro. "Dê o endereço."

Ela o aguardava na rua, e viu quando ele puxou o freio de mão e desceu do banco do motorista.

"E as mãos?"

"Estavam bem até eu ter de pegar no volante."

"Analgésicos?"

Ele fez que não. "Posso passar sem eles." Rebus já examinava o cenário. A uns cem metros ficava o ponto de ônibus onde seu táxi parara por causa da gangue dos Lost Boys. Eles haviam caminhado na direção da ponte.

"Ele vigiou o local por algumas horas", Siobhan explicou. "Duas ou três testemunhas o viram e chamaram a polícia."

"Fizemos algo a respeito?"

"Não havia viatura disponível", ela disse em voz baixa.

"Se tivessem atendido, talvez ele ainda estivesse vivo", Rebus falou, sombrio. Ela concordou.

"Uma vizinha ouviu gritos. Ela acha que alguns rapazes começaram a persegui-lo."

"A vizinha viu alguém?"

Siobhan negou com um movimento da cabeça. Chegaram ao alto da ponte. Os curiosos se afastavam. O corpo fora coberto com uma manta e posto na maca, para ser içado por cordas até o alto do barranco. Uma perua do serviço funerário parou ao lado da escada improvisada. Silvers estava parado ali, conversando com o motorista enquanto fumava um cigarro.

"Verificamos os Callis na lista telefônica", disse a Rebus e Siobhan. "Não consta."

"Não tem nome na lista", Rebus disse. "Assim como você e eu, George."

"Tem certeza de que o nome dele é Callis?", Silvers indagou. Alguém gritou lá de baixo, o motorista largou o cigarro para se concentrar na tarefa de içar o corpo com as cordas. Silvers continuou a fumar, sem oferecer ajuda, até o motorista pedir. Rebus manteve as mãos nos bolsos. Estavam pegando fogo.

"Puxem!", alguém gritou. Em menos de um minuto a maca foi içada por cima da cerca. Rebus deu um passo à frente e puxou a manta. Olhou para o rosto, pensando que Andy Callis parecia em paz, agora que morrera.

"É ele", disse, dando um passo para trás para permitir que o corpo fosse posto na perua. O dr. Curt subira o barranco com a ajuda do detetive de Craigmillar. Ofegava, e passou por cima da cerca com dificuldade. Quando alguém se adiantou para ajudá-lo, ele disse, com a fala arrastada devido ao esforço, que era capaz de fazer tudo sozinho.

"É ele", Silvers disse aos recém-chegados. "Segundo o inspetor Rebus, claro."

"Andy Callis?", alguém quis saber. "O cara do setor de armas?"

Rebus fez que sim.

"Testemunhas?", o detetive de Craigmillar perguntou.

Um dos policiais fardados respondeu. "As pessoas ouviram gritos, mas ninguém viu nada, pelo jeito."

"Suicídio?", outro perguntou.

"Ou ele tentava escapar", Siobhan comentou, notando que Rebus não participava da conversa, embora tivesse conhecido Andy Callis muito bem. Ou talvez *por isso*...

Eles observaram a perua funerária sacolejar pela estradinha até chegar à via principal. Silvers perguntou a Siobhan se ela queria voltar à delegacia. Depois de olhar para Rebus, ela fez que não.

"John vai me dar uma carona", disse.

"Como quiser. De todo modo, Craigmillar se responsabilizará pelo caso."

Ela esperou até que Silvers fosse embora. E disse, quando ficou sozinha com Rebus: "Você está bem?".

"Não consigo parar de pensar no carro da polícia que não veio."

"E?", ela disse, fitando o colega. "Está pensando em outra coisa também, não é?"

Ele balançou a cabeça depois de algum tempo.

"Vai me contar o que é?"

Rebus continuou balançando a cabeça. Quando se afastou, ela o acompanhou de volta à ponte, e pelo gramado onde estacionara o Saab. Não o trancara. Ele abriu a porta do motorista, reconsiderou e entregou a chave para ela. "Você dirige", disse. "Acho que eu não consigo."

"Para onde vamos?"

"Dar uma volta. Quem sabe, se tivermos sorte, vamos nos perder."

A referência fez sentido num instante. "Os Lost Boys?", ela perguntou.

Rebus concordou, dando a volta no carro para entrar pelo lado do passageiro.

"Enquanto eu estiver guiando, você me conta o que andou pensando?"

"Conto", ele disse.

E contou.

Em resumo, era o seguinte: Andy Callis e seu colega faziam a ronda de viatura. Receberam um chamado de uma casa noturna na Market Street, bem atrás da Waverly Station. Lugar badalado, fila na porta para entrar. Um dos fregueses chamara a polícia, denunciando um sujeito que exibira uma arma. Descrição vaga. Adolescente, casaco verde, com mais três amigos. Não ficaram na fila, apenas passaram, e um deles abriu o casaco para que todos vissem o revólver que levava na cinta.

"Quando Andy chegou", Rebus disse, "não havia mais sinal do rapaz. Seguira na direção da New Street. Andy e o colega tomaram o mesmo rumo. Contataram a Central e foram autorizados a pegar as armas, que puseram no colo. Vestiram os coletes à prova de balas... O apoio estava a caminho, só por precaução. Sabe onde a estrada de ferro passa por cima da New Street?"

"Em Calton Road?"

"Isso mesmo. Ponte ferroviária de tijolo, em arco. Um lugar sombrio, mal iluminado."

Siobhan concordou: era um local ermo, sem dúvida.

"Cheio de malucos e vagabundos", Rebus prosseguiu. "O colega de Andy pensou ter visto alguém se mover nas sombras. Eles pararam o carro e desceram. Avistaram quatro rapazes... provavelmente os mesmos. Mantiveram distância, perguntaram se portavam armas. Ordenaram que pusessem as armas no chão. Pelo que Andy contou, eles não passavam de sombras moventes..." Rebus encostou a cabeça no apoio e fechou os olhos. "Não tinha certeza de estar olhando para corpos em movimento ou sombras. Ia tirar a lanterna da cintura quando viu um movimento, uma mão estendida, apontando. Sacou a arma, destravou e..."

"O que aconteceu?"

"Deixaram uma arma cair no chão. Uma pistola. Réplica, souberam depois. Mas era tarde demais..."

"Ele atirou?"

Rebus fez que sim. "Não acertou ninguém. Mirou no chão. A bala ricocheteou e poderia ter ferido alguém."

"Mas não feriu."

"Não." Rebus fez uma pausa. "Abriram um inquérito: isso sempre acontece quando uma arma da polícia é disparada. O colega corroborou sua versão, mas Andy sabia que ele faria isso de qualquer jeito. E começou a duvidar de sua atitude."

"E quem estava com a arma?"

"Havia quatro rapazes, três usavam casaco. Ninguém assumiu a posse, e o rapaz que fez a denúncia não conseguiu identificar o responsável."

"Os Lost Boys?"

Rebus fez que sim. "São chamados assim no bairro. Você topou com eles na Cockburn Street. O líder — chamado Rab Fischer — foi processado pela posse da réplica, mas o caso foi arquivado... perda de tempo para os advogados. Enquanto isso, Andy Callis repassava o caso obsessivamente, em sua cabeça, tentando distinguir as sombras da realidade..."

"E nós estamos na área freqüentada pelos Lost Boys?", Siobhan perguntou, olhando através do pára-brisa.

Rebus confirmou. Siobhan ficou pensativa por um tempo, depois perguntou: "De onde veio a arma?".

"Meu palpite é Peacock Johnson."

"Por isso você quis conversar com ele naquele dia, quando ele foi levado a St. Leonard's?"

Rebus fez que sim outra vez.

"Agora você quer trocar uma palavrinha com os Lost Boys?"

"Mas, pelo jeito, eles já foram para casa dormir", Rebus admitiu, virando a cabeça para perscrutar a rua, pela janela do passageiro.

"Você acredita que Callis tenha vindo aqui de propósito?"

"Pode ser."

"Para confrontá-los?"

"Eles se livraram sem dificuldade, Siobhan. Andy não gostou muito dessa parte."

Ela ponderou. "E por que não relatamos tudo isso ao pessoal de Craigmillar?"

"Vou contar, depois." Ele sentiu o olhar firme de Siobhan. "Juro por Deus."

"Pode ter sido acidente. Aquela linha de trem serviria como rota de fuga."

"Pode ser."

"Ninguém viu nada."

Ele se virou para ela. "Diga logo."

Ela suspirou. "É o modo como você age, tentando comprar as brigas alheias."

"É isso que eu faço?"

"Às vezes, sim."

"Lamento que isso a incomode."

"Não me incomoda. Mas, às vezes..." Ela recuou no que pretendia dizer.

"Às vezes?"

Ela balançou a cabeça, soltou o ar com força e esticou as costas, mexendo o pescoço. "Ainda bem que chegou o fim de semana. Você tem planos?"

"Pensei em dar uma caminhada pela serra... malhar um pouco na academia..."

"Noto certa ironia?"

"Só um pouquinho." Ele viu algo. "Diminua a velocidade." Ele se virou para espiar pela janela de trás do carro. "Volte."

Ela voltou em ré. Estava numa rua de prédios baixos. Um carrinho de supermercado, muito longe da loja, fora abandonado na calçada. Rebus observava o beco entre duas quadras. Uma pessoa... não, duas. Meras silhuetas, tão próximas que pareciam um corpo só. Rebus entendeu o que estava acontecendo.

"Um pouco de agarração à moda antiga", Siobhan comentou. "Quem falou que a arte do romance havia morrido?"

Um dos rostos se virou para o carro, quando escutou o barulho do motor. Uma voz masculina grave gritou: "Gostou da vista, cara? Melhor do que na sua casa, né?".

"Siga em frente", ele pediu.

Siobhan acelerou.

Foram para St. Leonard's, Siobhan explicou que o carro dela estava lá, sem entrar em detalhes. Rebus afirmara que poderia guiar até em casa, sem problemas. Arden Street ficava a cinco minutos dali. Mas quando ele estacionou na frente do apartamento suas mãos ardiam. No banheiro, passou mais creme e tomou analgésicos, torcendo para conseguir dormir algumas horas. Um uísque ajudava, pensou, e serviu uma dose reforçada antes de sentar na sala. O laptop passara da proteção de tela para o modo de espera. Ele não se deu ao trabalho de ressuscitá-lo e seguiu para a mesa de jantar. Tinha material sobre o SAS ali em cima, juntamente com uma cópia da ficha pessoal de Herdman.

Gostou da vista, cara?
Melhor do que na sua casa, né?
Gostou da vista...?

QUINTO DIA
Segunda-feira

17

A vista era magnífica.

Siobhan foi na frente, ao lado do piloto. Rebus se ajeitou atrás, deixando um assento vazio a seu lado. O ruído dos motores os ensurdecia.

"Poderíamos ter ido no jatinho executivo", Doug Brimson explicou. "Mas o custo do combustível é muito alto, e a PP talvez seja pequena para uma aeronave deste porte."

PP: Pista de Pouso. Uma abreviatura que Rebus não ouvia desde que saíra do exército.

"Executivo?", Siobhan interessou-se.

"Temos um jatinho, sete lugares. As companhias o alugam para levar pessoal a reuniões — também conhecidas como "folias". Sirvo champanhe gelado em taças de cristal..."

"Muito interessante..."

"Infelizmente, hoje só temos uma garrafa térmica com chá." Ele riu, virando-se para Rebus. "Passei o fim de semana em Dublin. Levei um grupo de banqueiros para assistir a um jogo de rúgbi. Eles me contrataram para ficar lá, esperando."

"Que sorte."

"E fui para Amsterdã, faz poucas semanas. Despedida de solteiro de um empresário..."

Rebus pensava em seu próprio fim de semana. Quando Siobhan o pegara naquela manhã, tinha perguntado o que ele havia feito.

"Nada", respondeu. "E você?"

"A mesma coisa."

"Gozado, o pessoal de Leith disse que você passou por lá."

"Gozado, disseram a mesma coisa a seu respeito."

"Divertindo-se?", Brimson quis saber.

"Bastante", Rebus disse. Na verdade, não era fã de grandes alturas. Mesmo assim, a vista aérea de Edimburgo o fascinara, incrível como monumentos do porte do Castelo e de Calton Hill sumiam em seu entorno. Sem dúvida era imponente a elevação vulcânica do Trono de Arthur, mas os edifícios padeciam de uma coloração acinzentada comum a todos. O padrão geométrico elaborado de New Town era impressionante. Logo passaram pelo Forth, deixando para trás South Queensferry, a estrada e as pontes ferroviárias. Rebus procurou a Port Edgar School, viu primeiro Hopetoun House e depois o prédio da escola, distante uns quinhentos metros. Distinguiu até a cabine de polícia. Seguiam no rumo oeste, acompanhando o traçado da M8 no sentido de Glasgow.

Siobhan perguntava a Brimson se ele trabalhava muito para executivos.

"Depende da situação econômica. Para ser honesto, se uma companhia pretende mandar quatro ou cinco pessoas para uma reunião, pode sair mais barato fretar um avião do que pagar passagem na classe executiva."

"Siobhan contou que o senhor serviu nas forças armadas, senhor Brimson", Rebus disse, debruçando-se o máximo que o cinto de segurança permitia.

Brimson sorriu. "Na RAF. E quanto ao senhor, inspetor? Em terra?"

Rebus fez que sim. "Cheguei a treinar para o SAS", admitiu. "Mas não atingi a pontuação necessária."

"Poucos conseguem isso."

"E muitos caem pelo caminho."

Brimson olhou para ele. "O senhor se refere a Lee?"

"E a Robert Niles. Como o conheceu?"

"Por intermédio de Lee. Ele me contou que costumava visitar Robert. Perguntei se poderia ir também, um dia."

"E depois disso passou a ir lá por sua própria conta?" Rebus recordava-se dos registros de visitantes no hospital.

"Sim. Sujeito interessante. Nos demos muito bem." Ele olhou para Siobhan. "Quer assumir o controle enquanto eu converso com seu colega?"

"Tenho medo..."

"Vamos deixar para outra vez. Achei que você ia gostar." Ele piscou para Siobhan. Depois, para Rebus: "O exército trata mal seus antigos soldados, não acha?".

"Não sei. Eles dão apoio para quem volta à vida civil. No meu tempo não tinha nada disso..."

"Altas taxas de casamentos desfeitos, de colapsos nervosos. O número de veteranos das Falklands que cometeram suicídio supera o de mortos no conflito. Muitos sem-teto são ex-militares..."

"Por outro lado", Rebus disse, "o SAS é uma carreira e tanto, atualmente. O sujeito pode vender a história dele para uma editora, trabalhar como guarda-costas. Pelo que sei, os quatro esquadrões do SAS estão com falta de pessoal. Muitos saem. E a taxa de suicídio é menor do que a média, também."

Brimson deu a impressão de não ter ouvido. "Há poucos anos, um cara pulou de um avião... talvez você tenha ouvido falar da história. Condecorado com a QGM."

"Queen's Gallantry Medal", Rebus explicou a Siobhan.

"Esfaqueou a ex-mulher, imaginando que ela tentava assassiná-lo. Sofria de depressão... não agüentou mais a pressão, foi para o fundo do poço, com o perdão do trocadilho."

"Acontece", Rebus disse. Lembrava-se do livro no apartamento de Herdman, o livro de onde caíra a foto de Teri.

"Claro, acontece a toda hora", Brimson insistiu. "O capelão do SAS que tomou parte do episódio da embaixada no Irã também cometeu suicídio. Outro ex-membro do SAS atirou na namorada com a arma que trouxe da guerra do Golfo."

"E algo similar aconteceu a Lee Herdman?", Siobhan perguntou.

"Pelo jeito", Brimson disse.

"E por que ele escolheu logo aquela escola?", Rebus continuou. "O senhor andou freqüentando as festas dele, senhor Brimson?"

"Ele dava ótimas festas."

"Sempre havia adolescentes nas festas."

Brimson virou-se novamente. "Trata-se de uma pergunta ou de um comentário?"

"Usavam drogas?"

Brimson parecia concentrado no painel de controle à sua frente. "Um pouco de maconha", confessou finalmente.

"Nada mais forte?"

"Nunca vi mais nada."

"Não é a mesma coisa. O senhor ouviu boatos a respeito de Lee Herdman traficar drogas?"

"Não."

"Ou fazer contrabando?"

Brimson olhou para Siobhan. "Seria melhor se eu chamasse um advogado?"

Ela sorriu, para tranqüilizá-lo. "Creio que o inspetor quer apenas conversar." E se voltou para Rebus. "Não é?" Seu olhar aconselhava Rebus a ir com cuidado.

"Isso mesmo", ele disse. "Estamos apenas conversando." E tentou não pensar nas horas de sono perdidas, nas mãos que ardiam, na morte de Andy Callis. Concentrou-se na vista da janela, na paisagem que mudava constantemente. Em breve chegariam a Glasgow, depois ao Firth of Clyde, Bute e Kintyre...

"O senhor nunca relacionou Lee Herdman com drogas?", perguntou.

"Nunca vi nada mais forte que um baseado."

"Isso não responde a minha pergunta. O que diria se eu lhe contasse que encontraram drogas num dos barcos de Herdman?"

"Eu diria que não é da minha conta. Lee era meu amigo, inspetor. Não conte comigo para nenhuma jogada que esteja armando..."

"Alguns colegas meus acreditam que ele contrabandeava cocaína e ecstasy", Rebus disse.

"O que seus colegas pensam não é problema meu", Brimson resmungou, e nada mais disse.

"Vi seu carro na Cockburn Street na semana passada", Siobhan comentou, para mudar de assunto. "Logo depois que passei em Turnhouse para conversar com o senhor."

"Devo ter ido ao banco."

"Os bancos já estavam fechados."

Brimson refletiu um pouco. "Cockburn Street? Tem uma loja de uns amigos meus, lá. Acho que fui fazer uma visita."

"Que tipo de loja?"

"Não é exatamente uma loja, e sim um centro de bronzeamento artificial."

"Que pertence a Charlotte Cotter?" Brimson surpreendeu-se. "Interrogamos a filha dela. Estuda na escola."

"Entendo." Brimson balançou a cabeça. Estava voando com o fone de ouvido na cabeça, mas mantinha uma orelha descoberta para conversar. Ele a cobriu novamente e aproximou o microfone da boca. "Pode falar, torre", disse. E concentrou-se nas instruções do aeroporto de Glasgow a respeito da rota a seguir para evitar a aproximação a outras aeronaves. Rebus olhava para a nuca de Brimson, pensando que Teri não o mencionara como amigo da família... dera a impressão de não gostar nem um pouco dele, na verdade...

O Cessna mergulhou e Rebus tentava não apertar demais a guarda da poltrona. Mais um minuto e sobrevoaram Grenock e o pequeno trecho aquático que a separava de Dunoon. A paisagem adquiria um ar mais rústico: mais bosques, menos povoados. Cruzaram Loch Fyne e se aproximaram do estreito de Jura. O vento aumentou subitamente, sacudindo o avião.

331

"Nunca estive aqui antes", Brimson admitiu. "Estudei os mapas ontem à noite. Só tem uma estrada, na parte leste da ilha. Em geral, ela é coberta de mata nas partes baixas, e há alguns picos interessantes."

"E a pista de pouso?", Siobhan perguntou.

"Já veremos." Ele se voltou para Rebus novamente. "O senhor costuma ler poesia, inspetor?"

"O que você acha?"

"Francamente, acho que não. Sou um tremendo fã de Yeats. Li um poema dele, faz alguns dias: 'Encontrarei meu destino num ponto das nuvens, bem alto; não odeio quem combato, não adoro quem vigio'." Ele olhou para Siobhan. "Não é muito triste?"

"Você acredita que Lee sentia isso?"

Ele deu de ombros. "O pobre coitado que saltou do avião sentia." Ele pausou. "Sabe qual é o título do poema? 'Um aeronauta irlandês antevê sua morte'." Ele fitou outra vez o painel de instrumentos. "Estamos sobrevoando Jura, agora."

Siobhan olhou para fora. O avião descreveu um círculo fechado e ela avistou de novo a linha da costa e a estrada que a acompanhava. À medida que o avião descia, Brimson dava a impressão de procurar algo na estrada... um marco, talvez.

"Não vejo onde aterrissar", Siobhan disse. Mas ela notou que um homem surgira e acenava para eles com os dois braços. Brimson subiu novamente e deu outra volta.

"Algum tráfego?", ele perguntou quando sobrevoaram novamente a estrada. Siobhan pensou que ele falava com alguém pelo microfone, alguma torre oculta. Mas em seguida se deu conta de que ele falava com ela. Referia-se a tráfego na estrada.

"Você deve estar brincando", ela disse, virando-se para ver se Rebus compartilhava sua incredulidade, mas ele parecia concentrado em fazer o avião pousar com a força do pensamento. As rodas roncaram ao atingir o asfalto e a aeronave saltou como se pretendesse decolar de novo. Brimson rilhara os dentes, mas mantinha o sorriso. Virou-se para Siobhan, triunfal, e taxiou pela pista na direção do sujeito que acenara antes, e agora guiava o aviãozinho na direção de um portão que dava para um descampado de mato aparado. Sacolejaram ao passar pelo campo irregular. Brimson desligou o motor e tirou o fone de ouvido.

Havia uma casa ao lado do campo, uma mulher os observava com um bebê no colo. Siobhan abriu a porta, soltou o cinto de segurança e saltou para fora. O chão parecia vibrar, mas ela percebeu que era seu corpo, ainda trêmulo por causa do vôo.

"Nunca desci numa estrada antes", Brimson disse ao sujeito que os aguardava, sorridente.

"Era ou ali ou no campo", o homem retrucou, com sotaque carregado. Era alto e musculoso, com cabelo castanho encaracolado e faces rosadas reluzentes. "Sou Rory Mollison." Ele apertou a mão de Brimson, depois foi apresentado a Siobhan. Rebus, que acendia o cigarro, cumprimentou-o mas não estendeu a mão. "Vejo que encontraram o local sem dificuldade", Mollison disse, como se tivessem vindo de carro.

"Viu só?", Siobhan rebateu.

"Achei que daria certo, mesmo", Mollison disse. "O pessoal do SAS desceu de helicóptero. O piloto deles me falou que a estrada daria uma boa pista de pouso. Não tem buracos."

"Ele tinha razão", Brimson reforçou.

Mollison fora "guia local" da equipe de resgate. Quando Siobhan tinha pedido o favor a Brimson — um passeio de avião até Jura — ele perguntara onde poderiam pousar. Rebus fornecera o nome de Mollison...

Siobhan acenou para a mulher, que retribuiu o gesto sem muito entusiasmo.

"Mary, minha mulher", Mollison disse. "E nossa filhinha, Seona. Querem tomar um chá?"

Rebus consultou o relógio. "Acho melhor começar logo." E se dirigiu a Brimson. "Você pode esperar aqui, até voltarmos?"

"Como assim?"

"Vamos precisar de algumas horas..."

"Prefiro ir junto. Suponho que a senhora Mollison prefere que eu não fique aqui, atrapalhando. Como eu os trouxe até aqui, não podem me deixar para trás."

Rebus olhou para Siobhan e concordou com um gesto.

"Vamos entrar para os preparativos", Mollison disse. Siobhan ergueu a mochila, como resposta.

"Preparativos?", Rebus indagou.

"Equipamento de escalada." Mollison o fitou de alto a baixo. "Você só trouxe isso?"

Rebus deu de ombros. Siobhan abriu a mochila e mostrou as botas de alpinismo, capote e garrafa térmica. "Pior que a Mary Poppins", Rebus comentou.

"Empresto o que você precisar", Mollison o tranqüilizou, conduzindo os três visitantes a sua casa.

"Você não é guia profissional, então?", Siobhan indagou. Mollison disse que não.

"Mas conheço esta ilha como a palma de minha mão. Percorri cada centímetro nos últimos vinte anos." Eles haviam seguido no Land Rover de Mollison até onde fora possível, na trilha lamacenta, sacolejando a ponto de arrancar obturações dos dentes. Mollison guiava bem ou era maluco. Por vezes parecia não haver nenhum caminho, e seguiam feito loucos pelo chão da floresta, coberto de musgo, reduzindo a marcha só na hora de passar por terreno pedregoso ou varar um riacho. Mas, a certa altura, tiveram de reconhecer a derrota. Chegara o momento de caminhar.

Rebus usava botas de alpinismo ancestrais, cujo couro se solidificara implacavelmente, dificultando a movimentação dos pés. Recebera ainda calça à prova d'água salpicada de barro e um casaco Barbour engordurado. Quando o motor do carro foi desligado o silêncio retornou à mata.

"Vocês viram o primeiro filme do Rambo?", Siobhan perguntou num sussurro. Rebus calculou que ela não esperava resposta, e voltou-se para Brimson.

"O que o levou a deixar a RAF?"

"Cansei, suponho. Cansei de receber ordens de gente que eu não respeitava."

"E quanto a Lee? Ele contou por que saiu do SAS?"

Brimson refletiu um pouco. Mantinha os olhos baixos, para identificar poças e raízes. "Pelo mesmo motivo, suponho."

"Mas ele nunca comentou isso com você?"

"Nunca."

"E sobre o que vocês dois conversavam?"

Brimson ergueu a vista. "Um monte de coisas."

"O relacionamento com ele era fácil? Discordavam muito?"

"Discutimos uma ou duas vezes por causa da política... dos rumos que o mundo estava tomando. Nada que me levasse a pensar que ele estava saindo dos trilhos. Eu o teria ajudado, se percebesse algo."

Trilhos. Rebus pensou na palavra, viu o corpo de Andy Callis sendo içado dos trilhos do trem. Perguntava-se se as visitas que lhe fizera haviam sido úteis, ou servido apenas para evocar dolorosas lembranças de tudo que o sujeito perdera. Depois se lembrou que Siobhan estivera a ponto de lhe dizer algo no carro, na noite anterior. Talvez tivesse a ver com seu impulso para se envolver com a vida alheia... e nem sempre com bons resultados.

"Até onde vamos?", Brimson perguntava a Mollison.

"Uma hora de caminhada até o local, mais uma para voltar." Mollison levava uma mochila ao ombro. Fitou os companheiros e seus olhos se detiveram em Rebus. "Melhor dizendo", corrigiu, "uma hora e meia."

Rebus já contara a Brimson parte da história enquan-

335

to se aprontavam, na casa, perguntando se Herdman alguma vez mencionara aquela missão. Brimson respondeu que não.

"Mas eu me lembro do caso, li a respeito nos jornais. As pessoas pensaram que o IRA havia derrubado o helicóptero."

Quando começaram a subir, Mollison resolveu falar. "Eles me disseram que procuravam sinais de um ataque com mísseis."

"E não estavam interessados em localizar os corpos?", Siobhan perguntou. Ela havia calçado meias grossas e enfiado a barra da calça dentro da bota, que parecia nova ou raramente usada.

"Claro, também queriam recuperar os corpos. Mas estavam interessados mesmo no motivo do desastre."

"Quantos vieram?"

"Meia dúzia."

"E o procuraram imediatamente?"

"Creio que falaram com o pessoal do Resgate na Montanha, e eles informaram que eu seria o melhor guia, no caso." Pausa. "Não que haja muita competição por aqui." Outra pausa. "Fui obrigado a assinar o Ato dos Segredos Oficiais."

Rebus o encarou. "Antes ou depois?"

Mollison coçou atrás da orelha. "Logo no início. Disseram que era o procedimento-padrão." Ele olhou para Rebus. "Isso quer dizer que não deveria conversar com vocês?"

"Não sei... acharam algo que você considera sigiloso?"

Mollison pensou um pouco e sacudiu a cabeça.

"Então tudo bem", Rebus disse. "Provavelmente era só burocracia mesmo." Mollison retomou a caminhada, Rebus queria seguir a seu lado, mas a bota tinha outros planos. "Alguém veio aqui, desde então?", Rebus quis saber.

"Muita gente vem para cá no verão, caminhar."

"Do exército, eu quis dizer."

Mollison coçou a orelha de novo. "Uma mulher, na

metade do ano passado, acho... talvez um pouco antes. Tentou bancar a turista."

"Mas não convenceu?", Rebus o incentivou, e descreveu Whiteread.

"Exatamente, ela era assim mesmo", Mollison admitiu. Rebus e Siobhan trocaram olhares.

"Se me perdoam a curiosidade", Brimson disse, parando para recuperar o fôlego, "o que tudo isso tem a ver com o que Lee fez?"

"Nada, talvez", Rebus admitiu. "Mas o exercício fará bem a todos nós."

À medida que prosseguiam na caminhada, agora sempre subindo, pararam de falar para poupar energia. Finalmente, saíram da mata. A escarpa íngreme à frente exibia apenas algumas árvores retorcidas. Mato ralo, urze e samambaias brotavam por entre as pedras. Fim da caminhada. Para subir mais, só escalando. Rebus esticou o pescoço, buscando o topo distante.

"Não se preocupe", Mollison disse. "Não vamos subir até lá." E apontou para cima. "O helicóptero bateu na montanha a meio caminho do alto e rolou para cá." Ele gesticulou com o braço, abrangendo a área em que se encontravam. "Era um helicóptero grande. Pelo jeito, tinha vários motores."

"Foi um Chinook", Rebus explicou. "Dois conjuntos de rotores, um na frente e um na traseira." Ele olhou para Mollison. "Devem ter encontrado muitos destroços."

"Exatamente. E os corpos... estavam espalhados. Um deles caiu num barranco, a cem metros. Eu e um militar o recuperamos. Eles trouxeram uma equipe para recolher os destroços. Mas um sujeito veio para examinar o local da queda. Ele não achou nada."

"Quer dizer que não foi um míssil?"

Mollison fez que não. Apontou para as árvores. "Muitos papéis voaram para longe. Eles vasculharam a mata atrás deles. Alguns ficaram presos nas árvores. Acredita que eles treparam para apanhar tudo?"

"Alguém revelou o motivo?"

Mollison negou de novo. "Oficialmente, não. Mas quando um deles parou para preparar um chá — faziam isso a toda hora — ouvi alguns comentários. O helicóptero estava a caminho da Irlanda do Norte com majores e coronéis a bordo. Devia estar levando documentos que não podiam cair nas mãos dos terroristas. Isso explicaria o fato de estarem armados."

"Armados?"

"A equipe de resgate portava rifles. Achei meio estranho, na época."

"Você por acaso teve a chance de botar as mãos em algum dos documentos?", Rebus perguntou. Mollison fez que sim.

"Mas nem olhei. Juntei tudo e levei de volta."

"Uma pena", Rebus disse, com o sorriso mais desolado que pôde apresentar.

"É lindo aqui em cima", Siobhan disse de repente, protegendo os olhos do sol.

"É mesmo", Mollison concordou, abrindo um sorriso amplo.

"Por falar em chá", Brimson interrompeu, "alguém trouxe uma garrafa térmica?" Siobhan abriu a mochila e passou a garrafa. Os quatro beberam na única caneca plástica disponível. O sabor era o de sempre, para chá em garrafa térmica: quente, mas inconvincente. Rebus percorria o trecho plano, ao pé da elevação.

"Alguma coisa estranha chamou a sua atenção?", perguntou a Mollison.

"Estranha?"

"Com referência à missão de resgate... as pessoas que vieram, as coisas que faziam." Mollison negou com um meneio. "Você conheceu bem o pessoal?"

"Eles só passaram dois dias aqui comigo."

"Não conheceu Lee Herdman?" Rebus trouxera a foto consigo e a mostrou.

"Foi ele quem atirou nos estudantes?" Mollison esperou até que Rebus confirmasse, depois examinou a foto de novo. "Eu me lembro dele muito bem. Bom sujeito... calado. Não trabalhava bem em equipe."

"Como assim?"

"Ele preferia ir para o meio do mato, recolher fragmentos e folhas de papel. Qualquer pedacinho. Os outros zombavam dele por causa disso. Precisavam chamá-lo duas ou três vezes, quando o chá ficava pronto."

"Vai ver ele sabia que não valia a pena correr para tomar um chá daqueles", Brimson disse, aspirando o aroma da caneca.

"Está querendo dizer que não sei fazer chá?", Siobhan questionou. Brimson levantou as mãos, em sinal de rendição.

"Quanto tempo eles passaram aqui?", Rebus perguntou a Mollison.

"Dois dias. A equipe de remoção chegou no segundo dia. Precisaram de uma semana para remover os destroços, de navio."

"Você conversava muito com eles?"

Mollison deu de ombros. "Eram gente fina, todos. Mas muito concentrados no serviço."

Rebus agradeceu e caminhou na direção da floresta. Não se afastou muito, mas era interessante o quanto a pessoa se sentia isolada rapidamente, separada dos rostos ainda visíveis e das vozes audíveis. Como era o nome daquele disco de Brian Eno? *Another green world*. Primeiro viram o mundo de cima, agora isso... igualmente alheio e instigante. Lee Herdman caminhara por essas matas e por pouco não saíra. Fora sua última missão antes de sair do SAS. Aprendera algo ali? Encontrara algo?

Rebus pensou numa coisa, subitamente: a gente nunca sai do SAS. Uma marca indelével permanece, por trás dos atos e sentimentos cotidianos. A gente percebia que existem outros mundos, outras realidades. Passara por experiências inusitadas, sendo treinado para ver a vida como mais uma missão, cheia de armadilhas e ciladas em potencial. Rebus se perguntou o quanto ele mesmo fora capaz de se distanciar da época em que servira nos pára-quedistas e treinara para o SAS.

Estava em queda livre, desde então?

E teria Lee Herdman previsto sua própria morte, como o aeronauta do poema? Ele se agachou e passou a mão no solo. Gravetos e folhas, musgo, algumas florzinhas silvestres, mato ralo. Imaginou o helicóptero batendo na escarpa rochosa. Problema mecânico ou erro do piloto.

Problema mecânico, erro do piloto ou algo mais terrível...

Viu o céu explodir quando o combustível pegou fogo, as lâminas dos rotores desacelerarem e se fecharem. Deve ter caído feito uma pedra, atirando os corpos para longe, e fechado feito sanfona. O ruído surdo da carne a bater no chão duro... mesmo barulho que o corpo de Andy Callis deve ter feito ao bater nos trilhos do trem. A explosão fez com que o conteúdo do helicóptero voasse para longe, chamuscando as folhas de papel, ou transformando-as em confete. Papéis secretos que exigiram a presença do SAS para sua recuperação. E Lee Herdman mais interessado do que todos, penetrando mais e mais na mata. Ele se lembrou das palavras de Teri Cotter sobre Herdman: *Era o jeito dele — cheio de segredos.* Rebus pensou no computador desaparecido, o que Herdman adquirira para usar no trabalho. Onde estaria? Quem o pegara? Que segredos continha?

"Tudo bem?" Era a voz de Siobhan. Ela ofereceu a caneca cheia de chá quente. Rebus se levantou.

"Tudo bem", ele respondeu.

"Eu estava lhe chamando."

"Não escutei." E pegou a caneca das mãos dela.

"Ao estilo de Lee Herdman?", ela disse.

"Pode ser." Ele tomou um gole de chá.

"Vamos encontrar alguma coisa aqui?"

Ele deu de ombros. "Talvez baste apenas ver o local."

"Você acha que ele achou alguma coisa, certo?" Seus olhos se fixaram em Rebus. "Acredita que ele pegou algo, e que o exército quer isso de volta." Foi uma afirmação, e não uma pergunta. Rebus a confirmou com um aceno discreto.

"E por que isso nos diz respeito?", ela quis saber.

"Porque nós não gostamos deles", Rebus respondeu. "Ou porque, seja lá o que for, eles ainda não conseguiram recuperar. Quer dizer que outra pessoa pode conseguir. Talvez alguém tenha encontrado, na semana passada..."

"E Herdman, quando percebeu, perdeu o controle?"

Rebus deu de ombros outra vez, devolvendo a caneca vazia. "Você gostou de Brimson, não foi?"

Ela não piscou, mas baixou os olhos.

"Tudo bem", ele disse, sorridente. Ela entendeu errado o tom do comentário e o encarou.

"Ah, quer dizer que tenho sua permissão, é?"

Foi a vez dele de erguer as mãos, em sinal de rendição. "Eu só quis dizer que..." Como não conseguiu pensar em nada que pudesse ajudar, deixou a frase morrer no ar. "O chá está forte demais", ele disse, rumando para fora da mata.

"Pelo menos eu fiz a gentileza de trazer um pouco até aqui", Siobhan resmungou, limpando o mato da roupa.

No vôo de volta Rebus preferiu sentar no banco traseiro, em silêncio, apesar de Siobhan sugerir troca de lugares. Manteve o rosto virado para a janela, como se a paisagem atraísse sua total atenção, dando a Siobhan e Brimson chance de conversar. Brimson mostrou a ela os controles e como deviam ser operados, arrancando depois a promessa de lhe dar uma aula de pilotagem. Era como se tivessem esquecido de Lee Herdman; talvez fosse isso mesmo, Rebus foi levado a considerar, e com certa razão. A maioria das pessoas em South Queensferry, inclusive as famílias das vítimas, só queria tocar a vida em frente. O que passou, passou, não havia como mudar ou consertar os erros. A gente precisa deixar as coisas para trás, um dia...

Mas não consegue.

Rebus fechou os olhos por causa do brilho súbito do sol. Seu rosto foi tomado pela luz e pelo calor. Ele percebeu que estava exausto, a ponto de cochilar, e concluiu não haver nenhum problema. Dormir era bom. Mas acordou minutos depois, sobressaltado, tendo sonhado que estava sozinho numa cidade desconhecida, vestindo apenas um pijama listrado do tipo antigo. Descalço, sem dinheiro, procurava alguém que pudesse ajudá-lo, enquanto tentava passar despercebido. Ao espiar através da janela de um café, viu um sujeito sacar a arma, sob a mesa, e pô-la em cima do colo. Rebus sabia que não podia entrar sem dinheiro. E ficou ali parado, observando tudo, com as mãos no vidro, evitando criar confusão...

Piscando, conseguiu recuperar o foco da visão e perceber que sobrevoavam novamente o Firth of Forth, preparando-se para aterrissagem. Brimson falava.

"Penso freqüentemente no que um terrorista poderia fazer com um avião. Mesmo que fosse pequeno, como o Cessna. Temos docas, balsas, pontes de rodovias e ferrovias... e um aeroporto aqui perto."

"Teria muitas opções", Siobhan concordou.

"Eu gostaria muito que certas áreas da cidade fossem arrasadas", Rebus comentou.

"Ah, o senhor conosco novamente, inspetor? Lamento que nossa companhia não tenha sido entusiasmante." Brimson e Siobhan compartilharam um sorriso, mostrando a Rebus que sua falta não fora tão terrível assim.

Após um pouso suave Brimson taxiou até onde o carro de Siobhan estava estacionado. Ao descer, Rebus apertou a mão de Brimson.

"Obrigado por me deixar acompanhá-los", Brimson disse.

"Sou eu quem lhe deve um agradecimento. Mande a conta do combustível e de seu trabalho."

342

Brimson apenas deu de ombros e virou-se para apertar a mão de Siobhan, que segurou por um instante além do necessário. E apontou-lhe um dedo da mão livre.

"Lembre-se de sua promessa. Estarei esperando."

Ela sorriu. "Promessa é dívida, Doug. Mas eu queria saber se posso abusar de sua boa vontade..."

"Diga logo."

"Eu queria dar uma espiada no jatinho executivo, ver como vivem os ricos."

Ele a encarou por um momento, depois riu. "Claro, sem problema. Está no hangar." Brimson seguiu na direção indicada. "O senhor vem conosco, inspetor?"

"Espero aqui", Rebus disse. Depois que eles se afastaram acendeu um cigarro, protegido pela lateral do Cessna. Eles reapareceram cinco minutos depois, e o bom humor de Brimson desapareceu assim que ele viu a ponta do cigarro de Rebus.

"Fumar aqui é terminantemente proibido", disse. "Risco de incêndio."

Rebus desculpou-se com um gesto, tirou o cigarro da boca e o apagou com o pé. Seguiu Siobhan até o carro enquanto Brimson entrava no Land Rover para acompanhá-los até a saída e abrir o portão.

"Gente fina", Rebus disse.

"É", Siobhan concordou. "Gente fina."

"Você acha mesmo?"

Ela o encarou. "Você não acha?"

Rebus fez um muxoxo. "Fiquei com a impressão de que ele é um colecionador."

"Do quê?"

Rebus refletiu por um momento. "De espécimes interessantes... pessoas como Herdman e Niles."

"Ele conhece os Cotter também, não se esqueça." Siobhan preparava o bote.

"Veja bem, eu não quis dizer..."

"Quis dizer para eu me afastar dele, não foi?"

Rebus não respondeu.

"Não foi?", ela insistiu.

"Eu não gostaria que todo o encanto do jatinho executivo fizesse você perder a cabeça." Ele pausou. "Como é, afinal?"

Ela o encarou, e entregou os pontos. "Pequeno. Bancos de couro. Servem champanhe e refeições quentes durante o vôo."

"Não se anime tanto."

Ela fez uma careta e perguntou para onde ele desejava ir, e Rebus lhe disse: Delegacia de Polícia de Craigmillar. O detetive de lá se chamava Blake, era novato, largara a farda havia menos de um ano. Rebus não se importava: isso queria dizer que ele estava ansioso para provar seu valor. Rebus informou a ele que conhecia Andy Callis e os Lost Boys. Blake manteve-se atento, interrompendo Rebus de vez em quando para fazer perguntas, enquanto anotava tudo num bloco A4 pautado. Siobhan, sentada na sala com eles, cruzara os braços e fixara a vista na parede. Rebus teve a impressão de que ela pensava em passeios de avião...

No final da conversa Rebus perguntou se haviam descoberto alguma coisa. Blake sacudiu a cabeça negativamente.

"Ainda estamos interrogando as testemunhas. O doutor Curt fará a autópsia esta tarde." Ele consultou o relógio. "Acho melhor eu ir para lá. Se quiser me acompanhar..."

Mas Rebus não quis. Não pretendia ver a necropsia de seu amigo. "Você vai deter Rab Fisher?"

Blake fez que sim. "Quanto a isso, não se preocupe. Vou conversar com ele."

"Não espere muito em termos de conversa", Rebus alertou.

"Falarei com ele." O tom de voz do colega indicava que Rebus estava indo longe demais.

"Perdão. Ninguém gosta que lhe digam como fazer seu trabalho", Rebus disse, abrindo um sorriso.

344

"Pelo menos até que pisem na bola", Blake disse, levantando-se. Rebus fez o mesmo, e trocaram um aperto de mão.

"Gente fina", Rebus disse a Siobhan, quando voltavam ao carro dela.

"Muito metido", ela respondeu. "Ele acha que não vai pisar na bola nunca."

"Aprenderá do jeito mais difícil, então."

"Espero que sim. Realmente."

18

A idéia era voltarem ao apartamento de Siobhan para ela preparar o jantar prometido. Estavam em silêncio, parados no sinal vermelho na esquina de Leith Street com a York Place. Rebus virou-se para ela.

"Primeiro, um drinque?", sugeriu.

"E eu que vou dirigir, não bebo?"

"Você pode pegar um táxi para casa depois, e buscar o carro amanhã de manhã..."

Atenta ao sinal vermelho, ela analisava a proposta. Quando ficou verde ela passou para a outra pista, no sentido da Queen Street.

"Deduzo que brindaremos o Ox com nossa preciosa presença", Rebus disse.

"Haveria outro lugar mais adequado a seu alto nível de exigência?"

"Tenho uma idéia... tomamos o primeiro drinque lá e depois você escolhe para onde vamos."

"Combinado."

Eles tomaram o primeiro drinque no enfumaçado salão da frente do Oxford Bar, ruidoso com as conversas do pessoal que saíra do serviço. A tarde abria caminho para o início da noite. Egito Antigo no canal Discovery. Siobhan observava os fregueses: mais interessantes do que qualquer programa de televisão. Ela notou que Harry, o barman carrancudo, sorria.

"Ele parece inusitadamente alegre", comentou com Rebus.

"Creio que o jovem Harry apaixonou-se." Rebus tentava fazer com que sua cerveja durasse o máximo possível: Siobhan ainda não revelara onde seria a próxima parada. Pedira uma sidra e bebera quase tudo. "Quer mais uma?", ele perguntou, apontando para o copo dela.

"Você disse um drinque."

"Para me fazer companhia." Ele ergueu o copo, mostrando quanto restava. Mas ela recusou.

"Sei o que você está tentando fazer", ela disse. Ele fez cara de inocência perplexa, embora soubesse que não conseguiria enganá-la nem por um segundo. Alguns fregueses freqüentes entraram e tentaram se acomodar no meio da confusão. Havia três mulheres sentadas numa mesa no salão vazio dos fundos, e nenhuma no salão da frente, exceto Siobhan. Ela torceu o nariz para a agitação e o ruído cada vez maiores, levou o copo à boca e bebeu tudo.

"Vamos embora, então", ela disse.

"Para onde?", Rebus perguntou, franzindo a testa. Mas ela só balançou a cabeça: não ia revelar. "Meu paletó ficou pendurado", ele avisou. Ele o tirara na esperança de obter vantagem psicológica: sinal de quanto se sentia à vontade ali.

"Então vá pegá-lo", Siobhan ordenou. Ele obedeceu depois de tomar o resto de cerveja do copo, e a acompanhou para fora do bar.

"Ar fresco", Siobhan disse, inspirando profundamente. O carro estava estacionado na North Castle Street, mas passaram por ele e seguiram adiante, no sentido da George Street. Bem na frente dele o Castelo brilhava, iluminado, contra o céu noturno. Dobraram à direita, Rebus sentia as duas pernas rígidas, legado da caminhada em Jura.

"Esta noite vou sofrer um bocado", ele comentou.

"Aposto que foi o máximo de exercício neste ano", Siobhan retrucou, sorrindo.

"Nesta década", Rebus a corrigiu. Ela parou na frente de uma escada e começou a descer. O bar que escolhera ficava num porão, abaixo do nível da rua, e sobre ele havia uma loja. O interior era chique, com música e luz suave.

"É sua primeira vez aqui?", Siobhan perguntou.

"O que você acha?" Ele seguia para o bar, mas Siobhan o puxou pelo braço e o levou até uma mesa vazia.

"Aqui eles servem na mesa", informou quando sentaram. A garçonete já viera atendê-los. Siobhan pediu gim-tônica e Rebus um Laphroaig. Quando seu uísque chegou, ele ergueu o copo e o avaliou, como se desaprovasse o tamanho da dose. Siobhan mexeu seu copo, esmagando a fatia de limão contra os cubos de gelo.

"Querem fechar a conta?", a garçonete perguntou.

"Não, pode deixar", Siobhan disse. E, assim que a garçonete se afastou: "Estamos mais próximos de descobrir por que Herdman atirou naqueles rapazes?".

Rebus deu de ombros. "Creio que só saberemos quando chegarmos lá."

"E tudo que surgir até aquele momento..."

"É potencialmente útil", Rebus disse, sabendo que ela não teria terminado assim a sentença. Ele levou o copo à boca, mas já estava vazio. Nem sinal da garçonete. Atrás do bar, um garçom preparava um drinque.

"Sexta-feira à noite, lá na linha do trem", Siobhan falou, "Silvers me contou uma coisa." Ela fez uma pausa. "Ele disse que o caso de Herdman ia passar para o pessoal da DMC. Entorpecentes e Crimes Capitais."

"Faz sentido", Rebus resmungou. Mas, com Claverhouse e Ormiston dando as cartas, não haveria lugar para ele, nem para Siobhan. "Não havia um conjunto chamado DMC, ou estou pensando na gravadora de Elton John?"

Siobhan explicou. "Run DMC. Creio que é um grupo de rap."

"Rap com C maiúsculo inicial, aposto."*

(*) C+Rap = *Crap*, em inglês, porcaria, excremento. (N. T.)

"Não deve ser páreo para os Rolling Stones, com certeza."

"Não zombe dos Rolling Stones, detetive Clarke. Nada do que você ouve hoje existiria sem eles."

"Um tema sobre o qual você deve ter discutido amplamente." Ela voltou a mexer seu copo. Rebus ainda não tinha conseguido localizar a garçonete.

"Eu vou pegar outra dose", ele disse, levantando da mesa. Preferia que Siobhan não tivesse mencionado a noite de sexta-feira. Andy Callis não saíra de sua mente a semana inteira. Ficava pensando em diferentes seqüências de acontecimentos — pequenos detalhes diferentes no tempo e no espaço — que poderiam ter salvado seu amigo. Provavelmente teriam salvado Lee Herdman, também... e impedido Robert Niles de matar a esposa.

E evitado que Rebus escaldasse as mãos.

Tudo se reduzia a contingências quase instantâneas, e bulir numa delas modificava o futuro para lá de qualquer reconhecimento. Ele sabia da existência de um debate científico nessa linha, algo a ver com o bater das asas da borboleta na selva... Talvez, se ele batesse os braços como se fossem asas, a garçonete surgisse. O barman servia uma mistura rosada num copo de martíni, afastando-se de Rebus para servi-la. O bar tinha dois lados e dividia o salão ao meio. Rebus perscrutou a penumbra. Pouca gente do outro lado. Uma imagem de espelho das mesas e poltronas fofas, mesma decoração e clientela. Rebus sabia que superava os presentes em pelo menos trinta anos. Um jovem se escarrapachara na banqueta, apoiando-se nos braços virados para trás, de pernas cruzadas, exibindo-se tranqüilamente, seguro...

Exibindo-se para todos, menos para Rebus. O barman aproximou-se para pegar o pedido de Rebus, que balançou a cabeça, seguiu até o final do balcão e atravessou a passagem que conduzia ao outro lado do bar. Seguiu em frente até parar onde estava Peacock Johnson.

"Senhor Rebus...", Johnson disse, baixando os braços. Olhou para a esquerda e para a direita, como se esperasse que Rebus tivesse levado reforço. "O detetive esperto, vejam só. Procurando este vosso criado?"

"Não necessariamente." Rebus acomodou-se na frente de Johnson. A camisa estilo havaiano escolhida pelo sujeito não se destacava muito naquela luz. Outra garçonete apareceu, e Rebus pediu um uísque duplo. "Na conta do meu amigo aqui", disse, apontando para o outro lado da mesa.

Johnson apenas deu de ombros, magnânimo, e pediu mais uma taça de Merlot para si. "Então, trata-se da mais pura e verdadeira coincidência?", perguntou.

"Cadê seu cão de guarda?", Rebus disse, olhando em torno.

"Aquele malandrinho não tem cacife para um estabelecimento deste calibre."

"Você deixa ele amarrado lá fora?"

Johnson fez uma careta. "De vez em quando deixo ele sem coleira."

"O dono pode ser multado por tal comportamento."

"Ele só morde quando Peacock manda." Johnson deu o último gole em seu vinho quando as bebidas chegaram. A garçonete pôs uma tigela de salgadinhos entre os dois. "Saúde", Johnson disse, levantando a taça de Merlot.

Rebus o ignorou. "Na verdade, eu andava mesmo pensando em você."

"Os pensamentos mais puros, com certeza."

"Por incrível que pareça, não." Rebus debruçou-se sobre a mesa, mantendo a voz baixa. "Na verdade, se você lesse pensamentos, ia ficar morrendo de medo." Johnson prestava atenção total. "Sabe quem morreu na sexta-feira passada? Andy Callis. Lembra-se dele, não é mesmo?"

"No momento, não."

"Era o policial que parou seu amigo Rab Fisher."

"Rab não é meu amigo. No máximo, conhecido."

"Conhecido o bastante para você lhe vender aquela arma."

350

"Uma réplica, vale a pena lembrar." Johnson pegava um punhado de salgadinhos, levava a mão à boca e comia um por um, de modo que fragmentos saltavam quando falava. "Não houve processo, e eu repudio qualquer insinuação a respeito."

"Exceto pelo fato de Fisher andar pela rua assustando as pessoas, o que quase provocou sua morte."

"Não houve processo", Johnson repetiu.

"E isso transformou meu amigo num trapo, emocionalmente. E agora ele está morto. Você vendeu a arma para um sujeito, e alguém acabou morrendo."

"Uma réplica, negócio perfeitamente legítimo, de acordo com as leis vigentes." Johnson tentava não ouvir, e estendeu a mão para apanhar mais salgadinhos. Rebus deu um tapa na mão dele, espalhando o conteúdo da tigela. Agarrou o pulso do sujeito e o apertou com força.

"Você é tão legítimo quanto qualquer outro bandido que já conheci."

Johnson tentava soltar a mão. "E você é puro como a neve, é isso que quer dizer? Todo mundo sabe a que ponto você pode chegar, Rebus."

"E que ponto seria?"

"Fazer qualquer coisa para me pegar! Sei que você tentou me envolver, dizendo que estou alterando armas desativadas para que atirem novamente."

"Quem falou isso?" Rebus afrouxou o aperto.

"Todo mundo!" Havia pingos de saliva no queixo de Johnson, misturados com pedaços do salgadinho. "Puxa vida, só se o cara for surdo não ia ouvir isso aqui na cidade."

Era verdade: Rebus dera algumas dicas a respeito. Queria pegar Peacock Johnson. Queria algo — qualquer coisa — como compensação pela saída de Callis da polícia. Embora as pessoas sacudissem a cabeça e murmurassem palavras como "réplicas", "coleção" e "desativadas", Rebus continuava investigando.

E Johnson fora informado, de algum modo.

"Há quanto tempo você sabe?", Rebus perguntou.

"Como é?"

"Há quanto tempo?"

Mas Johnson apenas ergueu o copo, com olhos vidrados, esperando que Rebus tentasse acertá-lo. Rebus apenas ergueu seu próprio copo e o esvaziou num gole.

"Acho melhor você ficar sabendo de uma coisa", disse, bem devagar. "Posso guardar rancor pela vida inteira: me aguarde."

"Apesar de eu não ter feito nada?"

"Ah, você fez alguma coisa, tenho certeza", Rebus disse, levantando-se. "Só não descobri ainda o que foi." Ele piscou e virou de costas. Escutou o ruído da mesa sendo empurrada, olhou para trás e viu que Johnson se levantara, cerrando os punhos.

"Vamos resolver isso agora!", gritou. Rebus meteu a mão no bolso.

"Prefiro esperar até o julgamento, se você não se importa", disse.

"De jeito nenhum. Não agüento mais esta história!"

"Que bom", Rebus disse. Viu que Siobhan apontava na passagem e olhava para ele incrédula. Provavelmente pensara que ele havia ido ao banheiro. Seu olhar dizia: *Não posso deixar você sozinho cinco minutos...*

"Algum problema?" A pergunta não veio de Siobhan, mas do segurança, um sujeito de pescoço grosso de terno preto e camisa pólo preta. Usava fone de ouvido e microfone. A cabeça raspada reluzia na pouca luz existente.

"Só estávamos conversando", Rebus o tranqüilizou. "Pensando bem, você pode nos ajudar a resolver a disputa: qual o nome da antiga gravadora de Elton John?"

O segurança se espantou. Mas o barman levantou o braço. Rebus olhou para ele. "DJM", ele disse.

Rebus estalou os dedos. "É isso aí! Pegue um drinque, o que quiser..." E seguiu para a passagem, apontando para Peacock Johnson. "Na conta daquele cara ali..."

"Você nunca comenta seu tempo no exército", Siobhan disse, trazendo dois pratos da cozinha. Rebus já tinha uma bandeja, garfo e faca. Os temperos estavam no chão, a seus pés. Ele fez um gesto de agradecimento e pegou o prato: bisteca de porco grelhada com batata assada e milho verde refogado.

"Parece ótimo", disse, erguendo a taça de vinho. "Cumprimentos ao chefe."

"Fiz a batata no microondas, e o milho tirei do freezer."

Rebus levou o dedo esticado aos lábios. "Nunca revele seus segredos."

"Uma lição que você cumpre à risca." Ela assoprou um pedaço de carne. "Quer que eu repita a pergunta?"

"O problema é que não foi uma pergunta."

Ela refletiu um pouco, e viu que ele tinha razão. "Mesmo assim", disse.

"Quer que eu responda?" Ela fez que sim, depois tomou um gole de vinho. Tinto chileno, informou. Três libras a garrafa. "Você se importa se eu jantar primeiro?"

"Você não consegue comer e falar ao mesmo tempo?"

"Falta de educação, minha mãe me ensinou."

"Você sempre obedecia a seus pais?"

"Sempre."

"E seguia os conselhos deles ao pé da letra?" Ele fez que sim, mastigando um pedaço de batata. "Então por que estamos conversando e comendo ao mesmo tempo?"

Rebus tomou mais um gole de vinho para empurrar a comida. "Tudo bem, eu desisto. A resposta à pergunta que você não formulou é sim." Ela esperou o restante, mas ele voltou a se concentrar no jantar.

"Sim, o quê?"

"Sim, é verdade que não falo no meu tempo de exército."

Siobhan exalou ruidosamente. "A conversa dos presuntos lá no necrotério seria mais animada." Ela parou, fechou os olhos por um instante. "Lamento, eu não devia ter falado assim."

"Tudo bem." Mas Rebus parou de mastigar. Dois dos "presuntos": um membro da família e um ex-colega. Estranho pensar neles deitados em gavetas de metal adjacentes no frigorífico do necrotério. "O problema com meu tempo no exército é que passei anos tentando esquecer tudo."

"Por quê?"

"Várias razões. Eu não deveria ter me alistado, para começo de conversa. Quando me dei conta, estava na Irlanda do Norte apontando o fuzil para crianças armadas com coquetéis Molotov. Acabei me candidatando ao SAS, e ferrei a cabeça no processo." Ele deu de ombros. "Não tem mais nada além disso."

"E por que você entrou para a polícia?"

Ele levou o copo à boca. "Quem mais ia me querer?" Ele deixou a bandeja de lado e se debruçou para pegar mais vinho. Mostrou a garrafa para Siobhan, mas ela recusou. "Agora você sabe por que nunca me chamaram para ajudar no recrutamento."

Ela olhou para o prato dele. Mal tocara na bisteca. "Vai bancar o vegetariano para cima de mim?"

Ele bateu no estômago. "Achei uma delícia, mas não estou com muita fome."

Ela refletiu por um momento. "É a carne, certo? Sua mão dói quando tenta cortá-la."

Ele negou com um gesto. "Estou satisfeito, só isso." Mas percebeu que ela sabia que tinha razão. Siobhan recomeçou a comer, enquanto ele se concentrava no vinho.

"Creio que você é muito parecido com Lee Herdman", ela disse depois de algum tempo.

"Um tapa com luva de pelica, pode-se dizer."

"As pessoas pensavam que o conheciam, mas não era verdade. Ele ocultava muita coisa."

"Igual a mim, certo?"

Ela fez que sim, e o encarou. "Por que você voltou à casa de Martin Fairstone? Tenho a impressão de que não foi apenas por minha causa."

"Você 'tem a impressão'?" Ele olhou para o vinho, viu seu reflexo na bebida, vermelho e trêmulo. "Eu sabia que ele a agredira."

"O que lhe deu uma desculpa para falar com ele. O que você realmente pretendia?"

"Fairstone e Johnson eram amigos. Eu precisava de munição contra Johnson." Ele parou, percebendo que "munição" não era o termo mais sutil que poderia ter usado.

"Conseguiu?"

Rebus fez que não. "Fairstone e Peacock se desentenderam. Fairstone passara semanas sem vê-lo."

"E por que se desentenderam?"

"Ele não quis revelar. Tive a impressão de que uma mulher estava envolvida."

"Peacock tem namorada?"

"Uma para cada dia do ano."

"Então poderia ser por causa da namorada de Fairstone?"

Rebus concordou. "A loura do Boatman's. Como é mesmo o nome dela?"

"Raquel."

"E não encontramos uma explicação para a ida dela a South Queensferry numa sexta-feira, certo?"

Siobhan balançou a cabeça.

"Mas Peacock foi à cidade também, naquela noite."

"Coincidência?"

"O que mais poderia ser?", Rebus perguntou, agressivo. Ele se levantou com a garrafa de vinho na mão. "Acho melhor você me ajudar com isso." E avançou para servir uma taça a ela, depois esvaziou a garrafa em seu copo. Continuou em pé, aproximando-se da janela. "Você acha mesmo que sou igual a Lee Herdman?"

"Acho que nenhum dos dois conseguiu deixar o passado para trás."

Ele se virou para encará-la. Ela ergueu a sobrancelha para convidá-lo a sentar de novo, mas ele apenas sorriu e deu as costas, fitando a noite.

"E talvez seja um pouco como Doug Brimson também", ela acrescentou. "Lembra-se do que disse a respeito dele?"

"O que foi?"

"Você disse que ele coleciona pessoas."

"E eu também faço isso?"

"Isso pode explicar seu interesse por Andy Callis... e por que se incomoda de ver Kate com Jack Bell."

Ele se voltou lentamente para ela, de braços cruzados. "Isso a torna um de meus espécimes?"

"Sei lá. O que você acha?"

"Acho que você é osso duro de roer."

"Pode ter certeza disso", ela disse, mal insinuando um sorriso.

Quando chamou um táxi ele indicou Arden Street como endereço de destino, mas foi só para não preocupar Siobhan. Disse logo ao chofer que mudara de idéia: parariam rapidamente na delegacia de polícia de Leith antes de seguir para South Queensferry. No final da corrida Rebus pediu um recibo, pensando que poderia cobrá-la da conta do inquérito. Teria de ser rápido, porém: não imaginava Claverhouse aprovando um táxi de vinte libras.

Rebus atravessou a rua escura e abriu a porta principal. Não havia mais policial de guarda, ninguém conferia as idas e vindas no endereço de Lee Herdman. Subiu a escada, atento ao barulho nos outros apartamentos. Teve a impressão de ouvir uma tevê ligada. Sentiu o aroma inconfundível de uma refeição noturna já encerrada. Um ronco no estômago lembrou-o que deveria ter tentado comer mais um pouco da bisteca de porco, suportando a dor. Ele tirou a chave do apartamento de Lee Herdman do bolso, que havia apanhado na delegacia de Leith. Era uma cópia reluzente e nova da chave original, e ele precisou lidar um pouco com a fechadura até conseguir abrir a porta. Lá dentro, fechou a porta e acendeu a luz do vestíbulo. Fazia frio no local. A eletricidade não fora cortada, mas alguém desligara o aquecimento central. A viúva de Herdman fora chamada para recolher seus pertences, mas se recusara. *O que aquele idiota poderia ter de útil para mim?*

Boa pergunta, e Rebus estava ali para respondê-la. Lee Herdman sem dúvida tinha *alguma coisa*. Algo que as pessoas cobiçavam. Examinou a porta fechada. Trancas na parte superior e inferior, e duas fechaduras adicionais, além da Yale. As fechaduras deteriam ladrões, mas as trancas só funcionariam quando Herdman estivesse em casa. O que ele temia? Rebus baixou os braços e deu alguns passos para trás. Pensou na resposta óbvia para a questão. Herdman, traficante, temia uma batida policial. Rebus conhecera muitos traficantes no decorrer de sua carreira. Eles normalmente residiam em conjuntos habitacionais, nos andares mais altos, e usavam portas de aço cuja resistência era muito superior à de Herdman. Rebus teve a impressão de que as medidas de segurança de Herdman destinavam-se a lhe dar algum tempo extra, mais nada. Tempo para se livrar de provas, talvez. Mas nada no apartamento indicava que fora usado para fabricação ou manipulação de drogas. Além disso, Herdman poderia usar muitos outros esconderijos: a garagem do barco, as próprias embarcações. Não precisava esconder nada em casa. Então, como ficava? Rebus virou e entrou na sala, procurando o interruptor de luz até encontrá-lo.

Então, como ficava?

Tentou se pôr no lugar de Herdman, mas se deu conta de que não precisava. Siobhan não dera a dica? *Creio que você é muito parecido com Lee Herdman*. Ele fechou os olhos, considerando a sala em torno como se fosse sua. Aquela era sua casa. Ali ele mandava. Mas, digamos que alguém entrasse... um visitante indesejado. Ele ouviria sua chegada. Talvez tentassem abrir a fechadura, mas seriam detidos pelas trancas. Teriam de arrombar a porta. E ele ganharia tempo... tempo para apanhar

357

a arma, onde quer que estivesse escondida. A Mac-10 ficava na garagem dos barcos, para o caso de alguém aparecer por lá. A Brocock era guardada ali, no guarda-roupa, rodeada de fotos de armas. O pequeno santuário de Herdman. A pistola lhe daria alguma vantagem, pois não esperava que os invasores estivessem armados. Eles poderiam interrogá-lo, querer levá-lo dali, mas a Brocock os deteria.

Rebus sabia quem Herdman esperava: talvez não fossem exatamente Simms e Whiteread, mas alguém como eles. Gente que tentaria levá-lo para interrogatório... a respeito de Jura, da queda do helicóptero, dos papéis presos nas árvores. Herdman encontrara algo no local do desastre. Um dos adolescentes poderia ter roubado isso dele? Numa das festas, quem sabe? Mas os rapazes mortos não o conheciam, não freqüentavam suas festas. Só James Bell, o único sobrevivente. Rebus sentou-se na poltrona de Herdman, apoiando as palmas nos braços. Atirara nos outros dois para assustar James? Assim James contaria tudo? Não, não, não, se fosse isso, por que Herdman atiraria em si mesmo? James Bell... o rapaz discreto e aparentemente imperturbável... folheando revistas militares para descobrir a arma que o ferira. Ele também era um espécime interessante.

Rebus esfregou a testa de leve com a mão enluvada. Estava próximo da solução, tão próximo que podia sentir seu gosto. Levantou de novo, foi até a cozinha e abriu a porta da geladeira. Viu comida lá dentro: um queijo ainda fechado, algumas fatias de bacon, ovos. Comida de defunto, pensou, não posso comer isso. Seguiu até o quarto, para afastar a idéia. Não se preocupou em acender a luz, entrava suficiente luminosidade pela porta aberta.

Quem era Lee Herdman? Um homem que abandonara carreira militar e família para viver no Norte. Iniciara uma pequena empresa sozinho, residia num apartamento de um quarto. Vivendo na costa, com barcos que lhe dariam meios de fugir se fosse necessário. Nenhum relacionamento próximo. Brimson era praticamente o único amigo da sua idade. Ele andava com adolescentes: porque sabia lidar com eles; porque sabia que não esconderiam nada dele; porque conseguia impressioná-los. Mas não eram adolescentes comuns: tinham de ser alternativos, guardar semelhança com ele... Rebus não pôde deixar de pensar que Brimson também trabalhava sozinho, e tinha poucos vínculos, se é que os tinha. Passava a maior parte do tempo distante do mundo. Também era ex-militar.

De repente, Rebus ouviu uma batida. Parou, tentando localizá-la. Viria de baixo? Não, da porta da frente. Alguém batia na porta. Rebus percorreu o corredor e espiou pelo olho-mágico. Reconheceu o rosto e abriu a porta.

"Boa noite, James", disse. "Fico contente em ver que você já se recuperou."

James Bell precisou de um momento para se lembrar de Rebus. Lentamente, esboçou um cumprimento com a cabeça e olhou para dentro, por cima de seu ombro.

"Vi a luz acesa, fiquei curioso em saber quem estava aqui."

Rebus abriu a porta um pouco mais. "Quer entrar?"

"Tudo bem se eu..."

"Não tem mais ninguém comigo."

"Eu só pensei... você podia estar dando uma busca, algo assim."

"Nada disso." Rebus gesticulou com a cabeça e James Bell entrou. O braço esquerdo continuava na tipóia, e a mão direita no bolso. Um casaco comprido de lã estilo Crombie, jogado por cima do ombro, esvoaçava um pouco, revelando o forro bordô. "O que o traz aqui?"

"Eu estava passando..."

"Está muito longe de casa..."

James olhou para ele. "Você esteve em minha casa... talvez possa entender."

Rebus balançou a cabeça, fechando a porta novamente. "Pondo uma certa distância entre sua mãe e você?"

"Isso mesmo." James olhava para a sala como se a visse pela primeira vez. "E do meu pai."

359

"Muito ocupado, ele, não é?"

"E como!"

"Creio que ainda não tive a oportunidade de perguntar...", Rebus disse.

"O quê?"

"Quantas vezes esteve aqui?"

James ergueu o ombro direito de leve. "Não muitas." Rebus o conduzia à sala de estar.

"Você ainda não me disse por que veio aqui."

"Pensei que já tinha dito."

"Não disse."

"South Queensferry é um bom lugar para uma caminhada, tanto quanto qualquer outro."

"Mas você não veio de Barnton até aqui a pé."

James fez que não. "Peguei alguns ônibus, aleatoriamente. O último me deixou aqui perto. Quando vi a luz acesa..."

"Ficou imaginando quem poderia estar aqui. Quem esperava encontrar?"

"A polícia, suponho. Quem mais poderia vir aqui?" Ele examinava a sala. "Na verdade, tem uma coisa..."

"Sim?"

"Um livro meu. Lee o pegou emprestado, pensei em recuperá-lo antes que tudo fosse... antes que esvaziassem o apartamento."

"Boa idéia."

James levou a mão ao ombro ferido. "Isso coça muito, você nem imagina."

"Imagino."

James sorriu, de repente. "Estou em desvantagem, aqui... nem sei seu nome."

"Rebus. Inspetor Rebus."

O rapaz balançou a cabeça. "Meu pai já mencionou você."

"E me cobriu de elogios, aposto." Era difícil olhar para o filho sem ver o pai espiando por trás de seus olhos.

"Ele só vê incompetência, para onde quer que olhe... e isso não exclui a família."

Rebus, empoleirado no braço do sofá, apontou para a poltrona. Mas James Bell preferiu continuar em pé. "Você localizou a arma?", Rebus perguntou. James ficou intrigado com a pergunta. "Quando fui visitá-lo", Rebus explicou, "você folheava uma revista militar, e procurava a pistola Brocock."

"Ah, é mesmo." James parou para pensar. "Vi fotos nos jornais. Meu pai resolveu guardar todos os recortes, podem ser úteis em sua campanha."

"Você não parece muito entusiasmado."

James fechou a cara. "Talvez seja porque..." Mas não terminou a frase.

"Por quê?"

"Porque tornei-me útil para ele, mas não pelo que sou, e sim pelo que aconteceu." Sua mão subiu ao ombro novamente.

"A gente não pode mesmo confiar nos políticos", Rebus solidarizou-se.

"Lee me disse uma coisa, certa vez. Para ele, 'se as armas são postas fora da lei, só os fora-da-lei têm acesso a elas'." James sorriu com a lembrança.

"Pelo jeito, ele era um belo fora-da-lei. Duas armas clandestinas, pelo menos. Ele alguma vez lhe disse por que sentia necessidade de andar armado?"

"Pensei apenas que ele se interessava por armas... em função da carreira militar, essas coisas..."

"Nunca teve a impressão de que ele esperava encrenca?"

"Que tipo de encrenca?"

"Não sei", Rebus admitiu.

"Quer dizer que ele tinha inimigos?"

"Já pensou no motivo para tantas trancas na porta?"

James seguiu até a porta de entrada. "Eu atribuiria isso a sua formação, também. Quando íamos ao pub, ele sempre sentava no canto, de frente para a porta."

Rebus não pôde conter um sorriso, pois agia do mesmo modo. "Para verificar quem chegava?"

"Foi o que ele me disse."

"Pelo jeito vocês dois eram muito próximos."

"Próximos o bastante para ele atirar em mim." Os olhos de James se fixaram no ombro.

"Você andou roubando alguma coisa dele, James?"

O rapaz franziu o cenho. "Por que eu faria isso?"

Rebus deu de ombros. "Roubou ou não roubou?"

"Nunca."

"Lee mencionou a falta de algo? Alguma vez ele lhe pareceu muito agitado?"

O rapaz fez que não com a cabeça. "Não entendo aonde você quer chegar."

"Eu só queria saber até onde ia a paranóia dele."

"Eu não disse que ele era paranóico."

"As trancas, o jeito de sentar no pub..."

"Ele podia estar sendo cuidadoso, você não concorda?"

"Talvez." Rebus pausou. "Você gostava dele, né?"

"Provavelmente mais do que ele gostava de mim."

Rebus repassava o contato anterior com James Bell, e o que Siobhan dissera em seguida. "E quanto a Teri Cotter?", indagou.

"O que tem ela?" James dera alguns passos para dentro da sala, e parecia inquieto.

"Pensamos que Herdman e Teri tinham um caso."

"E daí?"

"Você sabia?"

James ergueu os dois ombros e fez uma careta de dor.

"Esqueceu do ferimento por um instante, né?", Rebus comentou. "Lembro-me de que você tinha um computador em seu quarto. Alguma vez visitou o site de Teri?"

"Nem sabia que ela tinha um site."

Rebus balançou a cabeça lentamente. "Derek Renshaw nunca o mencionou?"

"Derek?"

Rebus manteve o movimento. "Parece que Derek era fã dela. Vocês freqüentavam a sala de convivência no mesmo horário, com Tony Jarvies... pensei que eles poderiam ter mencionado."

James fazia que não, com ar pensativo. "Não que eu me lembre", disse finalmente.

"Não se preocupe." Rebus levantou. "E quanto a seu livro? Quer que eu o ajude a procurar?"

"Livro?"

"O livro que você queria de volta."

James sorriu de sua própria estupidez. "Claro, claro. Seria ótimo." Ele olhou em torno da sala cheia de coisas e seguiu até a escrivaninha. "Espere um pouco", ele disse. "Está aqui." E ergueu um livro de bolso para Rebus ver.

"Sobre o que é?"

"Um soldado que perdeu o juízo."

"Tentou matar a esposa, depois saltou de um avião?"

"Você conhece a história?"

Rebus concordou. James folheou o livro, depois bateu com ele na coxa. "Bem, consegui o que vim buscar", disse.

"Quer levar mais alguma coisa?" Rebus mostrou um CD. "Provavelmente vai tudo para o lixo, para ser sincero."

"É mesmo?"

"A esposa não se interessou."

"Que desperdício..." Rebus estendeu o CD, mas James o recusou. "Não posso, não me parece correto."

Rebus entendeu, lembrando-se de sua própria hesitação na frente da geladeira.

"Pode continuar seu serviço, inspetor." James enfiou o livro debaixo do braço e estendeu a mão direita para cumprimentar Rebus. O casaco caiu do ombro e foi ao chão. Rebus deu um passo para o lado e o apanhou, repondo-o.

"Obrigado", James Bell disse. "Pode deixar que eu me viro para sair."

"Até mais, James. Boa sorte."

Rebus esperou na sala com o queixo apoiado na mão enluvada, ouvindo a porta se abrir e depois fechar. James estava muito longe da casa dele... e fora atraído por uma luz acesa na casa de um morto. Rebus se perguntava o que o rapaz esperava encontrar... Passos abafados na escada de pedra. Rebus foi até a mesa e folheou os livros restantes. Eram todos sobre temas militares, mas Rebus sabia muito bem qual livro o rapaz levara.

O mesmo que Siobhan mostrara na primeira visita ao apartamento.

Aquele do qual caíra a foto de Teri Cotter...

SEXTO DIA
Terça-feira

19

Rebus saiu do apartamento na terça-feira pela manhã, andou até o início da Marchmont Road e cruzou o imenso gramado que levava à universidade, conhecido como Meadows. Os estudantes passavam por ele, alguns em bicicletas enferrujadas. Outros seguiam preguiçosamente para a aula. Dia nublado em que o céu reproduzia os telhados cinzentos de ardósia. Rebus ia no rumo da ponte George IV. Naquela altura ele já sabia de cor os procedimentos na Biblioteca Nacional. O guarda permitia sua entrada, mas depois era preciso subir a escada e convencer a bibliotecária de serviço de sua necessidade desesperadora, que nenhuma outra biblioteca seria capaz de resolver. Rebus mostrou seu cartão de acesso, explicou o que desejava e foi conduzido à sala de microfilmes. Era assim que guardavam jornais antigos lá: em rolos de microfilme. Anos antes, trabalhando num caso, Rebus se acomodara no salão de leitura, enquanto um funcionário levava um carrinho cheio de jornais encadernados até sua mesa. Agora bastava acionar o interruptor da tela e passar o rolo de filme pelo aparelho.

Rebus não tinha datas específicas em mente. Decidira começar um mês antes do desastre em Jura e deixar que os dias passassem por sua vista, para ver o que estava acontecendo na época. Quando chegou ao dia do acidente, tinha uma boa noção do período. A história saíra na primeira página do *Scotsman*, com fotos de duas vítimas: brigadeiro-general Stuart Phillips e major Kevin Spark. Um dia depois o jornal publicou um obituário extenso de Phillips, nascido na Escócia, informando a Rebus mais do que ele precisava saber a respeito da formação e da história profissional do militar. Ele conferiu as anotações que vinha fazendo e adiantou o filme até o final, para trocá-lo pelo rolo das duas semanas anteriores, e sucessivamente até chegar na data de suas notas sobre o cessar-fogo do IRA na Irlanda do Norte e o papel desempenhado pelo brigadeiro-general Stuart Phillips nas negociações em curso. As condições prévias haviam sido discutidas; paramilitares arredios de ambos os lados; grupos dissidentes precisavam ser contidos... Rebus batia com a caneta nos dentes até notar a cara feia de outro usuário próximo a ele. Rebus murmurou a palavra "desculpe" e voltou a examinar as reportagens do jornal: reuniões de cúpula, guerras no estrangeiro, partidas de futebol... o rosto de Cristo que surgiu numa romã; um gato que se perdeu e achou o caminho de volta para a casa dos donos, apesar de eles terem mudado enquanto o gato estava sumido...

A foto do gato o fez lembrar de Boécio. Retornou ao balcão de atendimento e perguntou onde guardavam as enciclopédias. Procurou por Boécio. Filósofo romano, tradutor, político... acusado de traição, escreveu enquanto aguardava sua execução a obra *Os consolos da filosofia*, na qual defendia que tudo era mutável, desprovido de qualquer nível de certeza... tudo menos a virtude. Rebus ponderou se o livro o ajudaria a compreender o destino de Derek Renshaw e seu efeito nas pessoas próximas a ele. Duvidava muito. Em seu universo os culpados muitas vezes escapavam à punição, enquanto as vítimas nem eram notadas. Coisas ruins aos montes aconteciam a pessoas boas e vice-versa. Se Deus havia planejado que as coisas fossem assim, o desgraçado tinha um senso de humor doentio. Melhor acreditar que não havia nenhum plano, que o mero acaso levara Lee Herdman até aquela sala.

Mas Rebus desconfiava que isso também não era verdade...

Ele resolveu ira até a ponte George IV para tomar café e comprar cigarro. Falara com Siobhan antes pelo telefone, informando que estaria ocupado no centro e que não poderia encontrá-la. Ela não pareceu se importar muito; nem sequer soara curiosa. Dava a impressão de que se afastava dele, e Rebus não podia culpá-la. Sempre atraíra problemas e a proximidade com ele não seria exatamente um impulso na carreira profissional da moça. Mesmo assim, calculou que havia algo de estranho na atitude dela. Talvez o visse mesmo como colecionador, alguém que se aproximava de certas pessoas de quem gostava ou por quem se interessasse... que buscava uma proximidade por vezes incômoda. Ele pensou no site de Miss Teri na web, como se mantinha a ilusão de que o espectador estava conectado a ela. Um relacionamento de mão única: todos podiam vê-la, mas ela não via ninguém. Seria ela outro exemplo de "espécime"?

Sentado na cafeteria de Elephant House, tomando um café com leite grande, Rebus apanhou o celular. Fumara um cigarro na calçada antes de entrar: atualmente não dava mais para saber se era permitido fumar num lugar fechado ou não. Teclou os números do celular de Bobby Hogan com o polegar.

"O Esquadrão Pateta já assumiu, Bobby?", perguntou.

"Não completamente." Hogan entendeu o que Rebus quis dizer: Claverhouse e Ormiston.

"Mas estão na área?"

"Farreando com sua garota."

Rebus precisou de um instante para compreender. "Whiteread?", arriscou.

"Em pessoa."

"Nada agradaria mais Claverhouse do que ouvir histórias antigas a meu respeito."

"Isso explica o sorriso na cara dele."

"Quanto você acha que sou *persona non grata*?"

"Ninguém disse nada. Onde você se meteu, afinal? Estou ouvindo uma máquina de café expresso chiar no fundo?"

"Pausa para o café, chefe, só isso. Estou investigando a passagem de Herdman pelo regimento."

"Você sabe que eu desisti logo, não é?"

"Não se preocupe com isso, Bobby. Não consigo imaginar o SAS entregando a ficha dele sem sofrer uma pressão que não seríamos capazes de exercer."

"E como você conseguiu acesso ao prontuário militar dele?"

"Indiretamente, pode-se dizer."

"Você poderia ser mais claro?"

"Só depois de eu encontrar alguma coisa útil."

"John... os parâmetros do inquérito estão mudando."

"Seja você mais claro, Bobby."

"O motivo não parece importar muito, a esta altura."

"Uma vez que a presença de drogas é muito mais interessante?", Rebus sugeriu. "Está me dispensando, Bobby?"

"Eu jamais faria isso, John, sabe muito bem. Só estou dizendo que está saindo das minhas mãos."

"E Claverhouse não pertence ao meu fã-clube?"

"Não está nem na lista de espera."

Rebus refletiu por um momento. Hogan quebrou o silêncio. "Do jeito que as coisas vão, daqui a pouco vou poder tomar café com você..."

"Você está sendo posto para escanteio?"

"Pelo juiz e pelos bandeirinhas."

Rebus riu da comparação. Claverhouse seria o árbitro, Ormiston e Whiteread os bandeirinhas... "Outras novidades?", indagou.

"Sobre o barco de Herdman, o que tinha drogas a bordo. Parece que ele o comprou à vista, pagando em dinheiro vivo — dólares, para ser preciso. A moeda internacional das substâncias ilegais. Fez diversas viagens a Roterdã no ano passado, a maioria secretas."

"Parece interessante."

"Claverhouse acredita que pode haver pornografia também."

"A mente do sujeito é podre."

"Talvez ele tenha razão: não falta material pornográfico pesado em Roterdã. O caso é que nosso amigo Herdman era bem agitado."

Rebus fechou os olhos um pouco. "Como assim?"

"Levamos o computador dele, lembra-se?" Rebus se lembrava: já havia sido levado quando ele tinha feito a primeira visita ao apartamento de Herdman. "Os técnicos em Howdenhall conseguiram traçar os sites que ele visitava. Muitos eram de sacanagem."

"Ele era voyeur?"

"Isso mesmo. Lee Herdman gostava de *assistir*. Veja bem: muitos estão registrados na Holanda. Herdman pagava as mensalidades com cartão de crédito."

Rebus olhava através da janela. Começou a chover, uma garoa fraca enviesada. As pessoas baixavam a cabeça e andavam mais depressa. "Já ouviu falar num sujeito envolvido com pornografia que pagasse para ver o material, Bobby?"

"Tem uma primeira vez para tudo."

"Isso não vai dar em nada, creia..." Rebus parou e franziu a testa. "Você deu uma espiada nesses sites?"

"Ossos do ofício, John. Tinha de analisar as provas."

"Descreva os sites."

"Está interessado em bruxas, é?"

"Se estivesse eu ouviria Frank Zappa. Vamos lá, Bobby."

"Uma moça fica sentada na cama, usando meia, suspensórios... essas coisas. Aí você digita o que quer que ela faça."

"E sabemos o que Herdman gostava que elas fizessem?"

"Infelizmente, não. Pelo jeito, os técnicos só chegaram até aí."

"Você tem uma lista dos sites, Bobby?" Rebus teve de ouvir o risinho maroto do outro lado da linha. "Vamos dar um tiro no escuro. Um deles se chama Miss Teri, ou Dark Entry?"

Silêncio do outro lado da linha. "Como você sabe?"

"Fui telepata na outra encarnação."

"Falo sério, John: como você sabe?"

"Está vendo? Eu sabia que você ia perguntar isso." Rebus decidiu não torturar Hogan. "Miss Teri é Teri Cotter. Estudante em Port Edgar."

"E faz pornografia como bico?"

"O site dela não é pornô, Bobby..." Rebus se conteve, mas era tarde demais.

"Você andou por lá?"

"Tem uma webcam no quarto dela", Rebus admitiu. "Pelo jeito, fica ligada vinte e quatro horas por dia." Ele se arrependeu de ter falado demais.

"E quanto tempo você andou observando, para ter tanta certeza?"

"Não sei se isso tem algo a ver com..."

Hogan o ignorou. "Preciso mostrar isso a Claverhouse."

"Não precisa, não."

"John, se Herdman ficou obcecado pela menina..."

"Se você pretende interrogá-la, quero participar."

"Duvido que você..."

"Eu descobri isso e lhe passei, Bobby!" Rebus olhou em volta, percebendo que levantara a voz. Estava sentado no balcão, perto da janela. Notou duas moças, de algum escritório, de folga. Elas desviaram os olhos quando ele as encarou. Teriam ouvido muita coisa? Rebus baixou a voz. "Eu preciso estar presente. Prometa que vai me chamar, Bobby."

Hogan suavizou um pouco o tom de voz. "Está bem, como você quiser. Mas não sei se Claverhouse vai ser tão flexível."

"Tem certeza de que precisa avisá-lo?"

"O que você quer dizer?"

"Nós dois podemos conversar com ela, Bobby..."

"Eu não ajo assim, John." Tom duro, novamente.

"Sei que não, Bobby." Rebus teve uma idéia. "Siobhan está aí?"

"Pensei que ela estivesse com você."

"Não importa. Você me avisa quando for fazer a entrevista?"

"Sim." A palavra se dissolveu num suspiro.

"Maravilha, Bobby. Adoro você." Rebus encerrou a chamada e afastou-se, deixando o que restava do café. Lá fora acendeu outro cigarro. As moças cochichavam, com as mãos na frente da boca, talvez com medo de que ele soubesse ler seus lábios. Ele tentou não encará-las. Soltou a fumaça na direção da janela e seguiu de volta para a biblioteca.

Siobhan chegara a St. Leonard's mais cedo, depois de se exercitar no ginásio, e subiu para a sala do Departamento de Investigações Criminais. Lá havia uma saleta onde guardavam anotações de casos anteriores, mas quando examinou as lombadas das caixas de arquivo morto de papelão pardo percebeu que faltava uma. Em seu lugar encontrou uma folha de papel.

Martin Fairstone. Removida por ordem de Gill Templer, que assinava a nota.

Fazia sentido. A morte de Fairstone não fora acidental. Uma investigação de assassinato estava em curso, vinculada a um inquérito interno. Templer retirara o arquivo para entregá-lo a quem precisasse dele. Siobhan fechou a porta e a trancou, depois seguiu para o corredor e encostou o ouvido na porta de Gill Templer. Nada, exceto o tocar distante de um telefone. Olhou para um lado do corredor, depois para o outro. Havia outros na sala do Departamento de Investigações Criminais: detetive Davie Hynds e "Aiou" Silvers. Hynds era muito novo para se interessar por qualquer coisa que ela fizesse, mas se por acaso Silvers a flagrasse...

Respirou fundo, bateu e aguardou. Depois girou a maçaneta e empurrou.

A porta não estava trancada. Siobhan entrou e a fechou novamente, seguindo na ponta dos pés até a mesa da chefe. Não havia nada sobre ela, e as gavetas eram muito pequenas. Ela olhou para o arquivo de aço de quatro gavetas.

"Aposto que está lá", pensou, abrindo a gaveta de cima. Nada lá dentro. As outras três estavam lotadas de papéis, mas não a pasta que buscava. Ela suspirou audivelmente e olhou em volta. Quem pretendia enganar? Não havia esconderijos ali. Era um escritório utilitário e despojado. No início Templer pusera vasos no parapeito da janela, mas haviam sumido, tendo morrido por descuido ou sido levados numa faxina. O antecessor de Templer enfeitara a mesa com fotos de sua família inteira, mas não havia nada sobre a mesa que identificasse sequer o sexo de sua ocupante. Segura de que não deixara escapar nada, Siobhan abriu a porta e deu de cara com um homem que a olhava intrigado.

"Exatamente quem eu estava procurando", ele disse.

"Eu só estava..." Siobhan olhou de volta para a sala como se procurasse um final verossímil para a sentença que iniciara.

"A superintendente-chefe Templer foi a uma reunião", o homem explicou.

"Percebi isso", Siobhan retrucou, recuperando o controle da voz. E fechou a porta.

"Bem", o homem disse, "meu nome é..."

"Mullen." Siobhan empertigou-se, ficando quase da altura do interlocutor.

"Claro", Mullen disse, exibindo um sorriso contido. "Você servia de motorista para o inspetor Rebus no dia em que conseguimos localizá-lo."

"E agora querem me interrogar a respeito de Martin Fairstone?", Siobhan adivinhou.

"Isso mesmo." Ele pausou. "Supondo que possa nos dedicar alguns minutos, claro."

Siobhan deu de ombros e sorriu, como se insinuasse que não podia pensar em nada mais agradável.

"Por favor, siga-me", Mullen disse.

Quando passaram pela porta aberta da sala do Departamento de Investigações Criminais, Siobhan olhou para dentro e viu que Silvers e Hynds estavam em pé, um do lado do outro. Os dois seguravam a gravata acima da cabeça, com o pescoço torto, como se estivessem pendurados numa forca.

A última visão que tiveram da vítima foi seu dedo médio em riste, antes de desaparecer no corredor.

Ela seguiu o policial da Corregedoria, que descia a escada, e parou pouco antes da recepção, destrancando a Sala de Interrogatório 1.

"Suponho que você tenha um bom motivo para estar na sala da superintendente-chefe Templer", ele disse, tirando o paletó para pô-lo nas costas de uma das cadeiras. Siobhan sentou, observando o policial, que ocupou um lugar à sua frente. Entre eles, a mesa gasta e lascada. Mullen debruçou-se e ergueu uma caixa que estava no chão.

"Sim, tenho", ela disse, observando o outro abrir a tampa. A primeira coisa que ela viu foi uma foto de Martin Fairstone, tirada pouco depois de sua prisão. Mullen tirou a fotografia e a colocou na frente dela. Siobhan não pôde deixar de notar que as unhas dele eram imaculadas.

"Você acha que este homem merecia morrer?"

"Não tenho opinião formada", foi sua resposta.

"Isso é só aqui entre nós, entende?" Mullen baixou um pouco a foto, de modo que a parte superior de seu rosto podia ser vista, atrás dela. "Sem gravação, sem testemunhas... tudo muito discreto e informal."

"Foi por isso que você tirou o paletó, para dar um ar mais informal?"

Ele preferiu não comentar. "Vou perguntar de novo, sargento detetive Clarke. Este homem mereceu seu destino?"

"Se você está me perguntando se eu desejava a morte dele, a resposta é não. Já deparei com pilantras muito piores que Martin Fairstone."

"E como o classificaria, então? Um mal menor?"

"Eu não perderia tempo classificando esse sujeito."

"Ele teve uma morte terrível, sabe? Despertou rodeado de labaredas, sufocando com a fumaça, tentou se livrar das cordas que o prendiam à cadeira... Eu não gostaria de morrer assim."

"Acho que não."

Eles se encararam, e Siobhan sabia que a qualquer momento ele se levantaria e começaria a andar de um lado para outro, tentando enervá-la. Ela tomou a iniciativa antes, arranhando o chão com a cadeira ao ficar em pé. De braços cruzados, ela foi até a parede mais distante, obrigando seu entrevistador a virar para olhar para ela.

"Você leva jeito de quem vai ser promovida, sargento-detetive Clarke", Mullen disse. "Chegará a inspetora em cinco anos, quem sabe a inspetora-chefe antes dos quarenta... isso lhe dá dez anos para chegar à posição da superintendente-chefe Templer." Ele fez uma pausa para criar efeito. "Um belo futuro a aguarda, se ficar longe dos problemas."

"Costumo dizer que possuo um bom sistema de navegação."

"Espero que você tenha razão, para seu próprio bem. O inspetor Rebus, por outro lado... bem, qualquer bússola que ele use parece conduzi-lo ao desastre inevitável, não concorda?"

"Não tenho opinião formada."

"Então chegou a hora de ter. Para cuidar de uma carreira promissora como a sua é preciso escolher muito bem os amigos."

Siobhan andou para a outra ponta da sala, virando ao chegar perto da porta. "Deve haver muitos candidatos a ver Fairstone morto por aí."

"Esperamos que o inquérito os identifique", Mullen disse, dando de ombros. "Mas, neste meio-tempo..."

"Neste meio-tempo querem pegar no pé do inspetor Rebus?"

376

Mullen a estudou. "Por que não senta?"

"Eu o deixo nervoso?" Ela se debruçou na frente dele, apoiando os nós dos dedos no tampo da mesa.

"É isso que você está tentando fazer? Eu já me perguntava se..."

Ela o encarou também, depois desistiu e sentou.

"Diga uma coisa", ele falou em voz baixa, "quando soube que o inspetor Rebus visitou Martin Fairstone na noite de sua morte, quais foram seus pensamentos?"

Ela deu de ombros e não disse nada.

"Uma teoria é que alguém pode ter pretendido dar um susto em Fairstone. E saiu errado, infelizmente. Talvez o inspetor Rebus tenha tentado voltar à casa para salvar o sujeito..." Sua voz baixou até sumir. "Recebemos um telefonema de uma médica... de uma psicóloga chamada Irene Lesser. Ela manteve contato recente com o inspetor Rebus, por causa de uma investigação. Cogitava prestar queixa formal, algo a ver com quebra do sigilo profissional. No final da conversa ela ofereceu sua opinião de que John Rebus era um homem 'atormentado'." Mullen debruçou-se. "Você diria que ele é um homem atormentado, sargento-detetive Clarke?"

"Ele se envolve demais com os casos", Siobhan admitiu. "Não sei se é a mesma coisa."

"Creio que a doutora Lesser quis dizer que ele encontra dificuldade em viver no presente... há nele um certo rancor, algo que foi sufocado anos atrás."

"Não vejo onde Martin Fairstone se enquadra."

"Não vê?" Mullen sorriu, desolado. "Você considera o inspetor Rebus um amigo, alguém com quem pode passar seu tempo fora do expediente?"

"Sim."

"Quanto tempo?"

"Algum."

"É o tipo de amigo a quem você leva seus problemas?"

"Pode ser."

"E Martin Fairstone era um problema?"

"Não."

"Não para você, de todo modo." Mullen deixou o silêncio tomar conta do ambiente, depois encostou novamente na cadeira. "Sentiu alguma vez a necessidade de proteger Rebus, sargento-detetive Clarke?"

"Não."

"Mas serve de motorista para ele, enquanto as mãos saram."

"Não é a mesma coisa."

"Ele forneceu uma explicação plausível para as queimaduras?"

"Ele enfiou a mão na água quente."

"Eu especifiquei 'plausível'."

"Eu acredito nela."

"Acredita que seja característico da natureza dele ver seu olho roxo, somar dois e dois, e sair por aí caçando Fairstone?"

"Eles beberam juntos num pub... Ninguém falou que eles brigaram."

"Talvez não em público. Mas depois que o inspetor Rebus conseguiu extrair um convite para voltar à casa... na privacidade do apartamento..."

Siobhan balançou a cabeça. "Não foi isso que aconteceu."

"Aprecio sua confiança, sargento-detetive Clarke."

"Quer trocar pela sua arrogância presunçosa?"

Mullen fingiu que ponderava a respeito. Depois sorriu e guardou a foto na caixa outra vez. "Creio que é tudo, por enquanto." Siobhan não se levantou de imediato. "A não ser que haja algo mais?" Os olhos de Mulen brilhavam.

"A bem da verdade, há sim." Ela olhou para a caixa. "A razão de minha ida à sala da superintendente-chefe Templer."

Mullen também olhou para a caixa. "É?", disse, demonstrando interesse.

"Na verdade, não tem nada a ver com Fairstone. Diz respeito ao inquérito de Port Edgar." Ela considerou que não teria nada a perder se contasse a ele. "A namorada de Fairstone tem sido vista em South Queensferry." Siobhan engoliu em seco, disfarçadamente, antes de contar uma pequena mentira. "O inspetor Hogan quer interrogá-la, mas eu não tenho o endereço."

"E o endereço está aí?" Mullen tocou na caixa, passou um momento pensativo e abriu a tampa outra vez. "Não vejo mal algum", disse, empurrando-a na direção de Siobhan.

A loura se chamava Raquel Fox e trabalhava num supermercado no início da Leith Walk. Siobhan seguiu até lá de carro, passando por bares suspeitos, lojas de objetos usados e tatuadores. Tinha a impressão de que Leith estava sempre na beira de uma revitalização qualquer. Quando os armazéns foram transformados em "apartamentos estilo loft", quando o conjunto de cinemas foi inaugurado, quando o iate da rainha foi aposentado e transformado em atração turística, ancorado no cais, sempre se falava em "rejuvenescimento" da área do cais. Mas, em sua visão, o lugar não mudava de verdade: a mesma Leith de sempre, os mesmos habitantes de sempre. Ela nunca sentia apreensão ali, nem mesmo no meio da noite, quando batia na porta dos bordéis e pontos-de-venda de drogas. O lugar poderia ser chamado de desolador, ali um sorriso identificava alguém como forasteiro. Não havia vagas no estacionamento do supermercado, ela deu a volta no pátio e percebeu que uma senhora carregava o porta-malas com sacos de compras. Siobhan esperou com o motor ligado. A mulher gritava com uma criança chorosa de cinco anos. Dois filetes de muco claro esverdeado ligavam as narinas ao lábio superior do menino. Com os ombros recurvados, soluçava sem parar. Vestia uma jaqueta prateada Le Coq Sportif acolchoada dois números acima, de modo que parecia não possuir mãos. Quando limpou o nariz na manga, a mãe explodiu e começou a sacudi-lo. Siobhan observava a cena, e notou que seus dedos apertavam a maçaneta da porta. Mas ela não desceu do carro, sabendo que sua interferência não melhoraria as coisas para o menino, e que a mulher não perceberia de repente os erros de sua conduta só porque uma pessoa completamente estranha a censurava. O porta-malas foi fechado e o menino empurrado para dentro do carro. Ao dar a volta para abrir a porta do motorista, a mulher olhou para Siobhan e deu de ombros, como se a pedir sua solidariedade. *Você sabe como são essas coisas*, seu movimento de ombro parecia indicar. Siobhan apenas a encarou, a futilidade de seu gesto ainda a incomodava quando ela estacionou, pegou um carrinho e entrou na loja.

O que fazia lá, afinal de contas? Seria por causa de Fairstone, das cartas anônimas que recebera ou por Raquel Fox ter ido ao Boatman's? Talvez pelos três motivos. Fox era assistente de caixa, Siobhan estudou a fileira de máquinas e a viu quase que de imediato. Usava o mesmo uniforme azul das outras funcionárias e prendera o cabelo no alto da cabeça. Nas duas orelhas havia brincos de argola, pequenos. Com olhar perdido ela passava item por item pela leitora de códigos de barra. O aviso acima de sua cabeça indicava: Nove Itens no Máximo. Siobhan percorreu o primeiro corredor, mas não achou nada que precisasse. Não quis pegar a fila para ser atendida nos balcões de peixes e carnes. Se Fox fizesse uma pausa ou saísse mais cedo seria uma sorte. Duas barras de chocolate foram para dentro do carrinho, seguidas por um pano de prato e uma lata de sopa. Quatro produtos. Na passagem para o outro corredor ela verificou que Fox continuava trabalhando no caixa. Três fregueses aguardavam a vez de pagar. Siobhan acrescentou um purê de tomate às compras. Uma senhora numa cadeira de rodas elétrica passou depressa, com o marido atrás, tentando alcançá-la. Ela gritava instruções: "Pasta de dente! Com bomba. De tubo, não! Você pegou pepino?".

O súbito estremecimento do homem mostrou a Siobhan que ele havia esquecido do pepino, e precisaria retornar.

Os outros fregueses pareciam se mover em câmera lenta, como se tentassem fazer com que a atividade demorasse mais do que o estritamente necessário. Eles provavelmente encerrariam a jornada com uma visita à lanchonete da loja — chá e um pedaço de bolo, o chá para ser bebido em pequenos goles, o bolo, apreciado lentamente. Depois, de volta para casa a tempo de assistir aos programas culinários vespertinos.

Um pacote de macarrão. Seis itens.

Só havia um aposentado esperando atendimento no caixa expresso. Siobhan posicionou-se atrás dele. Ele cumprimentou Fox, que soltou um "Oi" antipático, cortando qualquer possibilidade de conversa.

"Belo dia", o senhor disse. Em sua boca faltavam vários dentes, e a língua pendia para fora, úmida. Fox mal piscou, concentrando-se no processo de passar as compras com o máximo de rapidez. Ao olhar para a esteira, dois aspectos chamaram a atenção de Siobhan. Primeiro, que o homem adquirira doze itens. Segundo, que ela deveria ter comprado ovos, como ele.

"Oito e oitenta", Fox disse. A mão do homem saiu lentamente do bolso, contando as moedas. Ele franziu o cenho e contou novamente. Fox estendeu a mão e pegou o dinheiro.

"Faltam cinqüenta pence."

"Hã?"

"Faltam cinqüenta pence. Não pode levar tudo. Tire alguma coisa."

"Pode deixar. Tome", Siobhan disse, acrescentando mais uma moeda. O sujeito olhou para ela, abriu um sorriso desdentado e agradeceu com uma ligeira mesura. Em seguida pegou o saco com as compras e seguiu na direção da saída, arrastando os pés.

Raquel Fox começou a passar as compras da nova

freguesa. "Você pensa que ele é um pobre coitado", ela disse, sem olhar para cima. "Mas ele dá esse golpe quase toda semana."

"Azar meu, então", Siobhan disse. "Mas valeu a pena, só para evitar outra contagem em câmera lenta."

Fox ergueu a vista, depois baixou os olhos para a esteira e os levantou logo. "Conheço você de algum lugar."

"Você andou mandando cartas para mim, Raquel?"

As mãos de Fox pararam em cima do macarrão. "Como você sabe meu nome?"

"Está no crachá também."

Mas Fox já se lembrara. Seus olhos exibiam uma maquiagem pesada. Estreitou-os para encarar Siobhan. "Você é da polícia, tentou pôr Marty na cadeia."

"Testemunhei no julgamento dele", Siobhan confirmou.

"Eu me lembro de você... seu amigo ateou fogo nele."

"Não acredite em tudo que lê nos jornais populares, Raquel."

"Vocês estavam pegando no pé dele, né?"

"Não."

"Ele falou de você... disse que você queria armar para cima dele."

"Posso lhe garantir que não."

"Então como foi que ele morreu?"

O último dos seis itens adquiridos por Siobhan passara, e ela mostrou uma nota de dez libras. A caixa ao lado terminara o atendimento e, juntamente com a freguesa, prestava atenção à conversa.

"Podemos conversar em outro lugar, Raquel?" Siobhan olhou em torno. "Com mais privacidade." Mas os olhos de Fox se encheram de lágrimas. Isso fez Siobhan se lembrar do menino no estacionamento. Em certos aspectos, pensou, não crescemos. Emocionalmente, nunca crescemos...

"Raquel...", ela disse.

Mas Fox abrira a gaveta para dar o troco a Siobhan.

Baixara a cabeça lentamente. "Não tenho nada para conversar com vocês."

"E quanto às cartas que ando recebendo, Raquel? Não quer falar sobre elas?"

"Não sei do que você está falando."

O som do motor revelou a Siobhan que a mulher na cadeira de rodas estava atrás dela. Sem dúvida haveria exatamente nove itens no carrinho do marido. Siobhan virou e observou que a mulher segurava uma cestinha com outros nove produtos. Olhava ansiosa para Siobhan, esperando que fosse logo embora.

"Eu a vi no Boatman's", Siobhan disse a Raquel Fox. "O que você foi fazer lá?"

"Onde?"

"No Boatman's... em South Queensferry."

Fox entregou a nota e o troco a Siobhan, fungando audivelmente. "Rod trabalha lá."

"Ele é seu... amigo, por acaso?"

"Ele é meu irmão", Raquel Fox disse. Quando ergueu a vista novamente para Siobhan, a água em seus olhos se transformara em fogo. "Quer dizer que vai dar um jeito nele também, é? Fazer com que morra?"

"Acho melhor procurar outro caixa, Davie", disse a mulher na cadeira de rodas ao marido. Recuava quando Siobhan pegou suas compras e afastou-se no rumo da saída. A voz de Foz a seguiu até lá fora:

"Sua piranha assassina! O que ele fez para você? Assassina! *Assassina*!"

Ela largou a sacola no banco do passageiro e sentou ao volante.

"Você não passa de uma vaca!" Raquel Fox caminhava na direção do carro. "Não arranjaria um homem, se quisesse!"

Siobhan girou a chave e recuou, enquanto Fox dava um pontapé no carro, tentando atingir o farol do lado do motorista. Usava tênis, e seu pé resvalou no vidro. Siobhan virou para trás, vendo se não havia alguém no caminho. Quando virou para a frente outra vez, Fox empurrava uma fileira de carrinhos em cima dela. Siobhan engatou a primeira marcha e pisou firme no acelerador, ouvindo o ruído dos carrinhos que passavam sem atingir seu carro por pouco. Olhou pelo retrovisor e viu que bloqueavam a passagem, atrás dela. O primeiro carrinho fora detido por um fusca estacionado.

Raquel Fox, ainda gritando ameaças, sacudia os dois punhos cerrados. Depois, apontou um dedo na direção do automóvel que se afastava e passou-o pela garganta, num movimento horizontal. E balançou a cabeça lentamente, para mostrar a Siobhan a seriedade de sua intenção.

"Vamos ver, Raquel", Siobhan resmungou ao sair do estacionamento.

20

Exigira todo o poder de persuasão de Bobby Hogan — um feito que ele jamais deixaria Rebus esquecer. Seu olhar dizia tudo: *Primeiro, você me deve uma; segundo, não faça nenhuma besteira.*

Estavam numa das salas da "Casa Grande": quartel-general da polícia de Lothian e Borders na Fettes Avenue. Era ali a sede de Entorpecentes e Crimes Capitais, portanto Rebus entrara ali a contragosto. Não sabia como Hogan fora capaz de convencer Claverhouse a permitir seu comparecimento ao interrogatório, mas lá estavam eles. Ormiston estava presente também, fungando e fechando os olhos com força sempre que piscava. Teri Cotter viera acompanhada pelo pai, e uma policial feminina sentara perto dela.

"Tem certeza de que deseja a presença de seu pai?", Claverhouse perguntou, descontraidamente. Teri olhou para ele. Vestia camuflagem gótica completa, com direito a bota até o joelho e muito metal aplicado.

"Pelo modo como você fala", o sr. Cotter disse, "creio que teria sido melhor trazer também meu advogado."

Claverhouse apenas deu de ombros. "Só perguntei porque não quero ver Teri constrangida na sua frente..." Sua voz baixou e ele fixou os olhos em Teri.

"Constrangida?", o sr. Cotter repetiu, olhando na direção da filha, perdendo portanto o gesto que Claverhouse fez com os dedos, como se digitasse num computador. Mas Teri viu e entendeu o que ele queria insinuar.

"Pai", ela disse, "talvez seja melhor você esperar lá fora."

"Eu não sei se..."

"Pai", ela disse, segurando na mão dele. "Tudo bem. Depois eu explico tudo... sério mesmo." Seus olhos se fixaram nos dele.

"Bem, eu não sei..." Cotter olhou em volta.

"Não precisa se preocupar, senhor", Claverhouse o tranqüilizou, recostando-se na cadeira para cruzar a perna. "Não tem problema, só precisamos que Teri nos ajude a ter uma noção melhor do cenário." Ele apontou para Ormiston. "O sargento-detetive Ormiston pode ir com o senhor até a cantina, providenciar algo quente para beber, e antes que o senhor possa perceber teremos terminado..."

Ormiston demonstrou seu descontentamento, olhando na direção do colega e depois para Rebus e Hogan, como se perguntasse por que um deles não poderia ir em seu lugar. Cotter estudava a filha novamente.

"Não gosto de deixar você aqui." Mas suas palavras traíam sua desistência. Rebus perguntou-se se o sujeito algum dia enfrentara Teri ou a esposa. Parecia mais feliz com listas de números e movimento do mercado de ações; coisas que podia prever e controlar. Talvez o acidente de carro, com a morte do filho, tivesse roubado sua autoconfiança, mostrando quanto era impotente e insignificante perante o acaso. Ele se levantou e Ormiston o acompanhou na saída. Rebus pensou subitamente em Allan Renshaw, no efeito que a perda de um filho podia causar ao pai...

Claverhouse abriu o sorriso para Teri Cotter, que respondeu cruzando os braços, defensivamente.

"Sabe do que estamos tratando, Teri?"

"Sei?"

Claverhouse repetiu o gesto de digitar com os dedos. "Sabe o que isso significa, né?"

"Por que você não me diz?"

"Significa que você tem uma página na internet, Miss Teri. Que as pessoas podem observar seu quarto a qualquer hora do dia ou da noite. O inspetor Rebus aqui presente pelo jeito é um de seus fãs." Claverhouse olhou na direção de Rebus. "Lee Herdman era outro." Claverhouse fez uma pausa, estudando o rosto dela. "Você não parece muito surpresa."

Ela não reagiu.

"O senhor Herdman gostava muito de espiar." Claverhouse olhou para Rebus, como se ele também se enquadrasse nessa categoria. "Ele gostava de visitar muitos sites, a maioria exigia uso do cartão de crédito..."

"E daí?"

"E você fazia tudo de graça, Teri."

"Eu não sou como esses sites!", ela retrucou, furiosa.

"E que tipo de site você tem, então?"

Ela deu a impressão de que ia falar alguma coisa, mas recuou.

"Você gosta de ser observada?", Claverhouse adivinhou. "E Herdman gostava de espiar. Pelo jeito, vocês dois eram bem compatíveis."

"Ele me fodeu algumas vezes, se é a isso que você se refere", ela disse, friamente.

"Eu não teria usado esta palavra."

"Teri", Rebus disse, "Lee comprou um computador, mas está difícil localizá-lo... seria o equipamento em seu quarto?"

"Talvez."

"Ele comprou o computador para você, e o instalou?"

"Foi mesmo?"

"Mostrou como se cria um site e usa a webcam?"

"Por que você está perguntando, se já sabe?" Sua voz adquiriu um tom mais petulante.

"O que seus pais disseram a respeito?"

Ela o encarou. "Tenho meu próprio dinheiro."

"Eles pensaram que você tinha comprado? Não sabiam a respeito de Lee e você?"

Seu olhar confirmou quanto as perguntas de Rebus eram estúpidas.

"Ele gostava de observar você", Claverhouse declarou. "Queria saber onde você estava, o que fazia. Por isso você montou o site?"

Ela negou com a cabeça. "Dark Entry é para quem quiser olhar."

"Foi idéia dele ou sua?", Hogan indagou.

Ela riu, em tom agudo. "Acha que eu levo jeito de Chapeuzinho Vermelho, é? E Lee entra nessa de Lobo Mau?" Ela tomou fôlego. "Lee me deu o computador, dizendo que a gente poderia conversar pela webcam. Dark Entry foi idéia *minha*. De mais ninguém, só minha." Ela apontou o dedo para si mesma, tocando no pedacinho de pele exposta, entre os seios. A blusa preta rendada tinha decote. Seu dedo tocou no diamante pendurado na corrente de ouro, com o qual passou a brincar distraidamente.

"Ele lhe deu a jóia, também?"

Ela olhou para a pedra e cruzou os braços de novo.

"Teri", Rebus perguntou em voz pausada, "sabe quem mais andava visitando seu site?"

Ela fez que não. "O anonimato faz parte da brincadeira."

"Você não tinha nada de anônima. Sobravam informações que mostravam às pessoas quem você era."

Ela avaliou a afirmação e deu de ombros.

"Alguém da sua escola sabia?", Rebus perguntou.

Outro movimento de ombro.

"Vou lhe dar o nome de uma pessoa que sabia... Derek Renshaw."

Os olhos dela se arregalaram, e a boca se abriu, formando um O.

"E Derek provavelmente contou a seu amigo Anthony Jarvies", Rebus prosseguiu.

Claverhouse se empertigara na cadeira, erguendo a mão. "Um minuto...", disse, olhando para Hogan, que deu de ombros, e depois novamente para Rebus. "É a primeira vez que ouço falar nisso."

"O site de Teri estava nos preferidos do computador de Derek", Rebus explicou.

"E o outro rapaz, também sabia? O que Herdman matou?"

"Eu diria que sim, provavelmente", Rebus respondeu.

Claverhouse se levantou, passando a mão no queixo. "Teri", perguntou, "Lee Herdman era do tipo ciumento?"

"Não sei."

"Herdman sabia a respeito de seu site... presumo que você tenha contado a ele." Claverhouse parou ao lado dela.

"Sim", ela respondeu.

"E como ele se sentia a respeito...? Refiro-me ao fato de que qualquer um — *qualquer um mesmo* — podia observar você em seu quarto, à noite."

A voz dela baixou para um sussurro. "Você acha que foi por isso que ele atirou nos rapazes?"

Claverhouse se debruçou em cima dela, até chegar o rosto a poucos centímetros do rosto dela. "Que tal isso lhe parece, Teri? Você acredita que seja possível?" Ele não esperou pela resposta, girou nos calcanhares e bateu uma mão na outra. Rebus sabia o que ele pensava: que o inspetor Charlie Claverhouse, pessoalmente, desvendara o caso em seu primeiro dia como responsável por ele. E agora planejava como sair trombeteando seu êxito aos superiores. Aproximou-se da porta e a abriu, olhou para os dois lados do corredor, decepcionando-se ao encontrá-lo deserto. Rebus aproveitou a oportunidade para se levantar da cadeira e se acomodar no lugar de Claverhouse. Teri olhava para baixo, e seus dedos voltaram a brincar com a corrente.

"Teri", ele disse delicadamente, para atrair a atenção da moça. Ela o encarou, olhos avermelhados por trás da maquiagem pesada. "Tudo bem?" Ela fez que sim, lentamente. "Tem certeza? Quer beber alguma coisa?"

"Estou bem."

Ele balançou a cabeça, como se quisesse se convencer. Hogan também trocara de lugar, estava agora em pé à porta, ao lado de Claverhouse, com a mão apaziguadora no ombro do colega. Rebus não ouvia o que conversavam, não estava interessado.

"Não acredito que aquele idiota estava me espiando."

"Quem? Lee?"

"Derek Renshaw", ela disse com desprezo. "Ele praticamente matou meu irmão!" Quase gritava. Rebus falou ainda mais baixo.

"Pelo que sei ele estava no carro com seu irmão. Isso não o torna responsável." Intrusa, a imagem do pai de Derek pipocou na mente de Rebus: um menino abandonado na calçada, agarrado a uma bola de futebol nova pela vida inteira, enquanto o mundo confuso passava alucinadamente. "Você acha realmente que Lee entrou na escola e matou duas pessoas por ciúme?"

Ela pensou um pouco e respondeu que não.

"Também não acho", Rebus disse. Ela o encarou. "Para começo de conversa", ele prosseguiu, "como ele poderia saber? Aparentemente, não conhecia nenhuma das duas vítimas. Como poderia identificar os rapazes?" Ele a observou enquanto considerava o dado. "E dar uns tiros seria meio exagerado, não é? Num lugar público... ele teria de estar maluco de ciúme. Fora de si."

"Então... o que aconteceu?", ela perguntou.

Rebus olhou na direção da porta. Ormiston retornara da lanchonete, estava sendo abraçado por Claverhouse, que provavelmente teria levantado o colega do chão, se não fosse bem menor que o outro. Rebus percebeu um "*conseguimos*" sibilado, seguido de um gesto de contenção de Hogan.

"Não tenho certeza", Rebus disse, respondendo à pergunta de Teri. "Mas foi um ótimo motivo, por isso você deixou o inspetor Claverhouse tão contente."

"Você não gosta dele, certo?" Um sorriso passou pelo rosto dela.

"Não se preocupe: o sentimento é totalmente correspondido."

"Quando você clicou em Dark Entry..." Ela baixou a voz novamente. "Eu estava fazendo algo em particular?"

Rebus negou com um gesto. "Encontrei o quarto vazio." Não queria que ela soubesse que a vira dormir. "Posso perguntar uma coisa?" Ele olhou novamente para a porta, para garantir que ninguém prestava atenção. "Doug Brimson disse que é amigo da sua família, mas tive a impressão de que mal o conhecem."

Ela fechou o rosto. "Minha mãe tem um caso com ele", disse, constrangida.

"Tem certeza?" Ela confirmou sem olhar para o policial. "Seu pai sabe?"

Ela ergueu os olhos, apavorada. "Ele não precisa saber, não é?"

Rebus ponderou a questão. "Calculo que não", respondeu. "Como você descobriu?"

"Intuição feminina", ela disse, sem ironia. Rebus sentou novamente para refletir. Pensava em Teri, em Lee Herdman e em Dark Entry, e se tudo isso teria o objetivo de atingir a mãe.

"Teri, tem certeza de que não havia meio de você saber que a observavam na webcam? Nenhum dos rapazes da escola comentava..."

Ela fez que não. "Recebo mensagens no livro de visitantes, mas nunca alguém que conheço escreveu lá."

"Alguma das mensagens foi... sabe como é... inadequada?"

"É dessas que eu gosto." Ela virou a cabeça de leve, tentando representar Miss Teri, mas era tarde demais: Rebus a vira como Teri Cotter, e esta era ela. Ele entortou e desentortou o pescoço. "Sabe quem eu encontrei na noite passada?", ele perguntou, distraidamente.

"Quem?"

"James Bell."

"E daí?", ela disse, inspecionando as unhas.

"Eu andei pensando... aquela foto sua... lembra-se? Você a pegou no dia em que fomos ao pub, na Cockburn Street."

"Ela me pertencia."

"Não estou alegando nada. Mas me lembro de que você estava contando como James costumava ir às festas de Lee, quando a apanhou."

"Ele nega?"

"Pelo contrário, os dois pelo jeito se conheciam muito bem, certo?"

Os três detetives — Claverhouse, Hogan e Ormiston — entraram de novo na sala. Ormiston dava tapinhas nas costas de Claverhouse e em seu ego.

"Ele gostava de Lee", Teri dizia. "Quando a isso, não há a menor dúvida."

"A simpatia era mútua?"

Ela franziu a testa. "James Bell... ele poderia ter apontado Renshaw e Jarvies para Lee, certo?"

"Isso não explica por que Lee atirou nele também. A questão é..." Rebus sabia que só teria alguns segundos antes que o interrogatório escapasse de suas mãos. "Aquela foto sua... você disse que foi tirada na Cockburn Street. Eu queria muito saber quem a bateu."

Ela parecia procurar a intenção por trás da pergunta. Claverhouse, em pé na frente deles, estalava os dedos para mostrar a Rebus que queria a cadeira. Rebus manteve os olhos em Teri ao se levantar lentamente.

"James Bell?", ele indagou. "Foi ele?"

E ela confirmou com um aceno, incapaz de pensar num motivo para ocultar isso de Rebus.

"Ele ia à Cockburn Street ver você?"

"Ele tirou fotos de todos nós — para um trabalho da escola..."

"Como é?", Claverhouse perguntou sorridente, instalando-se na cadeira.

"Ele me perguntou a respeito de James Bell", Teri explicou a Claverhouse, em tom neutro.

"É mesmo? O que tem ele?"

"Nada", ela disse, piscando para Rebus, que se retirava. Claverhouse percebeu, virou de lado, mas Rebus não lhe deu nada além de um sorriso e as costas. Quando Claverhouse se virou Rebus ergueu o dedo no ar, indicando que lhe devia um favor. Sabia o que Claverhouse teria feito com a informação: James Bell empresta um livro a Lee Herdman, sem se dar conta de que havia uma foto de Teri lá dentro, que talvez usasse como marcador... Herdman a encontra e fica com ciúme... Isso lhe daria um motivo para atirar em James: não seria um crime grave o suficiente para fazer com que merecesse morrer, e além disso James era seu amigo...

Pelo jeito Claverhouse pretendia encerrar o inquérito naquele mesmo dia. Iria direto à sala do delegado-chefe adjunto reivindicar uma medalha de ouro. A cabine de polícia na Port Edgar Academy seria desativada, os policiais retornariam a suas tarefas cotidianas.

Rebus voltaria à condição de afastado.

No entanto nada daquilo fazia realmente sentido, Rebus sabia muito bem. Sabia também que algo balançava na sua cara. Ao olhar para Teri Cotter e vê-la brincar com a corrente, entendeu exatamente do que se tratava. Pornografia e drogas não eram as únicas atividades de destaque em Roterdã.

Rebus telefonou para Siobhan, que atendeu no carro.

"Onde você está?", perguntou.

"Na A90, a caminho de South Queensferry. E você?"

"Parado num sinal vermelho na Queensferry Road."

"Telefonando *enquanto* dirige? Suas mãos devem estar sarando."

"Melhoraram. O que você andou fazendo?"

"Conversando com a namorada de Fairstone."

"Divertido?"

"A seu modo. E quanto a você?"

"Acompanhando o interrogatório de Teri Cotter. Claverhouse acredita ter descoberto o motivo."

"Não brinca!"

"Herdman sentiu ciúme porque os dois rapazes visitavam o site de Teri."

"E James Bell estava lá por acaso?"

"Aposto que Claverhouse acredita nisso."

"E agora?"

"Caso encerrado."

"E Whiteread e Simms?"

"Tem razão. Eles não vão gostar." Ele viu que o farol à frente abriu.

"De sair com as mãos abanando?"

"Correto." Rebus refletiu por um momento, apoiando o telefone entre o queixo e o ombro, para mudar a marcha. "O que a aguarda em Queensferry?"

"O barman do Boatsman's é irmão de Fox."

"Fox?"

"A namorada de Fairstone."

"Isso explica a presença dela no bar..."

"Sim."

"Então você conversou com ela?"

"Trocamos algumas gentilezas."

"A moça mencionou Peacock Johnson, disse se a rixa com Fairstone se relacionava com ela?"

"Esqueci de perguntar."

"Você esqueceu...?"

"O tempo fechou. Pensei em falar com o irmão dela."

"Você acha que ele vai saber se havia algo entre ela e Peacock?"

"Só perguntando para descobrir."

"Por que não vamos juntos? Eu pretendia dar um pulo na marina."

"Quer passar lá primeiro?"

"Sim, para encerrar o dia com um merecido drinque."

"Encontro você no cais, então."

Ela encerrou a ligação e deixou a via expressa usando a última saída antes da Forth Road Bridge. Desceu a ladeira até South Queensferry e entrou à esquerda na Shore Road. O telefone tocou de novo.

"Mudança de planos?", indagou.

"Não até termos um plano para mudar, por isso estou ligando."

Ela reconheceu a voz: Doug Brimson. "Desculpe-me, pensei que fosse outra pessoa. Em que posso ajudá-lo?"

"Eu estava me perguntando se você já está pronta para subir aos céus novamente."

Ela sorriu. "Talvez."

"Ótimo. Que tal amanhã?"

Ela refletiu um pouco. "Creio que dá para tirar uma hora de folga."

"No final da tarde? Pouco antes do pôr-do-sol?"

"Combinado."

"E você assumirá o comando, desta vez?"

"Talvez eu possa ser convencida."

"Ótimo. O que acha de dezesseis horas?"

"Que parece quatro da tarde."

Ele riu. "Espero você lá, Siobhan."

"Até logo, Doug."

Ela repôs o telefone no banco do passageiro, olhando para o céu pelo pára-brisa. Imaginou-se pilotando uma aeronave... imaginou-se sofrendo um ataque de pânico bem no meio do vôo. Mas sabia que não entraria em pânico. De todo modo, Doug Brimson estaria a seu lado. Não havia motivo para preocupação.

Ela parou na porta da lanchonete da marina, entrou e saiu com uma barra Mars na mão. Abria o pacote quando Rebus chegou no Saab. Passou por ela e parou no final do estacionamento, a uns cinqüenta metros da garagem de Herdman. Desceu, e quando terminou de trancar o carro ela já estava bem perto.

"Então, o que viemos fazer aqui?", ela perguntou, engolindo o último pedaço pegajoso.

"Além de estragar seus dentes?", ele disse. "Quero dar mais uma espiada no galpão."

"Por quê?"

"Porque sim."

As portas do barracão estavam fechadas, mas não trancadas. Rebus as empurrou e elas se abriram. Viu Simms agachado dentro do barco pequeno. Ele ergueu a vista por causa da interrupção. Rebus apontou para o pé-de-cabra em sua mão.

"Vai desmontar tudo?", sugeriu.

"A gente nunca sabe o que pode encontrar", Simms disse. "Nosso desempenho neste departamento é bem melhor que o seu, afinal de contas."

Whiteread, ao ouvir vozes, saiu do escritório. Segurava um maço de papéis.

"Dia agitado, não acham?", Rebus disse, caminhando em sua direção. "Claverhouse pronto a encerrar o caso, e não é exatamente o que vocês desejavam, certo?"

Whiteread abriu um sorriso frio, contido. Rebus se perguntou o que seria necessário para perturbá-la; a bem da verdade, tinha uma boa idéia.

"Presumo que tenha sido você quem pôs aquele jornalista atrás de nós", ela disse. "Ele queria perguntar a respeito da queda de um helicóptero em Jura. O que me levou a pensar..."

"Diga", Rebus falou.

"Tive uma conversa interessante esta manhã", ela prosseguiu. "Com um sujeito chamado Douglas Brimson. Soube que vocês três deram um belo passeio." Seus olhos se detiveram em Siobhan por um instante.

"Demos?", Rebus disse. Parou de andar, mas Whiteread não. Ela avançou até seu rosto chegar a poucos centímetros do dele.

"Ele os levou até Jura. De lá, vocês saíram em busca do local da queda." Ela estudava o rosto dele, em busca de sinais de fraqueza. Os olhos de Rebus se voltaram para Siobhan. *Aquele idiota não precisava ter dito nada!* Uma mancha avermelhada surgiu em sua face.

"Saímos?", foi só o que Rebus conseguiu dizer.

Whiteread ficara na ponta dos pés, para que seu rosto chegasse ao nível do dele. "O problema, inspetor Rebus, é como isso chegou ao seu conhecimento."

"O que chegou?"

"O único modo de saber era ter acesso a arquivos confidenciais."

"Tem certeza?" Rebus observou Simms sair do barco, ainda portando o pé-de-cabra. Ele deu de ombros. "Bem, se os tais arquivos são confidenciais, eu não poderia ter visto, certo?"

"A não ser invadindo..." Whiteread centrou a atenção em Siobhan. "Isso sem mencionar fotocópias." Ela virou a cabeça, fingindo examinar a fisionomia da jovem. "Andou tomando sol, sargento-detetive Clarke? Seu rosto parece queimado." Siobhan não se moveu nem disse nada. "O gato comeu sua língua?"

Simms ria, divertindo-se com o desconforto da policial.

"Fiquei sabendo que você tem medo do escuro", Rebus disse a ele.

"Como é?", Simms disse, franzindo a testa.

"Seria uma explicação para você deixar a porta apenas encostada." Rebus piscou, depois voltou-se para Whiteread. "Vocês não vão chegar a lugar nenhum com essa conversa. Não querem que os responsáveis pelo inquérito saibam a razão de sua presença aqui."

"Pelo que sabemos, você foi suspenso. Pode ser indiciado por assassinato a qualquer momento." Os olhos de Whiteread se tornaram pontos escuros de luz. "Para completar, a psicóloga de Carbrae alega que você consultou os registros sem permissão." Ela fez uma pausa. "Pelo jeito você já está enfiado na merda até o pescoço, Rebus. Duvido que queira arranjar mais confusão ainda. Contudo, veio aqui para me provocar e procurar encrenca. Vamos ver se me entende." Ela se debruçou até seus lábios quase tocarem a orelha dele. "Você não sabe rezar direito", disse em voz baixa. Recuou lentamente, para avaliar a reação. Rebus apenas ergueu uma mão enluvada. Ela não compreendeu o gesto dele. Mas viu que exibia algo entre o polegar e o indicador. Brilhava e cintilava com a luz.

Um único diamante.

"Mas que diabo...", Simms murmurou.

Rebus fechou a mão em torno do diamante.

"Achado não é roubado", disse, e deu as costas para se retirar. Siobhan o acompanhou, esperando até saírem antes de falar.

"O que houve lá?"

"Eu só estava jogando verde."

"Mas o que quis dizer? De onde veio esse diamante?"

Rebus sorriu. "Tenho um amigo dono de joalheria na Queensferry Street."

"E daí?"

"Eu o convenci a me emprestar o diamante." Rebus guardou a pedra no bolso. "Mas eles não sabem disso."

"E você vai me explicar tudo direitinho, certo?"

Rebus concordou com um movimento lento. "Assim que eu descobrir o que fisguei com este anzol."

"John...", Siobhan falou em tom de alerta e súplica.

"Vamos tomar aquele drinque, agora?", Rebus perguntou.

Ela não respondeu; tentou encará-lo enquanto seguiam para o carro. Ainda olhava para ele quando Rebus destravou a porta e entrou. Ele ligou o carro, engatou a marcha e abaixou o vidro.

"Vejo você lá, está bem?", foi só o que disse ao partir. Siobhan ficou ali parada, e ele acenou. Praguejando em voz baixa, ela foi buscar seu carro.

21

Rebus sentou-se à mesa perto da janela, no Boatman's, para ler a mensagem de texto de Steve Holly.

O que tem para mim? Se não ajudar vou retomar a pauta do incêndio.

Rebus pensou se devia responder ou não, depois começou a teclar:

em jura herdman pegou algo e o exército quer de volta — pergunte de novo a whiteread

Rebus não tinha certeza se Holly ia entender, pois ainda não sabia como usar as maiúsculas e a pontuação nas mensagens de texto por celular. De todo modo, manteria o repórter ocupado, e se ele acabasse encurralando Whiteread e Simms, melhor ainda. Eles concluiriam que o cerco se fechava cada vez mais. Rebus pegou o copo de cerveja e brindou sozinho a isso, bem quando Siobhan entrava. Ele hesitava em passar a ela as novidades de Teri: caso da mãe com Brimson. O problema era que provavelmente ela não guardaria isso para si. Quando encontrasse Brimson, quando estivesse frente a frente com ele, Brimson veria a dúvida estampada em seu rosto, perceberia tudo pelo modo como ela agiria, na relutância em olhar para ele. Rebus não queria isso, não ajudaria em nada, não naquela altura. Siobhan jogou a bolsa sobre a mesa e olhou para o bar, onde uma mulher que nunca vira atendia os fregueses.

"Não se preocupe", Rebus disse. "Já me informei. McAllister começa a trabalhar em poucos minutos."

"Dá tempo para você me pôr a par das novidades."
Ela tirou o casaco. Rebus se levantou.

"Antes vou buscar um drinque. O que você quer?"

"Água com gás e limão."

"Nada mais forte?"

Ela ergueu a sobrancelha e olhou para o copo vazio.
"Eu vou dirigir."

"Tudo bem, vou parar por aqui." Ele foi até o bar e
voltou com a água para ela e uma Coca. "Viu?", disse. "Eu
também consigo ser presunçoso e virtuoso, quando quero."

"Melhor assim do que embriagado ao volante." Ela
removeu o canudo do copo e o depositou no cinzeiro,
sentou-se de novo e apoiou a mão na coxa. "Muito
bem... sou toda ouvidos."

Nesse instante a porta se abriu.

"Por falar no diabo", Rebus disse quando Rod McAllister entrou e percebeu que os dois o encaravam. Olhou
de volta, e Rebus o chamou. McAllister abria o zíper de
uma jaqueta de couro puída. Desenrolou o cachecol do
pescoço e o guardou num bolso.

"Preciso trabalhar", disse quando Rebus apontou para
a banqueta vazia.

"É só um minuto", Rebus disse, sorrindo. "Susie não
se importa." E apontou para a moça do balcão.

McAllister hesitou, mas acabou sentando com os cotovelos apoiados na perna fina e uma mão debaixo do
queixo. Rebus imitou a postura dele.

"Vocês querem falar sobre Lee?", McAllister arriscou.

"Não necessariamente", Rebus disse. E olhou para
Siobhan.

"Vamos chegar lá", ela disse ao barman. "No momento, estamos mais interessados em sua irmã."

Ele olhou de Siobhan para Rebus, e novamente para
Siobhan. "Qual delas?"

"Raquel Fox. Gozado, os sobrenomes são diferentes."

"Não são." Os olhos de McAllister continuavam se
movendo de um policial a outro, incapazes de decidir em

quem deveriam parar. Siobhan reagiu estalando os dedos. Ele a fitou, fechando os olhos um pouquinho. "Ela mudou de nome faz algum tempo, quando resolveu ser modelo. O que ela tem a ver com vocês?"

"Você não sabe?"

Ele deu de ombros.

"Marty Fairstone?", Siobhan provocou. "Vai me dizer que ela nunca o apresentou a você?"

"Eu conheci Marty. Fiquei chocado quando soube."

"E quanto a um sujeito chamado Johnson?", Rebus perguntou. "O apelido dele é Peacock... amigo de Marty."

"É?"

"Você chegou a conhecê-lo?"

McAllister parou para pensar. "Não tenho certeza", disse finalmente.

"Peacock e Raquel", Siobhan disse, virando a cabeça para atrair a atenção dele. "Achamos que tiveram um caso."

"É mesmo?" McAllister ergueu a sobrancelha. "Isso para mim é novidade."

"Ela nunca falou nele?"

"Não."

"Os dois andaram circulando juntos pela cidade."

"Muita gente circula pela cidade. Vocês dois, por exemplo." Ele ergueu o corpo, alinhou a espinha e olhou para o relógio em cima do balcão do bar. "Não quero abusar da boa vontade de Susie..."

"Bem, corre que Fairstone e Johnson se desentenderam, talvez por causa de Raquel."

"Ah, é?"

"Se você considera essas questões muito estranhas, senhor McAllister, sinta-se à vontade para se expressar..."

Siobhan olhava para a camiseta de McAllister, pois quando ele endireitara o corpo fora possível ver a estampa. Era uma capa de disco, de um disco que ela conhecia.

"Fã do Mogwai, Rod?"

"Gosto de som pesado." McAllister olhou para a camiseta.

"É do disco *Rock action*, certo?"

"Isso mesmo."

McAllister fez menção de se levantar e ir para o bar. Siobhan trocou um olhar com Rebus e ergueu a mão lentamente. "Rod", ela disse, "quando nos conhecemos... você se lembra de que lhe dei meu cartão?"

McAllister balançou a cabeça e se afastou. Mas Siobhan se levantou e o seguiu, falando alto.

"No cartão constava meu endereço em St. Leonard's, não é, Rod? E você percebeu logo quem eu era quando viu meu nome. Pois Marty o mencionara... ou então foi Raquel. Você se lembra qual foi o álbum do Mogwai antes de *Rock action*, Rod?"

McAllister levantou a parte móvel do balcão, tentando passar para o outro lado, e a baixou em seguida. A moça do bar o encarava. Siobhan ergueu a tampa basculante.

"Ei, acesso restrito", Susie disse. Mas Siobhan não lhe deu ouvidos nem percebeu que Rebus se levantara da cadeira para ir até o balcão do bar. Ela segurou McAllister pela manga do casaco, mas ele tentou se soltar. Siobhan obrigou-o a virar e encará-la.

"Sabe qual é o nome do disco, Rod? *Come On Die Young*. C.O.D.Y., Rod. Mesmas letras de sua segunda carta."

"Me larga, porra!", ele gritou.

"Vão resolver os problemas de vocês lá fora", Susie disse.

"Fazer ameaças assim é um crime sério, Rod."

"Me larga, sua vaca!" Ele conseguiu soltar o braço e levantá-lo para dar uma bofetada na cara de Siobhan. Ela caiu sobre as garrafas, que rolaram. Rebus estendeu a mão por cima do balcão e segurou McAllister pelo cabelo, puxando a cabeça para baixo até bater com força na bandeja onde caía o excesso de chope. McAllister agitava os braços, sua voz se transformara num gemido de dor, mas Rebus não o soltou.

"Você tem algemas?", perguntou a Siobhan. Ela se er-

402

gueu, pisando no vidro, e correu até a bolsa para esvaziar o conteúdo na mesa até encontrar as algemas. McAllister acertou alguns pontapés na canela dela com a bota de caubói, mas ela apertou as algemas com força, sabendo que assim o deteria. Afastou-se dele meio tonta, sem saber a causa: o golpe na cabeça, a adrenalina ou o vapor de meia dúzia de garrafas de destilados.

"Vamos levá-lo", Rebus disse por entre os dentes, sem largar o prisioneiro. "Uma noite na cadeia vai acalmar o pilantra."

"Ei, vocês não podem fazer isso", Susie se queixou. "Quem vai trabalhar no lugar dele?"

"Isso não é problema nosso, minha cara", Rebus disse a ela, brindando-a com o que supunha ser um sorriso de desculpas.

Levaram McAllister para St. Leonard's e o prenderam na única cela disponível. Rebus perguntou a Siobhan se deveriam formalizar a acusação. Ela deu de ombros.

"Duvido que ele mande outras cartas." Seu rosto ainda doía no ponto atingido, mas não parecia que ia ficar roxo.

No estacionamento eles se despediram, e cada um seguiu seu rumo. As palavras de Siobhan ao partir foram: "E quanto àquele diamante?". Mas Rebus apenas acenou ao acelerar o carro.

Ele foi para a Arden Street, ignorando o celular que tocava: Siobhan queria insistir na pergunta. Não encontrou vaga para estacionar e acabou decidindo que estava agitado demais para ficar em casa. Seguiu em frente, cruzando a região sul da cidade até chegar a Gracemount, ao ponto de ônibus onde enfrentara os Lost Boys num dia que parecia pertencer a outra era. Teria realmente sido na quarta-feira à noite? O abrigo estava vazio naquela hora. Rebus estacionou ali perto, de todo modo, abaixou o vidro e acendeu um cigarro. Não sabia o que faria com Rab Fisher se o visse; mas precisava de algumas respostas a respeito da morte de Andy Callis. O episódio no bar abrira seu apetite para o confronto. Ele olhou para as mãos. Ainda ardiam por causa do contato com McAllister, mas a sensação não era de todo desagradável.

Os ônibus passavam sem parar no ponto: ninguém para subir ou descer. Rebus ligou o motor e rumou para o labirinto dos conjuntos habitacionais, cobrindo todos os trajetos possíveis, entrando às vezes em ruelas sem saída, de onde precisava voltar de ré. Alguns jovens jogavam futebol numa área mal iluminada do parque. Outros andavam de skate perto da passarela. Era território deles, naquela hora do dia. Ele poderia perguntar a respeito dos Lost Boys, mas aqueles meninos aprendiam as regras desde cedo. Não entregariam a gangue local, principalmente porque sua aspiração principal na vida devia ser entrar para ela. Rebus parou de novo, desta vez na frente de um conjunto de prédios baixos, para fumar outro cigarro. Precisava achar uma loja logo para refazer o estoque. Ou entrar num pub onde um dos fregueses lhe venderia um maço baratinho, sem questionamentos. Ele ligou o rádio para tentar ouvir algo suportável, mas só tocavam rap e dance. Tinha uma fita, mas era de Rory Gallagher, *Jinx*, e ele não estava a fim. Pelo que se lembrava uma das faixas era "The devil made me do it". Não convencia como defesa atualmente, mas muitas outras surgiram para tomar o lugar do tinhoso. Não havia mais a figura do crime inexplicável, agora os cientistas e psicólogos falavam em genes e abuso sexual, danos cerebrais e pressão social. Sempre havia uma razão... sempre havia uma desculpa.

E por que Andy Callis morrera?

E por que Lee Herdman entrara naquela sala?

Rebus fumou o cigarro em silêncio, tirou o diamante do bolso e o examinou, guardando-o ao escutar barulho do lado de fora: um menino empurrava outro num carrinho de supermercado. Os dois o encararam, como se fosse um excêntrico ali, e talvez fosse mesmo. Minutos depois eles voltaram. Rebus baixou o vidro da janela.

"Está procurando alguma coisa, moço?" O menino que empurrava o carrinho teria seus nove ou dez anos, cabeça raspada, maçãs do rosto proeminentes.

"Eu vim para encontrar Rab Fisher", Rebus disse, fingindo consultar o relógio. "Mas o desgraçado não apareceu."

Os meninos eram espertos, mas não tão espertos como seriam em um par de anos.

"Vi ele mais cedo", disse o passageiro do carrinho. Rebus preferiu saltar a lição de gramática.

"Estou devendo um dinheiro para ele", explicou. "Pensei que ia vir até aqui." Virou a cabeça ostensivamente para os lados, como se esperasse que Fisher fosse surgir a qualquer momento.

"A gente entrega para ele", disse o menino que empurrava o carrinho.

Rebus sorriu. "Acha que eu nasci ontem?"

"Você é quem sabe." O menino o encarou, petulante.

"Veja adiante, a duas quadras", disse o passageiro, apontando para a frente. "Vamos apostar corrida?"

Rebus ligou o carro de novo. Não queria apostar corrida. Já chamava a atenção sozinho, não precisava de um carrinho de supermercado correndo ao lado do carro. "Mas vocês podiam ir buscar cigarro para mim", disse, tirando uma nota de cinco libras do bolso. "Pode ser barato, e vocês ficam com o troco."

A nota foi arrancada de sua mão. "Por que está usando luva, moço?"

"Para não deixar digitais", Rebus disse, piscando o olho, antes de acelerar.

Mas não havia nada duas quadras adiante. Ele chegou à esquina e olhou para a esquerda e para a direita. Viu outro carro estacionado, com algumas figuras abaixadas lá dentro. Rebus parou no cruzamento preferencial, pensando que haviam arrombado o carro. Depois entendeu: conversavam com o motorista. Quatro rapazes. Só uma cabeça visível dentro do carro. Pareciam ser os Lost

Boys, com Rab Fisher encarregado da conversa. O motor do carro roncava, mesmo em ponto morto. Ou estava sem escapamento ou fora envenenado. Rebus desconfiava de motor mexido. O carro fora tunado: luz de freio superdimensionada atrás, spoiler na frente. O motorista usava boné de beisebol. Rebus torcia para que fosse uma vítima de assalto ou extorsão... algo que lhe desse uma justificativa para interferir. Mas não era essa a cena. Ouvia risadas, teve a impressão de que alguém contara uma piada.

Um dos membros da gangue olhou em sua direção e ele se deu conta de que estava parado no cruzamento fazia muito tempo. Entrou na rua em que estava o carro, parou a uns cinqüenta metros. Fez de conta que olhava para um prédio de apartamentos... apenas um visitante que fora buscar um amigo. Duas buzinadas impacientes para reforçar a impressão. Os Lost Boys lhe dedicaram mais um momento de atenção e o descartaram. Rebus levou o celular ao ouvido, como se ligasse para seu amigo...

E observou tudo pelo retrovisor.

Viu Rab Fisher gesticular, empolgado com a história que contava. Queria impressionar o motorista. Rebus ouviu música, a batida do baixo, o rádio do motorista estava sintonizado numa das estações que Rebus desprezara. Ele sabia que não poderia levar a encenação adiante por muito tempo. E se os dois meninos realmente voltassem com o cigarro?

Mas Fisher endireitou o corpo e recuou um pouco. A porta do carro se abriu e o motorista desceu.

Rebus viu então quem era: Evil Bob. Em seu próprio carro, bancando o malandro importante, mexendo os ombros ao caminhar até o porta-malas, que destrancou. Havia algo lá dentro que todos queriam ver, a gangue formou um semicírculo apertado, bloqueando a visão de Rebus.

Evil Bob... o capanga de Peacock. Mas não agia como subalterno agora, pois embora não fosse a luz mais brilhante da árvore de Natal, sabia que estava em posição muito superior à de um pobre coitado como Fisher.

406

Não agia...

Rebus recordou-se de um momento em St. Leonard's, quando a malandragem local fora reunida para interrogatório. Bob resmungando que nunca tinha ido ao circo. Bob, o meninão, sempre infantilizado. Por isso Peacock andava com ele, o tratava praticamente como se fosse um mascote, um mascote que fazia truques para diverti-lo.

E agora Rebus tinha outro rosto na mente, outra cena. A mãe de James Bell, a peça teatral *The wind in the willows...*

Nunca passam da idade... Apontando o dedo para ele. *Nunca passam da idade...*

Ele deu uma última olhada para cima, desanimado, depois arrancou pisando fundo, como se a mancada do amigo o irritasse. Entrou na próxima travessa e reduziu a velocidade para estacionar e dar um telefonema. Anotou o número que lhe forneceram e ligou de novo. Deu a volta na quadra, nem sinal do cigarro ou de seu dinheiro, como previa. Chegou a outro cruzamento preferencial, a cem metros do carro de Bob. Esperou. Viu que ele fechava a tampa do porta-malas e que os Lost Boys voltavam para a calçada. Bob assumiu o volante e saiu cantando pneu, soltando fumaça. Tinha buzina a ar que tocava "Dixie". Estava quase a setenta quando passou por Rebus, e "Dixie" soou de novo. Rebus passou a segui-lo.

Estava calmo, atento. Decidiu que chegara a hora de fumar o último cigarro do maço. E, quem sabe, ouvir alguns minutos de Rory Gallagher também. Lembrou-se do show de Gary que vira nos anos 1970, em Usher Hall, o teatro cheio de camisas xadrezes, calças jeans desbotadas. Rory tocara "Sinner boy", "I'm moving on"... Rebus tinha um dos Boys à vista, esperava pegar mais dois.

Finalmente vislumbrou a oportunidade pela qual ansiava. Após arriscar a sorte num par de sinais amarelos, Bob foi obrigado a parar no vermelho. Rebus chegou por trás, ultrapassou o carro dele e freou na sua frente, bloqueando a rua. Abriu a porta do motorista e desceu enquanto "Dixie" tocava impaciente. Bob ficou nervoso, saiu pronto para criar caso. Rebus ergueu as mãos em sinal de rendição.

"Boa noite, Bo-Bo. Você se lembra de mim?"

Bob o conhecia muito bem. "Meu nome é Bob", retrucou.

"Tem razão." O sinal abriu. Rebus gesticulou para que os carros enfileirados atrás deles passassem.

"Qual é o problema?", Bob perguntou. Rebus inspecionava o carro como se pretendesse comprá-lo. "Num fiz nada."

Rebus chegou ao porta-malas. Bateu nele com os nós dos dedos. "Posso dar uma espiada na mercadoria?"

Bob fechou a boca. "Tem mandado de busca?"

"Você pensa que alguém como eu se preocupa com esses detalhes?" O boné de beisebol ocultava o rosto de Bob. Rebus se abaixou, dobrando os joelhos, para ver o rosto do rapaz. "Pense bem." Pausou. "Mas, vamos deixar por isso mesmo..." E se levantou. "Só quero ir com você até algum lugar tranqüilo."

"Não fiz nada", o rapaz insistiu.

"Não precisa se preocupar... as celas estão lotadas em St. Leonard's, no momento."

"Onde você quer ir?"

"Você vai ver." Rebus apontou para seu Saab. "Vou estacionar. Você pára atrás de mim. Entendeu? E não quero ver o celular na sua mão."

"Eu não tenho..."

"Entendi", Rebus interrompeu. "Mas ia aprontar alguma... não faça isso, você vai gostar da conversa, prometo." Ele ergueu um dedo e entrou no carro. Evil Bob estacionou atrás dele, obediente, esperando até que Rebus entrou e se acomodou no banco do motorista, dizendo que o rapaz podia dirigir.

"Para onde?"

"Toad Hall", Rebus informou, apontando para a frente.

22

Perderam a primeira parte do espetáculo, mas os ingressos para a segunda parte os aguardavam na bilheteria. A platéia era composta de famílias, uma excursão de aposentados e pelo menos mais uma de estudantes, pois as crianças usavam agasalhos esportivos azuis idênticos. Rebus e Bob se acomodaram nas últimas fileiras do auditório.

"Não é um circo", Rebus explicou, "mas também é muito legal." As luzes se apagaram e o segundo ato começou. Rebus lera *The wind in the willows* quando era criança, mas não se lembrava da história. Mas Bob não se importava com o enredo, pelo jeito. Sua inquietude desapareceu quando as luzes iluminaram o palco e os atores entraram em cena. Toad estava na cadeia quando o espetáculo recomeçou.

"Bem adequado, sem dúvida", Rebus murmurou, mas Bob não escutou nada. Ele batia palmas e vaiava, como as crianças, e no clímax — as doninhas foram afugentadas por Toad e seus aliados — Bob ficou de pé, berrando de alegria. Ele olhou para Rebus, que permanecia sentado imóvel, e um amplo sorriso tomou conta de seu rosto.

"Como falei", Rebus comentou quando as luzes da platéia foram acesas e as crianças começaram a sair, "não é nenhum circo, mas é legal."

"E tudo isso por causa do que eu disse naquele dia?" Terminada a peça, a desconfiança de Bob estava voltando.

Rebus deu de ombros. "Talvez eu não o considere uma doninha por natureza."

No saguão Bob parou e olhou em volta, como se relutasse em partir.

"Você pode voltar quando quiser", Rebus disse. "Não precisa ser numa ocasião especial."

Os olhos de Bob brilharam. Rebus seguiu na frente pela rua movimentada. Bob já tinha as chaves do carro na mão, mas Rebus esfregava as mãos enluvadas.

"Batata frita?", sugeriu. "Para coroar a noitada..."

"Eu pago", Bob respondeu imediatamente. "Você pagou os ingressos."

"Tudo bem", Rebus disse, "mas neste caso vou abusar e pedir peixe frito também."

A loja estava tranqüila: os pubs ainda não haviam fechado. Eles transportaram os pacotes quentes para o carro e sentaram. As janelas se embaçaram enquanto comiam. Bob soltou uma risada súbita, de boca aberta.

"Toad era um bundão, né?"

"Na verdade, ele me fez lembrar de seu amigo Peacock", Rebus disse. Removera as luvas para não engordurá-las. Sabia que Bob não veria suas mãos na escuridão do carro. Haviam comprado suco em lata. Bob bebia o dele sem dizer nada. Rebus tentou de novo.

"Vi você com Rab Fisher, hoje. O que acha dele?"

Bob mastigava, pensativo. "Rab é legal."

Rebus esperou. "Peacock também acha, não é?"

"Como é que eu vou saber?"

"Quer dizer que ele não falou nada?"

Bob concentrou-se na comida, e Rebus percebeu que encontrara a brecha que procurava. "Claro", prosseguiu. "Peacock dá cada vez mais valor a Rab, se você quer saber. E Rab deu sorte. Lembra-se de quando ele foi preso por causa daquela réplica? O inquérito foi arquivado, e ficou parecendo que Rab tinha passado a perna na gente." Rebus balançou a cabeça, tentando evitar que a imagem de Andy Callis anuviasse sua concentração. "Mas não foi nada disso, ele só deu sorte. Quando um cara dá sorte desse jeito, no entanto, todo mundo passa a achar que ele é o máximo... Acham que ele é melhor que os outros." Rebus parou de falar, esperando que seu comentário fosse processado. "Mas eu vou lhe dizer uma coisa, Bob. Se as armas são de verdade ou não, pouco importa. As réplicas enganam bem, não dá para dizer que não são reais. E mais cedo ou mais tarde alguém morre. E o sangue vai manchar a sua mão."

Bob lambia o ketchup dos dedos. Parou ao ouvir a frase. Rebus respirou fundo e suspirou, encostando a cabeça no apoio. "Do jeito que as coisas vão", acrescentou sutilmente, "Rab e Peacock vão se aproximar cada vez mais..."

"Rab é boa gente", Bob insistiu, mas suas palavras saíram ocas, inconvincentes.

"Rab é boa gente, claro", Rebus repetiu. "Compra tudo que você quer vender?"

Bob o olhou de esguelha, e Rebus recuou. "Tudo bem, não é da minha conta. Vamos fazer de conta que você não tem nenhuma arma embrulhada naquele cobertor, no porta-malas."

Bob fechou a cara.

"Falo sério, meu filho." Rebus enfatizou o *filho*, imaginando que tipo de pai Bob tivera. "Não tem importância, não precisa abrir para eu ver." Ele pegou outra batata frita e a levou à boca. Sorriu, satisfeito. "Tem coisa melhor que um peixe frito com batata?"

"Batata crocante."

"Parece feita em casa."

Bob concordou. "Peacock faz a melhor batata frita que já comi, bem crocante na ponta."

"Peacock gosta de cozinhar, é?"

"Da última vez, tivemos de ir embora antes de ele terminar..."

Rebus olhou para a frente enquanto o rapaz devorava mais algumas batatas. Ergueu a lata e a segurou no alto, só para fazer alguma coisa. Seu coração batia forte, como se quisesse sair pela boca. Ele limpou a garganta. "Na cozinha de Marty, foi?", perguntou, tentando manter o controle da voz. Bob fez que sim, procurando nos cantos do pacote fragmentos de batata. "Pensei que eles tinham brigado por causa da Raquel."

"Foi, mas quando Peacock recebeu o telefonema..." Bob parou de mastigar, e seus olhos se encheram de horror, pois se deu conta subitamente que aquela não era apenas mais uma conversa entre amigos.

"Que telefonema?", Rebus perguntou, agora em tom frio, sem disfarçar.

Bob balançou a cabeça. Rebus abriu a porta e tirou a chave do contato. Saiu do carro, derrubando batata frita no chão, e deu a volta para abrir o porta-malas.

Bob correu atrás dele. "Não pode...! Você falou que não ia..."

Rebus afastou o estepe e viu a arma, desembrulhada. Uma Walther PPK.

"É uma réplica", Bob gaguejou. Rebus sentiu seu peso, examinou-a com cuidado.

"Não é réplica", murmurou. "Você sabe disso muito bem, e agora vai para a cadeia, Bob. A próxima ida ao teatro fica para daqui a uns cinco anos. Espero que tenha gostado." Ele segurava a arma com uma das mãos, e levou a outra ao ombro de Bob. "Que telefonema?", repetiu.

"Não sei." Bob fungava e tremia. "De um cara no pub... logo depois, saímos de carro."

"O cara do pub, o que ele disse?"

Bob sacudiu a cabeça com força. "Peacock não falou."

"Não mesmo?"

A cabeça ia de um lado para o outro, os olhos se encheram de lágrimas. Rebus mordeu o lábio inferior, olhando em torno. Ninguém prestava atenção neles: ônibus e táxis passavam pela Lothian Road, o segurança guardava a porta de uma casa noturna adiante. Rebus não focalizava nada disso, sua mente voava.

412

Poderia ter sido um dos bêbados no pub, naquela noite, percebendo que ele mantivera uma longa conversa com Fairstone, eles dois deram a impressão de serem amigos de longa data... e concluindo que Peacock Johnson ficaria interessado. Peacock havia sido amigo de Fairstone. Depois brigaram por causa de Raquel Fox. E... E o quê? Peacock temia que Martin Fairstone se tornasse delator? Pois Fairstone sabia coisas que podiam interessar a Rebus, e muito.

A questão era: o quê?

"Bob." A voz de Rebus saiu suave, tentando acalmar e seduzir. "Tudo bem, Bob, não se preocupe. Não precisa ficar assustado. Não tem problema. Só preciso saber o que Peacock queria com Marty."

O movimento da cabeça não foi tão forte desta vez, a resignação predominava. "Ele vai me matar", Bob declarou com voz sumida. "Ele vai acabar comigo." E encarou Rebus com olhar acusatório.

"Então você precisa da minha ajuda. Precisa de um novo amigo. Se me deixar ser seu amigo, quem vai para a cadeia é Peacock, e não você. Prometo."

O rapaz ponderou as palavras de Rebus. O policial imaginava o que um advogado de defesa minimamente competente faria com Bob no julgamento. Destacaria sua capacidade de discernimento, argumentando que ele não podia ser considerado uma testemunha válida.

Mas era só o que Rebus tinha.

Eles seguiram de volta ao carro de Rebus em silêncio. Bob estacionou seu carro numa travessa e entrou no de Rebus.

"É melhor você ficar lá em casa esta noite", Rebus explicou. "Assim nós dois teremos certeza de que você estará seguro." Seguro: um belo eufemismo. "E poderemos conversar melhor amanhã, certo?" Conversar: outro eufemismo. Bob balançou a cabeça mas não disse nada. Rebus localizou uma vaga no alto da Arden Street, desceu e conduziu Bob pela calçada, até a porta do prédio. Abriu e notou que a luz da escada não estava acesa. Quando se deu conta, era tarde demais... as mãos o agarraram pelas lapelas e o jogaram contra a parede. Um joelho visou sua virilha, mas Rebus conseguiu se virar e o golpe atingiu sua coxa. Ele bateu com a testa no rosto do atacante, acertando a face. Uma das mãos apertava sua garganta, buscando a artéria carótida. Se mantivesse a pressão ali, Rebus perderia a consciência. Ele cerrou os punhos e socou os rins, mas a jaqueta de couro do atacante atenuou o impacto.

"Tem mais um", sussurrou uma voz feminina.

"Quem?" O agressor era homem, inglês.

"Tem alguém com ele!"

A pressão na garganta de Rebus diminuiu e o agressor recuou. Uma lanterna iluminou a porta entreaberta e Bob estava lá, de boca aberta.

"Merda!", Simms disse.

Whiteread segurava a lanterna. Ela iluminou o rosto de Rebus. "Lamento... Gavin se entusiasma um pouco, às vezes."

"Desculpas aceitas", Rebus disse, recuperando o fôlego. Em seguida, deu um soco. Mas Simms foi ágil, desviou-se e também ergueu os punhos.

"Pessoal, calma", Whiteread alertou. "Não estamos na hora do recreio."

"Bob", Rebus ordenou, "por aqui!" E começou a subir a escada.

"Precisamos conversar", Whiteread falou calmamente, como se nada tivesse acontecido. Bob passava por ela para seguir Rebus.

"Precisamos muito conversar!", ela gritou, virando a cabeça para cima, distinguindo a silhueta de Rebus quando este chegou à plataforma do primeiro andar.

"Tudo bem", ele disse. "Mas acenda as luzes primeiro."

Ele destrancou a porta, levou Bob através do corredor e lhe mostrou o banheiro e a cozinha, depois o quarto de hóspedes com a cama de solteiro arrumada para visitantes que nunca vinham. Ele tocou o radiador do aquecimento central. Frio. Abaixou-se e regulou o termostato.

"Em pouco tempo estará quente."

"O que foi que houve lá em baixo?" Bob soava curioso, mas não muito preocupado. Uma vida inteira de experiência em não meter o nariz na vida alheia.

"Nada com que você precise se preocupar." Quando Rebus se levantou, o sangue subiu até a orelha. Ele se apoiou na parede. "É melhor esperar aqui enquanto eu falo com eles. Quer um livro?"

"Um livro?"

"Para ler."

"Não gosto muito de ler." Bob sentou na beira da cama. Rebus ouviu o barulho da porta da frente sendo fechada, portanto Simms e Whiteread estavam no apartamento.

"Então espere um pouco aqui, está bem, Bob?" O rapaz olhou para o quarto como se fosse uma cela. Punição e não refúgio.

"Não tem tevê?", perguntou.

Rebus saiu do quarto sem responder. Com um gesto fez Whiteread e Simms acompanhá-lo até a sala. A fotocópia da ficha de Herdman estava sobre a mesa de jantar, mas Rebus não se importava com que a vissem. Serviu uma dose de uísque para si sem oferecer a bebida aos outros. Tomou virado para a janela, observando o reflexo dos dois no vidro.

"Onde você arranjou o diamante?", Whiteread começou, mantendo as mãos à frente.

"Então é tudo por causa disso?" Rebus sorriu. "A razão para Herdman tomar tantas precauções... ele sabia que um dia vocês voltariam."

"Você o achou em Jura?", Simms arriscou. Soava calmo, imperturbável.

Rebus fez que não. "Só deduzi, mais nada. Sabia que, se eu mostrasse um diamante para vocês, tirariam conclusões precipitadas." Ele ergueu o copo, encarando Simms. "Foi o que fizeram... saúde!"

Whiteread o encarou. "Não confirmamos nada."

"Vieram até aqui. Para mim, basta como confirmação. Além disso estiveram em Jura no ano passado, não adiantou se fingirem de turistas." Rebus serviu outra dose e deu um gole pequeno. Tomaria o segundo uísque com calma. "Altos oficiais, negociando o fim das hostilidades na Irlanda do Norte... faz sentido pensar que haveria um preço a pagar. Suborno aos paramilitares. Esse pessoal é ganancioso, não ia sair de mãos abanando. O governo ia pagá-los com pedras. Só que os diamantes sumiram na queda do helicóptero. O SAS foi enviado com a missão de recuperá-los. Armados até os dentes para o caso dos terroristas virem procurá-los também." Rebus fez uma pausa. "Que tal, até agora?"

Whiteread não se moveu. Simms sentou no braço do sofá e pegou a revista do jornal de domingo, que enrolou até formar um tubo.

"Vai tentar me matar, Simms? Tem uma testemunha no quarto, lembre-se disso."

"Bem que eu gostaria", Simms respondeu com voz fria e olhar intenso. Rebus voltou a atenção novamente para Whiteread, que se aproximara da mesa e pousara a mão sobre a ficha de Herdman. "Você não precisa ser tão caxias."

"Você nos relatava uma história sobre diamantes", ela disse, pois não pretendia permitir que sua atenção fosse desviada.

"Nunca considerei Herdman um traficante de drogas", Rebus prosseguiu. "Vocês plantaram o flagrante no barco dele?" Ela balançou a cabeça, negativamente. "Bem, alguém fez isso." Ele refletiu por um momento e tomou outro gole. "Muitas viagens pelo mar do Norte... Roterdã é um bom lugar para negociar diamantes. Pelo que sei, Herdman achou os diamantes e não fez nada com eles. Pode ter tirado os diamantes da ilha ou deixado lá escondidos para pegar depois, após sua repentina decisão de sair do exército. O comando queria descobrir o paradeiro dos diamantes, e Herdman de repente atraiu a atenção. Tinha dinheiro, comprou um barco... mas vocês não conseguiram provar nada." Pausa para mais um gole. "Quanto será que ainda resta? Será que ele gastou tudo?" Rebus pensou nos barcos: pagos em dinheiro... dólares, a moeda em que se negociavam diamantes. E o diamante no pescoço de Teri, o catalisador que procurava havia algum tempo. Deu a Whiteread tempo para resposta, mas ela permaneceu silenciosa. "Neste caso sua missão aqui era administrar os danos, garantir que ninguém descobrisse algo capaz de trazer a história a público. Todos os governos dizem: não negociamos com terroristas. Talvez não, mas nós tentamos suborná-los uma vez... e isso daria uma bela manchete para os jornais." Ele encarou Whiteread por cima do aro dos óculos. "Mais ou menos isso, não é?"

"E o diamante?", ela perguntou.

"Emprestado por um amigo."

Ela passou quase um minuto em silêncio. Rebus esperou, pensando que, se não tivesse trazido Bob para casa... bem, talvez as coisas não tivessem corrido tão bem assim para ele. Ainda sentia os dedos de Simms na garganta... que doía quando engolia o uísque.

"Steve Holly procurou vocês de novo?", Rebus perguntou, quebrando o silêncio. "Se acontecer algo a mim, o material vai parar na mão dele."

"Você acha que isso é o bastante para protegê-lo?"

"Cala a boca, Gavin!", Whiteread disparou, cruzando os braços lentamente. "O que você pretende fazer?", perguntou a Rebus.

Ele deu de ombros. "Não é da minha conta, pelo que estou vendo. Nenhum motivo para fazer algo, desde que você mantenha seu cão de guarda preso na coleira."

Simms se levantou e enfiou a mão dentro do paletó.

Whiteread se virou e puxou o braço dele. O gesto foi tão rápido que Rebus não o teria visto se estivesse piscando.

"O que eu quero", ele disse em tom pausado, "é que vocês dois sumam daqui até amanhã de manhã. Caso contrário, vou começar a pensar em contar tudo ao meu amigo do quarto poder."

"Como vamos saber que podemos confiar em você?"

"Duvido que qualquer um de nós queira redigir um contrato a respeito", Rebus disse, depositando o copo sobre a mesa. "E, se estiver tudo combinado, preciso cuidar de meu hóspede."

Whiteread olhou para a porta. "Quem é?"

"Não se preocupe, ele não é do tipo falante."

Ela balançou a cabeça lentamente e se virou para sair.

"Só mais uma coisa, Whiteread." Ela parou e virou a cabeça para encará-lo. "Por que você acha que Herdman fez aquilo?"

"Porque era ganancioso."

"Quero dizer, por que ele entrou na classe?"

Os olhos dela pareciam brilhar. "Sei lá, por que deveria me importar?" E saiu da sala. Simms ainda não tirara os olhos de Rebus, que acenou em despedida, antes de se virar novamente para a janela. Simms sacou a pistola automática do coldre, de dentro do paletó, e a apontou para a nuca de Rebus. Soltou um pequeno assobio e guardou a arma.

"Um dia", disse numa voz quase inaudível, "serei o último rosto que você verá, e você não vai saber nem quando nem onde."

"Maravilha", Rebus disse, sem se dar ao trabalho de virar. "Passarei meus derradeiros momentos neste mundo olhando para um completo idiota."

Ele ouviu os passos no corredor e a porta se fechar. Foi até a entrada para conferir e viu Bob parado na porta da cozinha.

"Fiz um chá para mim. Acabou o leite, sabia?"

"Hoje é dia de folga dos criados. Agora vá dormir.

Teremos um longo dia pela frente." Bob obedeceu e entrou no quarto, fechando a porta. Rebus pegou o terceiro drinque, o último mesmo. Largou o corpo na poltrona, pesadamente, olhando para a revista no sofá à sua frente. Quase imperceptivelmente, ela começava a desenrolar. Ele pensou em Lee Herdman, tentado pelos diamantes, a enterrá-los no mato antes de sair e dizer que não havia encontrado nada. Talvez tivesse sentido culpa depois, e medo também. Seria considerado suspeito. Provavelmente fora entrevistado, interrogado, talvez por Whit"
read. Os anos passariam, mas o exército não esqueceria nunca. A última coisa que queriam no mundo era uma ponta solta, principalmente uma que poderia se transformar numa dor de cabeça enorme. O medo o pressionava, ele mantinha um mínimo de amizades... jovens não representavam risco, não poderiam ser seus perseguidores disfarçados... Doug Brimson também... tantas fechaduras, tentando manter o mundo afastado. Não admira que tivesse surtado.

Mas por que surtara daquele jeito? Rebus ainda não entendia, não aceitava a versão do ciúme.

James Bell, fotografando Miss Teri na Cockburn Street...

Derek Renshaw e Anthony Jarvies, visitando o site dela...

Teri Cotter, interessada na morte, saindo com um ex-soldado...

Renshaw e Jarvies, amigos íntimos; diferentes de Teri, e diferentes de James Bell. Fãs de jazz, não de metal; vestindo farda, desfilando pela escola, fazendo esportes. Nada a ver com Teri Cotter.

Nada a ver com James Bell.

E, pensando bem, o que Herdman e Doug Brimson tinham em comum, além do passado militar? Para começo de conversa, os dois conheciam Teri Cotter. Teri saía com Herdman, e a mãe com Brimson. Rebus imaginava o caso como uma espécie de baile em que os pares eram trocados. Apoiou o rosto nas mãos, bloqueando a luz,

419

sentindo o cheiro do couro da luva misturado com as emanações do copo de uísque, enquanto os pares giravam em sua mente.

Quando abriu os olhos novamente, a sala saíra de foco. O papel de parede ficou nítido primeiro, mas em sua mente ele via as manchas de sangue, o sangue na sala de aula.

Dois tiros fatais, um que provocou só o ferimento.

Não: *três* tiros fatais...

"Não." Ele se deu conta de que pronunciara a palavra. Dois tiros fatais, um que causou ferimentos. Depois outro tiro fatal.

Sangue nas paredes e no chão.

Sangue por todos os lados.

O sangue contaria sua própria história...

Ele serviu o quarto uísque sem pensar, levou o copo à boca e se deu conta. Devolveu o líquido com cuidado para dentro da garrafa e a tampou. Levantou e guardou a garrafa na cornija da lareira.

Sangue, com suas próprias histórias.

Pegou o telefone. Não sabia se haveria alguém no laboratório forense àquela hora, mas discou assim mesmo. A gente nunca sabe: alguns técnicos têm suas obsessões, seus quebra-cabeças para resolver. Não por exigência do caso ou por orgulho profissional, mas por necessidades pessoais, mais íntimas.

Como Rebus, encontravam dificuldade para deixar algo de lado. Ele não sabia mais se isso era bom ou ruim; era assim e pronto. O telefone tocou, mas ninguém atendeu.

"Bando de vagabundos", resmungou. Depois notou a cabeça de Bob, que apontou no vão da porta.

"Desculpa", o rapaz falou, e entrou na sala arrastando os pés. Ele havia tirado o casaco. Usava camiseta cinza folgada que deixava de fora seus braços flácidos, sem pêlos. "Não consigo dormir."

"Sente aí, se quiser." Rebus apontou para o sofá. Bob

sentou, mas parecia constrangido. "Tem tevê aqui, se quiser..."

Os olhos de Bob percorreram a sala. Ele viu a estante de livros e foi até ela dar uma espiada. "Acho que eu..."

"Fique à vontade, pegue qualquer livro que o interesse."

"Aquela peça que vimos... você disse que foi baseada num livro."

Rebus confirmou com um aceno. "Mas eu não tenho esse livro." Ele aguardou mais quinze segundos e desistiu do chamado.

"Eu interrompi você, me desculpe", Bob disse. Ainda não tocara em nenhum livro, apenas os observava como se fossem de uma espécie rara, para serem vistos mas não tocados.

"Não foi nada." Rebus se levantou. "Espere um minuto." Ele foi até o hall de entrada e abriu um armário. Havia várias caixas de papelão empilhadas, ele pegou uma. Coisas antigas de sua filha... bonecas e estojos de pintura, cartões-postais e pedras recolhidas em caminhadas à beira-mar. Pensou em Allan Renshaw. Pensou nos laços que deveriam ter unido os dois, nos laços que foram facilmente afrouxados. Allan e sua caixa de fotografias, seu sótão de recordações. Rebus guardou a caixa e pegou outra que estava do lado. Livros de sua filha: presentes, livros de bolso com a capa rabiscada ou rasgada; alguns de capa dura, seus preferidos. Sim, lá estava ele: sobrecapa verde, lombada amarela com um desenho de Mr. Toad. Alguém incluíra um balão e as palavras "poop poop". Ele não sabia se a caligrafia era a da filha ou não. Pensou no primo Allan de novo, tentando atribuir nomes aos rostos dos mortos que o fitavam das fotos antigas.

Rebus guardou a caixa e trancou o armário. Voltou para a sala.

"Aqui está", disse a Bob, entregando-lhe o livro. "Agora pode descobrir o que perdeu no primeiro ato."

Bob ficou contente, mas segurou o livro ressabiado,

como se não soubesse como tratá-lo. Depois voltou ao quarto. Rebus ficou parado na janela, observando a noite, pensando se ele também havia deixado algo de lado... não na peça, e sim no caso, desde o início.

SÉTIMO DIA
Quarta-feira

23

O sol brilhava quando Rebus acordou. Consultou o relógio, saiu da cama e se vestiu. Encheu a chaleira e a ligou, lavou o rosto antes de se barbear com o aparelho elétrico. Colou o ouvido na porta do quarto de Bob. Nenhum som. Bateu na porta, esperou, depois deu de ombros e foi para a sala. Ligou para o laboratório forense, sem obter resposta.

"Preguiçosos." Por falar nisso... Desta vez ele bateu com força na porta do quarto de Bob, depois a abriu um pouco. "Hora de acordar." A cortina estava aberta e a cama vazia. Praguejando baixinho, Rebus entrou, mas não havia esconderijos possíveis. O exemplar de *The wind in the willows* jazia sobre o travesseiro. Rebus tocou no colchão, sentiu que ainda estava morno. De volta ao hall de entrada, viu que a porta não estava bem fechada.

"Deveria ter trancado", murmurou ao fechá-la. Vestiria o paletó, calçaria o sapato e recomeçaria a caçada. Sem dúvida Bob tentaria primeiro pegar seu carro. Depois, se tivesse um mínimo de bom senso, seguiria para o sul. Rebus duvidava que ele tivesse passaporte. Uma pena não ter anotado o número da placa de Bob. Dava para localizá-lo assim mesmo, mas exigiria mais tempo.

"Espere um pouco", disse alto. Voltou ao quarto, pegou o livro. Bob usara a orelha para marcar a página. Por que faria isso, a não ser que...? Rebus abriu a porta da frente e saiu. Ouviu passos arrastados na escada.

"Acordei você, por acaso?", Bob disse. Segurava uma

sacola de compras, que ergueu para mostrar a Rebus. "Leite, chá de saquinho, quatro pães e um pacote de lingüiça."

"Boa idéia", Rebus disse, torcendo para soar mais calmo do que se sentia.

Terminado o café-da-manhã eles seguiram no carro de Rebus para St. Leonard's. Ele tentava agir como se fosse algo corriqueiro. Ao mesmo tempo, não havia como negar que eles passariam a maior parte do dia na sala de interrogatório, com os gravadores de som ligados e registro de imagem.

"Quer um suco, antes de começar?", Rebus perguntou. Bob trouxera um jornal popular consigo, e o abriu em cima da mesa. Lia mexendo os lábios. "Já volto, então", Rebus disse, abrindo e fechando a porta atrás de si. Trancou-a e subiu a escada até a sala do Departamento de Investigações Criminais. Siobhan estava em sua mesa.

"Dia cheio pela frente?", ele perguntou.

"Farei a primeira aula de vôo esta tarde", ela disse, erguendo os olhos do computador.

"Gentileza de Doug Brimson?" Rebus estudou o rosto dela, que confirmou o palpite. "Como você se sente?"

"Sem sinais visíveis dos danos."

"McAllister já saiu da cela?"

Siobhan olhou para o relógio acima da porta. "Acho melhor eu cuidar disso."

"Não vai indiciá-lo?"

"Você acha que devo?"

Rebus fez que não. "Mas, antes de deixá-lo partir, seria bom fazer umas perguntinhas."

Ela sentou de novo e ergueu os olhos para ele. "Por exemplo?"

"Evil Bob está lá embaixo, comigo. Disse que Peacock Johnson provocou o incêndio. Ligou a fritadeira e foi embora."

Ela arregalou os olhos. "Ele contou o motivo?"

"Minha impressão é que ele acreditava que Fairstone

se tornara informante policial. Já não morriam de amores um pelo outro. Alguém ligou e disse que eu estava tomando um drinque com Fairstone, amigavelmente."

"E ele o assassinou por causa *disso*?"

Rebus deu de ombros. "Devia ter lá seus motivos para preocupação."

"Mas você não descobriu o motivo?"

"Ainda não. Talvez pretendesse apenas dar um susto em Fairstone."

"Você acredita que o Bob é o elo que falta?"

"Creio que podemos conseguir alguma coisa com ele."

"E como Rod McAllister se encaixa nessa sua cadeia alimentar?"

"Só saberemos quando você usar seus brilhantes poderes investigativos com ele."

Siobhan deslizou o mouse e salvou os arquivos em que trabalhava. "Verei o que posso fazer. Você vem comigo?"

Ele fez que não. "Preciso voltar à sala de interrogatório."

"Essa conversa com o capanga de Johnson... é formal?"

"Informalmente formal, pode-se dizer."

"Então é preciso haver mais alguém presente." Ela o encarou. "Faça as coisas de acordo com as regras, pelo menos uma vez na vida."

Ele sabia que Siobhan tinha razão. "Posso esperar até você terminar a conversa com o barman", ele sugeriu.

"Muita gentileza sua." Ela olhou em torno. O detetive David Hynds falava ao telefone e fazia anotações. "O Davie é mais indicado", ela disse. "Bem mais flexível que George Silvers."

Rebus olhou na direção da mesa de Hynds. Ele havia terminado a ligação e recolocava o telefone no gancho, sem parar de escrever. Percebendo que olhavam para ele, ergueu uma sobrancelha interrogativa. Rebus fez um sinal para ele se aproximar. Não conhecia Hynds direito; jamais trabalhara com o colega. Mas confiava na avaliação de Siobhan.

"Davie", disse, levando um braço companheiro ao ombro do outro. "Vamos dar uma voltinha. Preciso explicar algumas coisas sobre o rapaz que interrogaremos em seguida." Ele fez uma pausa. "É melhor você levar o bloco de anotações..."

Vinte minutos de conversa, contudo, e Bob ainda estava passando a idéia geral do caso. Bateram na porta. Rebus abriu para uma policial fardada.

"O que foi?", perguntou.

"Uma ligação para você." Ela apontou para a recepção.

"Estou ocupado agora."

"É o inspetor Hogan. Disse que é urgente e que eu deveria tirá-lo do que estivesse fazendo, a não ser de uma cirurgia para três safenas."

Rebus sorriu, apesar de tudo. "Foram essas as palavras exatas?", perguntou.

"Isso mesmo", disse a policial. Rebus entrou de novo na sala para dizer a Hynds que não ia demorar. Hynds desligou o equipamento.

"Quer alguma coisa, Bob?", Rebus perguntou.

"Acho melhor chamar meu advogado, senhor Rebus."

Rebus o fitou com intensidade. "Não seria o mesmo advogado de Peacock?"

Bob levou isso em consideração. "Vamos deixar para mais tarde", falou.

"Mais tarde", Rebus concordou, saindo da sala de interrogatório. Informou à policial que saberia encontrar sozinho o caminho da recepção e entrou na sala de comunicações, atravessou-a e passou pela porta aberta. Pegou o fone que o aguardava em cima da mesa.

"Alô?"

"Caramba, John, você foi para um retiro?" Bobby Hogan soava contrariado. Rebus observava as telas à frente. Mostravam uma dúzia de cenas de St. Leonard's, interiores e exteriores, e as telas mudavam a cada trinta segundos, saltando de uma câmera para outra.

"Em que posso servi-lo, Bob?"

"O pessoal da técnica acabou de fazer a perícia no local dos tiros."

"É mesmo?" Rebus fez uma careta. Deveria ter insistido mais nas ligações.

"Estou a caminho daí. Acabo de me lembrar que passarei perto de St. Leonard's de qualquer maneira."

"Eles descobriram alguma coisa, não é, Bobby?"

"Dizem que temos um problemão", Hogan confirmou. "Mas você já desconfiava, não é?"

"Mais ou menos. Tem a ver com o local, certo?" Rebus olhou para uma das telas. Mostrava a superintendente-chefe Gill Templer entrando no prédio. Carregava uma valise na mão e uma mochila que parecia pesada no ombro.

"Isso mesmo. Algumas... anomalias."

"Boa palavra, essa: anomalias. Abrange praticamente tudo."

"Imaginei que você gostaria de ir lá comigo."

"O que Claverhouse tem a dizer a respeito?"

Houve uma pausa na linha. "Claverhouse ainda não sabe", Hogan disse em tom baixo. "Telefonaram diretamente para mim."

"E por que você não contou a ele, Bobby?"

Outra pausa. "Não sei."

"Talvez por influência perniciosa de um colega?"

"Talvez."

Rebus sorriu. "Passe aqui para me pegar quando puder, Bobby. Dependendo do que o pessoal da polícia científica tiver para nos contar, eu posso levantar algumas questões."

Ele abriu a porta da sala de entrevista e chamou Hynds no corredor. "Só um minuto, Bob", explicou. Fechou a porta e cruzou os braços.

"Preciso ir a Howdenhall. Ordens superiores."

"Vamos deixá-lo numa cela, até você voltar?"

Mas Rebus não queria isso. "Prefiro que você continue. Não devo demorar. Se ele criar caso, ligue para mim no celular."

"Mas..."

"Davie", Rebus disse, levando a mão ao ombro de Hynds, "você está indo muito bem. Nem precisa da minha presença."

"Mas é preciso que haja outro policial presente", Hynds argumentou.

Rebus olhou para ele. "Siobhan andou treinando você, Davie?" E mordeu o lábio, pensando por um momento. "Tem razão", cedeu. "Pergunte à superintendente-chefe Templer se ela pode ajudar."

As duas sobrancelhas de Hynds subiram, encontrando a franja. "A chefe não vai..."

"Claro que vai. Diga que é a respeito do caso Fairstone. Creia em mim, ela vai adorar a oportunidade."

"Ela precisa ser informada dos detalhes do caso primeiro."

A mão que pousara no ombro de Hynds agora dava batidinhas. "Deixo por sua conta."

"Mas, senhor..."

Rebus balançou a cabeça lentamente. "Esta é sua chance de mostrar o que pode fazer, Davie. Tudo que aprendeu observando Siobhan." Rebus tirou a mão e cerrou os punhos. "Hora de começar a pôr tudo em prática."

Hynds empertigou-se um pouco ao concordar.

"Bom rapaz", Rebus disse. Deu meia-volta para ir embora, mas parou. "Ah, Davie?"

"Sim?"

"Diga à superintendente-chefe Templer que ela precisa bancar a maternal."

"Maternal?"

Rebus fez que sim. "Basta dizer isso a ela", encerrou, rumando para a saída.

"Que SJK que nada. Qualquer máquina Porsche deixa o Jaguar para trás."

"Acho que o Jaguar é um carro mais bonito, de qualquer maneira", Hogan argumentou, levando Ray Duff a tirar os olhos do trabalho. "Mais clássico."

"Fora de moda, isso sim." Duff tinha à frente um grande número de fotos da cena do crime, grudadas em todos os espaços disponíveis da parede. A sala em que se encontravam era um laboratório da escola, sem uso, com quatro bancadas no meio. As fotos mostravam a sala de Port Edgar de todos os ângulos possíveis, concentrando-se no chão e nas paredes ensangüentadas, bem como no posicionamento dos corpos.

"Pode me chamar de conservador", Hogan disse, cruzando os braços na esperança de encerrar a discussão com Ray Duff.

"Diga, então, quais são os cinco melhores carros ingleses."

"Eu não me interesso tanto assim por carros, Ray."

"Eu gosto do meu Saab", Rebus acrescentou, piscando para Hogan quando este fechou a cara.

Duff emitiu um ruído gutural. "Não me venha falando dos carros suecos..."

"Tudo bem, que tal nos concentrarmos em Port Edgar, então?" Rebus pensava em Doug Brimson, outro fã do Jaguar.

Duff olhava em torno, procurando o laptop. Ele o ligou na tomada de uma das bancadas e pediu que os dois detetives se aproximassem. Ligou o equipamento.

"Enquanto esperamos", disse, "como vai Siobhan?"

"Ótima", Rebus afirmou. "E aquele probleminha que ela teve..."

"Sei..."

"Já foi resolvido."

"Que probleminha?", Hogan perguntou. Rebus ignorou a pergunta.

"Ela vai ter uma aula de pilotagem esta tarde."

"Sério?" Duff ergueu uma sobrancelha. "Isso custa uma nota."

"Creio que é grátis, cortesia de um sujeito que tem pista de pouso e Jaguar."

"Brimson?", Hogan adivinhou. Rebus confirmou.

"Meu convite para ela dar uma volta de MG não se compara", Duff resmungou.

"Você não poderia competir com o sujeito. Ele tem um jatinho."

Duff assobiou. "Deve ser milionário, então. Um avião daqueles custa vários milhões."

"Tem razão", Rebus disse, procurando encurtar a conversa.

"Falo sério", Duff insistiu. "E de segunda mão."

"Quer dizer milhões de libras?" A pergunta veio de Bobby Hogan. Duff fez que sim. "Os negócios devem estar indo bem, né?"

Sim, Rebus pensava, tão bem que Brimson podia se dar ao luxo de tirar o dia de folga para passear em Jura...

"Lá vamos nós", Duff disse, chamando a atenção deles para o laptop. "Basicamente, tenho aqui o que eu preciso." Ele passou um dedo pela borda da tela, entusiasmado. "Podemos fazer uma simulação... mostrar o padrão que se espera obter quando uma arma é disparada de qualquer distância, em qualquer ângulo em relação à cabeça ou ao corpo." Ele clicou outros botões e Rebus ouviu o zumbido do disco rígido do laptop. As imagens surgiram, e uma figura apareceu, quase um esqueleto, perto da parede. "Estão vendo, aqui?", Duff dizia. "O sujeito está a vinte centímetros da parede, o tiro foi disparado a uma distância de dois metros... entrada e saída... e bum!" Eles observaram uma linha entrar no cérebro, saindo como um chuvisco fino. Os dedos de Duff acionaram o mouse e destacaram a área marcada na parede, que foi então ampliada.

"Nos dá uma boa noção", ele disse, sorrindo.

"Ray", Hogan disse discretamente, "acho bom você saber que o inspetor Rebus perdeu um membro da família naquele local."

O sorriso de Duff desapareceu. "Eu não pretendia faltar ao respeito com..."

"Vamos nos ater aos fatos", Rebus retrucou friamente. Ele não culpava Duff: como poderia? O sujeito não tinha como saber. Mas servia para acelerar as coisas.

Duff enfiou a mão no bolso do jaleco de laboratório branco e se virou na direção das fotos.

"Precisamos dar uma olhada nessas fotos agora", disse, fixando os olhos em Rebus.

"Tudo bem", Rebus concordou com um aceno. "Vamos em frente."

A animação sumira da voz de Duff quando ele falou novamente. "Primeira vítima estava mais perto da porta. Foi Anthony Jarvies. Herdman entra e mira na pessoa mais próxima — faz sentido. Pelas provas, os dois estavam distantes dois metros um do outro. Um ângulo não faria sentido... Herdman era quase da mesma altura que sua vítima, por isso a bala realiza uma trajetória lateral no crânio. O padrão das manchas de sangue é o que esperávamos encontrar. Depois Herdman se vira. A segunda vítima está um pouco mais longe, uns três metros. Herdman deve ter percorrido parte da distância antes de disparar, mas não andou muito. Desta vez a bala entra em ângulo no crânio, indicando que Derek Renshaw estava provavelmente tentando se proteger abaixando-se." Ele olhou para os dois policiais. "Estão me acompanhando?" Rebus e Hogan confirmaram, e os três homens seguiram para a parede. "As manchas de sangue no chão são fáceis de explicar, nada fora de lugar." Duff fez uma pausa.

"Até agora?", Rebus adivinhou. O cientista concordou.

"Temos muitos dados sobre armas de fogo, como o tipo de dano que causam ao corpo humano, e a qualquer outra coisa com que possam entrar em contato..."

"E James Bell é um enigma?"

Duff fez que sim. "Um belo enigma, isso mesmo."

Hogan trocou um olhar com Rebus e voltou-se novamente para Duff. "Como assim?"

"Em seu depoimento Bell diz que foi atingido em movimento. Basicamente, atirando-se no chão. Ele deu a impressão de pensar que isso poderia explicar por que não foi morto. E também disse que Herdman estava a três metros e meio dele, quando disparou." Ele voltou ao computador e abriu uma simulação em 3-D na tela, mostrando a sala, com as posições do atirador e do aluno. "Novamente, a vítima possuía altura similar à de Herdman. Mas, desta vez, a trajetória da bala parece ser de baixo para cima." Duff parou para que todos refletissem. "Como se a pessoa que disparou estivesse agachada." Ele flexionou os joelhos, abaixou-se e apontou com uma arma imaginária, depois se levantou e foi até a outra bancada. Havia um aparelho para visualizar imagens de raios X, que ele ligou, iluminando um conjunto que mostrava a trajetória da bala que atingira o ombro de James Bell. "Entrada pela frente, saída por trás. Podemos ver claramente sua trajetória." Ele a acompanhou com o dedo.

"Portanto, Herdman estava agachado", Bobby Hogan disse, franzindo a testa.

"Tenho a impressão de que Ray mal começou", Rebus disse calmamente, pensando que não precisaria fazer tantas perguntas assim ao cientista, no final das contas.

Duff olhou para Rebus e voltou às fotos. "Não temos um padrão de manchas de sangue", disse, fazendo um círculo num trecho da parede. Em seguida, levantou a mão. "Na verdade, isso não é exato. Há presença de sangue, mas numa difusão tão fina que não se percebe."

"O que significa?", Hogan perguntou, sem se preocupar em ocultar sua impaciência.

"Significa que James Bell não estava no lugar que alega, no momento em que levou o tiro. Encontrava-se bem à frente, ou seja, mais próximo de Herdman."

"Contudo, o disparo foi feito de baixo para cima", Rebus lembrou.

Duff concordou com um gesto, depois abriu a gaveta e tirou um saco plástico. Polietileno transparente e papel pardo nas bordas. Do tipo usado para o recolhimento de provas. Dentro dele havia uma camisa branca manchada de sangue, com o furo da bala no ombro claramente visível.

"A camisa de James Bell", Duff informou. "E aqui temos mais uma coisa..."

"Queimadura de pólvora", Rebus disse em voz baixa. Hogan virou-se para ele.

"Como você já sabe de tudo isso?"

Rebus deu de ombros. "Não tenho vida social, Bobby. Nada para fazer na vida a não ser ficar sentado pensando nessas coisas." Hogan fechou a cara, indicando que a alegação não o convencera.

"O inspetor Rebus tem razão", Duff disse, atraindo novamente a atenção deles. "Não esperávamos encontrar queimaduras de pólvora nos corpos das duas primeiras vítimas. Foram atingidas de longe. Só temos queimaduras de pólvora quando a arma está perto da pele ou da roupa da vítima."

"Herdman tinha queimaduras de pólvora?", Rebus perguntou.

Duff fez que sim. "Compatíveis com encostar a arma na cabeça e disparar."

Rebus voltou a examinar as fotos penduradas, sem pressa. Elas não revelavam nada, o que era, no fundo, o principal dado. Era preciso olhar sob a superfície para vislumbrar a verdade. Hogan coçava a nuca.

"Não estou entendendo nada", disse.

"É um quebra-cabeça", Duff concordou. "É difícil conciliar o relato da testemunha com as evidências."

"Depende do modo como se olha para o caso, Ray. Ou estou enganado?"

Duff fixou os olhos em Rebus e balançou a cabeça. "Sempre existe um modo de explicar as coisas."

"Então vamos em frente", Hogan disse, pondo as mãos em cima da bancada. "Não tenho nada de mais importante para fazer hoje, mesmo."

"Tente ver de um outro ângulo, Bobby", Rebus disse. "James Bell foi atingido à queima-roupa..."

"Por alguém do tamanho de um anão de jardim", Hogan disse, impaciente.

Rebus fez que não. "A questão é que Herdman não poderia ter feito isso."

Hogan arregalou os olhos. "Espere um pouco..."

"Não é isso, Ray?"

"É uma conclusão possível, certamente." Duff coçava o queixo.

"Não poderia ter atirado?", Hogan indagou. "O que vocês querem dizer com isso? Havia mais alguém lá? Um cúmplice?"

Rebus balançou a cabeça. "Estou dizendo que é possível — até provável — que Lee Herdman tenha matado apenas uma pessoa naquela sala."

Hogan estreitou a vista. "E quem seria?"

Rebus voltou a atenção para Ray Duff, que forneceu a resposta.

"Ele mesmo", Duff disse, como se fosse a explicação mais simples do mundo.

24

Rebus e Hogan estavam sentados no carro ligado de Hogan. Passaram alguns minutos em silêncio. A janela do passageiro estava aberta e Rebus fumava, enquanto Hogan tamborilava com os dedos no volante.

"Como vamos conduzir essa história?", Hogan perguntou. Desta vez, Rebus tinha a resposta.

"Você conhece minha técnica predileta, Bobby", ele disse.

"O elefante na loja de cristais?"

Rebus fez que sim, lentamente, terminando o cigarro. Jogou a ponta pela janela. "Ajudou muito, no passado."

"Mas este caso é diferente, John. Jack Bell é parlamentar."

"Jack Bell é um palhaço."

"Não o subestime."

Rebus encarou o colega. "Mudando de idéia, Bobby?"

"Eu só pensei se não poderíamos..."

"Livrar nossa cara?"

"Ao contrário de você, John, eu nunca me entusiasmei com lojas de cristais."

Rebus olhou através do pára-brisa. "Eu vou lá de qualquer jeito, Bobby. Você sabe disso. Se você vai me acompanhar ou não, depende só de você. Se quiser pode ligar para Claverhouse e Ormiston e contar tudo a eles. Mas eu preciso ir até o fim." Ele se virou para encarar Hogan outra vez, com os olhos brilhando. "Tem certeza de que não está tentado?"

Bobby Hogan passou a língua nos lábios, no sentido horário, depois anti-horário. Seus dedos apertaram o volante com força.

"Que seja", disse. "O que são alguns cristais quebrados, perto de uma amizade?"

A porta da casa em Barnton foi aberta por Kate Renshaw.

"Oi, Kate", Rebus disse, sem que seu rosto revelasse qualquer sentimento. "Como vai seu pai?"

"Está bem."

"Você não acha que deveria passar mais tempo com ele?"

Ela abriu mais a porta para que entrassem. Hogan telefonara avisando que estavam a caminho.

"O que faço aqui é muito importante", Kate argumentou.

"Ajudando na carreira de um freguês de prostituta?"

Os olhos dela soltaram fogo, mas Rebus os ignorou. Através da porta de vidro, à direita, ele via a sala de jantar com a mesa cheia de papelada da campanha de Jack Bell. O próprio Bell descia a escada, esfregando as mãos como se tivesse acabado de lavá-las.

"Senhores", disse, sem fazer o menor esforço para parecer simpático, "espero que isso não demore."

"Nós também", Hogan retrucou.

Rebus olhou em torno. "A senhora Bell está em casa?"

"Saiu para fazer uma visita. Vocês querem alguma coisa em particular...?"

"Só queria dizer a ela que assisti *The wind in the willows* ontem à noite. Belo espetáculo."

O deputado ergueu uma sobrancelha. "Darei o recado."

"O senhor avisou seu filho que viríamos?", Hogan perguntou.

Bell fez que sim. "Está vendo televisão." E apontou para a sala de estar. Sem esperar que o convidassem, Hogan seguiu para lá e abriu a porta. James Bell estava deitado no sofá de couro creme, sem sapato, com a cabeça apoiada na mão do braço bom.

"James", o pai disse, "a polícia chegou."

"Já vi." James virou o corpo e sentou, apoiando os pés no carpete.

"Oi, James", Hogan disse. "Creio que você já conhece o inspetor Rebus..."

James o cumprimentou com um aceno.

"Podemos sentar?", Hogan perguntou, mais ao filho que ao pai. Não que Hogan pretendesse esperar a permissão. Ele se instalou confortavelmente numa poltrona, enquanto Rebus preferiu ficar em pé ao lado da lareira. Jack Bell sentou ao lado do filho e pôs a mão no joelho de James. Mas o rapaz se encolheu todo. James se debruçou para pegar um copo de água no chão, que levou aos lábios para beber um pouco.

"Eu gostaria muito de saber o que está acontecendo", Jack Bell disse, impaciente: homem ocupado, que tinha coisas mais importantes a fazer e não podia perder tempo. O celular de Rebus tocou, ele pediu desculpas ao tirá-lo do bolso. Olhou o visor para saber quem estava ligando. Pediu desculpas outra vez e saiu da sala.

"Gill? Como vai indo o Bob?", perguntou.

"Já que você perguntou, ele é uma mina em matérias de boas histórias."

Rebus olhou para a sala. Nem sinal de Kate. "Ele não sabia que a fritadeira ia pegar fogo."

"Concordo."

"E o que mais ele disse?"

"Ele se voltou contra Rab Fisher, sem ter muita noção de quanto está implicando seu amigo Peacock no processo."

Rebus franziu a testa. "Como assim?"

"O motivo para Fisher andar de um lado para outro nas filas das casas noturnas, deixando a arma à mostra..."

"Sim?"

"Ele estava tentando traficar drogas."

"Drogas?"

"Trabalhava para seu amigo Johnson."

"Peacock já vendeu haxixe no passado, mas não em volume suficiente para precisar de um assistente."

"Bob não usou a palavra, mas acredito que ele esteja falando de crack."

"Minha nossa... e quem é o fornecedor dele?"

"Creio que isso é óbvio." Ela riu. "Seu amigo, o que tinha os barcos."

"Duvido muito", Rebus disse.

"Pelo que sei, encontraram cocaína no barco dele."

"Mesmo assim..."

"Bem, se não era ele, era outra pessoa." Ela respirou fundo. "De todo modo já é um bom começo, não acha?"

"Talvez seja o toque feminino."

"Ele só precisa de um pouco de calor materno, John. Obrigada pela dica."

"Quer dizer que estou livre de suspeitas?"

"Quer dizer que preciso chamar Mullen, para que ele fique a par do que descobrimos."

"Mas você não acha que matei Martin Fairstone, acha?"

"Digamos que estou em dúvida."

"Obrigado pelo apoio, chefe. Avise se descobrir mais alguma coisa, tá?"

"Vou tentar. O que você está fazendo? Alguma iniciativa com que eu deva me preocupar?"

"Talvez... observe o céu de Barnton para ver os fogos de artifício." Ele se despediu, desligou o telefone e voltou para a sala.

"Eu lhe garanto que será o mais rápido possível", Hogan dizia. E olhou para Rebus. "Vou deixar por conta de meu colega." Rebus fez questão de dar a impressão de que formulava a primeira pergunta com dificuldade. Mas foi direto com James Bell.

"Por que você fez aquilo, James?"

"Como é?"

Jack Bell inclinou-se para a frente. "Não aceito esse seu tom..."

"Lamento, senhor. Fico um pouco agitado às vezes, quando mentem para mim. Não só para mim, mas para todos: responsáveis pelo inquérito, pais, imprensa... *todos*." James olhava para ele. Rebus cruzou os braços. "Sabe, James, estamos começando a entender o que realmente aconteceu naquela sala, e tenho novidades para você. Quando alguém dispara uma arma, ficam resíduos de pólvora na pele. Podem durar semanas, permanecem mesmo depois de várias lavagens. Nos punhos da camisa também. Lembre-se, ainda temos a camisa que você usava."

"Mas o que você está tentando insinuar?", Jack Bell vociferou, rosto vermelho de raiva. "Espera que eu permita que entre em minha casa e acuse meu filho de dezoito anos de...? É assim que a polícia age atualmente?"

"Pai..."

"É por minha causa, não é? Estão tentando me pegar, usando meu filho. Só porque cometeram um erro terrível que quase me custou meu mandato e meu casamento..."

"Pai...", James repetiu, erguendo a voz.

"Agora essa terrível tragédia acontece e vocês só prestam para..."

"Não se trata de nenhuma vingança, senhor..."

"Embora o policial que realizou a prisão em Leith jure que agiu corretamente", Rebus não pôde deixar de acrescentar.

"John...", Hogan alertou.

"Está vendo?" A voz de Jack Bell tremia, de tanta raiva. "Está vendo como é, como vai ser sempre? Porque você é arrogante demais..."

James levantou. "*Quer calar essa boca? Pelo menos uma vez na vida, dá para calar a boca, porra?*"

Silêncio na sala, embora as palavras como que pairassem no ar, reverberando. James Bell sentou outra vez, bem devagar.

"Acho melhor ouvirmos o que James tem a dizer",

Hogan falou, dirigindo-se ao parlamentar, que parecia atônito, os olhos pregados num filho que ele nunca imaginou que existisse, alguém subitamente revelado.

"Você não pode falar assim comigo." Olhando para James, com voz quase inaudível.

"Acabei de fazer isso", James disse ao pai. Depois, com os olhos em Rebus: "Vamos acabar logo com isso".

Rebus umedeceu os lábios. "A esta altura, James, provavelmente a única coisa que podemos provar é que você levou um tiro à queima-roupa — o que não confere com a história que nos contou — e que o ângulo do disparo sugere que você atirou em si mesmo. Contudo, você admitiu conhecer pelo menos uma das armas de Lee Herdman, por isso eu creio que você levou a Brocock com intenção de matar Anthony Jarvies e Derek Renshaw."

"Eram uns idiotas, os dois."

"E isso constitui motivo suficiente?"

"James", Jack Bell alertou, "não quero que diga mais nada a esses homens."

O filho o ignorou. "Eles precisavam morrer."

A boca de Bell se abriu, mas não saiu nenhum som. James se concentrou no copo de água, e o girava sem parar.

"Por que eles precisavam morrer?", Rebus perguntou, em tom pausado.

James deu de ombros. "Já falei."

"Você não gostava deles?", Rebus sugeriu. "É só isso?"

"Muitos matam por menos. Você não vê as notícias? Estados Unidos, Alemanha, Iêmen... às vezes, basta não gostar da segunda-feira."*

"Ajude-me a entendê-lo, James. Sei que você tem um gosto diferente em matéria de música..."

"Não é só em música, é em tudo!"

(*) Referência ao caso de uma estudante inglesa que disparou contra colegas nos anos 1970, dando como razão "não gostar de segunda-feira". O caso inspirou a canção "I don't like mondays", dos Boomtown Rats (Bob Geldof). (N. T.)

"Uma maneira diferente de ver o mundo?", Hogan sugeriu.

"Pode ser", Rebus concordou. "E em parte para impressionar Teri Cotter, também."

James olhou para ele. "Deixe-a fora disso."

"Não vai ser fácil, James. Afinal de contas, Teri lhe disse que era obcecada pela morte, certo?" James não respondeu. "Creio que você ficou encantado com ela."

"Como você pode afirmar isso?", o adolescente retrucou, agressivo.

"Para começar, você foi até a Cockburn Street para tirar uma foto dela."

"Tirei muitas fotos."

"Mas guardou a dela naquele livro que emprestou a Lee. Você não gostava de ela dormir com Lee, certo? E não gostou quando Jarvis e Renshaw contaram que haviam descoberto o site dela, e a espiavam em seu quarto." Rebus fez uma pausa. "Como estou me saindo?"

"Você sabe muita coisa, inspetor."

Rebus balançou a cabeça. "Mas ainda não sei de muita coisa, James. E espero que você possa preencher as lacunas."

"Você não precisa dizer nada, James", o pai disse. "Você ainda é menor... as leis o protegem. Você sofreu um trauma. Nenhum tribunal deste país..." Ele olhou para os detetives. "Ele deveria ter direito à presença de um advogado."

"Eu não quero advogado", James rebateu.

"Mas é preciso", o pai disse, chocado.

O filho riu, escarnecendo. "Não é mais com você, pai, não entende? Agora é comigo. Sou eu quem vai pôr você de volta na primeira página dos jornais, mesmo que seja pelas razões erradas. E, caso você não tenha notado, não sou mais menor — tenho dezoito anos. Idade suficiente para votar e fazer muitas coisas." Ele deu a impressão de que esperava uma réplica, que não veio, depois voltou a atenção para Rebus. "O que mais você precisa saber?"

"Tenho razão a respeito de Teri?"

"Eu sabia que ela dormia com Lee."

"Quando você deu o livro a ele... deixou a foto lá dentro de propósito?"

"Creio que sim."

"Esperando que ele a visse? E fizesse o quê?" Rebus observava as reações de James, que deu de ombros. "Talvez bastasse ele saber que você também gostava dela." Rebus pausou. "Por que escolheu aquele livro em particular?"

James olhou para ele. "Porque Lee queria ler. Ele conhecia a história, sabia a respeito do sujeito que pulou do avião. Ele não..." James não conseguia encontrar as palavras de que necessitava. Respirou fundo. "Era um sujeito profundamente infeliz, entende?"

"Infeliz em que sentido?"

James encontrou a palavra. "Assombrado", disse. "Era assim que eu o via. Assombrado."

O silêncio que reinou na sala por um momento foi quebrado por Rebus. "Você pegou a arma no apartamento de Lee?"

"Isso mesmo."

"Ele não sabia?"

Movimento de cabeça, negativo.

"Você sabia a respeito da Brocock?", Bobby Hogan perguntou, esforçando-se para manter a voz sob controle. James fez que sim.

"E como ele foi parar na escola?", Rebus perguntou.

"Eu mandei um recado para ele. Não esperava que ele descobrisse tão rápido."

"E qual era seu plano, James?"

"Entrar na sala de convivência — normalmente, só os dois ficam lá — e matá-los."

"A sangue-frio?"

"Isso mesmo."

"Dois rapazes que não lhe fizeram nenhum mal?"

"Dois a menos no planeta." O rapaz deu de ombros. "Temos tufões e furacões, terremotos e fome..."

"Foi por isso que você matou? Porque não fazia diferença?"

James refletiu um pouco. "Talvez."

Rebus olhou para o carpete, tentando controlar a raiva que crescia dentro de si. *Minha família... sangue do meu sangue...*

"Tudo aconteceu muito depressa", James dizia a eles. "Fiquei surpreso por estar tão calmo. Bangue, bangue, dois corpos... Lee estava entrando quando eu atirei no segundo. Ele ficou ali parado, nós dois ficamos. Eu não sabia o que fazer." James sorriu com a lembrança. "Depois ele estendeu a mão e eu entreguei a arma." O sorriso evaporou. "A última coisa que eu esperava era que o estúpido fosse apontá-la para a própria cabeça."

"Por que você acha que ele fez isso?"

James balançou a cabeça lentamente. "Tenho pensado nisso desde aquele dia... Você por acaso sabe?" Um tom de súplica na pergunta. Ele precisava de uma resposta. Rebus tinha algumas teorias: porque a arma lhe pertencia, e ele se sentiu responsável... porque o incidente atrairia profissionais de vários tipos, todos a investigar tudo, inclusive o exército... porque seria uma saída...

Assim nunca mais se sentiria assombrado.

"Você pegou a arma da mão dele e atirou no próprio ombro", Rebus disse, com voz contida. "E depois a devolveu para a mão dele?"

"Sim. O recado que deixei para ele estava na outra mão. Eu o peguei."

"E quanto às impressões digitais?"

"Fiz como vi nos filmes, limpei a pistola com minha camisa."

"Mas, quando entrou lá... você devia estar preparado para enfrentar todo mundo, depois de atirar. Por que mudou de idéia?"

O rapaz deu de ombros. "Talvez pela oportunidade. A gente realmente sabe por que faz alguma coisa... no calor da hora?" Ele se voltou para o pai. "O instinto muitas vezes leva vantagem. Aqueles pensamentos obscuros..."

Foi quando o pai avançou para atacá-lo, agarrou-o pelo pescoço, e os dois bateram com as costas no sofá e caíram no chão.

"Seu moleque desgraçado!", Jack Bell gritava. "Você tem idéia do que fez? Estou arruinado! Destruído! Absolutamente arrasado!"

Rebus e Hogan separaram os dois, o pai continuou a praguejar e rosnar, o filho parecia sereno, em comparação, estudando a ira incoerente do pai como se fosse uma lembrança valiosa para acalentar nos anos seguintes. A porta se abriu e Kate apareceu. Rebus queria que James Bell se ajoelhasse aos pés dela, implorando perdão. Ela observava a cena sem entender.

"Jack?", perguntou, com suavidade.

Jack Bell olhou para ela como se fosse uma estranha. Rebus ainda segurava o parlamentar pelas costas, com uma chave.

"Saia daqui, Kate", ele pediu. "Vá para casa."

"Não estou entendendo."

James Bell, passivo sob o domínio de Hogan, olhou para a porta, depois para onde estavam Rebus e seu pai. Um sorriso se abriu lentamente em seu rosto.

"Você conta para ela, ou eu devo..."

25

"Não acredito", Siobhan disse, e não foi pela primeira vez. O telefonema de Rebus para ela durou praticamente todo o tempo do percurso entre St. Leonard's e o aeródromo.

"Eu mesmo tenho dificuldade para aceitar."

Ela estava na A8, seguindo no rumo oeste, saindo da cidade. Olhou pelo retrovisor e deu seta, mudando de pista para ultrapassar um táxi. Um executivo, no banco traseiro, lia calmamente o jornal no caminho para o aeroporto. Siobhan sentia vontade de parar no acostamento, descer do carro e gritar um pouco para soltar o que estava sentindo. Seria o impacto de terem conseguido resultados? Dois resultados, na verdade: o caso de Herdman e o assassinato de Fairstone. Ou seria a frustração de não estar presente no momento decisivo?

"Ele não atirou em Herdman também, não é?"

"Quem? O jovem herdeiro dos Bell?" Ela percebeu que Rebus largava o telefone para fazer a pergunta a Bobby Hogan.

"Ele deixou o recado, sabendo que Herdman o seguiria", Siobhan disse, com a mente agitada. "Matou os três e depois deu o tiro em si mesmo."

"É uma teoria", a voz de Rebus voltou, mas soava descrente. "O que é esse barulho?"

"Meu telefone. Aviso de falta de bateria." Ela pegou o acesso ao aeroporto, com o táxi ainda visível no espelho retrovisor. "Eu posso cancelar, sabe?" Ela se referia à aula de vôo.

"Qual a necessidade? Não tem nada para você fazer aqui."

"Estão indo para Queensferry?"

"Já chegamos. Bobby está passando pelo portão da escola neste instante." Ele deixou o aparelho de lado novamente para dizer algo a Hogan. Pelo jeito, dizia que queria estar presente quando Hogan explicasse tudo a Claverhouse e Ormiston. Siobhan captou as palavras "especialmente que a teoria das drogas nunca teve a menor chance".

"Quem plantou as drogas no barco dele?", ela perguntou.

"Não entendi, Siobhan."

Ela repetiu a pergunta. "Você acha que Whiteread fez isso para prolongar o inquérito?"

"Não sei nem se ela tem autoridade para esse tipo de golpe. Estamos recolhendo os peixes pequenos. As viaturas já saíram em busca de Rab Fisher e Peacock Johnson. Bobby vai contar as novidades a Claverhouse."

"Eu queria estar aí."

"Pode se encontrar conosco depois. Vamos ao pub."

"Não ao Boatman's, presumo."

"Podemos experimentar o bar ao lado... só para mudar um pouco."

"Não demoro mais do que uma hora."

"Não tenha pressa, não vamos a lugar nenhum. Traga Brimson com você, se quiser."

"Posso contar a ele a respeito de James Bell?"

"Depende de você... os jornais receberão a informação assim que ela for oficial."

"Quer dizer, Steve Holly?"

"Creio que devo uma àquele safado. Pelo menos Claverhouse não terá o prazer de dar a notícia." Ele pausou. "Você conseguiu apertar Rod McAllister?"

"Ele continua negando a autoria das cartas."

"Basta que você saiba... e que ele saiba que você sabe. Ansiosa pela aula de pilotagem?"

"Estou tranqüila."

"Talvez seja melhor avisar o controle de tráfego aéreo." Ela ouviu a voz de Hogan no fundo, e Rebus riu.

"O que ele falou?", Siobhan quis saber.

"Bobby acha melhor avisar a guarda costeira."

"Nunca mais vou convidá-lo para jantar."

Ela esperou até Rebus transmitir o recado a Hogan. Depois: "Siobhan, estamos no estacionamento. Precisamos dar a boa nova a Claverhouse".

"Alguma chance de você manter a compostura?"

"Não se preocupe. Serei calmo, frio e reservado."

"Sério mesmo?"

"Assim que eu esfregar o nariz dele na merda."

Ela se despediu sorrindo. Resolveu desligar o celular. Não queria receber ligações a cinco mil pés... Consultando o relógio do painel, viu que ia chegar muito cedo. Duvidava que Doug Brimson fosse achar ruim. Tentou manter a mente afastada do que acabara de ouvir.

Lee Herdman não havia assassinado os rapazes.

John Rebus não provocara o incêndio na casa de Martin Fairstone.

Ela se sentia mal por ter desconfiado de Rebus, mas a culpa era dele... sempre cheio de segredos. E Herdman, também, com sua vida secreta, seus medos cotidianos. A imprensa seria forçada a se retratar, e voltaria sua fúria para o alvo mais fácil: Jack Bell.

O que quase passava por um final feliz.

Quando chegou ao portão da pista de pouso um carro estava saindo. Brimson desceu pelo lado do passageiro, abriu um sorriso cauteloso ao destrancar o portão e abri-lo. Esperou a saída do carro, que passou por Siobhan acelerando. Um rosto carrancudo ia no banco da frente. Brimson gesticulou para que ela entrasse. Siobhan obedeceu, passou e esperou até que o portão fosse novamente trancado. Brimson abriu a porta do passageiro e entrou.

"Não esperava você tão cedo", disse.

Siobhan tirou o pé da embreagem. "Lamento", ela disse em voz pausada, olhando pelo pára-brisa. "Quem era seu visitante?"

Brimson disfarçou. "Só uma pessoa interessada em aulas de pilotagem."

"Não me pareceu um candidato a piloto."

"Você se refere à camisa?" Brimson riu. "Meio berrante, né?"

"Um pouco." Chegaram ao escritório. Siobhan puxou o freio de mão. Brimson desceu. Ela ficou onde estava, a observá-lo. Ele deu a volta pela frente do carro e abriu a porta para ela, como se fosse isso que ela esperava. Evitando encará-la.

"Tem um pouco de burocracia", ele disse. "Termo de responsabilidade, essas coisas." E seguiu na direção da porta aberta.

"Seu cliente tem nome?", ela perguntou, acompanhando-o.

"Jackson... Jobson... algo assim." Ele entrou no escritório, sentou à mesa e remexeu uns papéis.

"Consta na ficha", ela disse.

"Como é?"

"Se ele veio aqui atrás de aulas de pilotagem, presumo que você tenha anotado nome e outros detalhes."

"Sim... claro... em algum lugar." Ele remexeu as folhas novamente. "Preciso arranjar uma secretária", disse, arriscando um sorriso.

"O nome dele é Peacock Johnson", Siobhan disse calmamente.

"É mesmo?"

"E ele não veio aqui para ter aulas de pilotagem. Queria que você o levasse para fora do país?"

"Então você o conhece?"

"Sei que é procurado pela polícia, como responsável pela morte de um criminoso menor chamado Martin Fairstone. Peacock entrou em pânico porque não consegue encontrar seu capanga e provavelmente já sabe que o pegamos."

450

"Tudo isso é novidade para mim."

"Mas você sabe quem é Johnson... e o que ele faz."

"Não, já lhe disse... ele só queria aulas de pilotagem." As mãos de Brimson se mexiam mais do que nunca, ocupadas com a papelada.

"Vou lhe contar um segredo", Siobhan disse. "Resolvemos o caso de Port Edgar. Lee Herdman não matou os meninos; foi o filho do deputado."

"Como é?" Brimson não entendeu de imediato.

"James Bell cometeu os crimes e depois atirou em si mesmo, após Lee ter cometido suicídio."

"Sério?"

"Doug, você está procurando algo específico, ou tentando cavar um túnel na mesa para fugir daqui?"

Ele ergueu os olhos e sorriu.

"Eu estava contando", ela prosseguiu, "que Lee não matou os rapazes."

"Certo."

"Isso quer dizer que o único enigma restante é haver drogas no barco dele. Presumo que você saiba a respeito do iate que ele mantinha ancorado no cais."

Ele não conseguia olhá-la de frente. "Eu deveria saber disso?"

"E por que não?"

"Veja bem, Siobhan..." Brimson consultou o relógio ostensivamente. "Vamos deixar a papelada de lado. Não podemos perder a hora da autorização para decolar..."

Ela ignorou o comentário. "O iate não chamou a atenção, pois Lee ia muito à Europa, mas agora sabemos que ele negociava com diamantes."

"E comprava drogas, simultaneamente?"

Ela fez que não. "Você sabia a respeito do barco, e provavelmente sabia que ele viajava bastante." Ela deu um passo na direção da mesa. "São os vôos executivos, não é, Doug? Suas próprias viagens ao continente, levando executivos para reuniões e farras... era assim que você entrava com as drogas."

"Está tudo indo para o buraco", ele disse, com calma quase excessiva. Recostou-se na poltrona, alisou o cabelo com as mãos, e seus olhos se fixaram no teto. "Falei para aquele idiota não vir aqui nunca."

"Você está falando do Peacock?"

Ele fez que sim, lentamente.

"Por que você plantou as drogas?", Siobhan perguntou.

"Por que não?" Ele riu novamente. "Lee estava morto. Calculei que concentrariam a atenção nele."

"E largariam do seu pé?" Ela resolveu sentar. "O problema é que não havia ninguém pegando no seu pé."

"Charlotte achava que sim. Vocês começaram a revirar tudo, interrogar Teri, falar comigo..."

"Charlotte Cotter está envolvida?"

Brimson olhou para ela como se fosse estúpida. "Transações em dinheiro... que precisa ser lavado."

"Através do salão de bronzeamento?" Siobhan balançou a cabeça, mostrando a ele que compreendera. Brimson e a mãe de Teri, sócios nos negócios escusos.

"Lee não era nenhum anjo, sabe", Brimson dizia. "Foi ele quem me apresentou a Peacock Johnson."

"Lee conhecia Peacock Johnson? Era assim que as armas eram obtidas?"

"Era uma coisa que eu pretendia contar a você, mas não via como..."

"Que coisa?"

"Johnson tinha armas desativadas, precisava de alguém que soubesse fazê-las funcionar de novo, essas coisas."

"E Lee Herdman fazia o serviço?" Ela pensou na oficina bem aparelhada, no galpão do barco. Claro, serviço fácil para quem tinha ferramentas e conhecimento. Herdman tinha os dois.

Brimson permaneceu em silêncio por um momento. "Ainda podemos voar; seria uma pena perder a oportunidade."

"Eu não trouxe o passaporte." Ela estendeu a mão para pegar o telefone. "Preciso fazer uma ligação, Doug."

452

"Eu poderia confirmar a decolagem, sabe... com a torre de controle. Eu ia lhe mostrar tanta coisa..." Ela se levantou e tirou o fone do gancho.

"Quem sabe um outro dia, está bem?"

Os dois sabiam que não haveria outro dia. As mãos de Brimson estavam espalmadas sobre a mesa. Siobhan levou o fone ao ouvido e discou os números. "Lamento muito, Doug", disse.

"Eu também, Siobhan, creia-me. Lamento muito."

Ele se levantou subitamente e pulou por cima da mesa, espalhando a papelada. Ela largou o telefone e recuou um passo, colidindo com a cadeira atrás dela. Tropeçou e caiu no chão com as mãos abertas para atenuar o impacto.

Doug Brimson caiu em cima dela com todo o peso do corpo, prendendo-a no chão, fazendo com que ela expelisse todo o ar dos pulmões.

"Vamos voar, Siobhan", ele rosnou, agarrando-a pelos punhos. "Vamos voar..."

26

"Contente, Bobby?", Rebus perguntou.

"Delirantemente", Bobby Hogan respondeu. Estavam entrando no bar à beira-mar, em South Queensferry. A reunião na escola não poderia ter ocorrido em momento mais propício. Eles interromperam uma discussão entre Claverhouse e Colin Carswell, o delegado-chefe adjunto. Hogan tomou fôlego antes de declarar que todas as afirmações de Claverhouse eram absurdas e explicar os motivos.

No final da reunião Claverhouse saiu sem fazer comentários, deixando ao colega Ormiston a tarefa de apertar a mão de Hogan e dizer que ele merecia o crédito.

"O que não significa que você o receberá, Bobby", Rebus disse. Mas deu um tapinha no braço de Ormiston, para indicar que o gesto fora apreciado. Até o convidaram para ir ao bar, mas Ormiston recusou.

"Acho que vocês estão me convidando por pena", disse.

Assim, apenas Rebus e Hogan foram para o bar. Enquanto esperavam o atendimento, Hogan relaxou um pouco. Normalmente, no final de um caso, a equipe inteira se reunia na sala dos investigadores, providenciavam cerveja e bebiam para comemorar. A chefia mandava uma garrafa de espumante, às vezes. Uísque para os mais tradicionalistas. Não era a mesma coisa, só os dois, a equipe original já se dispersara...

"O que vamos tomar?", Hogan perguntou, tentando parecer animado.

"Que tal um Laphroaig, Bobby?"

"A dose não me parece muito generosa." Hogan observara o serviço do bar, com ares de especialista. "Melhor pedir um duplo."

"E resolver agora mesmo quem vai dirigir."

Hogan fez uma careta. "Pensei que você tinha dito que Siobhan ia chegar mais tarde."

"Isso é crueldade, Bobby." Rebus fez uma pausa. "Cruel, mas justo."

O barman os atendeu, finalmente. Hogan pediu o uísque de Rebus e uma cerveja clara. "E dois charutos", acrescentou, virando-se para Rebus, que parecia estudá-lo. Apoiou o braço no balcão do bar. "Um resultado como este, John, me dá vontade de pular fora enquanto estou por cima."

"Minha nossa, Bobby, você está no auge de sua carreira."

Hogan suspirou. "Há cinco anos eu teria concordado com você." Ele tirou um maço de notas do bolso e puxou uma de dez. "Mas agora já não agüento mais."

"O que foi que mudou?"

Hogan deu de ombros. "Um rapaz que atira em dois colegas, sem motivo, ou, melhor dizendo, sem qualquer razão que faça sentido para mim... vivemos num mundo diferente do mundo que eu conhecia, John."

"Isso só quer dizer que somos mais necessários do que nunca."

Hogan suspirou de novo. "Acha mesmo? Você se considera desejado?"

"Eu não disse desejado, disse *necessário*."

"E quem precisa de nós? Pessoas como Carswell, para fazer um papel bonito? Ou Claverhouse, para não fazer mais besteiras do que já faz?"

"Servem, para começar", Rebus disse, sorrindo. O copo foi posto à sua frente, ele pingou um pouco de água, só o bastante para atenuar o sabor. Dois charutos idênticos chegaram, e Hogan desembrulhou o dele.

"Ainda não sabemos, não é mesmo?"

"Não sabemos o quê?"

"Por que Herdman... se matou."

"E você acha que algum dia saberemos? Eu tive a sensação de que você me chamou porque o pessoal mais jovem que tomou conta de tudo o assusta. Precisava de outro dinossauro na vizinhança."

"Você não é nenhum dinossauro, John." Hogan ergueu o copo e tocou o copo de Rebus. "A nossa saúde, John."

"Não vamos nos esquecer de Jack Bell. Sem a presença dele James poderia deduzir que era melhor calar a boca e acabar se safando."

"Tem razão", Hogan concordou com um amplo sorriso. "Família, John, sabe como é!" E balançou a cabeça.

"Família", Rebus concordou, levando o copo à boca.

Quando o telefone tocou, Hogan sugeriu que ele não atendesse. Mas Rebus conferiu a origem da chamada, pensando que poderia ser Siobhan. Não era. Rebus indicou a Hogan, com um gesto, que ia atender lá fora, por causa do barulho. Havia um jardim na frente, na verdade uma área asfaltada com algumas mesas. Frio e vento demais para alguém ficar lá. Rebus atendeu a ligação.

"Gill?", disse.

"Você queria manter contato."

"Quer dizer que Bob continua falando?"

"Eu estou quase pedindo para ele parar", Gill Templer disse, suspirando. "Já passamos pela infância dele inteira, problemas na escola, época em que urinava na cama... Ele vem e volta, nunca sei se algo aconteceu na semana passada ou há uma década. Ele disse que quer *The wind in the willows* emprestado..."

Rebus sorriu. "Está no meu apartamento. Levarei para ele." Rebus ouviu o ruído de um avião ao longe. Olhou para cima, protegendo a vista com as mãos. O avião sobrevoava a ponte de Forth Road, longe demais para ele saber se era o mesmo no qual viajaram até Jura. Mesmo tamanho, passeando preguiçosamente pelo céu.

"O que você sabe a respeito de salões de bronzeamento?", Gill Templer perguntou.

"Por quê?"

"Ele vive falando nisso. Alguma ligação com Johnson e as drogas..."

Rebus seguia observando o avião. Ele mergulhou subitamente, o motor mudou de tom. Depois retomou a posição de vôo, as asas oscilaram um pouco. Se era Siobhan lá em cima, estava aprendendo do modo mais difícil.

"A mãe de Teri Cotter tem vários", Rebus disse ao telefone. "É só o que sei."

"Poderiam servir de fachada?"

"Eu não pensei nisso. Quer dizer, onde ela conseguiria...?" Rebus deixou a frase no ar. O carro de Brimson, estacionado na Cockburn Street, onde a mãe de Teri tinha um salão. Teri admitira o caso entre a mãe e Brimson...

Doug Brimson, amigo de Lee Herdman. Brimson e seus aviões. Onde arranjara o dinheiro para comprá-los? Custavam milhões, segundo Ray Duff. Chamara a atenção dele, no momento, mas a atenção de Rebus se concentrava em James Bell. Milhões... para ganhar dinheiro assim havia poucas atividades legais, e dúzias de ilegais...

Rebus lembrou-se do que Brimson dissera na volta de Jura, quando sobrevoavam Forth e Rosyth: *Sempre penso no estrago... mesmo no caso de um avião pequeno como o Cessna... cais... balsa... pontes rodoviárias e ferroviárias... aeroportos...* A mão de Rebus caiu. Ele olhou para o céu.

"Meu Deus do céu", resmungou.

"John? Está me ouvindo?"

Quando ela fez a pergunta ele não estava mais.

Correu de volta para o bar, arrastou Hogan para fora. "Precisamos ir para a pista de pouso!"

"Por quê?"

"Já!"

Hogan destrancou o carro, Rebus entrou e assumiu

o volante. "Eu dirijo!" Hogan nem pensou em discutir. Rebus saiu do estacionamento cantando pneu, mas freou bruscamente e pôs a cabeça para fora, pela janela.

"Meu Deus, não..." Desceu do carro e parou no meio da rua, olhando para cima. O avião dera outro mergulho, mas voltara ao normal.

"O que está havendo?", Hogan gritou do banco do passageiro.

Rebus reassumiu o volante e partiu. Acompanhou as evoluções do avião enquanto ele passava por cima da ponte ferroviária, descrevia um arco ao se aproximar da costa, em Fife, e retornava para as pontes.

"Aquele avião está com problemas", Hogan declarou.

Rebus parou o carro de novo, para observar. "É Brimson", disse. "Siobhan está com ele."

"Parece que vai bater na ponte!" Os dois homens desceram do carro. Não estavam sozinhos. Outros motoristas haviam parado para olhar. Os pedestres apontavam e murmuravam. O ruído do motor aumentara, discrepante.

"Meu Deus", Hogan sussurrou quando o aeroplano passou por baixo da ponte ferroviária, a poucos metros da superfície da água. Subiu abruptamente, quase na vertical, nivelou e mergulhou outra vez, passando pelo vão central da ponte rodoviária.

"Ele está se mostrando ou tenta assustá-la?", Hogan disse.

Rebus não respondeu, pensava em Lee Herdman, no modo como tentava assustar os adolescentes que iam esquiar... para testá-los.

"Brimson plantou as drogas. Ele as trazia para cá no avião, Bobby, e eu tenho a impressão de que Siobhan descobriu isso."

"E o que ele pensa que está fazendo agora?"

"Tentando apavorá-la, talvez. Espero que seja apenas isso..." Pensou em Lee Herdman, levando a arma à têmpora, e no ex-SAS que saltara para a morte, de um aeroplano...

"Eles têm pára-quedas?", Hogan indagou. "Ela tem como escapar?"

Rebus apenas cerrou os dentes.

O avião realizava um loop, perto demais da ponte, porém. Uma asa tocou um cabo de sustentação, fazendo com que o avião entrasse em parafuso.

Rebus deu um passo à frente, involuntário, e gritou: "Não!" sem parar, até o avião bater na água.

"Puta merda", Hogan gritou. Rebus olhava para o local... o avião reduzido a pedaços, fumaça a sair dos destroços que começavam a afundar.

"Precisamos ir até lá!", Rebus gritou.

"Como?"

"Não sei... arranje um barco! Ligue para Port Edgar... eles têm barcos!" Eles retornaram ao carro e deram meia-volta em alta velocidade, indo para o cais, onde uma sirene soava e marinheiros já seguiam para o local do acidente. Rebus estacionou e eles correram para o píer, passando pela garagem de Herdman. Rebus se deu conta do movimento com o canto do olho, um reflexo colorido. Descartou-o na pressa de chegar à margem. Rebus e Hogan exibiram a identificação a um homem que desatracava sua lancha.

"Precisamos de uma carona."

O cinqüentão calvo, com barba grisalha, os avaliou. "Precisam de coletes salva-vidas", disse.

"Não precisamos de coisa nenhum. Leve a gente até lá." Rebus parou. "Por favor."

O sujeito o olhou novamente e acenou para que embarcassem. Rebus e Hogan subiram a bordo e seguraram firme quando a lancha arrancou com força e saiu do porto. Outras embarcações pequenas já se reuniam em torno da mancha brilhante de óleo, e o barco salva-vidas de South Queensferry se aproximava. Rebus observava a superfície da água, mesmo sabendo que era um gesto inútil.

"Talvez não fossem eles", Hogan disse. "Vai ver ela não foi."

Rebus balançou a cabeça na esperança de que o colega calasse a boca. Os destroços se espalhavam, a maré e as marolas provocadas pelas diversas embarcações os dispersavam. "Precisamos de mergulhadores, Bobby. Homens-rã... o que for possível."

"Será providenciado, John. A responsabilidade não é nossa." Rebus se deu conta de que a mão de Hogan apertava seu braço. "Meu Deus, e eu fui fazer aquela brincadeira idiota sobre a guarda costeira..."

"A culpa não é sua, John."

Hogan ficou pensativo. "Não podemos fazer nada aqui, certo?"

Rebus foi obrigado a admitir a derrota: não podiam mesmo fazer nada. Pediram ao senhor que os levasse de volta.

"Um acidente terrível", ele gritou, para vencer o ronco do motor de popa.

"Terrível mesmo", Hogan concordou. Rebus apenas olhava para a superfície agitada da água. "Ainda vamos até o aeródromo?", Hogan perguntou quando voltaram a terra firme. Rebus fez que sim e seguiu na direção do Passat. Mas ao parar na frente do abrigo de barco de Herdman ele virou a cabeça para olhar para o galpão menor ao lado, o que tinha um carro parado na frente. O carro era um BMW antigo, da série 7, pintura preta manchada. Ele não o reconheceu. De onde viera o reflexo colorido? Ele olhou para o barracão. A porta estava fechada. Estava aberta quando passaram? O reflexo veio de dentro? Rebus seguiu até a porta e a empurrou. Ela se abriu, bateu em algo e se fechou de novo: alguém a prendia. Rebus recuou e desferiu um pontapé forte antes de meter o ombro na porta. Ela se abriu e o sujeito atrás dela caiu no chão de pernas abertas.

Camisa vermelha de manga curta com estampa de palmeiras.

Rosto virado para Rebus. "Cacete!", Bobby Hogan exclamou ao ver o cobertor estendido no chão e a coleção de armas sobre ele. Dois armários, de portas abertas, esvaziados de seus segredos. Pistolas, revólveres, submetralhadoras...

"Pensando em começar uma guerra, Peacock?", Rebus disse. E quando Peacock Johnson se arrastou para a frente, tentando alcançar a arma mais próxima, Rebus deu um passo, ergueu o pé e o atingiu no meio da cara, atirando-o no chão novamente.

Johnson desmaiou de pernas abertas. Hogan estava de queixo caído.

"Como foi que deixamos passar isso?", perguntava a si mesmo.

"Vai ver porque estava bem debaixo do nosso nariz, Bobby, como tudo neste maldito caso."

"E o que isso significa?"

"Sugiro perguntar a nosso amigo aqui," Rebus disse, "assim que ele acordar." E deu as costas para ir embora.

"Aonde você vai?"

"Para o campo de pouso. Fique com ele, chame uma viatura."

"John... de que adianta?"

Rebus parou. Ele sabia o que Hogan queria dizer: de que adianta ir até o aeródromo? Mas retomou o passo: não conseguia pensar em outra coisa. Teclou o número de Siobhan no celular, mas recebeu mensagem de número fora de serviço, que tentasse mais tarde. Ele insistiu e obteve a mesma resposta. Jogou o minúsculo aparelho no chão e pisou em cima com toda a força, com o salto do sapato.

Escurecia quando Rebus chegou ao portão trancado.

Ele desceu do carro e tentou o interfone, mas ninguém respondeu. Viu o carro de Siobhan do outro lado da cerca, estacionado perto do escritório. A porta estava aberta, como se alguém tivesse saído com pressa.

Ou estivesse lutando, sem se importar em fechá-la ao passar.

Rebus empurrou o portão com o ombro. A corrente fez barulho mas não cedeu. Ele recuou e desferiu um pontapé no portão. Chutou de novo, e mais uma vez. Tentou com o ombro, bateu com os punhos cerrados. Forçou com a cabeça, de olhos fechados.

"Siobhan...", chamou, com voz sumida.

Sabia que precisava de um alicate de pressão. Uma viatura poderia providenciar um, se tivesse como chamá-la.

Brimson... agora entendia tudo. Sabia que Brimson traficava drogas, e que as plantara no barco do amigo. Ainda não sabia a razão, mas descobriria logo. Siobhan descobrira a verdade e morrera em conseqüência disso. Talvez tivesse lutado com ele, isso explicaria as manobras arriscadas do avião. Ele abriu bem os olhos, piscando para afastar as lágrimas.

E olhava para o portão.

Piscou para recuperar o foco da visão.

Havia alguém lá dentro... uma figura surgiu na soleira da porta, com uma das mãos na cabeça e a outra no estômago. Rebus piscou de novo para ter certeza.

"Siobhan!", gritou. Ela ergueu o braço e acenou. Rebus segurou na cerca e subiu pelo alambrado para gritar o nome dela de novo. Mas ela desapareceu dentro do prédio.

Sua voz fraquejou. Estava vendo coisas? Não: ela saiu outra vez, entrou no carro, dirigiu a curta distância até o portão. Quando se aproximou, Rebus confirmou que era ela, e que aparentemente estava bem.

Siobhan parou o carro e desceu. "Brimson", começou a explicar. "Ele fornece as drogas... formou quadrilha com Johnson e a mãe de Teri..." Ela mostrou as chaves de Brimson, e as experimentava para ver qual abria o cadeado.

"Já sabemos", Rebus disse, mas ela não o escutava.

"Deve ter fugido... fiquei desacordada. Só voltei quando o telefone tocou." Ela abriu o cadeado e a corrente caiu. Escancarou o portão.

E foi levantada do chão por Rebus, cujo abraço a sufocou.

"Epa epa epa", ela disse, fazendo com que ele afrouxasse o aperto. "Estou meio machucada", explicou quando seus olhos se cruzaram. Ele não conseguiu resistir e levou os lábios aos dela. O beijo durou, com ele de olhos fechados e ela de olhos bem abertos. Depois Siobhan recuou um passo e tomou fôlego.

"Não que eu não me sinta lisonjeada, mas por que tanto entusiasmo?"

27

Era a vez de Rebus visitar Siobhan no hospital. Ela fora internada para exames, por causa da pancada na cabeça, e passaria a noite lá.

"Isso é ridículo", ela protestou. "Estou ótima."

"Você vai ficar onde está, mocinha."

"É mesmo? Igual a você?"

Como se enfatizasse o argumento a enfermeira que trocara as ataduras de Rebus passou, empurrando um carrinho vazio.

Rebus puxou uma cadeira e sentou.

"Não trouxe nada para mim?", ela perguntou.

Rebus deu de ombros. "Imagine a correria. Você sabe como são essas coisas."

"Como vai a história com Peacock?"

"Está representando o papel de ostra. Não vai adiantar nada. De acordo com Gill Templer, Herdman não queria as armas em seu abrigo de barco, por isso Peacock alugou a garagem vizinha. Era ali que Herdman trabalhava, preparando as armas para serem novamente usadas. Ficavam guardadas no barracão. Quando ele deu um tiro na cabeça e a coisa esquentou, Peacock não teve jeito de recuperá-las..."

"E depois entrou em pânico?"

"Ou isso ou queria estar preparado para o que ia acontecer."

Siobhan fechou os olhos. "Ainda bem que não aconteceu nada."

Eles passaram alguns minutos em silêncio. Depois: "E Brimson?", ela perguntou.

"O que tem ele?"

"O modo como ele decidiu acabar com tudo..."

"Creio que no fim ele se apavorou."

Ela abriu os olhos de novo. "Ou caiu em si, não conseguiu arrastar ninguém com ele."

"Tanto faz... ele agora é mais uma estatística para as forças armadas arquivarem", Rebus disse.

"Talvez aleguem que foi acidente."

"Talvez tenha sido. A idéia dele podia ser bater na ponte depois das manobras, para morrer em grande estilo."

"Prefiro a minha versão."

"Então faça bom proveito."

"E quanto a James Bell?"

"O que tem ele?"

"Acho que nunca entenderemos por que ele fez aquilo."

Rebus deu de ombros outra vez. "Pelo que sei os jornais vão deitar e rolar com o pai dele."

"E isso o deixa contente?"

"Quebra um galho."

"James e Lee Herdman... não consigo entender."

Rebus refletiu por um momento. "Talvez James tenha encontrado um herói, alguém diferente do pai, alguém por quem daria um olho."

"Ou por quem mataria?", Siobhan arriscou.

Ele sorriu e se levantou, dando um tapinha no braço dela.

"Já vai?"

Ele fez um gesto vago. "Muito serviço, falta uma policial na delegacia."

"Não pode esperar até amanhã?"

"A justiça nunca dorme, Siobhan. Mas você precisa dormir. Quer alguma coisa, antes que eu me vá?"

"Sensação de dever cumprido, quem sabe."

"Não sei se as máquinas de venda automática têm, mas posso verificar."

* * *

Ele fizera, de novo.

Acabara bebendo demais... agachado na frente da privada do apartamento, paletó jogado no chão do hall. Debruçado para a frente com a cabeça entre as mãos.

Última vez... a última vez havia sido na noite em que Martin Fairstone morrera. Rebus passara tempo demais em pubs, caçando sua presa. Mais uísques na casa de Fairstone, e táxi para casa. O motorista precisou acordá-lo quando chegaram a Arden Street. Rebus fedendo a cigarro, querendo se limpar de tudo. Abriu só a torneira de água quente para tomar um banho de imersão, pensando em pôr a água fria depois. Sentado na privada, semidespido, cabeça nas mãos, olhos fechados.

O mundo oscilava no escuro, girava no eixo, e o empurrou para a frente. A cabeça bateu na borda da banheira... acordou de joelhos com as mãos queimando.

Mãos ao lado da banheira, escaldadas pela água quente.

Escaldadas.

Nenhum mistério nisso.

O tipo de coisa que podia acontecer a qualquer um. Não podia?

Mas não esta noite. Ele se levantou, equilibrou-se, conseguiu ir até a sala e empurrar a poltrona com o pé, até a janela. A noite era calma e quieta, luzes nos apartamentos do conjunto do outro lado da rua. Casais relaxavam, punham os filhos para dormir. Solteiros esperavam a pizza chegar, ou assistiam aos vídeos alugados. Estudantes discutiam se iam para o pub, apesar dos trabalhos por fazer.

Poucos ou nenhum deles ocultavam mistérios. Medos, sim: dúvidas, com quase toda a certeza. Talvez até culpa por pequenos erros e falhas.

Mas nada capaz de atrair os colegas de Rebus. Não naquela noite. Seus dedos tatearam o chão, em busca do telefone. Ele sentou com o aparelho no colo, pensando em ligar para Allan Renshaw. Precisava falar algumas coisas para ele.

Andara pensando em famílias, e não apenas na dele, mas em todas as famílias relacionadas ao caso. Lee Herdman, fugindo da família dele; James e Jack Bell, sem nada que os vinculasse a não ser o sangue; Teri Cotter e a mãe... e o próprio Rebus, substituindo a própria família por colegas como Siobhan e Andy Callis, criando laços que por vezes pareciam mais fortes que os do sangue.

Ele olhou para o telefone no colo, pensando que era um pouco tarde para ligar para o primo. Falou sozinho a palavra "amanhã" e sorriu ao lembrar do momento em que levantara Siobhan do chão e a abraçara.

Decidiu tentar chegar à cama. O laptop estava em modo de espera. Não se deu ao trabalho de desligá-lo, apenas o tirou da tomada. Amanhã retornaria à delegacia.

Parou no corredor e foi até a porta do quarto de hóspedes, apanhou o exemplar de *The wind in the willows*. Manteria o livro por perto para não se esquecer. No dia seguinte faria dele um presente para Bob.

Amanhã, se Deus e o diabo permitissem.

EPÍLOGO

Jack Bell não poupou despesas durante a organização preliminar da defesa do filho. Não que James tenha notado. Continuou firme na decisão de não contestar nada. Era culpado, e diria isso no tribunal.

Não obstante, o advogado contratado por Jack Bell era considerado o melhor existente na Escócia. Residia em Glasgow e cobrava por consulta o tempo de viagem até Edimburgo. Imaculadamente vestido em terno risca-de-giz e gravata-borboleta bordô, ele fumava cachimbo sempre que isso era permitido, e mantinha o cachimbo apagado na mão esquerda o resto do tempo, pelo jeito.

Sentado na frente de Jack Bell, perna cruzada na altura do joelho, ele observava um trecho da parede acima da cabeça do parlamentar. Bell já se acostumara com a atitude dele, e sabia que isso não significava que o advogado estava distraído, de modo algum. Ao contrário, concentrava-se na questão.

"Temos um bom caso", o advogado disse. "Muito bom, por sinal."

"É mesmo?"

"Mas é claro." O advogado examinou o bocal do cachimbo como se procurasse defeitos. "No final das contas, tudo se reduz ao seguinte: o inspetor Rebus pertence à família de Derek Renshaw... primo dele, para ser exato. Em função disso, ele nunca poderia ter trabalhado no caso."

"Conflito de interesses?", Jack Bell sugeriu.

"Evidentemente. Não se pode ser parente da vítima e sair por aí interrogando suspeitos. Além disso, há a questão da suspensão. Talvez você não saiba, mas o inspetor Rebus vinha sendo investigado pela própria polícia na época dos eventos de Port Edgar." A atenção do advogado passou para o fornilho do cachimbo, e ele examinou seu interior. "Possível punição pelo comportamento num caso de assassinato..."

"Cada vez melhor."

"Não deu em nada, mas mesmo assim a polícia de Lothian e Borders nos preocupa. Nunca ouvi falar de um policial suspenso que se movimentasse com tanta facilidade num inquérito em andamento."

"Isso é irregular?"

"Inédito, no mínimo. O que nos leva a questionar seriamente a validade de boa parte do caso da promotoria." O advogado fez uma pausa, experimentou o cachimbo apertando-o com os dentes, e sua boca formou o que se poderia confundir com um sorriso. "Temos tantas objeções e problemas técnicos que a promotoria talvez tenha de desistir logo na audiência preliminar."

"Em outras palavras, o caso será encerrado?"

"Isso é perfeitamente viável. Eu diria que temos uma ótima chance." O advogado fez uma pausa, para ampliar o efeito. "Mas isso só vale se James se declarar inocente."

James Bell balançou a cabeça, e os olhos dos dois homens se cruzaram pela primeira vez, depois as duas cabeças se voltaram para James, que estava sentado do outro lado da mesa.

"E então, James?", o advogado perguntou. "O que acha?"

O rapaz deu a impressão de que analisava a proposta. Sorveu o olhar do pai como se fosse todo o alimento de que necessitasse, e sentisse uma fome que jamais seria saciada.

Série Policial

Réquiem caribenho
Brigitte Aubert

Bellini e a esfinge
Bellini e o demônio
Bellini e os espíritos
Tony Bellotto

Os pecados dos pais
O ladrão que estudava
Espinosa
Punhalada no escuro
O ladrão que pintava como
Mondrian
Uma longa fila de homens
mortos
Bilhete para o cemitério
O ladrão que achava que era
Bogart
Quando nosso boteco fecha as
portas
Lawrence Block

O destino bate à sua porta
James Cain

Post-mortem
Corpo de delito
Restos mortais
Desumano e degradante
Lavoura de corpos
Cemitério de indigentes
Causa mortis
Contágio criminoso
Foco inicial
Alerta negro
A última delegacia
Mosca-varejeira
Patricia Cornwell

Edições perigosas
Impressões e provas

A promessa do livreiro
John Dunning

Máscaras
Passado perfeito
Leonardo Padura Fuentes

Tão pura, tão boa
Correntezas
Frances Fyfield

O silêncio da chuva
Achados e perdidos
Vento sudoeste
Uma janela em Copacabana
Perseguido
Berenice procura
Espinosa sem saída
Luiz Alfredo Garcia-Roza

Neutralidade suspeita
A noite do professor
Transferência mortal
Um lugar entre os vivos
Jean-Pierre Gattégno

Continental Op
Dashiell Hammett

O talentoso Ripley
Ripley subterrâneo
O jogo de Ripley
Ripley debaixo d'água
O garoto que seguiu Ripley
Patricia Highsmith

Sala dos Homicídios
Morte no seminário
Uma certa justiça
Pecado original
A torre negra
Morte de um perito
O enigma de Sally
O farol
P. D. James

Música fúnebre
Morag Joss

*Sexta-feira o rabino acordou
tarde*
Sábado o rabino passou fome
*Domingo o rabino ficou em
casa*
Segunda-feira o rabino viajou
*O dia em que o rabino foi
embora*
Harry Kemelman

Um drink antes da guerra
Apelo às trevas
Sagrado
Gone, baby, gone
Sobre meninos e lobos
Paciente 67
Dança da chuva
Dennis Lehane

Morte em terra estrangeira
Morte no Teatro La Fenice
Vestido para morrer
Donna Leon

A tragédia Blackwell
Ross Macdonald

É sempre noite
Léo Malet

Assassinos sem rosto
Os cães de Riga
A leoa branca
O homem que sorria
Henning Mankell

Os mares do Sul
O labirinto grego
O quinteto de Buenos Aires
O homem da minha vida
A Rosa de Alexandria
Milênio
Manuel Vázquez Montalbán

O diabo vestia azul
Walter Mosley

Informações sobre a vítima
Vida pregressa
Joaquim Nogueira

Revolução difícil
Preto no branco
George Pelecanos

Morte nos búzios
Reginaldo Prandi

Questão de sangue
Ian Rankin

*A morte também freqüenta o
Paraíso*
Colóquio mortal
Lev Raphael

O Clube Filosófico Dominical
Alexander McCall Smith

Serpente
A confraria do medo
A caixa vermelha
Cozinheiros demais
Milionários demais
Mulheres demais
Ser canalha
Aranhas de ouro
Clientes demais
Rex Stout

Fuja logo e demore para voltar
O homem do avesso
O homem dos círculos azuis
Fred Vargas

A noiva estava de preto
Casei-me com um morto
A dama fantasma
Cornell Woolrich

ESTA OBRA FOI COMPOSTA PELO GRUPO DE CRIAÇÃO EM GARAMOND E
IMPRESSA PELA GEOGRÁFICA EM OFSETE SOBRE PAPEL PAPERFECT DA SUZANO
PAPEL E CELULOSE PARA A EDITORA SCHWARCZ EM MARÇO DE 2007